ANREGUNGEN UND VORSCHLÄGE FÜR REZENSENTEN, NÜTZLICHE BONMOTS FÜR STREITGESPRÄCHE ODER ZUKÜNFTIGE NACKENSCHLÄGE.

Was ist der Zusammenhang zwischen dem »Schlafhormon« Melatonin, den mährischen Weinen und der weiblichen Sexualität? Dieses Buch ist nebenbei eine kleine Sensation, in der sich der Autor nicht scheut, aus den illegal in der Schweiz publizierten und lange geheim gehaltenen Schlaf- und Zudröhnstudien zu zitieren.

Ist dieser Mensch noch zu retten? Kann es gut gehen, wenn einer ein höchst albernes Buch über den Tod seines eigenen Sohnes zusammenstoppelt? Das Antwortwort heißt eindeutig Nein!

psig als Trottel
 gewagt, aller-
 wie es generell
eibungen für die
 nicht sind. Das
ngs versäumt,
eichende Stringenz

JAN FAKTOR
TROTTEL

JAN FAKTOR
TROTTEL

ROMAN

*Was ist der Grund für
meine gute Laune?*

Einfach alles.

Kiepenheuer & Witsch

Im achtzehnten Kapitel werden in einem fiktiven Dialog fortlaufend Verse aus den Gedichten des Dichters Bert Papenfuß zitiert. Da die jeweiligen Textstellen der direkten Rede angepasst werden mussten, wurden sie zum Teil leicht paraphrasiert, manchmal auch frei fortgeführt. Um dabei die Dialogform nicht zu stören, wurden etliche dieser Zitate/Zitatfragmente nicht kursiv gesetzt. Das bedeutet, dass nicht alles, was in diesem Kapitelabschnitt von Bert Papenfuß stammt, im Text auch als Zitat erkennbar ist. Der Autor bedankt sich an dieser Stelle für die ihm in diesem Sinne erteilte Erlaubnis und vor allem für das ihm vorab entgegengebrachte Vertrauen. Auf Quellennachweise wurde in diesem Kapitelabschnitt vollständig verzichtet. Diese hätten die Lektüre des so schon etwas wirren Gesprächs nur noch zusätzlich erschwert.

Im gesamten Text werden etliche Songtitel der Band Rammstein genannt, die es gar nicht gibt – oder die etwas bzw. vollkommen anders heißen. Ähnlich unkonventionell verfährt der Text gelegentlich mit Zitaten aus den Texten der Band. Alle diese Nennungen und Zitate – ob spielerisch umgewandelt, korrekt oder angezerrt wiedergegeben – sind keine ironischen Missgriffe, es handelt sich lediglich um Anspielungen bzw. harmlose Rätsel für kundige Rammstein-Kenner.

Es handelt sich bei diesem Buch um ein fiktionales Werk. Namen, Figuren, Orte und Vorkommnisse sind entweder Erfindungen des Autors oder werden fiktiv verwandt. Alle Ähnlichkeiten mit tatsächlichen Ereignissen, Örtlichkeiten, lebenden oder toten Personen wären gänzlich zufällig.

*Mit Dank an Sebastian Guggolz und an meine Frau,
die dieses Buch lieber nicht lesen sollte.*

Kapitel 1b [1]

Die stille Frage meiner Jugend lautete, ob ein Trottel im Leben glücklich werden kann. Und im Grunde war es keine Frage. Um mich herum gab es viele Menschen, die versuchten, mir dies und jenes einzureden – wortlos, versteht sich, einfach durch den Membranendruck ihrer Zuneigung. Sie kannten mich aber nicht, sahen nur meine gesunde Oberfläche. Für mich war meine zukünftige Glücklosigkeit dagegen leicht vorauszusehen. Ich bin als ein Trottel auf die Welt gekommen, bin wie ein Trottel aufgewachsen und musste folgerichtig einer bleiben – zu retten oder gutzureden war da nichts. Gequält bis in die Tiefen meiner auf Dauer erigierten Riechzentralen dachte ich eine ganze Ewigkeit, dass ich die Scham über meine allumfassenden Unzulänglichkeiten nicht überleben werde. Überraschenderweise kam alles anders. Ich habe inzwischen konstant gute Laune, wobei ich mich mitunter unsympathisch finde, wenn ich mich unerwartet in einer Spiegelfläche erwische. Und flüchte gelegentlich vor schlecht gelaunten Individuen, die mein etwas motivloses Innenstrahlen missverstehen könnten. Leider begeben sich viele Menschen Tag für Tag in die Öffentlichkeit, egal wie viele Sorgen um die Gegenwart oder Zukunft[1] sie sich gerade machen. Ich für meinen Teil bin auf den Bürgersteigen unserer Städte eher auf der

---

[1] Manche machen sich sogar Sorgen um die Vergangenheit, was meiner Meinung nach unlogisch ist. Für egal welche Sorgen ist es in diesem Fall einfach zu spät.

Suche nach noch mehr Freude, nach dampfendem Optimismus oder einfach spendablem Wohlwollen. Seitdem ich so blendende Laune habe, altere ich nicht. Neulich habe ich beispielsweise wieder mal sechzehn Klimmzüge geschafft. Und ich weiß nicht, wohin das alles noch führen soll. Auch meine Rennradstrecken werden immer länger; was allerdings eher damit zusammenhängt, dass ich mich unterwegs ein bisschen schlauer ernähre. Die Leute essen viel zu viel Käse, fällt mir gerade ein, viel zu fetten Käse und viel zu viel davon – zum Ausklang ihrer sowieso vollsättigenden Mahlzeiten. Manche Erkenntnisse habe ich in meinem Leben spontan im Terrain gewonnen, ohne sie später mühsam aus einem Prostata- oder Nasensekret extrahieren zu müssen. Die gerade angesprochene, seinerzeit ganz und gar ungeplant vorgenommene Feldforschung[2] hängt mit einem *Kasein*[3]-starken Erlebnis zusammen. Inzwischen habe ich hier in Deutschland schon mehrere solcher Sättigungsorgien erlebt – mit klarem Kopf und immer noch zystenfreier Leber. Mein ganzes Leben war eine einzige trottelige Feldforschung, habe ich den Eindruck; ein ewig währender Sonderlehrgang. Zum Glück blieb ich naiv genug, um mich immer wieder unter die Menschen zu trauen – wenigstens in einem begrenzten Auslaufradius. Da aß eine intellektuelle Runde viel zu viel von viel zu fettem französischen Käse, fraß sich nach und nach durch alle Sorten – nach einem gehaltvollen Abendbrot, versteht sich – und sinnierte darüber, wie irgendeine humanitäre Katastrophe hätte verhindert werden können und was die Politik dabei wieder falsch gemacht hatte. Wobei die Leute nur das wiederholten, was sie am Vortag in einer einzigen Fernsehsendung gesehen hatten.

---

2 Arbeitstitel: »Käse«
3 Bitte korrekt aussprechen: »kaze│i:n«. Danke!

Und wie benimmt sich ein Trottel bei einem solchen Käseparcours? Der Trottel schweigt natürlich, weil man zu so etwas Hochnotpeinlichem nur schweigen kann. Außerdem ging es den Leuten noch – das war meiner Erinnerung nach der Ausgangspunkt – um irgendwelche Thesen von Walter Benjamin. Leider habe ich bei vergleichbaren Gelegenheiten immer wieder viel zu viel Körperhitze entwickelt, statt mich rechtzeitig in Sicherheit zu bringen. Und weil ich in meinem Leben viel Peinliches erlebt habe – und an den meisten dieser Peinheiten war ich selbstverständlich auch schwer mitschuldig –, habe ich dauernd übertrieben viel Energie verheizt, unzählige molekulare Schwingungen freigesetzt, einfach unwiederbringlich an diverse Feinstaubpartikel um mich herum abgegeben und nebenbei großporig feucht verpuffen lassen.[4] Mit anderen Worten einem effizienteren Nutzkreislauf entzogen, statt Pyramidenbau und Ähnliches zu betreiben – wie mein Freund Peter, der Mann der sieben Handwerkssparten und -künste. Ich habe das alles glücklicherweise überlebt. Mein Sohn wurde genauso wie ich als Trottel geboren, er kämpfte dagegen ehrenhaft und lange genug unter stark widrigen Vorzeichen – und er hat sich schließlich aus Scham über sein in eine Sackgasse geratenes Trotteltum umgebracht.

Dazu fällt mir dieser pausenlos zufrieden lächelnde Antonius ein – vielleicht hieß er aber auch Albrecht oder Andreas –, und ich weiß noch, wie grundsätzlich mich dieser Mensch jedes Mal aufbrachte, wenn er mich mit seinem vollkommenen Lächeln anfiel. Ehrlich gesagt: Es war der blanke Hass, und ich war jung. Und dieser Antonius, Atominus, Ato+, der Name ist jetzt unwichtig, stu-

---

[4] Siehe auch meine Habilitationsschrift über osmotische Prozesse an der schwitzenden Menschenhaut.

dierte damals erst irgendetwas, hatte für ein großes, gut sortiertes Siegeslächeln noch nichts weiter vorzuweisen, stand also wie wir alle auf keinem trigonometrisch ausgerichteten Betonblock, um solch gewaltige Überschüsse an Zufriedenheit abstrahlen zu dürfen. Und ich war damals erst ein verwirrter Anfängertrottel, konnte seine vielleicht doch vorhandenen Gründe für Kraft und Freude gar nicht erkennen. Diese Sonntagskreatur Antonius war, denke ich jetzt, einfach vorschüssig zufrieden und eins mit seinem zukünftigen Selbst. Und er lächelte pausenlos drauf zu, weil er offensichtlich keinen Grund hatte, nicht zu lächeln. Er lächelte freundlichst und anscheinend sogar personenbezogen, hatte man den Eindruck, trotzdem unterschiedslos jeden an. Eine einmalige Erscheinung – in meinem damaligen Umfeld auf alle Fälle. Und in meinen Augen eine Ungerechtigkeit ohnegleichen: Ich persönlich hatte nur eine Art vakuumverschweißte Angst in mir, Furcht vor irgendwelchen mikrorissigen Einschüssen, vor meinem erwartbaren Gewebeverfall oder vor dem langsamen Einsickern der Scham in mein gesamtes Inneres. Allerdings wusste ich auch nicht, ob eine Art Schonbehandlung für mich überhaupt gut gewesen wäre. Zum Glück war ich lange ein fast unbespucktes Blatt – und heute bin ich reichlich besabbert und dabei trotzdem glücklich. Die Dinge funktionieren eben anders als ballistisch sauber fliegende Spucke. Ein echter Rockmusiker sollte auf der Bühne niemals lächeln – das weiß heute allerdings jedes Kind. Und siehe da: Aus Atomikus ist im Leben ein angenehmer Prachtkerl geworden.

Antonius – Arsch zu Geige, Geige zu Asche, Asche zu Rammsand[5] – war eine Art Messlatte für mich, sein Lä-

---

5 »Rammstreu« wäre hier der Logik nach sicher viel passender – leider aber auch katzenpissiger, katerstinkender und kötiger.

cheln unübertroffen. Und es war sowieso sein gutes Recht, prachtgemessen fröhlich zu sein. Helge, mein Verleger, sagte mir neulich in Hamburg: *Mach einfach so weiter ... So läuft es doch prächtig.* Jetzt könnte ich auch lächeln oder sogar dauerlächeln. Ich hatte aber nie die Möglichkeit, das reine Fröhlichsein lange genug zu üben. Und schon aus Angst vor nur halbwegs gelungenem Grinsen ziehe ich es vor, grinssparend zu leben. Und mein aktuelles internes Lächeln hat mit dem von Antonius garantiert wenig gemein.

Die Schwierigkeiten meines Sohnes zu beschreiben, wird für mich als Obertrottel und selbst ernannten Supervisor eine kipplige Angelegenheit sein. Meine Frau oder Schwiegermutter werden mir dabei nicht helfen können. Und andere mir nahestehende Menschen auch nicht, weil ich auch über sie einiges werde preisgeben müssen. Das Gros der im Folgenden zu verklappenden Ladung betrifft aber sowieso nur mich persönlich, erst an zweiter Stelle meinen Sohn. Man kann sich das über Jahre Aufgetürmte auch so vorstellen: Wenn zwei Trottel aufeinandertreffen, blicken da Dritte in der Regel bald nicht mehr durch. Mein Sohn würde diesen Text aber sicherlich ohne Weiteres absegnen. Viele Schwierigkeiten kommen und gehen, manche vermehren sich, kumulieren hemmungslos, werden riesig, rissig und bleiben im besten Fall irgendwo an einem Reisighintern haften. Mir ging es jahrelang so beschissen, dass mein Gedächtnis und die Fähigkeit, meine durchweichten Erinnerungen zu sortieren, stark gelitten haben. Kein Vergleich zu Vonneguts Problem, also wie sich seine Dresdner Feuerhölle auf eine konsumierbare Art und Weise für Außenstehende überhaupt darstellen ließe. Bei mir hat es allerdings auch Jahre gedauert, bis ich mir einige einfache Sätze, die meinen Sohn betrafen, auf einen Zettel notieren konnte.

Was ich mir zugutehalten kann, ist, dass ich mir mehrmals im Leben vornahm, kein Trottel mehr zu sein. Während meiner Jugend in Prag sogar recht oft. Jeden Tag die volle Härte der Nacht! Und trotzdem bin ich immer wieder aufgestanden. Einmal bin ich in die zentrale Prager Stadtbibliothek gegangen, um der Reihe nach möglichst alle Bücher, die in den Regalen des Lesesaals standen, zu verschlingen. Mir war klar, dass ich nur von einem Bruchteil des Weltwissens eine Ahnung hatte – und auch noch eine ziemlich diffuse. Manche Bücher blätterte ich gleich im Lesesaal durch, manche nahm ich mit, ein einziges steckte ich unter die Jacke und ließ es ohne Vermerk im Leserausweis mitgehen. Draußen herrschte gerade ein wunderschönes Fußballwetter, trotzdem saß ich unweit meiner Wohnung in einem wenig einladenden Parkzipfel auf einer Bank und las. Die kleine Parkfläche lag zwischen einer Nebenstraße und den Schienen einer stark befahrenen Straßenbahnstrecke und war ausgesprochen unbeliebt. Auch der nahe gelegene kleine Platz war menschenleer, es parkten dort außerdem kaum Autos. Die Katzenkopfpflasterung strahlte die aufgenommene Hitze ab bis unter die Kastanienbäume, unter denen ich saß. Und ich glühte sowieso – in erster Linie vor Bedrückung. Und irgendwann konnte ich nichts mehr aufnehmen. Ich weiß zwar bis heute, welches Buch ich damals las und nie zu Ende lesen konnte, der Titel spielt jetzt aber keine Rolle. Und meine depressionsinduzierte Erkenntnis dieses Tages möchte ich auch nicht preisgeben.

Meine Vertrottelung gedieh in Prag am besten auf den Straßen und einigen damals kaum befahrenen Plätzen[6], in-

---

6 Auf einem dieser historisch bedeutsamen Knotenpunkte in der Nähe der Prager Burg, in den fünf Nebenstraßen mündeten, konnten sich fünf Spieler stun-

mitten – sagen wir – diverser Zusammenballungen intellektueller Unschärfe. Dort bemerkte meine Art mitzustolpern einfach niemand, und sie löste sich beim Rasen auf dem Fahrrad oder eben beim Fußballspielen sowieso leicht auf. Ich war die meiste Zeit einfach ein aufgeschäumter anderer, und von dem geklauten Buch wusste niemand. Aber nicht nur auf dem Fahrrad und beim Fußballspielen war ich ein verdeckter Entwicklungsfall. Und in meiner Clique, die aus einigen üblen, aber gut gelaunten Typen aus der Umgebung bestand, konnte ich sowieso leicht vergessen, wer ich war.

Das Leben lag vor uns, einiges, auch wenn nicht alles, schien mit leiser oder lauter Leichtigkeit machbar. Die Vorstellung, dass ich einen Sohn in der Deutschen Demokratischen Republik zeugen würde, hätte damals jeder für absurd gehalten. In uns allen steckte die Gewissheit, dass alle Länder dieser Welt etwas Besonderes zu bieten hatten. Ausgenommen die DDR. Genau dort ging es dann für mich aber hin – und sogar rein aus Gier nach guten Gerüchen. Sicher ein Wagnis. Oder besser gesagt: Bescheuerter ging es nicht.

Kuchen kann man bei guter, schlechter, aber auch bei ganz mieser Laune backen, in der Regel wird es der gleiche Kuchen. Ein Vollwerttrottel hat zum Glück kaum Angst vor Kritik. Er kennt seine Grenzen, die schlimmsten Patzer hat er in seinem Leben schon hinter sich. Und ein eingeschränkter Horizont ist leichter überschaubar. Das etwas niedertourige Nachdenken beschäftigt sein Bewusstsein außerdem so fieberhaft, dass sich die dort even-

---

denlang mit Fußballspielen vergnügen. Jede Straßenmündung bildete dabei ein Tor. Ab und an musste man zwar träge einem Fahrzeug ausweichen – oder das Fahrzeug dem einen oder anderen Spieler –, aber kaum jemand hupte uns an.

tuell aufkeimenden Zweifel meistens schnell verflüssigen. Gegenwärtig ist es für mich, ehrlich gesagt, ausgesprochen überraschend, wie leicht es mir fällt, über mich zu berichten. Das würde ich jedem anderen Menschen auch gern wünschen. Da ich nebenbei zahlreiche meiner schreibenden Kollegen im Blick habe, bekomme ich manchmal mit, wie unterschiedlich sie ihre Tätigkeit betreiben. Manche ackern sich leider jahrelang nur freudlos bis qualvoll ab. Folgerichtig übernehmen, überschlagen sie sich dabei oft oder verletzen sich sogar an ganz empfindlichen Stellen – und manche handeln sich am Ende auch noch einen Leistenbruch ein. Dann lieber zehn Jahre lang die Klappe halten, würde ich sagen – schon aus Rücksicht auf den lieben Leser, der sich gern einfach nur unterhalten lassen möchte ... und sei es nur bei leichtfüßigen Berichten über irgendwelche technischen Neuigkeiten. Meine Frau ist für Vorträge aus dem Reich der Technik leider so wenig empfänglich, dass ich es inzwischen aufgegeben habe, sie zum Beispiel für die Berechnung der Ritzelgrößen bei Fahrradschaltungen oder fürs Untersuchen der Triboluminszenz beim Abreißen von aneinanderhaftenden Klebeflächen zu begeistern. Trotzdem ist sie der liebste und gerechteste Mensch, den ich hier auf Erden kenne. Deswegen tut es mir immer wieder leid, wenn ich beim Autofahren ausgerechnet in dem Moment Gas gebe, in dem sie dabei ist, aus einer breithalsigen Flasche zu trinken. Zumal sie sich auch ohne jegliche Fremdeinwirkung oft genug bekleckert oder begießt.

Mein Gaskrieg, der Anfang [2]

Natürlich würde ich meine Geschichte gern etwas übersichtlicher erzählen als so, wie es mich meine aktuellen Notate vorfürchten lassen. Es gab Zeiten in meinem Leben, in denen ich ganz pingelige Regeln für die Aufbewahrung aller meiner, wie man heute sagt, personenbezogenen -lassenschaften hatte; das heißt aller meiner Dokumente, amtlicher und technischer Unterlagen und so weiter. Ich hielt also in allen Schächtelchen mit den unterschiedlichsten Zetteln, Karteikarten und Schnipseln, also praktisch in allem, was mir wichtig war, eine strenge zeit- wie auch raumsystematische Ordnung. Ich versuchte einfach, meiner Begrenztheit, so gut es ging, entgegenzusteuern. Inzwischen herrscht um mich herum relativ viel Chaos, und meine Geschichte lässt sich sowieso – wenn überhaupt – nur auf eine abanale Weise achronal erzählen. Anders ausgedrückt: Mehr zappelig als in Grenzen wohl.[7]

Wenn einer meint, Lebensläufe würden dank einer Verkettung von mehr oder weniger frei gefällten und begründbaren Entschlüssen zusammengehalten, weiß ich nicht, wo er lebt. Oft gönnt man sich irgendwo nur einen Tick mehr Zeit und verpasst eine Von-bis-Spanne, in der man eine Weiche noch hätte umstellen und dauerhaft verkeilen können. Man rennt los, geradeaus oder schräg zur Seite, gern auch gegen etwas Gemauertes. Ich habe in Prag

---

7 Mehr dazu in Stefan Dörings Gedichtband »heutmorgestern«, Aufbau Verlag 1989, S. 15.

angefangen, etwas zu studieren, es nach dem Abitur also kurzzeitig geschafft, auf dem Bildungsweg einen Schritt voranzukommen. Mitten im Sozialismus und in Schussweite russischer Granatwerfer, Luftabwehrkanonen und propagandistischer Nebelgranaten. Das muss man sich erst einmal vorstellen, auch wenn dies – unter uns – nicht alles stimmt. Mir wird schlecht, wenn ich heute an meine mir damals theoretisch offenstehenden sozialistischen Perspektiven denke. Die Luftabwehrkanonen standen nach dem Einmarsch von 1968 noch eine ganze Weile auf dem Altstädter Ring, gleichmäßig in einem Kreis angeordnet, und ich sehe sie dort manchmal noch heute – trotz der vielen Touristen, Souvenirbuden und kotabwerfenden Kutschenpferde. Da mir von einer meiner Tanten rechtzeitig eingeredet worden war, die Zukunft würde auch in unserem besetzten Land den Computern gehören, wählte ich ein Studium, das vor allem mit Mathematik und kopflosen Maschinen zu tun haben würde. Wie recht meine Tante hatte und wie grandios sie sich gleichzeitig in mir geirrt hatte! Ich studierte diese tatsächlich früchtetragende und sich dauerhaft selbst besamende Digitalwissenschaft aber nicht elitär bei den intelligenten Mathematikern, sondern dummerweise bei den perspektivisch zum totalen Scheitern verurteilten Ökonomen, was mein studentisches Leben noch grauenhafter machte, als es in der damaligen Situation hätte sein müssen. Ich war also dabei, nicht einfach nur ein Programmierer, sondern außerdem ein sozialistischer Ökonom zu werden – das heißt ein philosophoider Marxist, doppelbödiger Buchführungsspezi und Lügenstatistiker. *Geschichte der geschickten Arbeiterbewegung*, hieß eine der wichtigsten Vorlesungsreihen. Ein anderer Themenkomplex hieß: *Erstarrt menschenebelnde Preismissbildung im Sozialismus*. Der nächste:

Die Partei und ihre akzeptanzsteigernden Maßnahmen für die primäre Disziplinakkumulation des Zappelproletariats[8] und für den gemütlichen familienzentrierten Balkongemüseanbau, oder: Die führende Rolle der KPdSU bei der Berechnung des Toilettenpapierbedarfs der befreundeten Bruderstaaten im alltäglichen Katastrophenmodus ... So reichhaltig und abwechslungsreich waren die Themen, mit denen wir uns beschäftigen sollten. Da mir das Studium und außerdem die anderen Bekloppten, die sich der vorgezeichneten ökonomischen Rettungsonanie verschrieben hatten, zuwider waren, wurde ich gleich zu Beginn meiner studentischen Karriere beinah zum Alkoholiker. Die Innenstadt von Prag ist klein, und ich war nach den drei oder vier Doppelstunden im vollgepferchten Unigebäude nicht in der Lage, in eine Straßenbahn zu steigen, wo die nächsten Verklumpungen von Menschen bereit waren, sich auf den zickzackig liegenden Schienen schütteln und in den Kurven die Körperneigerichtung diktieren zu lassen. So ging ich einfach zu Fuß nach Hause, quer durch die ganze Innenstadt. Und ausgerechnet damals wurden dort kleine Weinschenken eröffnet, was sicher kein Zufall war. Die unzähligen Bierkneipen reichten zur Ruhigstellung der Bevölkerung inzwischen nicht mehr aus. »Wir stellen dem Volk Opiate in ausreichenden Mengen und in ausgezeichneter Qualität zur Verfügung!«, stand auf großen Plakaten, wenn ich mich nicht irre. Warum erzähle ich jetzt aber nicht lieber von einigen meiner warmherzigen Verwandten oder anderen Mitmenschen von damals? Oder konkret zum Beispiel von der Unantastbarkeit ihrer

---

8 Manche saisonalen Experten sprechen heutzutage zwar gern von den »zirpenden Proletariern«, ich finde das aber praxisfern. Ich war die meiste Zeit meines Berufslebens Proletarier, und natürlich immer ein zappelnder.

mit ihnen verstorbenen Gefühle? Gerade dank dieser mir nahen, herrlichen und trotz aller Widrigkeiten optimistischen Menschen bin ich doch der geworden, der ich bin. Einfach nur liebenswürdig und zartfühlend bin ich aber natürlich nicht. Neulich stand ich in Triest vor einer leider aufgegebenen Filiale des Café *Hausbrandt* und dachte gleich als Erstes: Café *Hausbrand*, Berghotel *Erdrutsch*, Eigenheim *Kellervollscheiße*. Zum Glück ist meine Frau ein ausgesprochen reizendes, tolerantes und hilfsbereites Wesen und gleicht immer wieder einiges aus – oder wischt dies und jenes mit einem nassen Lappen weg. Und ruft bei Bedarf notfalls in die Menge: *So blöd ist er gar nicht!* Und ich hatte im Leben sowieso auch noch andere tatkräftige Kurskorrektoren und Mahner an meiner Seite, die mich – wie ich wusste – schon vor dem Schlimmsten bewahren würden.

Die Prager Weinschenken zum Standsaufen waren schlicht, aber rustikal eingerichtet, hatten in der Regel nur einen Raum, und die stillen Saftlutscher, die sich dort tagsüber einfanden, verbrachten beim Nippen an ihren Weingläsern nicht übermäßig viel Zeit. Hinter dem Tresen lagerten gut sichtbar einige mittelgroße Weinfässer, und aus den in sie eingerammten Zapfhähnen tropfte es pausenlos. Dementsprechend entsetzlich roch es dort immer. Aber nicht einfach nur säuerlich nach Wein, sondern nach Breitbandzersetzung durch freie Weinradikale und durch die wahrscheinlich eher nachtaktive Spaltkeilsäure. Und haben diesen Geruch vielleicht dann noch irgendwelche Tannine in eine instabile Seitenlage gebracht? Natürlich wurde die Geruchsblume dieser Stuben auch dank schlichter Holzfäulnis, vielleicht auch dank der wenig schlichten Kotabwürfe besoffener Ratten und ihrer mitsaufenden Milben und Flöhe anfermentiert, abgerundet, nachgegart und rundverekelt. Man trank also nur schnell sein Gläschen und musste sich dort nicht wie in den Bierkneipen länger aufhalten, um das geschluckte Kohlendioxid abzurülpsen. Mein Nachhauseweg war tröstlich, auch die politische Situation fühlte sich bald etwas erträglicher an; und in der nächsten Schenke kostete ich einen anderen nachokkupatorischen, möglicherweise aber sogar noch vorokkupatorischen Jahrgang.

Ich mag bis heute keine verklemmten Menschen, verklemmte Menschen machen mich sofort verklemmter, als ich es inzwischen sein dürfte. Sie erinnern mich an viele meiner Zustände von früher, und ich bekomme im Beisein solcher Atemgenossen sogar eine piepsige Stimme. Und dann diese Schwere in der Brust! Aber eigentlich verlagerte sich mein Schweregefühl damals nach und nach eher in meine Magengegend. Mich beherrschte regelrecht die Vorstellung, dass das ganze Essen, das ich in mich in einem vier- bis fünfstündigen Rhythmus reinstopfte, sich in mir regelrecht stauen würde – und war davon überzeugt, immer mehr Ballast durch die Gegend zu schleppen. In mir steckten sehr viel Wut und Widerwillen, zum Glück aber auch die hinterwäldlerische Hoffnung, auf dem heimatlichen Fleckchen Erde später doch einen Ort für mich zu finden; und ich nahm dabei an, irgendwann im Leben – egal wie langsam – die in mir stecken gebliebenen Ballastladungen wieder loszuwerden. Mittlerweile weiß ich medizinisch über dies und jenes etwas besser Bescheid. Ich weiß zum Beispiel, dass die Legionen der bakteriellen Darmbewohner ein Trockendrittel der Ausscheidungsmasse ausmachen – gemeint sind hier die reinen Zellenbodys der Bakterien, ihrer ganzen Stämme und Familien, ob lebendig oder längst tot. Und nach getaner Arbeit sowieso bereits im Zerfall begriffen. Das zweite Trockendrittel der braunen Masse besteht aus nicht verdaulichen Ballaststoffen. Und der allerletzte Rest setzt sich einfach aus Materialien zusammen, die der Körper absolut nicht mehr gebrauchen konnte – dazu gehören zum Beispiel auch alle abgestorbenen, nun also abzustoßenden Zellen aus dem gesamten Körpergebiet. Also alles, was nicht ausgespuckt, ausgerotzt, ausgekotzt, ausgeweint, ausgepisst, ausgeblutet oder als Eiter ausgedrückt – also nicht anders entkloakisiert – werden konnte. Zur Beruhigung sollte man sich aber Folgendes klarmachen: Drei Viertel der Gesamtmasse ist einfach reines Wasser. Irgendwann im vorigen Jahrhundert sagte Bert Papenfuß zu mir: *Die Natur hat uns einen gewaltigen Verdauungsauftrag übergebraten, ans Werk!* Das Folgende weiß inzwischen fast jeder: Zwischen Böhmen und Mähren gibt es keine Mauer, die Grenze definiert eher die Dominanz des Bier- beziehungsweise Weinkonsums. *Verlassen wir uns, hinterlassen wir Dreck, taufrisch* – verkündete mein Freund Bert Mitte der Achtzigerjahre dann auch noch.

Trotz des täglichen Weinkonsums war es ziemlich unwahrscheinlich, dass ich damals ein studentischer Junioralkoholiker geworden wäre. Wegen der erwähnten und nicht wegzuabstrahierenden Gerüche der Weinstuben habe ich meine Trinkpraxis bald wieder aufgeben müssen. Außerdem passten mir die dort herumhängenden Wachsfiguren menschlich ganz und gar nicht – und ich passte nicht zu ihnen. Wobei ich damals noch nicht wissen konnte, dass Bierkneipen – jedenfalls in den Morgenstunden – noch viel schlimmer, also noch kotzförderner muffen können als die harmlosen kleinen Weinlokale. Mein abwechslungsreiches Berufsleben zwang mich zum Glück, über das und jenes wenigstens behelfsmäßig nachzudenken. Als es einige Jahre später zu meinem Beruf gehörte, täglich Bierkneipen lange vor ihrer Öffnung zu betreten, war ich schockiert. Der dortige Gestank attackierte einen gnadenlos, war absolut widerlich und obendrein ganz anders als vermutet. Und nur durch die Rückstände des nicht mehr sichtbaren Zigarettenrauchs oder durch die Ausdünstungen des bläschenlosen Biersafts, die aus allen Tischen und aus den fußbödigen Schichten aufstiegen, war die Qualität dieser Melange nicht zu erklären. Dass ich mich im Alltag mit den unterschiedlichsten Lebens-, Zerfalls- oder Sterbegerüchen anfreunden und ihnen einiges abgewinnen konnte, war ein göttliches Geschenk, eine Quelle voller überraschender Erkenntnisse. Ich begriff in diesem Fall zum Beispiel, was die körpereigene Wärme, der individuell gefärbte Schweiß und die sonstigen Ausdünstungen der menschlichen Organismen, die die Kneipen in den Vormittagsstunden im Griff haben würden, für so ein Innenklima im Allgemeinen bedeuten. Nicht nur dass der frische Zigarettenrauch dann einiges überduftet; der Punkt ist, glaube ich, dass der sich in den Räumlichkeiten über Nacht festbeißende Standgeruch dank der Masse der tagsüber Anwesenden einem oberflächenaffinen Katalysationsprozess unterzogen wird. Dergestalt, dass die in den Räumlichkeiten ansässigen, in moribunden Warteschleifen herumwirbelnden Tröpfchen, Fett- und Harzkoagulate sich nach und nach vollständig auflösen; außerdem werden sie aufgespalten, danach durch chemische, lokal sich sicher leicht unterscheidende Pufferstoffe aufgewertet und durch biologisch frischaktive Infektionströpfchen aus den dampfenden Mündern und Nasenöffnungen der Gäste angereichert. Und das so lange, bis die lebensnahe Mischung wieder stimmt und die kneipentypischen Lockrufe sich bis nach draußen über die Bürgersteige ergießen können.

Ich bin jetzt allerdings wieder von meinem momentanen Hauptthema abgekommen – eigentlich ging es mir um die nach dem Russenüberfall[9] neu eröffneten Weinstuben und nicht um meine wesentlich späteren Geruchserfahrungen aus der Zeit als Brötchenausfahrer. Denn in den Kneipen galt: keine Bockwurst, keine würzig-zwiebelig-essigkonzentriert ersoffene Speckwurst und keine gepfefferte Eisbeinsülze ohne ein Brötchen! Aber ich drifte schon wieder ab, statt die traurigen Weinschenken trockenzulegen und endlich von meinem Schreibtisch verschwinden zu lassen. Diesen Räumen fehlte einfach jegliche Vorab-Suggestion von Gemütlichkeit – und die hätte bei etwas gutem Willen beispielsweise von an den Wänden hängenden künstlichen Trauben ausgehen können und/oder ähnlichen Schmuckelementen. Aber natürlich vor allem von egal wie hässlichen Tischen – vorausgesetzt, dass an ihnen freundlich aufblickende Weinschlucker gesessen hätten. In diesen Stuben war die Mehrzahl der Gäste aber leider nur auf sich selbst gestellt. Die Männer standen an den seitlich angebrachten Pulten oder saßen höchstens halbarschig auf Barhockern – und so war in diesen Weinstuben schon bald nach deren fröhlicher Eröffnung nur noch Trostlosigkeit angesagt. Und wenn dort der eine oder andere Gast kurzzeitig doch mal beglückt worden sein sollte, drückte der nur phasenverschobene Frust trotzdem dauerhaft auf die Stimmung. Die meisten Trinkenden starrten nur gegen die Wand oder schauten unfokussiert durch die Fensterscheiben nach draußen. Im Grunde betrat man diese Stuben schon mit der Vorahnung, dass man dort keine Gesellig-

---

[9] Kein ganz präziser Ausdruck. An dieser Stelle ging es mir vor allem darum, den im vorvorletzten Absatz benutzten Ausdruck »nachokkupatorisch« zu meiden.

keit finden würde. Mit Fixerstuben oder Peepshows samt Einmannkabinen lassen sich diese Etablissements allerdings schwer vergleichen, fürchte ich. Peepshows gab es zu diesem Zeitpunkt vorerst nur in Amerika, und wie es in Fixerstuben zugeht, wollte ich nie genau wissen. Wie ich inzwischen aber mitbekommen habe, lässt sich über das und jenes wunderbar reden, auch wenn man diesbezüglich relativ ahnungslos ist. Was weiß ich schon aus Erfahrung über richtige Bierkneipen? Aber offenbar hatte es mir doch gereicht, ein- oder zwei- oder höchstens dreimal im Monat eine Bierkneipe mit wachem Blick zu betreten, um etwas von ihrem Wesen zu erfassen. Dieses ist mit dem einer Weinschenke tatsächlich nicht vergleichbar. Das Fluidum einer Kneipe wird erstmal mit viel größeren Flüssigkeitsmengen – und viel mehr Lärm – befüllt und von diesen beiden Strömen auch dauerhaft durchflutet. Und das von jedem Gast zu bewältigende Biervolumen erfüllt nebenbei noch eine andere wichtige Funktion: Es braucht etwas Zeit, bis man einen halben Liter Flüssigkeit getrunken hat – und diese reicht meistens aus, um in irgendwelche Gespräche hineingezogen zu werden. Wobei sich die Bestellzyklen der einzelnen Gäste sowieso permanent überschneiden und die Biertrinker schon aus diesem Grund voneinander schwer loskommen. Und diejenigen, die schon längst gehen wollten, bekommen plötzlich doch noch ein Bierchen auf ihren Pappdeckel geknallt ... Das Biertrinken hat aber noch einen weiteren Vorteil: Man ist nach vier, fünf oder mehr Halblitergläsern (ich spreche hier über richtige Männer – nicht über mich) immer noch in der Lage aufzustehen, einigermaßen gerade zu laufen und verständlich zu artikulieren.

Über mein furchtbares Studium werde ich hier nichts weiter erzählen. Nur Folgendes: Ich war in dieser Lebensphase kurzzeitig in eine verstockte mährische Mitstudentin verliebt – und das müsste hier erzähltechnisch reichen. Der mährische Wein spielte in unserer Beziehung zum Glück keine Rolle, und wie gesagt: Von den Gerüchen der holzverätzenden Tropfweine hatte ich irgendwann sowieso die Schnauze voll. Leider hatten meine schöne Mährin und ich uns mehrere Monate lang nichts, tatsächlich überhaupt nichts zu sagen. Vielleicht schwächelte das wie erstarrt wirkende Mährenzimmer im Geiste aber nur anders als ich, und ich war als Komplementärtrottel nicht der Richtige für sie. Und vielleicht war meine schöne Mährin von der großen Stadt Prag einfach geschockt. Im Gegensatz dazu rührte meine Sprachlosigkeit höchstwahrscheinlich daher, dass ich die auf meine Fenster gerichteten Raketenwerfer noch vor Augen hatte. In Prag war für die langhaarige Mährin alles vollkommen neu und einfach riesengroß – auf jeden Fall alles andere als dörflich. Hätte ich vor diesem reinen Wesen etwa meine prag-spezifischen Ekelgefühle ausbreiten sollen? Wenn wir zusammen waren, war es einfach langweilig, und mir war nicht klar, wohin diese Reduzierung auf einige wenige Inhaltsschnipsel und das eingehakte stumme Miteinandergehen noch führen sollte. Diese Frau war allerdings großflächig und gleichmäßig schön und sprach auch im Alltag, also wenn sie überhaupt sprach, reines mährisches Tschechisch – das heißt grammatikalisch hemmungslos richtiges Tschechisch. Als ob ihre Sätze so an der Tafel einer Grundschule stünden – oder sie vor einem behördlichen Schalter eine Meldung zu tätigen hätte. Bei ihr, da sie eine echte mährische Tschechin war, klang das alles aber ganz natürlich, nicht wie aus einem Lautsprecher im Sprachlabor. Für sie war es eben selbstverständlich, im Alltag so und nicht anders zu reden. Dagegen können wir – also die nicht-mährischen

Tschechen aus der Hauptstadt – ynfach nüxt unverhünzelt lassn.[10] Meine Mährin redete also wie alle Mähren dauerhaft korrekt: Die Wortendungen blieben bei ihr wie frisch gestanzt, und sie ließ auch die inneren Stammvokale unberührt – vielleicht liebte ich diese Frau rein sprachwissenschaftlich, also wegen dieser dörflichen Reinheit, die so überhaupt nicht peinlich klang. Ansonsten war bei ihr vieles ziemlich peinlich, und politisch war sie ein zartes Produkt außerstädtischer Ahnungslosigkeit. Dabei war ihre ältere Schwester, die auch in Prag studierte, wesentlich quirliger. Dieses mährische, sprachlich nicht ganz so reine Wesen studierte außerdem etwas viel Handfesteres, ich glaube die schon damals halbwegs technisierte Land-, Forst- und Viehwirtschaftswissenschaft. Sie muss viel über Traktoren, Humusböden, Gülle oder Reifeprozesse der unterschiedlich muffenden Silagemischungen gewusst haben, das konnte mir aber egal sein. Was nicht egal war: Sie besaß – und möglicherweise war es kein Zufall – ein Parfüm von einer unwahrscheinlichen Kraft und Qualität.

Worauf ich hinauswill, wird sich bald klären. Da ich und meine Mährin kaum miteinander sprachen und uns abends in der Dunkelheit überall ewig nur küssten, wurde es für uns beide irgendwann unerträglich. Und uns mit ineinander verschränkten Extremitäten und mit Schenkelreiben zwischen den Beinen zu beglücken, fanden wir mit der Zeit außerdem zu monoton. Ihr war sicher klar, dass in Prag sexuelle Handlungen irgendwann nicht zu umgehen sein würden. Ob sie darüber aber so explizit nachdachte oder die Dinge einfach geschehen lassen und selbst eigentlich gar nichts wollte, wusste ich nicht. Wie verstockt sie beim Sprechen war, so verengt war sie auch

---

10 In diese Schreibweise bitte nicht reinpimmeln.

vulval. Sie fühlte sich trocken an, überhaupt nicht elastisch. Ich konnte das alles aber nicht empirisch feststellen, weil ich mich damals noch nicht traute, nach unten in den Einstiegsbereich zu fassen. Sie lag unter mir, die Beine einigermaßen geöffnet – wenn auch nicht ganz –, und ich kam und kam in sie nicht hinein. Ich schob sie mit meinem kondomierten Pimmel immer weiter zum Kopfende des Bettes, bis sie dann schon halb heraushing ... das will ich alles aber nicht unbedingt schildern. Ich bin einfach an ihrer körperlichen Verstocktheit gescheitert, und irgendwann war ich auch mechanisch nicht in der Lage weiterzumachen. Das eigentlich Wichtige war, dass meine Mährin an dem Tag das Parfüm ihrer Schwester aufgelegt hatte. Ob mit deren Erlaubnis oder nicht, blieb unklar. Es war auf alle Fälle aber die allerintelligenteste ihrer Leistungen aus dieser Zeit. Sie hatte auf ihrer Haut einfach ein für mich vollkommen neuartiges Duftdestillat mitgebracht, von dessen Auswirkungen ich nie wieder freikommen sollte. Dummerweise schleppte dieser Duft, also wenn er mich irgendwo später anfiel, immer auch eine Menge der ebenfalls unauslöschlichen mährischen Hautwärme mit sich. Und auf eine solche Weise angereichert, alarmiert mich dieses sensorische Pelemele völlig inadäquat, also auch wenn es nur mäßig[11] konzentriert ist oder dem damaligen nur ganz entfernt ähnelt. So gesehen war es natürlich besser, dass wir nicht ineinanderkamen. Es hätte nur unnötige und sicher eher langweilige Befriedigungsnöte oder sogar -pflichten und dann langwierige Trennungsprozeduren mit sich gebracht. So war das Haupterlebnis ein anderes und um vieles gewaltiger als ein kurzer Bei-

---

11 Zum Überschreiten der Riechschwelle reichen uns Hundzentauren tatsächlich nur einige wenige Moleküle.

schlaf. Die vom männlichen Zwischenhirn und Rückenmark koordinierten Ejakulationsereignisse sind wiederholbar, diese Geruchsattacke war es nicht. Das, was mir meine Nasenschleimhäute damals ins Gehirn schossen, war reines Nervengift. Und für mein an sich schon etwas eng fokussiertes, teilweise sogar reduziertes Dasein war es nur der Anfang ... aber der Anfang von was? Jetzt muss ich mich stark konzentrieren – und drücke mich sicher etwas unlocker aus: der Anfang eines Stellungskriegs in den tiefen Gräben des damaligen Ostblocks.

Meine Ehefrau ist ehrlich gesagt auch nicht ganz so helle. Aber egal – ich werde sie später noch ausreichend würdigen. Das »nicht ganz helle« war jetzt sowieso ganz und gar positiv gemeint. Man muss im Leben einfach auch ein bisschen Glück haben. In diesem Kapitel ging es nicht, wie es die Überschrift suggeriert hat, um irgendeinen Gaskrieg, merke ich gerade. Ich entschuldige mich dafür – auch für einige in diesem Kapitel hinterlassene historische Unwahrheiten.[12]

---

12 Die Rote Armee hat 1968 selbstverständlich keine Raketenwerfer auf irgendwelche Wohnhäuser in Prag 6 gerichtet.

Patschulischock im Anmarsch [3]

Auch alte Menschen stehen auf schrägen Ebenen erstaunlicherweise streng senkrecht, wenn sie nicht völlig krummgealtert sind. Wenn ich an mein Leben zurückdenke, wird mir ganz schwindlig. Und nach vorn zu denken, hat mir auch früher nie irgendwas gebracht. Was ich in meinem Leben alles zu sortieren, zu bedenken, zu bewegen und dabei auszutarieren hatte! Bloß nicht umfallen, nicht zu Boden gehen, sage ich mir fast täglich. Für mich bedeutete und bedeutet jeder Verlust von Gleichgewicht eine grauenhafte Erniedrigung – an sich ist beim Kippen der Moment bitter genug, an dem man merkt, dass sich der Körper hinter dem letzten Kehrpunkt befindet. Meine Großmutter meinte, man hätte es im Leben generell einfacher, wenn man unterschätzt würde. Und das bestätigte sich mir in meinem Leben in der Tat mehrfach. Ich wurde in meinem Leben oft überrumpelt, überhobelt und überhebelt; trotzdem verhielten sich meine vielen Weggefährten zu mir immer korrekt, waren wohlwollend, freundlich, reizend bis liebenswürdig. Und auch wenn ich dabei oft gnadenlos vollgelabert wurde, bin ich deswegen niemandem böse – ich habe es den anderen in der Regel zu leicht gemacht. Ob ich es im Leben einfacher gehabt hätte, wenn ich als Gleicher unter Gleichen aufgewachsen wäre, ist allerdings fraglich. Prägend für mich war lange Jahre nicht nur die Beziehung zu dem dauerlächelnden Antonesko, sondern außerdem zu meinem Schulfreund Peter, der prinzipiell nie unterschätzt wurde. Alles, was Peter im Leben anpackte, konnte er dann bald auch perfekt. Er preschte wiederholt mit Aktivitäten vor, über die in der Klasse bis dahin noch niemand etwas gehört hatte. Dafür bewegte er sich später leider meistens am Rande der Erschöpfung; trotzdem war er ständig dabei, schon seine nächsten Erschöpfungszustände zu planen. Und ich würde auch noch aus anderen Gründen mit Menschen wie Peter niemals tauschen wollen. Auch ein leicht Eingeschränkter bekommt im Leben viel Bestätigung – viel mehr als allgemein angenommen. Und ich persönlich kannte sowieso auch die andere Seite, also das genaue Gegenteil des Unterschätztwerdens: die auf einen einprasselnde Bewunderung. Meine Großmutter hielt mich beispielsweise für ein Genie und einen zukünftigen Schriftsteller.

Mein lieber Peter beschloss eines Tages – so fing es an –, dass er sich alles, was er an Kleidung anziehen sollte, ganz und gar alleine schneidern würde. Er brachte sich das Schneidern im Eiltempo selbst bei, und schon nach einer Woche tauchte er in der Schule mit einer selbst genähten Hose auf. An den Hosenbeinen hatte er sogar seitlich praktische und in Prag damals noch kaum bekannte Außentaschen angebracht. Als ich ihn fragte, wie man an fertige Hosenbeine – maschinell, wohlgemerkt – von außen überhaupt noch etwas annähen könne, antwortete er, so etwas sei ganz einfach. Wie einfach, verriet er mir aber nicht. An sich war es trotzdem schön, einen Freund zu haben, der von allen Seiten bewundert wurde. Und ich musste keineswegs alles selbst können – dazu hätten meine Energiepuffer sowieso nicht gereicht. Für Peters Qualitäten sprach aber noch einiges mehr: Er war nicht nur handwerklich begabt, er hatte außerdem Sinn für Ästhetik. Seine neue Hose sah ausgesprochen fortschrittlich aus und passte wie maßgeschneidert – war sie ja auch. Und sich selbst abzumessen, war ganz bestimmt ein Riesenproblem gewesen. Manche Körperstrecken dehnen oder weiten sich doch beim Bücken, andere schrumpfen unnatürlich. Eine nackte Frau demonstriert einem solche Dinge immer wieder, natürlich unwissentlich ... In Peters Manufaktur ging es dann bald mit der Herstellung von Schuhen los, was verständlicherweise noch viel aufwendiger war, weil Peter sich erst einmal zähe Lederstücke untertan machen musste. Er musste außerdem noch einigermaßen perfekte Leisten herstellen lernen und sich mit dem Nähen, Kleben, Pressen, Punzieren vertraut machen – also mit einer ganzen Kette der Schuhentstehungsarbeiten. Das erforderte viel Zeit und Geduld, und ich verlor ihn in dieser seiner Beschäftigungsperiode fast aus den Augen. Er schwänzte einmal sogar drei Tage lang die Schule. Aber ich nerve jetzt schon wieder mit irgendwelchen Details und kleinlichen Vorgängen wie dem Punzieren. Ich werde mich diesem meinem Erzähldriftdrang aber trotzdem nicht immer widersetzen können, fürchte ich. In einem Punkt hatte Peter natürlich pures Glück: In Prag gab es damals ganze Mengen an Spezialläden[13], in denen es alle nötigen Materialien für Bastler gab. Diese fand man dort immer gut sortiert vor, getrennt nach den einzelnen Bastelsparten. Und was es im sozialistischen Alltag tatsächlich alles zu verbessern oder zu erbasteln gab! – die Anzahl der Utensilien, Werkstoffe, Kleinstteile, Verbundstoffe, Lösungs- oder Farbstoffe ging in die Tausende. Ich würde hier gern noch einige völlig überflüssige Aufzählungen unterbringen, um den jungen Menschen den sozialistischen Alltag näherzubringen, lasse es aber lieber sein. Meine Frau überspringt beim Lesen

---

[13] Fast in jeder Straße einen bis vier, wie es heutzutage zum Beispiel bei den Apotheken der Fall ist.

zum Beispiel grundsätzlich alle Landschaftsbeschreibungen – und das hat mir, was das Schreibhandwerk angeht, schon recht früh zu denken gegeben. Dieser Roman enthält verständlicherweise keine einzige Beschreibung von irgendwelchen Außen- oder Innenräumen, was allerdings nur mittelbar mit meiner Frau zu tun hat. Was viele ihrer anderen Eigenarten angeht, werde ich sie möglichst nur sparsam preisgeben.

Der Sinn des – damals aus kommunistischer Sicht sicher weisen – Entschlusses, die Bastelleidenschaft des Volkes zu befeuern, war klar: Die Menschen sollten sich in Eigeninitiative üben und sich in Notfällen selbst auszuhelfen wissen. Viele Dinge gab es im Einzelhandel oft einfach nicht. Und wenn irgendwelche Gerätschaften kaputtgingen, fehlten wieder die passenden Ersatzteile. Dank der entsprechenden Aktivitätskanalisierung war die Bevölkerung außerdem ausreichend ausgelastet und für störendes Aufmucken irgendwann zu müde. Wobei diese auf zusätzliche Selbstversorgung zielende Strategie natürlich ihre Schattenseiten hatte. Alle bastelbezüglichen Besorgungen, also zeitraubenden Gänge durch die Stadt wurden von den Bürgern – und das war auch in den höchsten Lenkungsebenen bekannt – grundsätzlich in der Arbeitszeit erledigt.

Mit Peter erlebte ich allerdings auch ganz andere Zeiten, in denen er alles vorläufig Angestrebte hinter sich gebracht hatte und sich die Zeit nahm, mich stundenlang weiterzubilden – ohne mich dabei sonderlich wahrzunehmen. Ich bin ihm dafür trotzdem dankbar, und vieles, was ich heute weiß, weiß ich dank seiner endlosen Vorträge. *Schämst du dich nicht, den Leuten dauernd solche Dinge über dich zu verraten?*, blaffte mich neulich wieder mal meine Frau an. Nichts Neues in unserer

Beziehung ... und dass sie gelegentlich in meinen Papieren herumwühlt, gehört auch dazu. Meine Frau begann mich mit ihren scharfen Sprüchen (»Was Hänschen nicht lernt ...«) schon recht früh zu traktieren. In Zeiten nämlich, als ich ein derartig herbes weibisches Verhalten aus meiner Heimat gar nicht kannte. Zum Glück irrt sich meine Frau aber relativ oft, wobei natürlich einiges, was sie sagt, sich später als korrekt bis pädagogisch sinnvoll erweist. Was sie gegen meine angebliche Schamlosigkeit hat, weiß ich nicht genau. Mir fällt es bis heute überhaupt nicht leicht, jedenfalls nicht immer, irgendwelche Peinlichkeiten über mich preiszugeben. *Wenn bloß der Harmoniewille vom Himmel fiele!* Er muss es aber nicht, sage ich mir, wenn sich der Mensch auch ohne diesen ganzen Kram gut amüsiert. Und ich rufe lieber Folgendes zum Himmel hinan: *Du mein großer Lilliputtivater*[14] *in deinem Wolkenschloss, was habe ich in meinem Leben an Glück ertragen müssen – säckeweise sogar! Und warum hast Du mich, Du luftiger Hillbilly, erst mit fünfunddreißig zum brutalen Karatetraining geschickt und mich nicht viel früher mit wurffähigen Kieselsteinen*[15] *versorgt?* Wie gern würde ich meiner lieben Großmutter mit Zähren in den Augen über alle Schicksalstreffer berichten, die mir schließlich zu meinem so rundkantigen Glücksgefühl verholfen haben!

Mein Leben in Prag hätte furchtbar schäbig geraten können. Um mich herum war sowieso schon alles schäbig genug, und ich war auf dem besten Weg, die allgemeine

---

14 Eine unzureichende Erklärung dieser Art Namensgebung wird vielleicht etwas später in einer anderen go-tlosen Fußnote folgen.
15 Ein fortschrittlicher Mensch von heute würde eher von »tötungsaffinen Vollkörnern« sprechen.

Schäbigkeit hyperbolisch[16] zu vermehren. In Prag blätterte von den Mauern und Wänden schwerkraftbedingt alles ab, was kohäsionsgemindert war: nicht nur der Putz, auch ganze Simse oder Balkone. Und wenn dabei ein oder mehrere Fußgänger erschlagen wurden, wurde dies sogar in den zensierten Zeitungen öffentlich diskutiert. Auch unser späterer Präsident Havel hat sich als junger Mann an einem solchen Gedankenaustausch – als er es in den Sechzigerjahren noch durfte – beteiligt; und hat die Absurdität der ganzen Diskussion gnadenlos auseinandergenommen. Das tschechische Volk war aber trotz der staatlichen Lethargie nie faul und nie verzagt. Und wenn sich irgendwo – auch im Sozialismus – ein Unheil ankündigte und sogar bemerkt wurde, rückte eine tapfere Arbeitsbrigade mit Gerüsten und Stützbalken an und rettete oft erst im letzten Moment ein kleines Stück historischer Substanz vor der Zerbröselung. Wenn aber irgendein Fundament plötzlich überraschend absackte, dann hatten auch die Denkmalschützer nichts zu melden. Mehr als dieses oder jenes Gebäude abzureißen, war der tapferen Misswirtschaft dann gar nicht zuzumuten. Da ich damals noch furchtbar unselbständig und die Wohnungsnot in Prag so dramatisch war, meldete mich meine Mutter eines Tages bei einer Wohnungsbaugenossenschaft an, ohne mich groß zu konsultieren. *Mein großer Himmelslilli!*[17] *Mir wird wieder schlecht!* Das Leben war vorgeplant – vorgeplant schäbig; mein Leben sollte offenbar unbedingt so und nicht anders werden. Und ich war nicht nur grund-

---

16 Über dieses eine Wörtchen bitte nicht lange grübeln. Der Verlauf der klassischen hyperbolischen Kurve entspricht möglicherweise nicht dem Sachverhalt, den ich hier bebildern wollte.
17 Die Arbeiten an einer hinreichenden Erklärung für diese Art Anrufung dauern noch an.

schäbig und angeschabt, ich war schon damals im Grunde so gut wie verhackepetert. Ich steckte in tausend eng abgezirkelten Alltagszwängen und hatte das Gefühl, die Palette der Ausweichrouten wäre für Menschen wie mich längst zusammengefaltet worden. Ich hätte versuchen können, mich entweder mit läppischen Trippelschritten in Bewegung zu setzen, mich ins Wildwasser von irgendwelchen Dreckstromrinnen zu stürzen oder mir zur Abwechslung erfrischend gallige Einläufe verabreichen zu lassen. Und wenn das zu nichts geführt hätte, hätte ich mich mit Schnittwunden zieren, mir mittelschwere Knochenbrüche organisieren oder Morbus Bechterew simulieren können. Ich hätte aber trotzdem keine Chance gehabt. War mein damaliges Leben wirklich so, wie ich es mir hier gerade krampfhaft abpressen tue? Wahrscheinlich nicht, obwohl später tatsächlich verdächtige Schnittwunden an meinen Armen zum Vorschein kamen; und so möchte ich aus verständlichen Gründen darum bitten, die soeben gelesenen Sätze lieber nicht noch einmal zu lesen. Wahr ist jedenfalls, dass ich über lange Strecken etwas reduziert und dabei gleichzeitig eingenebelt lebte – also in einer Art Schutzmodus vegetierte, würde man heute sagen. Dabei kamen mir schon die einfachsten praktischen Dinge, die um mich herum im Gange waren, so verwirrend vor, dass ich sie sicher niemals eigenständig bewältigt hätte. Und das betraf nicht nur die kümmerliche Oberfläche des Alltags, sondern auch das damals relativ einfach strukturierte gesellschaftliche Innenleben. Eventuell hätte ich, was meine Mitgliedschaft in der Wohnboxen-Genossenschaft betrifft, nach zwanzig Jahren theoretisch eine kleine Chance bekommen, in meine eigene hässliche Neubauwohnung zu ziehen. Oder auch nicht. In Prag wohnten auch vollständig verfeindete Ehepartner jahrzehntelang weiter zusammen, weil sie einfach nicht auseinanderziehen konnten. Im Bekanntenkreis unserer Familie war dies fast die Regel.

Ich und eine Genossenschaftswohnung in einem zeitgemäß modernen, also hässlichen Haus – stelle sich das einer nur plastisch und ausreichend schäbig vor! Das wäre das folgerichtige, vollrichtige Ende meines planmäßig auf bieraufgedunsene Schäbigkeit zusteuernden Daseins gewesen. In einer solchen Wohnung[18] hätte ich dann sicher auch keine Urteilskraft mehr gebraucht. Da meine Mutter in die Genossenschaftskasse kaum Geld einzahlen konnte, war meine Anmeldung an sich relativ witzlos – und ich hätte später sowieso nie genug verdient, um mich in eine solche Bauleistungshölle einzukaufen. Manche andere Trottel besaßen natürlich außer der nötigen Zahlungspotenz auch noch extrem dickhäutige Hände und kräftige Rücken, und sie hätten perspektivisch viel an Eigenleistungen[19] einbringen können. Sie hätten dies und jenes einmörteln, zubuttern, verschmirgeln, unterfuttern, untermischen, überwinkeln, gleichmäßig befliesen und und können … Und ich war einfach eher einer, der nur durch Zufälle nebenbei mitbekam, wie Türen in die Waagerechte gebracht wurden, um nicht dauernd selbständig aufzugehen. Eine Tante von mir, die seit dreißig Jahren mit ihrem Ehemann in einer Plattenbauwohnung lebte und den Mann abgrundtief hasste, meinte, dass einen am Partner irgendwann faktisch alles stört: *jedes Wort*.

Ich und meine mährische Schönheit mit ihrem grammatikalisch korrekten Tschechisch in dieser Brutkastenwohnung! Und ihre frisch geschiedene, längst Prager

---

18 Ein Stichpunkt für weiterführendes Fantasieren: der plötzliche Kindstod.
19 Ein Stichwort für später?

Slang sprechende Schwester vielleicht noch mit dabei? Eventuell wäre noch deren Parfüm mitgekommen und vielleicht noch ein Hund oder drei Katzen. Und wir alle in einer vielleicht noch Ziegel auf Ziegel erbauten Wohnung voller Rohre und selbst verlegter elektrischer Leitungen! Wir in einem Haus voller anderer, gegen ihre Lebenswut ankämpfenden, frittierten Fettfraß kauenden und aus den Achselhöhlen stinkenden Genossenschaftlerfamilien. Grausame Visionen, denen zu frönen ich damals zum Glück noch gar nicht den Mut hatte. Ich trug einfach alles Mögliche nur dumpf in mir herum – das heißt, dass ich das alles auch schnell wieder wegsacken, runterschlucken oder verdampfen lassen konnte. Zur damaligen Zeit war es in Prag sowieso nicht üblich, explizit über psychische Schieflagen nachzudenken – das hätte noch gefehlt! Von meinen ungesunden Absack- und Schluckpraktiken rührten dann schließlich, fürchte ich, meine ungewohnt frühen Magenverkrampfungen. Meinem Magen werde ich später vielleicht noch ein ganzes Kapitel widmen – oder auch nicht. Das könnte jemand anders übernehmen, litten doch damals mindestens neunzig Prozent der Prager an Magengeschwüren. Ehrlich gesagt, finde ich es nicht ganz gerecht, wieso gerade ich gegenwärtig so gut wie jeden Tag mit einer Prachtlaune aufwache. Anna Seghers meinte, wie mir mal überbracht worden war: »Unter jedem Dach ein Ach.« Dazu fällt mir idiotischerweise und viel zu ruckhaft etwas völlig anderes ein: Unser Sohn hat sich bei seinem Sprung vom Dach, also bei seiner Selbsttötung, auf den Rücken fallen lassen. Darüber werde ich irgendwann noch anders und genauer berichten. Auch darüber, dass dadurch sein Gesicht unverletzt blieb.

Das Parfüm meiner Mährin kam natürlich aus dem Westen, aus den Tiefen eines Tuzex-Ladens, wie ich annahm. Unsinnigerweise sollte das zusammengesetzte Kunstwort Tuz+ex der Bevölkerung suggerieren, dass dort »inländischer Export« betrieben wurde, obwohl es sich bei dem devisenschweren Treiben eindeutig um den gegenläufigen Verkauf von importiertem Warengemisch handelte.[20] Ich wusste damals natürlich nicht, womit und wie mir aus der Prager Hölle zu helfen gewesen wäre. Das Aussprechen von Dingen, die man über sich selbst dachte, brachte in mein Leben, wie man sich denken kann, erst viel später meine Frau. Etwas in mir[21] wollte aus Prag unbedingt verschwinden, wollte raus aus dieser fauligen, verfilzten, porenverstopften Knödelgeschwulst – und zwar bei der allerersten Gelegenheit. Ich hätte mich irgendwann also in Bewegung setzen müssen, und am besten in Richtung Westen. Nüchtern betrachtet, lag die DDR für diesen meinen Wunsch fast richtig. Wenn ich heute das Wort Karriereplanung höre, weiß ich, dass es in meinem Wortschatz damals nicht existierte. Und der ostdeutsche Geigerrocker André Greiner-Pol sang für Menschen wie mich später in den Achtzigern: *Wenn ... dann hab ich alles, alles, alles, alles falsch gemacht ...* André war ein liebenswürdiger Radikallebender und machte so gut wie alles richtig, wenn er mit seiner eingepluggten Geige und seinem zerzausten Geigenbogen auf der Bühne stand. Was die Schäbigkeit meines Lebens betraf, hätte ich auch auf Goethe zurückgreifen können: *Werd ich zum Augenblicke sagen: Verweile doch!, du bist so schäbig!* Oder: *Verweile doch, ich will mich an meiner eigenen Schäbigkeit laben ...* Aber warum hätte ich so etwas Frevelhaftes tun

---

20 Mit dem Kompositum *Intershop* log man in der DDR auf diesem Gebiet etwas raffinierter, weil zweideutiger.
21 Stichwort »Eigenleistung«: Dieser Drang war eindeutig mein eigener.

sollen?[22] Ich sage lieber frei heraus, dass in meinem Leben alles anders kam als gedacht: Und die DDR zeigte sich mir dann gleich von der besten, also allerschäbigsten Seite. Die DDR war einfach ein Musterland, sie war glänzend verrottet, tiefst im Stunk eingeräuchert und baggerte sich außerdem den Braunkohl- und Wirsingboden unter den Füßen weg. Und so gesehen habe ich meinen Fuß irgendwann in das für mich am besten präparierte, allerliebst geeignete und sowieso recht nah gelegene[23] Dreckloch des gesamten Ostblocks gesetzt – und blieb dort wie alle anderen im Brikettstaub stecken. Ganz folgerichtig oder sogar logisch hören sich meine Ausführungen zum Thema Schäbigkeit, Dreck, Flucht und Verpuffung vielleicht nicht an, aber egal. Wahrscheinlich war ich an Dreck auch einfach gewöhnt, mit den unterschiedlichen Fluchtarten familienbedingt vertraut und schäbigkeitsallergisch vielleicht nur auf ganz bestimmte Prager Beimischungen. Die DDR war für mich tatsächlich wie geschaffen. Die Schäbigkeit des Landes wurde mein Forschungsthema, und ich fühlte mich in Ostberlin sofort wie zu Hause, obwohl ich dort lange Zeit überhaupt kein Zuhause hatte. Verstehe das alles, wer will. Immerhin lag der Westen im Prenzlauer Berg nur einen Mauerseglersprung weit entfernt.

---

22 Wie ich Sätze dieser Art – also rein rhetorische Fragen – in Romanen hasse! Vor allem in einer Mehrfachhäufung, wie ich sie in einer früheren Fassung dieses Textes noch zum Quarkbesten* gab. Dabei hätte ich wie wir alle ausreichend gewarnt worden sein müssen. Es gibt etliche zartfühlende Autorinnen, die an ihren vielen Fragezeichensätzen angeblich erstickt sein sollen. [*Embedded: »Quark«, also die erste Konstituente des Kompositums »Quarkbester« steht hier behelfsmäßig für das unerträgliche Wort »quasi«, das angeblich zuallererst im Magdeburger Raum gebräuchlich wurde.]
23 Die Luftlinie beträgt bis heute nur schlappe 280 Kilometer!

Gipsklumpen im Magen [4]

Wenn ich nur wüsste, was sich aus dem porösen Haufen meiner Vergangenheit überhaupt lohnt zu erzählen. Einiges ließe sich vielleicht auch mathematisch interpolieren, mit feinmaschigen Membranen herausfiltern oder zum Glück relativ einfach – wem sage ich das – mithilfe hochsaurer Pufferstoffe ausflocken. Ich war sowieso schon seit der Schulzeit ein Freund der Osmose, der kapillaren Elevation – des befreienden Dampfens sowieso. Die meisten Erwachsenen, die ich in meiner Wachstumsphase kannte, waren unglücklich – die lasse ich hier als Kollektiv lieber in Ruhe. Dieses Buch muss doch keine sechshundertvierzig Seiten haben! Und die Frage, wieso ausgerechnet ich jetzt Romane schreibe, obwohl es um mich herum durchgängig viel begabtere Menschen gab, lasse ich auch lieber beiseite. Der Grund dafür, dass mein Frustlevel sich irgendwann so tief unten eingependelt hat, war einfach der, denke ich, dass ich mir nicht allzu viel vorgenommen hatte, meine Lattenroste generell lose hängen ließ und meinen Ehrgeiz ... und so weiter. Ich werde mich mit diesem Thema sicherlich nochmal beschäftigen. Weiterzustudieren kam für mich irgendwann nicht mehr infrage. Aus Feigheit vor dem Feind entschloss ich mich allerdings, den Abgang gesundheitlich zu begründen. Theoretisch hätte ich später, wenn sich mein Magen wieder beruhigt hätte, weitermachen können. Für den tapferen Leser, der sich beim Entziffern dieser meiner Wortpermutation[24] – dieses Romananfangs also – schon

---

24 Für Kombinatorikkundige bzw. -interessierte: Der Terminus »Permutation« ist in diesem Fall natürlich nicht stimmig, klingt aber interessanter als die kor-

so weit vorgearbeitet hat, werde ich die Beschreibungen meiner diesbezüglichen Krankengeschichte stark zusammenraffen. Ich bin doch kein dysfunktionaler Schwätzer, Co-Hysteriker oder Komplementärnarzisst! Im Krankenhaus musste ich erst mal eine gipsartige Röntgenkontrastmasse schlucken und anschließend schmerzhaft wieder ausscheiden. Wie unwichtig! Nebenbei – aber umso intensiver, weil zum ersten Mal – erlebte ich im überbelegten Krankenzimmer das lange nächtliche Sterben eines Menschen. Mit der Beschreibung der entsprechenden schleimreichen Sterbeszene möchte ich aber niemanden quälen. Jeder literaturinteressierte InnenReader ist im Winter oft genug selbst reichlich verschleimt. Warum sollte ich hier also schildern, wie ein alter Mann seinen Rachenschleim nicht mehr schlucken, im Liegen nicht auswerfen und auch anders nicht mehr entsorgen kann? Ich verließ das Krankenhaus mit stark verschatteten Röntgenbildern meines Magens. Und ich verließ dann auch endlich meine Universität und war frei. Diese Freiheit hätte für jeden anderen jungen Mann damals allerdings eine Katastrophe bedeutet. Er wäre bald eingezogen worden. Nur ich, der Glückliche, musste nichts befürchten, weil ich mehr oder weniger irrtümlich ausgemustert worden war.

Nach der Unterbrechung des Studiums musste ich so schnell wie möglich arbeiten gehen. Streng genommen waren zwar alle Bewohner meines Landes mehr oder weniger Parasiten des kollektivistischen Gesellschaftskonstrukts, die Gesetzeslage war aber eindeutig. Man galt damals schon nach vier oder sechs Wochen des egal wie

---

rekte, leider eher banal wirkende Bezeichnung »Variation«. Um eine einfache »Wortkombination« – dies wäre der dritte mögliche Terminus – handelt es sich bei einem Roman ebenfalls nicht, da in diesem Fall die Reihenfolge der verwendeten Wörter keine Rolle spielen würde.

betriebsamen Herumgammelns, also des unbeschwerten Lebens ohne nachweisbare Einkünfte, als kriminell – sodass man nach dem gefürchteten Paragrafen 203 eingesperrt werden konnte. Und tatsächlich gehörte damals mehr als die Hälfte der Gefängnisinsassen zu dieser Art von Sozialdelinquenten.[25] Dank der katastrophal suboptimalen Arbeitsproduktivität gab es Beschäftigungsangebote zum Glück überall, man stolperte in der Stadt regelrecht über sie – und man konnte sich dann irgendeine nicht allzu abstoßende, zu einem eben passende Arbeitsstelle aussuchen. Dabei ging es in erster Linie aber nicht darum, überdurchschnittliche Schäbigkeit oder besonders ärgerliche Missstände zu meiden, man floh also nicht vor stinkenden Toiletten oder kaputten Klinken, die man beim Zuziehen der Tür auch noch nach Wochen gedankenlos abzog und dann lose in der Hand hielt. In der Regel waren sowieso nicht nur düstere Werkstätten oder Umkleidekabinen von Stadtreinigern verwohnt und schmutzig, sondern auch recht solide Büroräume von irgendwelchen Instituten. Als Arbeitswilliger sah man lieber nicht allzu genau hin und suchte in erster Linie nach warmer menschlicher Umgebung, nach freundlich rauchenden Damen in der Buchhaltung und nach einigermaßen – stundenweise wenigstens – sinnvoller Beschäftigung. Der Rest würde dann sowieso mit kollegialen Gesprächen ausgefüllt werden, mit unauffälliger Lektüre unter der Tischplatte, mit straßenläufigen Besorgungen oder mit schreibtischnaher

---

25 Václav Havel führte bei einem seiner Gefängnisaufenthalte spontan eine statistische Befragung zu diesem Thema durch und beschrieb die Ergebnisse in seinem Essay »§ 203«. Das Essay »§ 203« (datiert 1.4.1978) wurde in der ČSSR zuerst als Schreibmaschinentyposkript verbreitet, 1984 dann in London und 1990 in Prag publiziert – »O lidskou identitu«: Rozmluvy (S. 163–169; ISBN 0-946352-04-6).

Simulation von irgendetwas. Meine Tante, die mich zu einem Topprogrammierer ausbilden lassen wollte, verschaffte mir dank irgendwelcher Beziehungen eine vollkommen untergeordnete Arbeit in einem ökonomischen Forschungsinstitut. Meine Intelligenz dürfe auf keinen Fall verkümmern, meinte sie. Seit dieser Zeit weiß ich allerdings: Man darf nie eine vollkommen untergeordnete Arbeit annehmen, sich nie mit Statistik beschäftigen und nie in die Lage geraten, kurz vor dem Feierabend vor Langeweile zu implodieren. Alle diesem Institut zur Verfügung stehenden Zahlen waren gelogen, geschönt, frei erfunden ... oder auch nicht, man wusste es nicht genau. Und so wichtig waren die vielen zu verarbeitenden Zahlenkolonnen und -haufen sowieso nicht. Nach Möglichkeit sollte die Realität eher nicht allzu genau abgebildet werden – jedenfalls nicht von Personen erfasst werden, die keiner Geheimhaltungspflicht unterlagen. Für die meisten Angestellten des Instituts bedeutete die ewige Rechnerei die reinste Handarbeit. An Großcomputer konnte man Normalsterbliche damals sowieso nicht ranlassen. Ich persönlich musste irgendwelche Zahlen in lange Tabellen eintragen, und wenn ich mich verguckt oder verschrieben oder wenn ich einfach nicht darauf geachtet hatte, was ich schrieb, musste ich einen neuen Tabellenvordruck nehmen und wieder von vorn anfangen. Der Tag war lang und die Woche endlos. Und bis heute jagt mir der Anblick eines beliebigen Blatts Millimeterpapier Angst ein – und zwar wegen der grauenhaften Verlaufsdiagramme, die ich anhand einer bestimmten Auswahl meiner Zahlen auf die kotzblass-pastellfarbenen Papierbogen zeichnen musste. Ich war grausam ungenau, meine farbigen Stifte waren nicht spitz genug oder brachen in entscheidenden Momenten ab, und die Anschlüsse der Linien schlossen in der

Regel nicht an. Vielmehr schossen sie oft über das Ziel hinaus oder bekamen widersinnige Buckel, weil irgendwo mittendrin eine meiner Fingerkuppen dazwischengekommen war. Und farbige Linien auf Millimeterpapier radieren zu wollen, ist fast unmöglich – davon kann ich jedem nur abraten. Zum Glück musste ich meine langen Zahlenreihen regelmäßig auch mal addieren oder anderweitig verarbeiten, wozu ich dann eine mechanische Rechenmaschine benutzen durfte – und diese mechanische, gar mechamaschinistische Beschäftigung gefiel mir einigermaßen. Der bewegliche obere Teil des Maschinchens ließ sich mit einem Drehknauf jeweils um eine Dezimalstelle nach links oder rechts versetzen. Addiert oder multipliziert wurde mit einer Kurbel an der Seite – im Uhrzeigersinn. Subtrahiert oder dividiert wurde anders herum. Kam die Maschine vielleicht sogar aus der DDR? Oder aus Russland? Im Sozialismus war alles möglich. Während des Kurbelns konnte man beobachten, wie sich die Ziffernrädchen in ihren länglichen Öffnungen brav und fast synchron drehten, um schließlich etwas asynchron, also leicht drehphasenversetzt das jeweilige, leider oft verwackelte Ergebnis anzuzeigen. Ich vertraute der Maschine nicht wirklich, da die vielen Zahnrädchen im Inneren sicher schon stark abgenutzt waren. Beim Kurbeln konnte man ab und an so etwas wie einen Übersprung spüren, jedenfalls einen ruckartigen, aus dem Inneren der Maschine kommenden Hüpfer. Ich rechnete lieber alles zweimal durch. Dummerweise fabrizierte das Ding gar keinen Ausdruck, sodass man nachträglich nichts nachprüfen konnte. Am sichersten war es einfach, alle Operationen mindestens dreimal durchzuführen. Und jeder kann sich vorstellen, was es für einen bedeutete, wenn die Endergebnisse gegen Ende der Arbeitszeit zum fünften Mal nicht übereinstimmten.

Im Grunde bedrückten mich die herrschenden politischen Verhältnisse aber wesentlich mehr als die ärgerlichen Zahlenkolonnen. In der Tschechoslowakei waren damals schnell alternde Opportunisten, Schleimer und Dummköpfe an der Macht, die bei der nachokkupatorischen Säuberungswelle aus der zweiten oder dritten Reihe nach oben gespült worden waren. Und nebenbei wuchs noch – also parallel dazu – eine neue, moral- und ethikneutrale Generation von jungen Opportunisten, Schleimern und Dummköpfen heran, die zu meinem Ärger sogar auch noch gut gelaunt war. Dass ich die idiotische Beschäftigung als Zahlenkurbelheini überhaupt angenommen hatte, war zwar bescheuert, aber nicht weiter schädlich. Ich hatte dort niemanden ins Abseits gestoßen, tat trotz meiner Wut niemandem weh und bereitete meiner Tante eine Zeitlang wenigstens etwas Freude. Sie selbst war aus ihrem Institut als revisionistisches Element rausgeworfen worden und machte ihre untergeordnete, neusinnlose Arbeit dann einfach woanders. Bis Frühjahr 1969 war sie sogar Abteilungsleiterin gewesen, und ihr damaliges Spezialgebiet war MARKETING IM SOZIALISMUS. Diesen Begriff, also diesen Unsinn, sollte man sich als ein Mensch von heute auf der Zunge zergehen lassen: Man hatte sich, also bevor die russischen Panzerdivisionen kamen, tatsächlich mit dem Gedanken getragen, in unserem eingekesselten Land probeweise kapitalistische Marktmechanismen einzuführen. Als meine Tante bei ihrer Pflichtüberprüfung gefragt wurde – das war die Standardfrage –, ob der Einmarsch der verbündeten Armeen in unser Land eine brüderliche Hilfe gewesen war, sagte sie schlicht und einfach *Nein*. Weitere fachliche Befragung hatte sich damit erledigt. Absurderweise glaubte meine Tante trotz ihres Scheiterns später immer noch an die Richtigkeit ihrer frühen Ansätze, die sie mit ihren Mitstreitern wie dem Großträumer Ota Šik hatte erarbeiten wollen. Aber immerhin: Lange Jahre ihres Lebens, die meine Tante mit ihrer doch verantwortungsvollen Beschäftigung zugebracht hatte, hatte sie exzellentes Gehirntraining betrieben und konnte ihre Fähigkeiten in den Dissidentenkreisen später immer wieder effektiv einsetzen.

Dass die DDR Menschen wie mir auch weiße Ostsee-Strände, riesige Seenlandschaften und viele nackt herumlaufende Bürgerexemplare zu bieten hatte, wusste ich damals nicht. Ich wusste auch nicht, dass es zugleich ein Dihydrogensulfid-Land war, wo jedes zweite Kleinkind an Pseudokrupp litt und sich ab der Grundschule auf das Rentenalter freute, um in den Westen reisen zu dürfen. Was das Dihydrogensulfid betrifft, irre ich mich garantiert, da es sich um eine andere, nicht aus Fäulnis-, sondern aus Verbrennungsprozessen stammende Sulfur-Verbindung gehandelt haben muss: Schwefeldioxyd. Wen kümmert es aber heute in unserem Land des Katalysierens, Feinstaubfilterns oder Bluetec-Ejakulierens von Mercedes? Die meisten mit dem Verbrennen zusammenhängenden chemischen Vorgänge sind mir sowieso bis heute fremd, weil ihre tiefere Molekularoidität sich nicht beobachten lässt. Als ein tschechischer Hinterwäldler wusste ich damals auch nichts über Albert Schweitzer, nichts über die Schule in Summerhill oder den vaginalen G-Punkt.

Als ich einmal während meiner Mittagspause auf dem Wenzelsplatz unterwegs war, kam mir plötzlich eine größere Horde gut gelaunter Fremdlinge entgegen. Die meisten waren dem ersten Eindruck nach weiblich, und diese weiblichen Wesen waren – für damalige Verhältnisse jedenfalls – so gut wie nackt. Sie trugen nicht nur extrem kurze Miniröcke, also schmale Stoffstreifen in der Körpermitte, weiter oben schlapperten an ihnen außerdem lockere, offenbar selbst gefärbte Turnhemdchen mit schmalen Schulterstreifen, die seitlich kaum für Sichtschutz sorgten. Wie die Batik-Kreise beim Färben entstehen, erklärte mir eine dieser Nackten auf Nachfrage bald auf Englisch und lüftete dabei freimütig ihre beiden Wärzchen. Es herrschten gerade ganz üble Sommertemperaturen, und wir sprachen auch Russisch miteinander. Alle diese Ostdeutschen waren – für mich war das absolut unbegreiflich – voller grenzenloser Begeisterung. Und sie wirkten dabei nicht albern. Offensichtlich freuten sich diese Leute einfach über das Leben an sich. Natürlich waren sie bald auch von mir begeistert – das heißt davon, zufällig einen Neuzugang gewonnen zu haben. Und plötzlich auch davon, dass ich Jude bin und meine Urgroßeltern aus Lemberg stammten. Dass ich gerade das über mich preisgegeben hatte, war leicht bescheuert – für mich als Kryptojuden war es allerdings immer ein Thema, weil ich im Gegensatz zu meinen Cousinen blond wie ein Slawe bin.

Wir standen noch eine Weile im Pulk und lachten und strahlten. Nebenbei bekam ich rein visuell mit, dass die Frauen mit einem Parfümfläschchen beschäftigt waren und sich gegenseitig besprühten. Dann wurde es leider dunkel. Dass ich ohne Vorwarnung ohnmächtig wurde, muss allerdings auch an einigen feuchten Hälsen und sendestarken Achselhöhlen gelegen haben. Das Wetter war drückend, vielleicht hatte ich auch nicht genug getrunken, hungrig war ich sowieso. Und was das Parfüm betraf, war es hundertprozentig das gleiche Opiat, mit dem mir meine Mährin mein Riechhirn versengt hatte. Eine der Germaninnen hielt mir, noch als ich auf dem Boden lag und nach der Marke fragte, kurz ein schwarzes Flakon vor die Nase. Leider sah ich gerade nicht allzu scharf. Meine Mutter kippte einmal auch ohne jede Vorwarnung um, nachdem sie in einer Gedenkstätte den Originalgeruch von KZ-Pritschen in die Nase bekommen hatte.

In meinem Fall war das Wegdriften auf dem Wenzelsplatz vollkommen inadäquat. Dummerweise hatte ich damals noch nichts Fundiertes über Gerüche gelesen und wusste auch nichts über die von Hautbakterien verursachten Zersetzungsprozesse. Und vielleicht hatten sich direkt vor mir zwei gegenläufige Scherwinde zusammengeschoben und zu einer Druckwelle vereint – und mir eine doppelt konzentrierte Duftböe in die Nase gedrückt. Der sonnendestillierte Gruppenschweiß der Leute war an der Attacke sicherlich beteiligt. Außerdem hatte ich vormittags im Büro ein Schälchen halb angefaulter Kirschen geschenkt bekommen. Das alles war dann aber vollkommen egal, weil ich mich nach dem Aufwachen vollkommen glücklich fühlte. Ich wusste zwar nicht, wieso, es war aber herrlich. Ich durfte mich jedenfalls kurz von allen Pflichten befreit fühlen und gab außerdem anderen Menschen die Möglichkeit, sich von ihrer besten Seite zu zeigen. Und was machten meine neuen Freundinnen, die zukünftigen Mütter, Kämpferinnen gegen den Pseudokrupp mit einem auf dem Bürgersteig liegenden Juden? Sie kümmerten sich rührend, waren reizend bis in die Tiefen ihrer porösen Körper, ließen ihre nackten Brüste baumeln und ihre Miniröcke noch weiter nach oben rutschen. Außerdem streichelten sie mir über meine mit Limonade befeuchtete Stirn und zeigten mir in der Hocke großzügig ihre verschwitzten Schlüpfer. Und stand da in der Luft plötzlich auch noch eine wunderschöne Prise Urin? Was ich damals allerdings noch nicht ahnte: Aus dem Scheidenmilieu steigen dank der dort arbeitenden Milchsäurebakterien wesentlich komplexere Gerüche auf. Manche der Frauen hockten oder knieten die ganze Zeit in meiner Nähe, manche richteten sich zeitweilig wieder auf. Eines dieser Geschöpfe muss meine zukünftige Frau gewesen sein. Und eine andere anonyme Gestalt aus der Gruppe beeindruckte mich auch noch mit Patschuliöl, das ich bis dahin noch nie gerochen hatte. Die Männer wurden in die pflegerischen Arbeiten nicht eingebunden.

Noch bevor ich aufstand, wurde mir nebenbei, auch dank des Patschulis klar, von welchen Welten ich noch überhaupt keine Vorstellung hatte. Aber an sich fühlte ich mich angenehm matt vaporisiert, allerdings noch weiter geschwächt – sodass ich vorsichtshalber, mit einem kleinen Fremdrucksack unter dem Kopf, noch eine Weile liegen blieb. Alle Füße und Unterschenkel um mich herum waren mit angetrockneten Limonadentropfen besprenkelt, und fast alle diese Füße, vor allem die männlichen, steckten in primitiven, wie selbst gefertigten, teilweise punzierten Latschen. Alle Frauenknöchel waren selbstverständlich so gut wie vollkommen. Und ich begriff nebenbei, warum man ein Knie – dieses viel zu kompliziert konstruierte Gelenk – als schön empfinden kann: Weil es nach außen zwar etwas klobig-wulstig-beulig wirkt, innen aber notgedrungen feingliedrig multioptimal gestaltet und trotz allem leicht zu bedienen ist. Und die Frauen rochen unten natürlich anders als oben oder in der Mitte. Dort unten präsentierten sie mir aber natürlich nicht einfach so etwas wie den gemeinen Fußschweiß, sondern eher ein luftgegerbtes und staubgewürztes Hautextrasublimat; und vielleicht auch den priseweise vorhandenen, aber noch nicht ranzigen Zellenbalsam aus den Zwischenräumen der Zehen. Und dann noch die feinen Flaumhärchen überall an der Wadenhaut – anliegende Härchen, abstehende, zusammengeklebte und auseinandergespreizte ...

Da aber alle ohne Ausnahme weiter gute Laune hatten und gute Laune so schnell wie möglich wieder ausbrechen sollte, stand ich irgendwann auf. So lebt es sich also in einer gut gelaunten Horde von Gleichgesinnten, die gerade unschuldig schuldlos in ein fremdes Land eingefallen ist. Diese Leute hatten sich allerdings auch noch etwas von irgendwelchen alten Sitten erhalten, hatte ich den Eindruck, irgendwelche Residuen ihres germanischen Kitts.[26] Mit der Deutschen Ostmickrigen Republik, so wie ich sie zu kennen glaubte, hatte diese tribalistisch wirkende Horde nicht viel gemein, auch nicht mit irgendwelcher Engstirnigkeit, mit Kleinstaaterei oder sogar dem internationalen Kleinbürgertum. Das, was diese Leute verbreiteten, war die reinste Nachkriegsware und offenbar ein Teil des Ostberliner Alltagsgefühls. Dummerweise muss ich zugeben, das Gesicht meiner zukünftigen Frau in dieser Szene nicht präsent zu haben.

---

26 *Dieselbe Sache und das alte Leid / Mich so langsam in den Wahnsinn treibt / Und auf der Matte tobt derselbe Krieg / Mir immer noch das Herz versengt ... könnte jetzt derjenige singen, in dessen Brust ein Rammsteinherz brennt.*

Ein gut lesbares, zugegebenermaßen hart erarbeitetes Kapitel [5]

Die DDR galt in meinem versunkenen Land als ein Gehege von ideologisch morphinisierten Quadratschädeln, die von den Staats-, Einheitspartei- und Medienorganen[27] ununterbrochen verblödet wurden. Aber das war bei Weitem nicht alles. Das angeblich dressierte ostdeutsche Volk war in den Augen des tschechischen Bierbauchs noch viel schlimmer dran: Die auf den ersten Blick gut erkennbaren Ostdeutschen wirkten nicht nur äußerlich furchtbar brav, sie galten auch noch als infantilisiert und überdesinfiziert[28]. Es waren einfach – so die Einheitsmeinung – brave Büttel des Staates, zuvorkommend zusätzlich aus ihrem eigenen Antrieb heraus. Sie waren – statistisch gesehen fast alle, und im Straßenbild bestätigte sich das immer wieder – standardisiert gekleidet: die Männer in weiß leuchtende DeDeRon-Hemden gezwängt, die Frauen mit blumenwiesigen Kleidern aus leicht glitzernden, elektrisch

27 Wie sie nur alle hießen? Wenn ich mich recht erinnere (allerdings ohne damals – mehr als zwanzig Jahre lang – ein einziges dieser Druckerzeugnisse gelesen zu haben): »Die glücklichen Einheitskinder – immer bereit!«, »Vorwärts und nimmer hinterrücks«, »Überholen ohne untertreiben«, »Von der Sowjetfrau lernen und nichts aufzurechnen«, »Der Gärtner und seine Oranienburger Fliegerbombenfunde« und und. Übrigens habe ich – wenn das noch jemanden interessieren sollte – in der S-Bahn zu DDR-Zeiten grundsätzlich nie bezahlt, aus den halb- bis nullautomatischen Fahrscheingeräten jedes Mal nur eine Fahrkarte gezogen; auch das war oft schon mühsam genug.
28 Für Wissbegierige: Die in breiten Bevölkerungsschichten damals benutzten FLÜSSIGEN Einheitsdesinfektions- und Körperreinigungsmittel hießen Wofasept (das »Erbarmungslose«) und Wofacutan (das »Sanftmütige«).

dauergeladenen und eher für Küchenschürzen gedachten Stoffen behängt.

Zu diesem Standardbild passten jetzt diese Nackten und Jesusbelatschten überhaupt nicht, sie störten regelrecht die auf dem Wenzelsplatz herrschende, egal wie schäbige Prager Idylle. Es waren drei Schwestern dabei, deren Vornamen alle mit »C« begannen, obwohl eine der dazugehörenden Zwillingsschwestern eigentlich Margie hieß, dann noch drei andere Schönheiten und irgendwo auch noch – wie schon gesagt – meine zukünftige Frau mit einer ihrer besten Freundinnen, die später schizophren wurde. Die Jungs hatten fast ausnahmslos lange fettige Haare und zogen sich dauernd gegenseitig auf. Das allerdings einigermaßen respektvoll. Kurz bevor ich aufgestanden war, hatten es die Jungs noch geschafft, irgendwelche hilfswütigen tschechischen Medizinstudenten davon zu überzeugen, dass es für sie in meinem Fall nichts zu tun gäbe. Dabei machten sich die Jungs nebenbei auch über sie lustig. Ich verstand zwar nur einen Bruchteil dessen, was belächelt und bequatscht wurde, trotzdem erfasste ich dank des jahrelangen Inputs durch meine Großmutter eine ganze Menge. Und der erste Eindruck, die Essenz dieser ersten Beobachtungen hat sich mir später während meiner Ostberliner Karriere als Reparateur von Kleinstgeräten bestätigt. Die Arbeiter in meiner Werkstatt zogen sich ebenfalls gern auf, machten sich gegenseitig fast beängstigend lächerlich, wahrten aber vorsichtig die Grenze, an der ihre Frotzeleien hätten wirklich verletzen können. Und mir gegenüber, dem stillen Scheuling, benahmen sich diese Proletarier überraschend sanft. Dabei hätte ich anfangs eine so leichte Beute abgegeben.

Das Bild der germanischen Frauen war in meiner Heimat ebenfalls grausig. Diese galten als hartherzig bis gnadenlos, selbstsüchtig bis glattscharf, egomanisch bis grundarrogant. Gewohnheitsgemäß bewehrt mit Peitschen der höheren Härtegrade. Und sie würden sich natürlich umgehend – wenn plötzlich Bedarf bestünde – zu Aufseherinnen, kreischenden Volkshirtinnen, Fachfrauen für die Beseitigung irgendwelcher unwerter Überreste oder vielleicht noch zu etwas Schlimmerem ausbilden lassen, ohne mit einer ihrer blonden Wimpern zu zucken. Danach sah es jetzt auch nicht aus. Die dauernden Ausbrüche von Fröhlichkeit hörten nicht auf, daran waren allerdings eher die Männer beteiligt. Dabei passierte gar nichts Besonderes, nichts wirklich Komisches. *Die Taube ist auf einem Brötchen gelandet und auf die Schnauze gefallen* ... Aus den Leuten sprudelte eine beeindruckende Leichtigkeit, sprühte aus Quellen, die es für mich »noch zu erkunden galt«[29]. Dauergelächelt wie Antonius hat in dieser Runde niemand. Dafür sah ich eine Menge in sich ruhender Frauengestalten, die mit ihren dahin und dorthin fallenden Haarsträngen beschäftigt waren und sie mit geübten Zuckungen regelmäßig aus ihren Gesichtern schafften. Ich musste tapfer bleiben – solche Eindrücke trafen mich auch sonst recht intensiv. Und sie führten schon bei viel flacher vektorierten Einschlägen leicht zu Staus in meinen zentralen Stammhirnkanälen oder zur Ziehharmonikanisierung von sensiblen Gefühlsdaten und Ähnlichem; und wenn dann möglicherweise auch noch in gebündelter Form und mit einer leitfähigen Membran überzogen ... dann hätte es bei mir zu Kurzschlüssen zwischen irgendwelchen limbischen Synapsen kommen können – oder zu emissionsbedingten

---

29 Diese traditionelle Formulierung hätte ich ohne Anführungszeichen nur dann verwendet, wenn ich ein Holzkopfschriftsteller geworden wäre.

schneeballoiden Entladungen. Und nach einem eruptiv-kettenreaktionären Wellengang sogar zu lokalen Zellenquetschungen oder zu der sogenannten »fibrinoiden Graubleiche«, die von einigen Dissidenten der Neurologieszene gern als »Kathodal-Anodaler Hirnbuster mit auto-irreversiblem Lysecharakter« bezeichnet wird [ICH PERSÖNLICH MÖCHTE HIER KEINE EIGENE POSITION BEZIEHEN][30]. Im Grunde will ich mit diesen Ausführungen vor allem Folgendes sagen: In solchen extremen Momenten war in mir auch früher regelmäßig der Vortriebsdruck in meinen Lymphbahnen stark angestiegen, mein gesamtes Ektoplasma spielte verrückt und war bereit, mein Innerstes nach außen zu kippen – was weiß ich! [STAMMT DIESER SCIENCETRIP TATSÄCHLICH VON MIR? WIE BESCHEUERT BIN ICH INZWISCHEN SCHON? ODER ANDERS GEFRAGT: BIN ICH JETZT EIN ANDERES WESEN ALS DAS, DAS ICH NOCH LANGE NACH DIESEM ERUPTIONSSCHUB WAR?] Das DDReich, Krieg dem Frieden, Wärme der Kälte, Bewegung der Starre ...

Der Trottel muss zum Glück nicht alles bis ins letzte Detail begründen. Ich persönlich setze lieber auf meine Naivität – und paare sie nach Möglichkeit mit sozialer Kompetenz aus den mir zugänglichen Zwischenablagen. Außerdem öffne ich mich gern auch für völlig unpassende Zufallsbekanntschaften. Und ich schließe die Haustür von innen nicht ab, wenn ich allein in meiner Bretterlaube übernachte. Was würde man bei mir außer meinen Ket-

---

30 ALLE DERARTIG – ALSO IN KAPITÄLCHEN – FORMATIERTEN UND DIREKT IN DEN TEXT IMPLEMENTIERTEN EINSCHÜBE SIND ERST NACHTRÄGLICH BEI DER DURCHSICHT DER VERLAGSFAHNEN ENTSTANDEN. ES HANDELT SICH – IM GEGENSATZ ZU EHER INHALTLICH RELEVANTEN FUSSNOTEN – IN ERSTER LINIE UM KLEINE TEXTBEZOGENE KOMMENTIERUNGEN. OFT SIND ES EINFACH REAKTIONEN AUF STILISTISCH UNPASSENDE AUSRUTSCHER, ALSO AUTOVALENTE (!) DISTANZIERUNGEN VON SPRACHLICHEN ANOMALIEN, VON ALLGEMEIN UNVERSTÄNDLICHEM ODER VON ZU GEWOLLTEM QUATSCH.

ten und meinem Proletariertum schon finden? Und ich könnte auch ein Hund sein! Ich besitze wenig, halte notdürftig meine Omnia-Mea-Mecum-Portas zusammen, bin ein ehrliches Epithel[31], und alles darunter ist bei mir zwar blutig, aber keimfrei, gerinnsellos, feingespült – hoffe ich jedenfalls. Mein Gehirn ist bis heute weich und formbar geblieben – ein Glück für meine geduldige und auf ein mögliches Reiftum (ihres Tschechen) bedachte Frau. Aber auch meine Innereien stehen für Betriebsfremde zur Fleischbeschau oder gar zur Funktionsüberprüfung bereit. Meine Zunge hat zwar schon viel Unsinn passieren lassen, ich weiß zum Beispiel aber genau, wo ich in Mannheim meinen besonders flach geschliffenen 10er Spezialschlüssel habe liegen lassen – auf einem Zaunpfahl. Dort rostet er sicherlich noch heute vor sich hin. Trotz alldem empfinde ich die von mir und meiner Frau behauste Wirklichkeit als ziemlich vollkommen.

Bin ich etwa dabei, einen Liebesroman zu schreiben? Gern! Unbedingt – nichts wie in die Pedale treten! Ich bezweifele allerdings, dass ich dazu fähig bin. Und ich werde sowieso erst nachträglich mitbekommen, was ich hier mithilfe der Hebel meiner Schreibmaschine zu Farbband und zu Papier bringe. Eins steht aber fest: Ich könnte niemals Romane in der dritten Person schreiben. Die Leute würden mir garantiert keinen für meine Hauptfigur erdachten Namen glauben – auch nicht einen so überzeugenden wie Gudgar Heribert Dqualq.

Bis ich aus meiner versinkenden Heimatstadt wegkam, passierte leider noch wahnsinnig viel. Einiges davon habe ich zum Glück halbwegs vergessen, und größere

---

31 Wenn ich ein Einzeller wäre, würde ich hier selbstverständlich vom Ektoplasma sprechen.

Restposten sind inzwischen völlig irrelevant geworden. In meinem damaligen Inneren häuften sich seit Jahren unzählige Fragen, wodurch ich natürlich überhaupt nicht klüger wurde, sondern nur kauziger. Allerdings blieb in meiner Brust immer ein ganz kleiner Glücksklumpen stecken und verließ mich auch in den schlimmsten Zeiten nie ganz.[32] Und außerdem steigerte sich in mir auch der Wille, trotz aller meiner Hemmnisse [WELCH EIN DES VITALEN HORNISSENSUMMENS WÜRDIGES WORT!] wenigstens einen Teil der geistigen Weltfundamente[33] zu ergründen. Dabei verstand ich oft nicht mal meine eigenen Fragen, und auch nicht, aus welchen Quellen sie sich speisten. Woher stammt beispielsweise meine Wut auf sprachliche Klischees und abgenutzte Redewendungen? Ich weiß es bis heute nicht, dabei entwickelte ich diese Aversion angeblich gleich nach meiner Geburt. Und ich kann mich nicht erinnern, in der Kindheit mit irgendwelchen Sprachbastardismen provoziert worden zu sein. Nur meine Großmutter überhäufte mich manchmal mit jiddisch angehauchten deutschen Kosewörtern. Und die chinesische Unkulturrevolution verfolgte ich nur aus einer gewissen Distanz. [DER REST DES ABSATZES KANN GESTRICHEN WERDEN, MEINT JEDENFALLS SEBASTIAN. ICH ZÖGERE NOCH.] ~~Ich wurde in meinem späteren Leben nie auf das sowjetische Staatsgebiet entführt und dort nicht in der Insulinpsychiatrie kaputtsediert. Und auch heute: Niemand zwingt mich zu glauben, die mit farbiger Zuckerpampe begossene~~

---

32 Hoffentlich kennt ihr so etwas auch, wenigstens aus dem Vorschulalter, liebe Kinder.
33 An dieser Stelle würde ich auf eine Fußnote gern verzichten, der Hinweis auf die schon in der Antike bekannte Technik der Pfahl-/Pilotengründung drängt sich in diesem Zusammenhang aber regelrecht auf.

~~und tieffetttiefgetränkte Dunkin' Donuts~~[34] ~~würden die Menschheit geistig und körperlich voranbringen.~~
Ich hielt es in den stickigen Büroräumen irgendwann nicht mehr aus. Das Institut der sozialistischen Verzweiflungsanalysten lag im Parterre eines Eckhauses, und durch die angrenzende Kreuzung quälten sich pausenlos die Gespanne mehrerer Straßenbahnlinien. Besonders die für die Innenstadt viel zu langen modernen Kolosse kamen nur mühsam durch die Kurven, aber auch die fast musealen, kürzeren Modelle hatten es auf den leicht welligen Schienen und den vielen Wackelweichen nicht leicht ... wobei die dazugehörenden Vibrationen und Stöße für uns Anrainer und Ansitzer eher das kleinere Übel waren. Das metallische Reiben war viel schlimmer – das STAHLGEÄST[35] DER STRASSENBAHNSCHIENEN schien einfach direkt durch unsere Räume zu führen. Ergänzt und verfeinert wurde das ganze Resonanzpanorama noch durch etliche institutseigene, leimschwache Aktenschränke und die Glasscheiben einiger Vitrinen. Gerade die feinen Vibrationen sind es, die ich in mir treu und gläubig[36] bis heute bewahrt habe. In den Büroräumen kam eine Festtagsstimmung nur dann auf, wenn eine Straßenbahn ent-

---

34 Hierfür einige Schlagwörter/Suchbegriffe/Kategorien: Systemgastronomie, Kotzbrocken, Sportlichkeit, Kotsammelautomat, Tartanrundbahn, Zweikomponenten-Magenfestiger, Totenmasken aus Tortenguss, handliches Bolzenschussgerät »Sano Bang prompt+« für Zahnverplombung zum Selbstmachen.

35 In meinen Augen eine äußerst abstoßende, bei bildungsnahen Bürgern dagegen gern gesehene Art Metapherisierung*; hier verwendet nur aus Ermangelung einer anderen, ähnlich wortökonomischen Lösung. [*Embedded: Ein länderübergreifendes Ächtungsverfahren des Wortes »Geäst« läuft in der Deutschen Akademie für Sprache und Wortbegattung bereits seit März 2017.]

36 Woher kommt bloß mein Zwang, Abend für Abend die Bibel in die Hand zu nehmen?

gleist war – dann herrschte plötzlich Ruhe, und auch der chaotische Autoverkehr nahm ab. Und wenn die Polizei und die schweren Kräne kamen, gab es auch einiges zu sehen.

Meine früheren Freundeskreise waren zu diesem Zeitpunkt nicht mehr existent, die Freunde längst in diverse Richtungen abgedriftet, und neue hatte ich nicht – im Grunde wollte ich gerade gar keine haben. Der jungen Teutonenhorde, also den duftenden Frauen und den ihrem Duft folgenden Männern, war mein Status im Prager Gesellschaftsdschungel natürlich gänzlich unbekannt. Was für ein Glück! Ich stand vor ihnen, nachdem ich mich auch innerlich stabilisiert hatte, völlig unbelastet da, meine alltägliche Verlorenheit war wie weggeblasen. Trotzdem war ich immer noch einer, der bereit war, jeden ironisch hingeworfenen Quatsch für wahr zu halten. Den Kontakt zu Ausländern kann ich aus Erfahrung jedem Menschen nur empfehlen. Die sprachliche Begrenztheit wirkt Wunder, hilft auch grundlegende persönliche Schwächen zu kaschieren und schafft dank der hochgradigen gegenseitigen Ahnungslosigkeit, was die jeweiligen Lebensumstände der Gegenseite betrifft, sogar ungeahnte Freiräume.

[EIN KLEINER SPRUNG ZWECKS HANDLUNGSBESCHLEUNIGUNG] Ich wurde schließlich Berufsausfahrer einer Wohnungsbaugesellschaft, der Herr eines Kleinlasters. Und dieser besaß nicht nur viele ganz unterschiedlich lärmende Bauteile und nur notdürftig arretierbare Sitze, sondern dummerweise auch eine stark ausgeleierte Kardanwelle. Ehrlich gesagt, hätte ich meine Klagen über die Geräusche, wie ich sie im Büro erlebt hatte, auch weglassen können. Schon lange vor meiner Kündigung war mir klar, dass ich eigentlich auf die andere Seite der Kampffront gehörte. Dort konnten Menschen meines Schlags wenigstens helfen, den Hass der Bevölkerung auf alles und jeden zu schüren – und so vielleicht auch ihre Wut auf die herrschenden politischen Verhältnisse zu verstärken. Ich hatte schon mit achtzehn meine Fahrprüfung abgelegt – ohne Aussicht, auch privat mal Gas geben zu können. Nun war meine Stunde gekommen, rücksichtslose Kraftfahrer wurden überall gesucht. Mein polnischer Kleinlaster stank, die dazugehörigen Werkstätten stanken, die Toiletten im Hof unseres Fuhrparks stanken, und an dem Transporter war und saß fast alles locker. Ich tröstete mich wenigstens damit, dass ich dies alles – egal wie verstunken oder beklappert – eines Tages würde auch literarisch nutzen können. Die verrostete Karosserie meines Żuks [BITTE NICHT *zuck* {WIE IN *ruck-zuck*} AUSSPRECHEN, DANKE!][37] war mit dem ebenfalls rostschuppigen Chassis nur an einigen wenigen Stellen noch fest verankert. Und dies bedeutete, dass die Kabine, in der ich meine langen Arbeitstage verbrachte, bei einem Unfall abreißen, nach vorn krachen und meinen Oberkörper auf das Lenkrad und das Lenkrad in meine Brust quetschen würde. Auf der unebenen Prager Pflasterung machte mein Auto wie erwartet einen unvorstellbaren Lärm – und wenn ich Gas gab, wusste ich ganz genau, was ich tat, ich wusste, dass die Parterrewohnungen der Hauptstraßen nicht leer standen. Die Institutsstatistiken konnten mir in meinem Fahrerhäuschen aber endlich vollkommen egal sein – und vieles andere auch. Auf alle Fälle lernte ich in dieser Zeit im Chaos der engen Straßen, die heutzutage für den Autoverkehr längst gesperrt sind, erstaunlich unerschrocken herumzukurven. Ich zwängte mich gern knapp an parkenden Autos vorbei, fuhr ganze

---

37 Dass das Wort Żuk – das nur so nebenbei – Käfer oder sogar Mistkäfer bedeutet, sagt einiges mehr über den Mut meines polnischen Brudervolkes aus.

Strecken mit zwei Rädern auf den Bürgersteigkanten lang, wenn es nicht anders ging – und forderte damit meine fußläufigen Mitbürger gebieterisch auf, sich seitlich an die dreckigen Häuserwände zu drücken. Das Einzige, was ich mir strengstens verbot, war, einen Unfall zu bauen. Und das klappte gut, fast wie kontergemuttert! Aber bald verließ mich leider auch die wilde fahrerische Euphorie. Und die Lust, mich auszutoben, ließ sich sowieso nicht beliebig steigern. Ich bekam zunehmend schlechte Laune und wurde dadurch noch aggressiver, fuhr viel zu schnell über größere Bodenwellen und durch tiefe Löcher, wollte mein Auto leiden hören, den Menschen noch etwas mehr Angst einjagen, außerdem nebenbei auch die faulen Mechaniker aus unserer Werkstatt zwingen, sich mein Auto endlich von unten anzusehen. Und ich wurde schließlich noch unglücklicher, als ich in meiner Zeit als Sklavenstudent oder Zahlenkolonnenfuchser war. Und bald wäre ich sicher nur die geballte, tonnenschwere und nicht sicherheitsgurtverzurrte Ladung schlechter Laune geworden. Eines Tages machte ich auf einer Strecke am Stadtrand spontan eine Vollbremsung und fuhr mit einem Rad auf einen schmalen, kaum frequentierten Bürgersteig. Anschließend quetschte ich mein Vehikel an die Wand eines vom Stadtverkehr verängstigten Hauses und bekam selbst Angst. Aus einer so bedrückenden Stimmung würde doch nie und nimmer Literatur entstehen! Was sollte ich mit solchen beschissenen Erfahrungen später anfangen? *Gib Rat, Du mein lieber Holyputti*[38] *am Himmel!*, winselte ich leise. Mein Magen spielte schon seit Längerem wieder verrückt. Wobei das

---

[38] Diese Art Anrede des Himmlischen Vaters ist auch im Tschechischen nicht üblich, im Deutschen lexikologisch nicht so recht deutbar – und wird auch in diesem Prosawerk wahrscheinlich keine restlose Verdeutlichung erfahren.

bei meiner alles andere als vitalisierenden Ernährung kein Wunder war. Das Kantinenessen in einem benachbarten Betrieb war grottenschlecht – aber die Großküche befand sich verführerisch nah, gleich hinter unserem Garagenhof. Wer wollte, konnte den Speisesaal durch einen Hintereingang betreten und für zwei Kronen[39] Sättigungsgebühr sein Mittagessen fassen. Das Essen war grundsätzlich zerkocht, die Teller klebrig und die Knödel in der Regel fast bis zur Scheibenmitte kondenswassergetränkt. Natürlich ersoff das alles dann auch noch in reichlich gestreckten braunen oder süßlichen roten Soßen. Sodass auch die schlimmsten Rindersehnen einem unmerklich in die Speiseröhre rutschen konnten – vorbei an den längst abgeschlafften Stimmbändern. Eines Tages kam es dann zu einer ungeahnten Ekelklimax. Die Tagessoße schmeckte in ganz ungewohnter Weise etwas pelzig bis faserig, und sie sah tatsächlich faserig aus – und als ich mich nach einer Weile traute, ihre Struktur aus der Nähe zu untersuchen,

... für alle Zartfühligen:
eine Zwischenüberschrift zur Ekelabfederung[40]

erfuhr ich auf einen Schlag die stattliche Wahrheit: In einen der großen Soßenkessel war den Köchinnen offenbar ein filziger Wischlappen gefallen und wurde – genauso wie das übrige Essmaterial auch – stundenlang gnadenlos mitgekocht. Sodass auch der Lappen am Ende essbar wurde.

---

39 Äquivalent von etwa 0,40 Euro (unabhängig berechnet von der Kanzlei *Schwarz, Pinkhecht, Bradley & Podrazka*, Notare, Bremen-New-York-Prag, unter Berücksichtigung der damaligen Lebenshaltungskosten).
40 Warum sind die so eleganten Torsionsstangen technisch eigentlich aus der Mode gekommen?

Ich hatte aber Hunger und konnte trotz meiner relativ klaren Spontandiagnose nicht aufhören zu essen. Und wahrscheinlich wollte ich mir eine kleine Resthoffnung bewahren, dass ich mich bei der ersten Beschau getäuscht haben könnte. Ehrlich gesagt, war es mir erst im Nachhinein möglich, mir voll und ganz einzugestehen, dass ich an dem Tag ein ganzes Stück eines Großküchenlappens vertilgt hatte. Und vielleicht war es sogar ein Bodenwischlappen, mit dem die ekligen, fettrutschigen Küchenfliesen gereinigt worden waren.[41] Nach diesem Erlebnis entschloss ich mich sofort, mir eine etwas hygienischere Arbeitsstelle zu suchen. Und ich fand sie bei der brötchenbackenden tschechoslowakischen Armee – allerdings wieder als Chauffeur. Es handelte sich zwar nicht um einen echten Karrieresprung, es war aber trotzdem einer.

Im Grunde hat sich in meinem Leben vieles auch später so ähnlich gestaltet. Die Dinge wendeten sich von sich aus zum Besseren, und ich konnte dann doch so leben, wie es mir am besten entsprach. Ich bin kein Akademiker geworden, viele meiner früheren Mitschüler wurden es aber selbstverständlich – und ich bekam von diesen begabten, gebildeten und klugen Köpfen manchmal auch etwas abgebröselt. Daher bewegte ich mich wenigstens punktuell in guter Gesellschaft, und ich selbst musste bei schönem Wetter nicht unbedingt in der Stadt bleiben. Ich konnte viel Zeit auf meinem Rennrad verbringen, und niemand konnte mich zwingen, in niedrigen Sitzungsräumen tagelang ereignisarm zu altern. Meiner Meinung nach hat das Schreiben leichte Ähnlichkeiten mit der Raserei über Kopf-

---

41 Dabei würden, wie man dank *Rammstein* weiß, sogar Kannibalen viel Wert auf eine gewisse Esskultur legen (höre: »Mein Teil«).

steinpflaster auf hart aufgepumpten Rennradreifen.[42] Bei einer Geschwindigkeit um die dreißig Stundenkilometer ist es relativ egal, wie buckelig das Pflaster ist. Man gleitet auf den konvexen Rundungen der Steine relativ ruhig und glatt voran, springt sozusagen von einem Buckel zum nächsten Gipfel. Natürlich klammere ich hier einige ganz üble Ausnahmewege in Mecklenburg oder in der Bretagne aus. Aber Schluss jetzt. Man sollte sowieso nicht jeden Satz von mir auf die ernste Waage oder blasse Überlebensmatte der Firma NutzMichFlach® legen. Bei diesem Text handelt es sich durchgehend um eine Erstschrift, und eine solche soll es auch bleiben. Habe ich schon den mitternächtlichen Aufstand der steifen Platanenblätter auf einer asphaltierten Kreuzung in Prag 7 erwähnt? Da ich keinen Computer besitze und zum Schreiben eine mechanische Reisemaschine benutze, kann ich das bereits Geschriebene leider nicht einfach nach Stichwörtern durchsuchen. Ich werde den mächtigen Papierstapel aber sicher noch mal im Stück durchgehen – und nicht wie geplant im Rohzustand der Ersterfassung abgeben. Ich erzähle jetzt einfach die Platanenblätterszene trotz der Gefahr, sie schon einmal beschrieben zu haben.

Es war reichlich nach Mitternacht, es fuhr kein einziges Auto mehr, und ich lief zu Fuß quer durch die Gegend – es war nah am Stadtrand, die Plattenbauten der Außenbezirke begann man damals erst zu bauen. Auf einer Kreuzung lag unter alten Platanen eine dicke Schicht großer, steif getrockneter Blätter. Und sie lagen, was mich gleich überrascht hatte, auch dort, von wo sie der Verkehr woanders sicher längst verscheucht hätte. Alles rund um die Kreuzung, auf die eine lange Platanenallee mün-

---

42 Mein Rat: mindestens 6 at.

dete, schien vollkommen unbeweglich. Und plötzlich erhob sich um mich herum ein lautes, unerwartet aggressives Rascheln, Röcheln und Grummeln. Die ausgedörrten und bis dahin faulenzenden Blätter setzten sich wie aus dem Nichts in Bewegung. Es wehte zwar eine leichte Brise, die heftigen Verwirbelungen, die sich auf der Kreuzung im Nu gebildet hatten, standen zu diesem albernen Windchen aber in keinem Verhältnis. Auch die Lautstärke, mit der die Blätter an der Asphaltfläche kratzten, passte zu der aktuellen Luftbewegung ganz und gar nicht. Die Blätterströme wechselten immer wieder die Richtung, sonst herrschte über diesem Fleckchen Erde eine völlige Stadtstille. Ich sah meine Füße nicht mehr. Auch im größeren Umkreis kam die Blätterschicht nicht zur Ruhe. Und als dann immer noch keine stärkere Brise zu spüren war, die Blätter aber trotzdem weiterlärmten, wollte ich so schnell wie möglich verschwinden. Keine Soßennässe, kein Knödelbrei, keine Lappenfaserkontamination weit und breit. »An den Wegen schäumten die Blätter«, sagt irgendwo Kurt Tucholsky.

Tektonik [6]

[DIESES KAPITEL ENTHÄLT DUMMERWEISE EINIGE
KONZEPTIONSWIDRIGE DIALOGE]

Unser Sohn muss schon relativ früh Erfahrungen mit düsteren Stimmungen gemacht haben, unabhängig davon, wie gern und wie viel er sonst auch lachte. Offenbar behielt er diese Dinge lieber für sich. Später meinte er auch noch, überhaupt keine Erinnerungen an seine Kindheit zu haben, auch nicht an den Alltag in unserer Wohnung. Bei meiner Frau kam diese Rückmeldung wie eine Anklage an. Im Grunde war uns aber schon relativ früh klar, dass wir vieles über ihn nie erfahren würden. Und einiges, was wir vielleicht doch wussten, war nicht einfach zu entziffern. Als er größer wurde, bekamen wir noch viel weniger mit – obwohl er sich in seinen Kreisen offensichtlich bestens artikulieren konnte. In seiner Band, die jahrelang nie auftrat und in der es dauernd Konflikte gab, nannte man ihn »Die Mutter der Band«. Glücklicherweise besitzen wir ein erschreckend gutes Bildnis von unserem Sohn – ein richtiges Ölgemälde. Ich hatte das Bild einmal völlig unerwartet in einem Atelier entdeckt und konnte es später sogar zum Freundschaftspreis kaufen. Das Gemälde ist alles andere als fotorealistisch, es ist für uns aber trotzdem eine Art Dokument. Zu der Entdeckung kam es bald nach dem Selbstmordsommer – und nur ein Zufall war es natürlich nicht. Ich hatte mich einige Wochen wiederholt in unserer früheren Gegend herumgetrieben, besuchte spontan Menschen, die unseren Sohn gekannt hatten, und erzählte ihnen spontan viel zu viele Dinge, die sie nicht unbedingt wissen wollten und eigentlich auch nicht hätten wissen müssen. Weil ich in dieser Zeit maligne distanzlos war, traute ich mich sogar, auch einen in der Zwischenzeit bekannt gewordenen Maler beim Arbeiten zu stören. Er hatte schon damals in einem der Nachbarhäuser sein Atelier – und konnte dort nach dem Systemzusammenbruch auch bleiben. Ich hatte ihn zu Ostzeiten ab und an nur mit Kopfnicken gegrüßt und hatte nie den Eindruck, dass er sich einen engeren Kontakt gewünscht hätte. Wir hatten allerdings etliche gemeinsame Bekannte. Und meine Frau und ich kannten seine etwas pompösen Bilder aus einigen halblegalen Ausstellungen. Zu DDR-Zeiten war er ein totaler Außenseiter – und zwar auch in den inoffiziellen Kreisen. Dort vor allem wegen seiner altmodischen Maltechnik. Die meisten Maler aus den staatsfremden Kreisen orientierten sich damals unbedingt an Penck. Und auch das Publikum sah irgendwann auf alle herab, die keine primitiven Strichmännchen pinselten. Ich klopfte an die Stahltür des Dachbodens, und als H. kam, reagierte er völlig unspektakulär. Beim Gespräch liefen wir langsam durch seine Räume, auch an seinem früher legendären Billardtisch vorbei, bis mich plötzlich mein Sohn anstarrte. Das Bild stand angelehnt an die Wand auf einem Hocker in der Ecke. Sonst waren die Bilder in der Mehrzahl großformatig und standen – in mehreren Schichten hintereinander – auf dem Fußboden. Das Porträt wirkte im Vergleich zu den großen und inzwischen etwas manieristischen Bildern winzig, stach aber dank seiner Intensität regelrecht heraus. Meinem Sohn plötzlich in die Augen zu schauen, war ein kleiner Schock, und ich wusste auch gleich, warum: So kannte ich ihn gar nicht. Dafür hatte ihn offensichtlich ein anderer erkannt – und das schon vor fünfundzwanzig Jahren. Dass unser Sohn dem Maler Mitte der Achtzigerjahre Modell gestanden hatte, war mir vollkommen neu. Und so war es natürlich auch nicht.

Die meisten Kinder haben sich in unserer Gegend damals ganze Nachmittage auch ganz alleine herumgetrieben. Der beste Freund unseres Sohnes wohnte um die Ecke, wo es im Hinterhof einen improvisierten Spielplatz gab – dort konnten die Aufsicht auch andere übernehmen. Ich blieb oft aber trotzdem dort sitzen und las meinen Adorno; auch wenn mein Sohn längst schon woanders unterwegs war. Wenn er dann gegen Abend ohne irgendwelche Wunden und in einigermaßen intakten Klamotten nach Hause kam, waren wir zufrieden und fragten nicht viel.

Der Umstand, dass in der real existierenden Dederonie vieles an Substanz verfiel und teilweise nicht mehr zu retten war, brachte den Bewohnern und Benutzern der untergehenden Stadtteile wenigstens einige Freiheiten. Und nebenbei öffneten sich in diesen Vierteln auch weitere Spielräume für Kinder. Die meisten Tore, Einfahrten, Hauseingänge wurden nicht ernsthaft oder gar nicht verschlossen, weil die Schlösser, Riegel oder Scharniere sowieso nicht mehr reparabel waren. Und außerdem war in den Höfen, Fluren und Aufgängen inzwischen vieles in einem so desolaten Zustand, dass es dort kaum etwas Schützenswertes gab. So gesehen machte es auch keinen Unterschied, ob zum Beispiel die spielenden Kinder irgendwelche weiteren Bestandteile des Volkseigentums zerbrachen, abknickten oder zertrampelten. Die Kinder konnten mühelos in fremde Kellergänge abtauchen und ganz woanders wieder rauskommen, konnten über kaputte Hofmauern und durch die nächsten Hinterhöfe in die Höfe der Parallelstraßen gelangen – und nach getanem Ungedeih schnell wieder verschwinden. Die Kinder damals lückenlos zu beaufsichtigen, war fast unmöglich. In vielen Gewerbehöfen standen noch halb kaputte Anbauten, Flach- oder Tiefbauten, Reste von Ställen, Garagen oder uralten Hufbeschlagschmieden. In einem der Hinterhöfe in der Nähe befand sich der Rest einer ins Nichts führenden kleinen Treppe und dahinter noch, mitten im Hof, ein einigermaßen gut erhaltenes Kellergewölbe. Vielleicht waren dort früher Melkkühe gehalten worden.

Unser Sohn stromerte offenbar oft auch allein in der Gegend herum und beforschte alles Mögliche, was er fand oder was ihm auffiel. Und einiges muss ihn viel stärker mitgenommen haben, als wir ahnen konnten. Klarer wurde sein ganzes Drama erst viel später, als alles um ihn herum zu bröckeln begann. Er ließ sich von seinen Freunden schon auf dem Gymnasium gern von grundlegenden Pflichten ablenken. Und als er die Freunde noch um sich hatte, war es kein Problem, auch die ganz unmittelbaren Folgen der Versäumnisse, Erfüllungslücken, Entrichtungsabsackungen und Ähnlichem zu verschmerzen. Als unser Sohn ganz allein in den rumänischen Karpaten wanderte, auf dem Grund der aufgestauten Dordogne mit einem Stein in den Armen herumlief oder bei einem Rockfestival tagelang kaum aß und nicht schlief – da ging es ihm noch gut. Trotzdem entsprach seine Gutgläubigkeit oft nicht ganz seiner Altersklasse.

Aber auch in den besseren Zeiten muss es immer wieder Tage gegeben haben, als er – in seiner eigenen Wohnung auf sich gestellt – kaum in der Lage war aufzustehen, sich anzuziehen, aufzuräumen, das Geschirr abzuwaschen und außerdem noch einkaufen zu gehen, Kohlen zu schleppen, irgendwelchen amtlichen oder studentischen Kram zu erledigen. Das gehört aber schon zu seiner nicht vollendeten Zukunft und zur Gegenwart eines anderen Kapitels.

Der Maler H. kannte unseren Sohn damals relativ gut – vom Sehen, versteht sich. Er war ihm bei seinen Spaziergängen mehrmals aufgefallen. Sicher auch wegen seiner Schönheit. Er hatte ihn mehrmals beobachtet, wie er alleine und voll konzentriert mit ganz skurrilen Dingen beschäftigt war ... wobei für ihn als Unbeteiligten oft gar nicht klar war, was an den jeweiligen Dingen so besonders sein sollte und warum.

Eines Tages skizzierte er unseren Sohn dann spontan, nachdem er ihn sah, wie er aus dem oben erwähnten, unter freiem Himmel sich öffnenden Kellerloch die Treppe hochkam. Unser Sohn soll völlig abwesend gewirkt haben. Er hielt etwas Farbiges in den Händen und suchte es nach irgendwelchen Details ab. Und weil er dabei weiterlief und nicht auf den Weg schaute, stolperte er mehrmals. Und bemerkte den Maler, der einen Block in der Hand hielt, erst im letzten Moment.

– Du bist es!
– Was hast du da in der Hand?
– Ich weiß es nicht.
– Du kennst mich doch, oder?
– Du hast neulich meinen Freund gemalt ...
– Skizziert.
– Du malst aber.

Unser Sohn hielt ein aufgerissenes gelbes Netz aus Kunststoff in der Hand. Dieses Stück Müll, in dem irgendwann sicher Zitronen gesteckt hatten, musste ein Westberliner eingeschleppt haben. Für unseren Sohn musste die Funktion der großen, aber festen Maschen vollkommen rätselhaft sein. Mit dem Zitronennetz in den Händen und seinem besorgten Gesichtsausdruck wurde er dann zu Papier gebracht.

– Das Bild habe ich erst etwas später gemalt – anhand der Skizze. Auf Holz, auf eine ganz alte Holzplatte.

– Richtig mit Palette und so ... sagte ich.
– Wir haben uns damals geduzt, oder?
– Ja, nehme ich an.
– Du hast von der Malerei nicht viel Ahnung, oder? Farbe aus den Tuben zu drücken und dann zu mischen und damit zu pinseln – das ist Primamalerei. So etwas habe ich nie gemocht und auch nie ernsthaft betrieben. Bei dieser Art hier werden die Pigmente nur ganz dünn aufgetragen, die Farben erst nach und nach aufgebaut.
– Ich weiß vieles nicht ...
– Die Farben entstehen auf so einem Bild erst zum Schluss. Man muss sich allerdings gleich von Anfang an, also ab der ersten Lasurschicht, überlegen, wie man die Farbigkeit überhaupt aufbauen will. Hier habe ich als Imprimitur zum Beispiel das Goldrot-Ocker aufgetragen, auf die eigentliche Grundierung, versteht sich, in zwei, drei Schichten. Das war Harzöl-Eigelb-Tempera, wenn mich nicht alles täuscht – also das Bindemittel ... das ist aber schon handwerklicher Kleinkram.
– »Eigelb« hast du gesagt? Vom Hühnerei?
– Ja, das Gelbe vom Ei. Das Eigelb ist eine tolle Emulsion ... Damit steht aber erstmal sowieso nur der Grundton fest, die anderen Farben entstehen erst durch die späteren Lasuren – wie hier beim Gesicht oder den Haaren. Bei den Ziegelsteinen musste ich dagegen etwas anderes auftragen, um den Hintergrund zurückzusetzen. Und dann noch seine Jacke, guck mal – nicht ganz einfach, vor allem wegen der Plastizität der Arme und der Schultern, hier die ganzen Wölbungen ..., die muss man sowieso zuerst gemacht haben. Ich meine schon geformt haben, bevor man überhaupt anfängt, die Farben aufzutragen – Weißhöhung heißt es, ich mache das mit kleinen Schwämmchen. Dabei ist das Bild in dieser frühen Phase noch so gut wie farblos.

Jede Schicht muss dann auch noch trocknen; und sowieso immer ganz dünn sein, sodass man die Untermalung nicht überdeckt. Das gelbe Netz noch ... habe ich zum Schluss alla prima gemacht. Dein Sohn war nur auf das Ding konzentriert, schaute fast nur nach unten – und war dabei wenigstens schön ruhig.

– Guckt hier aber nach vorn.

– Na ja ... das tat er zwischendurch.

– Und das Bild?

– Die Skizze war einfach einmalig, auch die Stimmung. Wie alt war er 1985?

– Sechs.

– Etwa nach einem Jahr wird so ein lasiertes Bild noch mit Firnis überzogen, wenn also alles endgültig durchgetrocknet ist. So ein Bild übersteht Jahrhunderte.

Unser sechsjähriger Sohn hat auf dem Bild den Ausdruck eines besorgten Greises. Er ist trotzdem zwar das, was er war – ein Kind –, gleichzeitig aber auch nicht. Dass er nebenbei einige weiße Härchen an den Rändern seiner hohen Stirn verpasst bekam, wirkt dabei fast nebensächlich. Zusätzlich erschreckend ist noch die seltsame Stellung seiner Finger: Er hält nicht nur das Netz in den Händen, er umklammert mit drei Fingern seiner rechten Hand auch noch krampfhaft einen Finger seiner linken. Hält sich gewissermaßen im Raum fest.

– Wie er den eigenen Finger festhält, war das auch auf der Skizze?

– Alles war genauso. Die Skizze ist leider weg.

– Kennst du die Erzählung von Fitzgerald über das greise Baby Benjamin Button?

– Nein.

Kapitel »Œ« wie Œuvre [7]

Anders: Mischkapitel Hauptwerk (HW), Beiwerk (BW) und Nebenmist (NM)

Sicherlich kann sich der eine oder andere Leserand oder die eine oder andere Doktorandin erinnern, dass ich vor Kurzem die »brötchenbackende tschechoslowakische Armee« ins Spiel gebracht habe. Mit dieser leicht irritierenden Erwähnung wollte ich an der entsprechenden Stelle einfach nur dem üblen Nachgeschmack entgegentreten, den die dort aufgetischte Filzlappengulaschlektüre sicher hinterlassen hat. Selbstverständlich haben die soldatischen Verteidiger von Prag 6 nie irgendwelche Backstuben mit Waffengewalt besetzt und sich von ihren eigentlichen Aufgaben nie abhalten lassen – auch wenn es in allen Phasen des Sozialismusaufbaus zu wesentlich ernsteren Schieflagen gekommen sein dürfte. Das sozialistische Gesellschaftsmodell lebte sowieso davon, seine eigenen Fehlentwicklungen immer wieder zu korrigieren oder komplett zu kappen, um sie dann sonst wohin fehlzuleiten. Im Sozialismus waren erklärtermaßen auch unmögliche Dinge beschlussfähig. Und nach der anfänglichen Vergewaltigung der Wirtschaft, also der sogenannten Vergesellschaftung der Produktionsmittel, hatte nicht nur alles allen zu gehören. Alle frisch inthronisierten Neueigentümer und -verwalter sollten außerdem für alles kollektiv verantwortlich sein. Und weil der Staat alles Mögliche, auch die vielen schwer überschaubaren Dinge, zentral regeln ließ, hätte es damals niemanden überrascht, wenn beispielsweise Chemiefacharbeiter mal in Montagehallen für Motorräder abkommandiert worden wären, schwangere Sekretärinnen bei Ernteengpässen Rüben gezogen oder Postleute und Besamungsspezialisten[43] Schiffsrümpfe angestrichen hätten. Das ganze Land war ein einziger, fest zusammengeschnürter Gemischtwarenladen, in dem die Preise über Jahrzehnte stabil blieben, in dem alles Flüssige wie Milch, Honig und Prostatasaft reichlich flossen und in dem die Dorfbevölkerung – in der DDR jedenfalls – größtenteils ohne Mülltonnen auskam.[44]

Aber endlich zurück zu den kriegsführenden Kasernenbäckern: Für mich sah es lange Jahre meiner Jugend tatsächlich so aus, als ob die Armeeeinheit von Prag-Dejvice Brötchen büke. Wer sich an das dortige Kasernenareal erinnert[45], wird diesen militärisch-ernährungsindustriellen Komplex damals kurz auch mal gerochen haben, wenn er aus Versehen auf die Straße des Slowakischen Nationalaufstandes – die heutige Svatovítská – geriet. Die Einfahrt

---

43 Diese etwas zusammenhangfreie Fußnote ist ausschließlich für Liane von Billerbecks Pankower Gesprächsrunde gedacht: *Wildkräutersalat zu Sperma, Sperma zu Pflugscharen, Pflugscharen zu spermaspeienden Flammenwerfern ...* [weiterführende Infos s u. Suchschlagwort *Rammstein*].

44 In der Tat: Der einzige Abfall in einem sozialistischen Dorf war Asche*; diese wurde in den Haushalten in größeren Behältnissen zwischengelagert und später auf einer ausgewiesenen Stelle außerhalb des Ortes weggekippt. Der sonstige unorganische Abfall wurde gehortet und zu Sammelstellen gebracht. [*Embedded: Bei der Asche-Entsorgung haben sich oft mehrere Familien zusammengetan und kleine Prozessionen gebildet; dabei erklang angeblich oft laute Rammelmusik aus gemeindeeigenen Lautsprechern. Der beliebteste Titel in der Umgebung von Schwerin soll »Asche zu Asche, Staub zu Staub, Korn zu gestrichen Korn« gewesen sein.]

45 Es lag zwischen dem kreisrunden Siegesplatz und der Pulverbrücke, gleich neben der Straße des Slowakischen Nationalaufstandes, deren Verlängerung – für Fußgänger jedenfalls – dann hoch zur Prager Burg führte und bis heute führt.

auf das Gelände lag allerdings um die Ecke in der Seitenstraße, die heute Generála Píky[46] heißt und damals den Namen eines sowjetischen Generals trug. Wie ließe sich für den heutigen Leser diese hochgerüstete, trotzdem aber duftende sozialistische Armeeeinheit von Prag 6 am besten schildern? In Prag wird es leider nur wenige Menschen geben, die mir hierbei behilflich sein oder mir wenigstens meine Geruchserlebnisse bestätigen könnten. Die stark befahrene und auch von mehreren Straßenbahnlinien genutzte Verkehrsader wurde von Fußgängern normalerweise gemieden. Auf diese laute, unwirtliche und stark ansteigende Straße verirrten sich manchmal nur Touristen, die die Prager Burg von der stadtabgewandten Seite erreichen wollten. Und dummerweise aus einer – sowieso falschen – Straßenbahn zu spät ausgestiegen waren.

Die auf dem Kasernengelände verteilten Gebäude konnte man vom Bürgersteig aus kaum sehen – nicht nur wegen des massiven Zauns, vor allem wegen der bis zum Boden reichenden Äste der vielen Kastanienbäume. Für Menschen wie mich, die nach einem schöneren Leben Ausschau hielten, waren aber sowieso vor allem die starken Abdüfte der Bäckerei relevant. Manchmal reichte mir schon ein schnelles Vorbeihuschen in der Straßenbahn, um bei leicht geöffneten Fenstern etwas Backgeruch abzufassen. Wiederholt fuhr ich dorthin aber auch mit dem Fahrrad, obwohl die Straße des Slowakischen Nationalaufstandes ausgesprochen grobschlächtig gepflastert war und von besonders brutalen Autofahrern befahren wurde. Der Duft der mit Rohteig befüllten Backöfen, also der Duft,

---

46 Der hochdekorierte bürgerliche General Heliodor Píka wurde gleich nach der Machtübernahme durch die Kommunistische Partei bei einer geheimen Gerichtsverhandlung zum Tode verurteilt und 1949 hingerichtet.

von dem ich jetzt spreche, ist mit dem gemeinen Brötchenduft *(odor collyricus vulgaris)*, wie man ihn aus den Verkaufsräumen von heutigen Bäckereien kennt, selbstverständlich überhaupt nicht zu vergleichen. Und vielleicht wirkte auf mich damals noch verstärkend[47], dass sich auf dem Armeegelände gleichzeitig auch noch gnadenlose Tötungstechnik befand – wer weiß. Jedenfalls stand ich dort manchmal viel zu lange herum, genoss die Backgerüche und sah dabei zwischen den Kastanienblättern, wie die endlosen Ströme der Backerzeugnisse aus dem Inneren des Gebäudes auf die Rampe quollen. Die vollen Kisten verschwanden dann nach und nach auf den Ladeflächen gelbbrauner Laster, und diese rasten anschließend davon, um flink einige scharfe Kurven der etwas engen Asphaltwege zu schneiden, dabei die schon halb in den Rasen versenkten Bordsteine noch tiefer in die Erde zu rammen und die restlichen unteren Äste der Kastanienbäume abzukämmen. Mich stachelten meine stillen Aufenthalte auf der Straße des Slowakischen Nationalaufstandes vielleicht auch noch dazu an, von ganz anderen Düften zu träumen. Und im Grunde blickte ich tatsächlich in die Zukunft. Ich stand in der Regel allein da, an andere Zaungäste kann ich mich nicht erinnern. Jeder sollte, glaube ich, in seiner Jugend die Möglichkeit bekommen, wenigstens kurz in die Nähe von echten Backöfen zu geraten. Welchen Anteil am Brötchengeruch hat wohl der beim Backen entstehende Kunststoff Acryl?, fragt sich heutzutage der eine oder andere wissbegierige Schwede. Aber das ist ein ganz anderes

---

47 Weiß die heutige Jugend noch etwas über die Wirkungsweise von Dioden und die Signalverstärkung mittels glühender Elektronenröhren? Die Rockband, in der ich eine gewisse Zeit mitspielte, besaß einen mit vier Röhren bestückten Verstärker, der in der Lage war, unseren Sound mit ganzen 40 Watt auf unsere im Klassenraum versammelten Bewunderer zu schicken.

Thema. Fragen über Fragen, keine Frage. Warum werden so viele Erwachsene schleichend von einer nicht weichzuspielenden Gesichtsstarre befallen, die bei manchen sogar zu einer subkutanen Verharzung führen kann? Der Trottel hatte hier allerdings wie immer wahnsinnig viel Glück und ist sogar wiederholt seinem so gut wie sicheren granitharten Ende entronnen – auf dem Rennrad oder an senkrechten Felswänden[48]. Dummerweise lief es im Leben seines engelhaften Sohnes diametral anders. Bei ihm versickerte immer mehr in nicht einsehbare Erdmieten – bis nichts mehr gerade zu biegen war und ihm zwingend nur radikalere Brüche oder Ausbrüche übrig blieben. Und obwohl sich in mir als dem Urtrottel, dem Vererber und Verderber fast alles sperrt, das spätere schwer entwirrbare Irren des Sohnes Trottelsein zu nennen, lässt sich dafür innerhalb dieses Prosakonstrukts kein besseres Wort finden. Spricht hinten im Saal jemand von einer Art illegitimer Umdichtung? Oder von Verschleierung enttäuschten Ehrgeizes? Oder sogar von enttäuschter Liebe? Nicht doch! Die Realität der Beziehung zwischen mir und meinem Sohn, auf die sich mein aktuelles Gerede gerade bezieht, war viel schlimmer, als es meine bisherige Wortwahl ahnen lässt. Das noch Frühkindliche unserer Konflikte explodierte irgendwann – und dann schoss auch schon die blanke Wut aus allen Poren, Ritzen und Rohwunden. Vielleicht ließe sich hier sowieso eher von entrahmtem Hass sprechen. Und wenn ein Trottel wütend wird, dann kennt er tatsächlich kein Erbarmen, dann geht er über Leichen oder Leichenteile, guckt nicht nach links oder rechts; achtet sowieso nicht darauf, wo gerade wer abgeschlachtet wird. Und so etwas wie Gerechtigkeit kann es bei Streits leicht

---

48 http://www.tatry.nfo.sk/tlac.php?kod=10650420:%8Elt%E1-stena:2169

entzündlicher Trottel sowieso nicht geben. Nachträgliches Bereuen tat uns beiden dann zwar immer gut, schützte aber nicht vor Wiederholungen. Wir hätten damals so etwas wie eine Gruppe anonymer Trottel gebraucht. Wir hätten uns dort vor allen Augen und Ohren beschimpfen sollen, nicht nur im Beisein meiner Frau.

Ich habe mich hierzu immer noch nicht konkret genug ausgedrückt, fürchte ich, man muss sich die Sache so vorstellen: Auch für einigermaßen tolerante Menschen ist ein egal wie sanft gewebter Trottel schwer zu ertragen. Für einen ursprünglich vielleicht sanften Trottel wird aber ein anderer – und egal wie sanft gewebter – Trottel notgedrungen zu einem Wutkatalysator. Und wenn zwei Trottel miteinander auch noch verwandt sind und nicht ohne Weiteres auseinandergehen können, wird es wirklich kompliziert. Dummerweise auch gerade deswegen, weil die beiden Wesen eine fast identische Trottelstruktur aufweisen. Ich werde auf dieses Thema sicher noch mehrmals zurückkommen.

Im Vergleich zu dem ganz großen Irren, Leiden und Indentodspringen des jungen Kerls von meinem Sohn war die nachfolgende Depression des Urtrottels, also meine maligne Trottelstarre, die von einer halbierten Gesichtslähmung begleitet wurde, natürlich gar nichts. Wenn ich jetzt über das alles in relativ einfach herbeizuschaufelnden Sätzen schreibe, spricht das lediglich für die erstaunliche Regenerierbarkeit jedes einigermaßen gesunden menschlichen Organismus. Sich kaputt zu wirtschaften, zu verstümmeln oder sogar umzubringen ist dagegen überhaupt nicht einfach, wie man in Gesellschaft gefährdeter Menschen praktischerweise mitbekommt. Unser Sohn geriet schon in jungen Jahren immer wieder an seine Leistungsgrenzen, warf Ballast und Substanz ab und verzog sich dann sonst wohin. Irgendwann später in seine Wohnung. Und weil er dort auf keinen Fall bedrängt werden wollte, bekamen wir von ihm streckenweise gar kein Lebenszeichen. Und wenn es ihm plötzlich wieder besser ging und er spätnachts mit heller Stimme anrief, bekam man auch wieder nur Angst um ihn. Sich Illusionen zu machen, tut aber immer wieder ausgesprochen gut. Einmal schien tatsächlich alles gut zu werden, hatte ich den Eindruck. Der psychotische Horror lag da schon über ein Jahr zurück, und ich konnte die ganzen Schrecken in einer unglaublich warmen Sommernacht einfach vergessen. Ich besuchte meinen Einziggeborenen in seiner Landkommune, stand nachts auf und ging in Richtung der vorbildlich ausgebauten und vorbildlich nach frischem Holz riechenden Biolatrinen mit getrennter Flüssig- und Festmaterialwirtschaft. Und was höre ich da? Mein Sohn unterhält sich von Kabine zu Kabine mit einem seiner Kumpel – und spricht so, wie er sonst nur selten sprach, mit mir oder meiner Frau schon lange nicht: gelassen, fröhlich, ohne jeden Vorbehalt. Er hörte außerdem interessiert zu, reagierte adäquat und ohne übertrieben umständlich auszuholen; und er bezog sich auch sofort darauf, was sein Freund hinter der anliegenden Trennwand gerade sagte. Ich riegelte mich in meiner Kabine ab und beschloss, mich still zu verhalten, da unweit von mir gerade die besten Energien von Mensch zu Mensch flossen, die ich mir nur wünschen konnte. Alles waberte durch den Äther so rein wie mein Urin in den vorn in einem Ausschnitt der Sitzfläche angebrachten Trichter, und ich rührte mich nicht. Das Gespräch blieb weiter herzlich, wurde nicht übermäßig privat, es gab für mich keinen Grund, flüchten zu müssen. Und ich konnte noch in Ruhe darüber fantasieren, wie mein Urin in eine irgendwo weit unten versenkte Zisterne wanderte, um die kompostierbare feste Ausscheidungsmasse nicht zu verderben. Ich warf zum Schluss – aus Spaß, also ohne etwas Schmierfestes bedecken zu müssen – eine Handvoll frischer Tischlereispäne hinter mich, stand wortlos wie ein unbeteiligter Pisser wieder auf und ging.

Das Tolle am Schreiben ist, dass man den Menschen nicht unbedingt verquetschtes Emotionenmus zum Fraß vorwerfen muss. Was passiert aber, wenn von den etwas trägen Massen keine oder kaum Anerkennung zurückgeflossen kommt? Tragik ist vor allem bei denjenigen Menschenleuten zu befürchten, die Künstler aus Entschluss geworden sind. Was ich hier betreibe, ist zum Glück auch Routine und reines Handwerk, und ich habe kaum Schaum vor dem Mund.

Neulich meinte jemand, die Millionen der GULAG-Toten wären für die Industrialisierung der Sowjetunion absolut nötig gewesen. Warum habe ich Idiot das nicht einfach so stehen lassen? Als eine kleine Denkübung hätte ich sogar versuchen können, in diesem Sinne weiterzugrübeln. Möglicherweise ließen sich auch die toten Seelen von Gogol nachträglich noch einmal als Grundlage konservativer Vermögensbildung einsetzen, wenn sich jetzt sogar auch der Neuzarismus wieder auf seine sprunggelenklosen Elefantenbeine stellt. Und vielleicht war die Arbeitsproduktivität der Geschwächten, Halbblinden und Halbtoten des Archipels tatsächlich nicht mal so schlecht. Ließe sich das massenhafte Töten und Sterben-Lassen vielleicht mit dem Verschneiden von Obstbäumen vergleichen? Dem sowieso schon angeschlagenen Stalinstaat gingen aufgrund der jahrzehntelang wiederkehrenden und jahrelang andauernden Säuberungswellen allerdings auch noch Millionen von qualifizierten Arbeitskräften verloren.

Dass dieser Text einiges an Sprunghaftigkeit bietet,

spricht wenigstens – hoffe ich jedenfalls – für eine sich in mir gewissermaßen von selbst strukturierende Gefühlsordnung. Weil die Zeit nie steht und im Geiste jederzeit zurückgerollt werden kann, scheint eher die Chronologie das Dogma des wahren Durcheinanders zu sein. Und ich fühle mich in diesem nämlichen Moment dazu animiert, mit Ernst Jandl auszurufen: »Särge schmiert man nicht aufs Brot!«, auch wenn ich nicht gezwungen werden möchte, dies lauthals zu tun, und auch nicht, diesen Spruch in einen konkreteren Bezug zur Handlung dieses Textes zu bringen.

Überschrift wurschtegal, sie wird in Kürze sowieso wieder vergessen [8]

In einem der früheren Kapitel habe ich die Ausführungen darüber, wie despektierlich über den benachbarten DDR-Pferch in meinem Tschechenland geurteilt wurde, nicht ganz zu Ende gebracht. Der Ehrlichkeit wegen muss ich hier also kurz nachlegen – ohne dabei viel Rücksicht auf die Zartheit vieler Zo(r)nenmenschen nehmen zu können. Die DDR galt bei uns auch noch als der Hort des todesnahen Akkuratentums. Man fantasierte über das Phänomen DDR natürlich in alle Richtungen, konnte es aber nicht wirklich fassen – und die Fragen häuften und türmten sich. Hat das tüchtige DDR-Volk den großen Karl Marx etwa nur deswegen beim Wort genommen, weil dieser in der Landessprache schrieb? Ließ sich der DDR-Leibeigene – da er gleichzeitig ein Begriffssklave diverser anderer deutscher Grübelfürsten war – leichter dressieren als ein Ostmitteleuropäer? Hatten etwa die in der Plaste und Elaste enthaltenen Gifte aus Schkopau einen Anteil daran, dass irgendwelche Gedanken- und Gehirnweichmacher ausgerechnet in der DDR so brutal zuschlagen konnten? Wieso war die DDR so einmalig im Ostblock? Doch nicht nur wegen ihres farbenfrohen Vorsprungs bei der Plaste- und Elaste-Herstellung und der Verwendung von Cadmium! Ich spreche hier diese Dinge nur ungern an und werde mich auch weiter bemühen, alle solche herablassenden Zuschreibungen nur sparsam zu streuen – einiges kann ich dem ostdeutschen Volk aber einfach nicht ersparen. Es güldt, einiges auf den Tisch zu legen, egal, ob das darauf liegende Wachstuch dabei versengt oder zerfasert wird.[49] Bei einer frühen Reise in die DDR erschien mir das Land teilweise wirklich so, wie es sich der gemeine Tscheche aus der Ferne auch ausmalte. Gegenwärtig war für mich dagegen alles wieder auf null gesetzt und prozessual außerdem einer hormonell bedingten Runderneuerung unterworfen. Allerdings bekam ich das Land als ein übermüdeter Dauerpendler zwischen Prag und Berlin erstmal eher wie nebenbei mit. Und auch in den späteren Jahren hatte ich mit dem üblichen Elaste-Alltag nur münimal zu tun.

Als mein engelhafter Sohn in den Kindergarten ging, wollte er einmal – nachdem ich ihn abgeholt hatte – unbedingt einen seiner Kindergartenfreunde besuchen. Da fast niemand einen Telefonanschluss hatte, gingen wir einfach hin. Mein Sohn kannte das Haus schon vom Sehen, also von den Spaziermärschen seiner KG-Gruppe; es war eins der kaputtesten Häuser der ganzen Gegend. Der Bürgersteig vor dem Haus war voller zersplitterter Putzbrösel, und beim Blick nach oben konnte man sehen, dass manche der entblößten Stellen noch ganz frisch waren – wir mussten uns vorsehen. Die Eingangstür war offen und selbstverständlich auch in ganz üblem Zustand – das heißt nah am Abdübeln, Abbolzen, Abscharnieren oder Ausleimen, Ausnibbeln ... [DAS MÜSSTE REICHEN, »AUSFUGEN« GESTRICHEN]. Ich klingelte an der Wohnungstür, putzte mir

---

49 Ich entschuldige mich für die in diesem Werk ab und zu vorkommenden orthografischen Abweichungen. Diese beziehen sich auf ausgesprochen zweckdienliche Veränderungen in der Aussprache, wie sie beispielsweise für das *Rammstein*-Deutsch* typisch sind. [*Embedded: Das *Rammstein*-Kraftdeutsch wird in großen Teilen Südamerikas für die heutige Standarddiktion gehalten. Und was singen auf dem gleichen Kontinent weiter nördlich die hippen Bräute von der Siebten Avenue/NYC in ihren Lieblingsbars? Es ist aktenkundig: »Dein weißes Fleischsch erregt mich so!«]

lange die Schuhe, und als die Tür aufging, konnte ich wegen des Kontrasts erstmal nur staunen: Die kommunalen Außenbereiche und die privaten Räumlichkeiten trennte generell ein abgrundtiefer Graben. Inzwischen kannte ich zwar einige Wohnungen, die für meinen Geschmack zu ordentlich waren – eine solche wie diese hatte ich aber noch nie gesehen. Hier war schon im Flur alles so zwanghaft abgezirkelt und nach unsichtbaren Hilfslinien ausgerichtet, dass ich am ganzen Körper versteifte – auch wegen einiger schreiender Geschmacklosigkeiten, die den Eingangsbereich der Wohnung verschönern sollten. Wir mussten uns als Erstes die Straßenschuhe ausziehen; das war sonst zwar nicht üblich, hier aber einigermaßen verständlich. Wir ließen daraufhin unsere Schuhe mitten im Flur einfach liegen und schmissen unsere Jacken auf den Fußboden. Nach einer Weile, als wir das ordentliche und kontinuierlich in Ordnung gehaltene Kinderzimmer wieder verließen, hingen natürlich nicht nur unsere Jacken ordentlich auf Bügeln; auch unsere zurückgelassenen Schuhe standen jetzt parallel ausgerichtet auf einem feuchten Lappen. Wobei nicht die Spitzen, sondern die Hacken eine Linie bildeten. Diese Wohnung mussten wir zum Glück nie wieder betreten. Abends aßen diese Leute ihre belegten Brote garantiert brav mit Messer und Gabel und zerteilten sie vor dem Verzehr immer gitterwinklig.

Nach meiner Übersiedlung in die Hauptstadt der DDR dauerte es nicht lange, bis ich auf eine Polizeidienststelle geladen wurde, die – soweit ich mich erinnern kann – für stadtläufige Ausländer zuständig war. Und man teilte mir dort mit, ich solle mir gut überlegen, mit welchen gefährdenden Elementen ich verkehren würde – und solle den Umgang mit diesen Personen selbstverständlich nicht nur überdenken, sondern auch sofort einstellen. Der kleine

Mann in Uniform, verbarrikadiert hinter einem riesigen Schreibtisch, war bei seiner kurzen Ansprache sichtlich nervös. Und ich bemerkte trotz unseres relativ großen Abstands, dass seine Unterlippe ganz fein zitterte. Wer weiß, was ihm seine Auftraggeber von der Stasi über mich erzählt hatten. Der harmlose Mann war, denke ich jetzt, aber nicht einfach nur aggressionsgehemmt. Er gehörte sicherlich zu der Sorte von Landesbeschützern und Volkskörperhütern der ersten Stunde, die noch aufrichtige und eher väterliche Freunde des sozialistischen Menschen sein sollten und wollten. Anders konnte ich mir das Unbehagen des Mannes nicht erklären. Aus welchem Grund sollte für diese uniformierte Autorität eine so harmlose Konfliktsituation sonst derartig belastend gewesen sein? Wieso war der Mann nicht längst abgebrüht und an derartige Spannungen gewöhnt? Die ordnende Mechanik des sozialistischen Alltags basierte doch auf nichts anderem als auf einem pausenlosen leisen Trommelfeuer von gezielten Einschüchterungsschlägen. Viel mehr lässt sich über meine erste Vorladung bei der Polizei leider nicht erzählen, weil der Raum, in dem sich alles abspielte, vollkommen kahl war. Und wenn ich »kahl« sage, meine ich wirklich kahl. Der Raum war bis auf den Schreibtisch und zwei Stühle einfach vollkommen leer. Es gab dort keine Regale, kein Wägelchen für aktuell benötigte Ordner[50], auch keine mit Stangenschlössern abschließbaren Stahlschränke, und auf der Tischplatte lag kein Stück Papier. Nur Erich Honecker blickte mich frontal an; sonst hing an den nackten Wänden kein anderes Bild, das über den Geschmack der

---

50 Wobei das noch verständlich wäre – von dessen Rücken hätte man möglicherweise irgendwelche verräterischen Signaturen oder Kürzel ablesen können. Manche waren in meinen Kreisen trotzdem bekannt: AL (Arbeitslager), BV (Berlinverbot), ZEV (Zum Erwürgen vorgesehen).

Abteilungsverantwortlichen etwas hätte verraten können. Nur ein kümmerliches Gummibäumchen stand am Fenster – versehen mit einer umgehängten Signaturchiffre, die *PP/8/a-38710*[51] lautete.

Eigentlich möchte ich jetzt lieber eine ganz andere Geschichte erzählen. Das ostdeutsche Teilvolk präsentierte sich mir schon einige wenige Jahre später vollkommen anders – und zwar bei einem Punkkonzert in der Hoffnungskirche zu Pankow. Da mir die Nullmusik der Punks damals wie auch später überhaupt nicht zusagte, konzentrierte ich mich bei dem Konzert einfach darauf, das Publikum zu beobachten. Die Punks tanzten vor dem Altar ziemlich brutalen Pogo und spielten dabei mit den herumliegenden Flaschen auch noch Fußball, einige tranken nur – Wein oder Bier, einfach alles durcheinander –, sodass viele bald nicht mehr in der Lage waren, sich zu rühren, geschweige denn zu tanzen. Sie torkelten zwischen den Kirchenbänken und versuchten wenigstens, tonlos irgendwelche Songfragmente zu brüllen. Und dann war es so weit: Nach und nach begannen sich einige dieser herzenslieben Kinder frei heraus zu erbrechen. Einer, der gerade auf die Kanzel heraufgestiefelt kam, kotzte über die Brüstung nach unten neben die Tanzfläche. Der Pfarrer hatte sich schon seit einer Weile nicht mehr blicken lassen, und auch sonst war niemand in der Lage, für etwas Ordnung zu sorgen. Die Punks waren aber keine Vandalen. Und weil sich auch der Staat nicht blicken ließ, sich nicht blicken lassen musste, blieb alles friedlich. Ich greife

---

51 Gehirnfotografisch festgehalten; für die DDR-Forschung könnte diese Zahl und auch die dazugehörige kleine Geschichte vielleicht von Interesse sein. Sicher auch für Klaas und Juliane vom (ehemals) *Neuen Forum* und deren aktuelle Forschungsarbeit »Das stabile Selbstbewusstsein der Kohorte der Volksostdeutschen und ihr naturgegebenes Demokratieverständnis«.

hier in der Zeit mächtig vor, merke ich gerade, diese Szenen spielten sich irgendwann in den Achtzigerjahren ab.[52] Selbstverständlich gefiel mir diese unvergessliche Magensaftsauerei außerordentlich gut. Eine schönere Störung des in der DDR sonst allgegenwärtigen Soljankageruchs konnte man sich kaum vorstellen.[53] Jetzt folgt ein Ausrufesatz: Wie gut es mir tut, über die kotzenden Punks zu schreiben und so ein Zeugnis über dieses hoffnungsvolle Erlebnis in der Hoffnungskirche zu Pankow abzulegen! Die Punks waren für mich durchweg die wahrhaftigen, egal wie waschecht ungewaschenen Kinder der DDR, sie gehörten eindeutig zum wertvollsten Nachwuchs, den Ostdeutschland seinerzeit zu bieten hatte, und waren trotz ihrer Andersartigkeit eindeutig auch meine Leute. Und sie waren außerdem die noch vollkommen unverbrauchten Feinde des Staates, die die fassungslosen Polizisten derart in Rage bringen konnten, dass diese ihnen ihre Sicherheitsnadeln bei Gelegenheit aus den Ohrläppchen rissen. Als allerdings etwas später der Nazinachwuchs immer brutaler wurde und sich traute, offenglatzig aufzutreten und am helllichten Tag auf alles Nichtvölkische einzuschlagen, waren Punks plötzlich froh, wenn irgendwo ein Volkspolizist zu sehen war. Aber wie gesagt, das gehört nicht nur zeitlich nicht unbedingt an diese Stelle meiner Erzählung. Und im Grunde hätte ich von diesen Dingen damals vor allem in Prag erzählen sollen, auch wenn man mir dort manche derartig nicht-euklidische Geschichten nicht geglaubt hätte.

---

52 Genau am 13. Oktober 1984 in der Elsa-Brandström-Straße 33. Das ganztägige Event nannte sich »Offene Arbeit«.
53 Inzwischen aber doch! Ich habe im thüringischen Steinbrücken mal Punks in einem in die natürliche Umgebung vollintegrierten Gülleteich baden sehen.

Das Geheimnis meiner Prager Armeebäckerei[54] war im Grunde keines. In einem auf dem Armeegelände gelegenen Gebäude war einfach eine ganz gewöhnliche Großbäckerei untergebracht, die nicht nur die Armee, sondern auch viele bedürftige Prager belieferte. Und es kam, wie es kommen musste: Irgendwann hatten die Wachsoldaten am Tor aufgehört, die Backwarentransporteure zu kontrollieren. Die Fahrer winkten einfach nur freundlich, man nickte sich zu, man kannte sich – oder auch nicht. Und nachdem auch ich ein integraler Teil dieses backmilitaristischen Komplexes geworden war, durfte ich mich ähnlich frei fühlen und ungehindert das Tor passieren. Ich fuhr wie alle meine Kollegen einen freundlichen Traditionslaster mit einer rundlichen Schnauze, hinter der sich konisch die Motorhaube breitmachte. Die robusten Wagen waren nach den Jahrzehnten ihrer Überamortisierung so weit abgerubbelt, dass ein heutiger TÜV-Prüfer sie sofort aus dem Verkehr hätte ziehen müssen. Das Schaltgetriebe war selbstverständlich nicht synchronisiert, und man musste mir auf dem Gelände am ersten Tag kurz vorführen, dass die Zahnräder des Getriebes sich doch ineinanderschieben beziehungsweise auseinanderziehen ließen. Ich erspare dem heutigen, sicher alles andere als marxistisch geschulten Leser die Beschreibung der Schaltvorgänge, bei denen man zwischendurch mit der Kupplung spielen oder feindosiert Zwischengas geben musste, um damit die jeweiligen Getrieberädchen auf die passende Umdrehungszahl zu bringen. Ich breche diesen Erzählstrang jetzt vorsichtshalber ab – lieber früher als später, also bevor der libbe Lesenderast und seine ast-

---

54 Eine Zeitlang hing über dem Tor ein Banner mit der Losung »Friede unserem schrotkugelfesten Schrotbrot«. Ich kann mich nach so vielen Jahren aber auch irren. Vielleicht stand dort nur »Unsere Brötchen – unsere Granaten« oder [nachgedichtet von FKKHR-Trantüte] »Unsere Kipfel – das ist der Gipfel«.

reine Leselibba das Buch verw*, verf* oder wegl*. An dem komfortablen und mit Blech ausgeschlagenen Laderaum für die Brötchenkisten hätte allerdings auch der strengste Prüfer von heute nichts zu beanstanden gehabt.

Gleich in der ersten Woche meiner Brötchenausfahrerkarriere lernte ich endlich richtige Männer kennen. Ein altgedienter Fahrer reparierte vor aller Augen den Vergaser seines schlapp gewordenen Lasters mit einer glühenden Zigarette zwischen den Lippen und verbreitete dabei die beste Laune. Dabei tropfte das Benzin (nicht Diesel!) reichlich auf die Betonplatte vor der Rampe und bildete unter dem Wagen eine breite Pfütze. Einige andere Fahrer schauten ihm ruhig zu – und niemand sagte etwas. Ich sammelte meinen ganzen Mut und sprach den Fahrer auf die Brandgefahr an. Er belehrte mich ruhig, Benzin an sich würde überhaupt nicht brennen. Nur die Dämpfe könnten eventuell explodieren, wenn sich jemand dumm anstellen würde. Und um mir diesen Fakt zu beweisen, drückte er seine Kippe in der Benzinlache aus.

Bloß dass ich hier strukturell nichts durcheinanderbringe! In die Zeit meiner Brötchenausfahrerkarriere fallen nämlich auch schon meine regelmäßigen Fahrten in die Deutsche Reichsbananenrepublik.[55] Vielleicht könnte ich im folgenden Abschnitt über meine Erlebnisse als ein grenzentgrenzter Hominide auf einer anderen Erzählebene berichten, fällt mir ein, einiges davon zum Beispiel auf transparente Folien tippen und diese dann raumsparend auf die Blätter mit meiner Basiserzählung legen. Auf diese Weise

---

[55] Falls sich an dieser oder an einer inhaltlich ähnlich temperierten Stelle jemand beleidigt fühlen sollte, würde ich demjenigen raten, zur Abhilfe dreimal in die Hände zu klatschen. Dies soll sich auch auf den Blutdruck positiv auswirken.

ließe es sich vielleicht sogar mehrdimensional arbeiten – Hominidenbingo, bravo! Und dann könnten diese Textschichten auch von mehreren Sprechern gleichzeitig gelesen werden – möglicherweise in einem Windkanal oder vor einem atmenden Backofen. Einmal stellte ich meinen Laster auf dem Hof mit ausgesprochen leichtem Gefühl ab und hatte überraschenderweise noch Zeit, einen früheren Zug nach Ostberlin zu erreichen. Dummerweise hatte ich an dem Tag vergessen, die letzte Brötchen- und Kuchenfuhre auszufahren, hatte also die für mich bereitgestellten Kisten auf der Rampe einfach stehen lassen. Dabei fühlte ich mich an meinen paramilitärischen Schwur gebunden, die vielen selbstlosen Verkäuferinnen der Stadt und auch meine tapferen Mitbürger niemals im Stich zu lassen. Mein Versäumnis fiel mir leider erst ein, als ich schon im Zug saß. Meine Tour erledigte zum Glück dann einer meiner Kollegen, der mit seiner letzten früher fertig geworden war. Und dieser Mann war mir danach nicht mal böse! So war es damals im Sozialismus: einer für alle, alle für niemanden und schon gar niemand für das leere Nichts. Normalerweise fuhr ich zu meinen neuen ostdeutschen Freunden an dem jeweiligen Nachmittag selbstverständlich erst mit einem der späteren Züge, kam in Ostberlin meistens schon im Dunkeln an und klapperte – ausgestattet mit einem Dietrich – im Kriegsgebiet von Prenzlauer Berg einige oft frequentierte Wohnungen ab, bis ich meine Leute fand.

Wie viel Ehrgeiz traut sich ein Trottel im Leben zu? Das lässt sich relativ einfach beantworten: Für den Chancenlosen hat es schon aus Schutz vor Selbstzerfleischung wenig Sinn, auf so etwas wie Erfolg zu setzen. Und deswegen weiß der Trottel im Grunde nicht, was Ehrgeiz ist. Er weiß oft nicht mal, womit er geizen sollte, auch wenn er es vielleicht gerne wollte. Zusätzlich findet er das Wort semantisch sowieso widersinnig und bemüht sich schon seit Jahren mithilfe seiner Mitstreiter vom Neologistikforum »NeologismusMUSS«, die Wörter *Ehrstreb, Ehrlangen* oder *Ehrraff* (mein Favorit!) ins öffentliche Bewusstsein zu bringen.

Ich möchte dieses Kapitel gern zügig abschließen, muss aber noch Folgendes loswerden: In einer Fußnote des vorherigen Kapitels habe ich die Idylle der DDR-Dörfer leider etwas zu rosig gezeichnet, auch wenn es korrekt ist, dass die meisten Landmenschen damals tatsächlich ohne Mülltonnen und ohne dienstverpflichtete Müllabfuhr auskamen. Dummerweise ist die ganze Wahrheit, die ich unerwartet etwas später erfuhr, wesentlich komplizierter. Natürlich enthielt die sonst so saubere Asche, die irgendwo hinterm Dorf weggekippt wurde, auch Konservenbüchsen, Scherben und Ähnliches. Vom Sprecher der Deutschen Dorfarchäologischen Gesellschaft (DDAG) bezog ich später noch weitere Informationen über die teilweise unschöne Kontaminierung der dorfnahen Böden in der DDR. Manche Dörfler verbuddelten ihre finalen Restabfälle damals zwar einigermaßen ordentlich in tieferen Löchern, viele andere streuten sie dagegen eher breitflächig, wieder andere brachten sie in den Wald, in die Gärten von Nachbarn oder auf wenig genutzte Flächen ihrer Genossenschaftsbetriebe. Wenn ich jetzt schon dabei bin, die Wahrheiten über die Zone neu zu justieren, muss ich leider noch eine andere Legende ankratzen: Und zwar die stolze Behauptung, die ostdeutsche Volkspolizei hätte das DDR-Fußvolk grundsätzlich korrekt, also im Rahmen der Gesetze behandelt. In den Historikerkreisen[56] hieß es,

---

56 Siehe bei Gelegenheit die an mich adressierte E-Mail des Historikers Ilko-Sascha Kowalczuk vom 24.4.2019; diese Mail müsste bis zum Entsorgen des PCs meiner Frau – also auf deren Festplatte – zu finden sein.

vereinzelt sei selbstverständlich auch geprügelt worden – es habe sich aber nur um individuelle Entgleisungen gehandelt, denen intern tatsächlich nachgegangen worden sei. Jegliche Folterstrategien seien in der DDR selbstverständlich – auch bei Verhören – nicht gestattet gewesen. Leider stimmt dies nicht ganz. Wie Thomas Brussig[57] in einem Text berichtet, wussten alle erfahrenen und mit Berlinverbot belegten Desperados darüber Bescheid, dass ihnen in der Hauptstadt Prügel drohte, wenn sie dort aufgegriffen werden sollten. Die Polizei konnte diese unerwünschten Elemente relativ leicht herausfischen, weil sie im Straßenbild in der Regel einfach auffielen. Und diese Leute besaßen außerdem nur einen behelfsmäßigen Ausweis – den sogenannten PM12.[58] Viele dieser Störer – also Punks, straffällig gewordene und/oder gleichzeitig asoziale Elemente – kannten ihre polizeilichen Schläger dank des oft mehrmaligen Zusammentreffens sogar persönlich. Im Bereich des Alexanderplatzes trainierten beispielsweise die Unteroffiziere Kempter und Hasselfeld an den Zugeführten angeblich sogar Karate – also nicht-abgebremste Faust- oder Handkantenschläge, die bei regulären Kämpfen streng zu vermeiden sind; sie sind, besser gesagt, einfach verboten. Wobei die beiden Schläger selbstverständlich auch noch gewusst haben mussten, dass Karate in der DDR sogar als Sportart verboten war.

---

57 Im Fotoband »Alexanderplatz« von Harald Hauswald.
58 Ich habe keine Lust, allen ahnungslosen Leuten von der südlichen, westlichen oder nördlichen Weinstraße jeden Kleinkram zu erklären.

Kapitel 1a [9]

Ich habe inzwischen immer weniger Lust, beim Aufbau dieses Prosaversuchs auf zeitliche Abläufe zu achten, also zu versuchen, dem mittlerweile angerichteten Chaos nachträglich oder vorausschauend gegenzusteuern. Jetzt möchte ich erstmal etwas ausführlicher über meinen Sohn erzählen, und der arme Leser, der nicht mal etwas über seine Ostberliner Mutter weiß, wird sich diesbezüglich noch gedulden müssen. Dabei hat mich meine Frau neulich gewarnt, nachdem sie einige stoßgelüftete Manuskriptseiten vom Teppich aufgesammelt hatte.
– Das ist doch ein totales Durcheinander! Da siehst du selber auch nicht mehr durch.
Was soll ich aber anderes machen als zum Beispiel über den kleinen Zappelkerl schreiben, wenn er sich jetzt vordrängelt? Und niemand außer mir und meiner Frau kann die Wahrheit über seine Intensität, seinen Liebreiz und seine Schönheit so gut bezeugen wie wir beide ... Allerdings werde ich erstmal vielleicht nur darüber erzählen können, wie hartnäckig er sich geweigert hat, Fußball zu spielen. Dummerweise verstand ich diese seine Unlust nie ganz, und das stark verschorfte Thema Fußball wird mir wahrscheinlich nicht so viel Stoff liefern wie gedacht. Wie auch immer – unser Sohn war auch ohne irgendwelche gruppendynamischen Irrsinnsspiele immer voller spannungsgeladener Hochfrequenz und sowieso extrem schnell zündbar. Seine Erregtheit entwich aus ihm regelmäßig bald nach dem Einschlafen, stieg regelrecht aus allen sei-

nen Poren auf, sodass einer von uns allabendlich mit einem Handtuch in der Hand ins Kinderzimmer gehen musste, um ihn am ganzen Körper trocken zu wischen. Man konnte sich schon darauf verlassen, dass er während des ersten festen Schlafs zu glühen beginnen würde. Sein Kopf wurde dabei so heiß, dass sein Gesicht sich leicht rötete und seine Haare ganz nass wurden. Er ließ sich im Schlaf zum Glück ohne Probleme trocken wischen und abrubbeln und wachte dabei nicht auf. Sein Kopf roch dabei immer ausgesprochen bezaubernd. Man musste ihn aus seinem Strampelanzug oder später Schlafanzug manchmal sogar ganz befreien und ihm einen trockenen anziehen. Diese Überhitzung nach dem Einschlafen zog sich lange Jahre hin, bis ... ich weiß es nicht mehr. Und im Grunde weiß ich gar nicht, ob dieses Glühen überhaupt damit zusammenhängt, was ich erzählen möchte. Nach dem Trockenwischen – wenn er wieder zur Ruhe gekommen war – kontrollierte ich noch die Position seines beim Herumwälzen leicht umknickbaren Ohrs, auf dem er gerade lag. Sein Schädel war wunderbar schmal und sollte später nicht durch abstehende Segelohren verunstaltet werden. Dass er bei seiner Intelligenz in seinem weiteren Leben klarkommen würde, stand für mich und meine Frau selbstverständlich fest. Und sein Liebreiz würde ihm sowieso überall die Türen öffnen, seine hochmusikalische Schädelform würde die heißesten Frauen anziehen und seine Fröhlichkeit ganze Freundeskreise bis ins Erwachsenenalter zusammenschweißen helfen, dachten wir. Mir geht jetzt gerade spontan das Licht auf: Im Grunde weiß ich längst, warum er auf keinen Fall – also nie, nie wieder – Fußball spielen wollte. Unser Sohn kam einmal nach Hause, nachdem er in nahe gelegenen Hofeinfahrten und Höfen an einer üblen Ballschlacht teilgenommen hatte, und wirkte völlig verwirrt. Ihm musste sich dieses Spiel – also Fußball – als eine völlig gehirnlose Gruppenhatz von gnadenlosen und voneinander schwer abgrenzbaren Mutantenhorden offenbart haben. Er stand unter Schock, als er kam, ich weiß es wieder. Für ihn wären sicher auch viel leichtere Arten von Gewaltorgien schwer zu verkraften gewesen. Er konnte sich danach den ganzen Abend nicht beruhigen, erzählte über den Verlauf der Kämpfe sogar noch mehrere Tage lang – und zeigte mir mehrmals, wo sich die einzelnen Phasen der Schlacht abgespielt hatten. Für ihn und einige andere war es bei diesem Kräftemessen offensichtlich um alles gegangen, mindestens aber um Leben und Tod. Dass bei diesem Spiel etwas außer Kontrolle geraten war, war natürlich auch anderen Eltern aufgefallen. Etliche Kinder waren an dem Tag nicht nur furchtbar verdreckt nach Hause gekommen, sondern auch blutverschmiert. Normalerweise ging es auf dem benachbarten Hof und Spielplatz harmonisch zu, und weil ich mich dort im Laufe der Nachmittage wenigstens einmal aufhielt, oft auch stundenlang, kannte ich die dort herrschenden Sitten einigermaßen gut. So etwas wie Vollkontaktfußball wurde dort sonst nie gespielt. Bei der Rekonstruktion der Ereignisse kam heraus, dass an dem Tag einige neue Gestalten aus der Nachbarschaft hinzugekommen waren – und dass die ganze Truppe in einem günstigen Moment beschlossen hatte, das Spielfeld in eine Toreinfahrt des übernächsten Nachbarhauses zu verlegen. Dort ging es dann offenbar erst richtig los. Und das arme Kerlchen von unserem Sohn hatte bis dahin nie die Möglichkeit gehabt, irgendwo klein anzufangen und zu erleben, dass diese Art des Herumrennens hinter einem Ball sich auch relativ friedlich anfühlen kann. Jetzt war es zu spät, ihm irgendwelche Märchen zu erzählen. Ausgerechnet an dem Tag waren einfach nur harte Körperarbeit, volle Opferbereitschaft und ein ausreichender Vernichtungswille gefragt. Dass der Ball ab und an auch noch getroffen und irgendwohin verbracht werden musste, ging über lange Strecken möglicherweise etwas unter. Und die kumulativen Erregungsenergien der beiden – zwischenzeitlich waren es vielleicht auch mehrere – Mannschaften hatten sich durch wechselseitige Induktion bei den vielen Nahkämpfen sicher nur weiter verstärkt; und sie mussten sich dann punktuell auch eruptiv entladen haben. Unser Sohn wurde von uns zwar nicht überbehütet, war aber eher auf Zweierfreundschaften aus – und hatte sich noch nie als Teil eines Killerpulks erlebt, wurde nie in irgendwelche Mann-gegen-Mann-Kämpfe verwickelt, bei denen die geltende Ordnung außer Kraft gesetzt worden wäre. Und ehrlich gefragt: Ist bei einem solchen Spiel eine diffus über dem Feld schwebende, jeweils nur eine Seite betreffende und irgendwann nicht mehr abzuwendende Niederlage nicht etwas Furchtbares? Und die Schwere der Verantwortung, die bei dem Spiel jeder einzelne Kämpfer zu tragen hat – wobei jedes individuelle Versagen prompt eine Art Kollektivbeschämung zur Folge hat und auch als eine solche empfunden wird. Unser Sohn erlebte diese ganze Palette des ungeschützten Irrsinns geballt, zeitgerafft und hochverdichtet. Einer für alle, alle für einen! Und ich weiß noch, wie rot sein Köpfchen war und wie es wieder etwas röter wurde, als er die Angriffe, Gegenangriffe, die Zweikämpfe an den Wänden einer der Einfahrten, körperliche Auseinandersetzungen zwischen den Mülltonnen und auf dem Bürgersteig beschrieb. Die Kämpfe verlagerten sich zum Schluss sogar noch auf den allerletzten Hinterhof, der ziemlich ruinös war. Und wenn man, ehrlich gesagt, so eine existenzielle Entrückung zum ersten

Mal erlebt, eine Verwandlung von ansonsten freundlichen Jungs zu Gladiatoren vorgesetzt bekommt und diese unkontrollierbare Metamorphose auch selbst durchmacht, bricht einfach einiges zusammen. Unser Sohn erfuhr damals, denke ich, was totaler Krieg bedeutet – und begann vielleicht zu ahnen, dass es auf der Welt auch so etwas wie Liquidierungsschübe, Massenhinrichtungen und Genozide gab, zu denen natürlich auch noch unappetitliche Leichenberge und andere zu entsorgende Abfälle gehören würden. So gesehen waren diese vor den düsteren Hofeinfahrtskulissen vorhandenen Drecksecken und Engstellen zwischen oder hinter den klebrigen Mülltonnen doch die idealen Orte zum Beispiel für das Nachspüren auch seiner familiären Vorgeschichte.[59] Dummerweise ging der zeitlich nicht limitierte Kampf der kleinen und größeren Kerle trotz gewisser Verluste und der sich steigernden Erschöpfung immer weiter. Die ganze Gewaltorgie muss über Stunden gedauert haben, weil keine der Mannschaften aufgeben und sich nicht zu blutig geschlagenem Brei erklären lassen wollte. Tore wurden nach Protesten irgendwelcher erschrockener Erwachsener kurz danach einfach an ganz anderen Stellen neu errichtet – und das Spiel wieder angepfiffen, also angebrüllt; egal, ob dadurch die bislang erfolgreich verteidigten Geländegewinne wieder verloren gingen. Es war einfach *European full-contact soccer* in dreckigster Reinform. Für große Erregung hatten außerdem noch einige Verräter gesorgt, die mitten im Spiel plötzlich auf die Seite des stärkeren Teams übergewechselt waren und dann sogar – weil sie sowieso in der Nähe des

---

59 Da viele tapfere Stadtbewohner im alltäglichen Heizstress auch glühende Asche in die Einheitsblechtonnen warfen, gehörten in den Berliner Höfen oft hartnäckige, organische Abfälle mitverschmorende Schwelbrände dazu.

ehemals eigenen Tores standen – gleich einen Überraschungsschuss abgaben! Allerdings konnten irgendwelche Restregeln sowieso nicht mehr gebrochen werden, weil es in den letzten Spielphasen offenbar keine Regeln mehr gab. Und es gab nicht einmal genug Zeit, die Angeschlagenen oder sogar Kampfunfähigen in einer stillen Pausenzeremonie zu betreuen oder zu beweinen! Geweint wurde einfach während des Kampfes. Und man versicherte sich dadurch gegenseitig, dass wenigstens nicht alle dargebrachten Opfer umsonst gewesen waren ... und machte weiter. Zu Hause weinte unser Sohn dann noch wegen irgendwelcher besonders schreiender Ungerechtigkeiten und beklagte sich über die ihm völlig schleierhaften Fußballregeln. Einige davon wurden von den größeren Spielern gemeinerweise auch noch zwischendurch plötzlich geändert.

Wenn einer seiner wirklichen Freunde damals zu uns zu Besuch kam, blieb es im Kinderzimmer immer friedlich. Wobei seine Freunde auf unseren Sohn öfters neidisch waren. Er durfte zu uns Erwachsenen frech sein, fast überall in der Wohnung Unordnung hinterlassen und im Flur sein beliebtes Besen- und Schrubberhockey mit Hausschuhen spielen. Und er hatte außerdem einige schicke Spielzeuge, die aus dem Westen, also aus dem Intershop kamen. Einmal steckte er – das war noch Jahre vor seinem großen Fußballerlebnis – seine neuen sperrholzverstärkten Puzzleteile, die er gerade am Vortag bekommen hatte, vor den Augen seines Besuchs in Windeseile zusammen. Wohingegen der andere Bursche eine ganze Weile nicht mal begreifen konnte, wieso und woraus auf dem Teppich so plötzlich ein Bild entstanden war. Irgendwann wurden unser Sohn und seine Spielkumpanen eingeschult, und unser Sohn bekam sofort seine Tics. Und zwar nicht irgendwelche harmlosen Tics, sondern heftige, gut sichtbare, sichtbar quälende Tic-Anfälle.

Wie man so sagt: Der erste Eindruck täuscht nicht ... und wir bekamen damals tatsächlich Panik, spürten einfach, dass auf unseren Sohn und auf uns noch einiges zukommen würde. Ich kann mich noch an den Gesichtsausdruck meiner Frau erinnern, als es losging. Sogar ihre feinen Wangenhärchen wurden sichtbar, weil sie sich aufgerichtet hatten. Dieser fremdartige Einbruch des Irrsinns in unser Leben kam ganz plötzlich, und wir konnten erstmal nur zusehen, was unser wehrloser Sohn mit sich alles anstellte. Wir zwangen uns zwar, uns so schnell wie möglich wieder zu beruhigen – schafften es gleichzeitig aber auch, uns über den Ernst der Lage zu täuschen. Dabei waren die Tics ganzkörperlich und auch nach einer Woche unserer Abhärtung schwer auszuhalten. Etwas später wurden wir natürlich klüger, holten uns Rat und kannten uns dann auch terminologisch einigermaßen gut aus. Irgendwann versuchten wir wieder zur alten Tagesordnung zurückzukehren und das Tic-Geschehen – wie uns zugeraten wurde – so gelassen wie möglich hinzunehmen.

Ich überlege mir selbstverständlich gut und gründlich, was ich hier über unseren Sohn erzähle. Sonst wäre die Gefahr groß, dass mich meine Frau wieder mit irgendwelchen Schuhen bewirft. Wie neulich, als ich meinte, sie hätte als Reichsdeutsche nicht das Recht, einen jüdischen Schriftgelehrten zu Hausarbeiten in Fußbodennähe zu zwingen. Unsere Wohnung war zwar tatsächlich wieder voller Staubmäuse, sie verhielten sich aber wie immer vollkommen passiv. Und meine Frau wollte und will bis heute nicht einsehen, wie substanziell die fleißigen Wollknäuel für den Selbstreinigungsmechanismus von Fußböden sind – und kann sich mit den auf Kohäsion und

Elektrostatik fußenden Prozessen selbstverständlich auch nicht anfreunden. Ich züchte die Knäuel in meinem Zimmer dagegen konsequent, weil sie, je größer sie werden, immer effektiver arbeiten. Viele interessante Leute, die ich in meinem Gymnasium in Prag 7 kannte, wollten wie ich Schriftsteller werden. Und kaum einer von uns konnte sich damals vorstellen, anders als Ernest Hemingway zu schreiben. Heute erschreckt es mich eher, wenn ich an eine totale Hemingwayisierung der tschechisch-slowakischen Literaturlandschaft denke – und ich denke daran immer wieder. Einen beeindruckenden slowakischen Lebenskämpfer und Schriftsteller, der wie Hemingway schrieb und ähnlich radikal zu leben versuchte, kannte ich Anfang der Siebzigerjahre sogar persönlich. Er hat sich später leider erschossen – im Gegensatz zu seinem Vorbild aber tatsächlich aus Versehen.

Beim Sägen entsteht bekanntermaßen Hitze: Kratz-, Schabe-, Reibehitze und so weiter. Stoß- und Stoßempfangshitze ließe sich auch beim Hämmern unschwer messen. Wobei: Jedes andere Schleifen, Scheuern, Entschleunigen, auch jedes Bremsereignis, jede radikale Fahrtbeendigung durch eine Kollision gibt mehr oder weniger Wärme ab. Auch beim Reiben eines Stiftes auf der Papieroberfläche kommt es zur leichten Wärmeerzeugung. Und auch auf den Saiten der Streichinstrumente passiert nichts anderes. Dort wird zeitweilig ein regelrechtes Wärmekraftwerk am Leben gehalten – nicht nur durch die mechanische Reibung, sondern auch durch das wissenschaftlich noch nicht ganz aufgeschlüsselte Energietriumvirat von Intensität, Spannung und Geisteselevation, das die betreffende Extremität des Spielers in den Bogen, die Rosshaarbespannung und schließlich den Resonanzkörper hineinströmen lässt. Wie aber kommt der emotionsgeladene Klang in die toten Buchstaben, die ich hier mehr oder weniger trockengebröselt, schmiermittelfrei und nur scheinverbacken aneinanderreihe? Ich komme in diesem Text im Moment nicht weiter, fürchte ich, bevor ich in dieses Problem etwas Licht gebracht habe. Ich erzeuge beim Schreiben Tag für Tag eine Menge Körperhitze, ohne sie gewinnbringend irgendwohin einzuspeisen, und ich fühle mich jetzt auch schon wieder spürbar erhitzt. Da meine höchste Maxime »Fasse dich so kurz wie möglich« heißt, werde ich erstmal nur einige Stichwörter nennen, die mir in diesem Zusammenhang durch den Kopf gehen: Fanfarenklänge des Entropismus, Brutalamplituditis, Resonanzkatarakte, das Brown'sche Zittern, Stauchvorgänge in gereiften Festkörpern, Kollateralkrümmung kantkantiger Übergänge ... dies erstmal für den Anfang, um die Stoßrichtung für die lesenden Ösen, Iesen und Liebeskrösen aufzuzeigen. Wobei ich sowieso noch viel mehr Zeit mit dem Studium gekappter Sinuskurven verplempert und mich sinuslos[60] lange mit der Beobachtung der sich von sich aus aufzehrenden Lichtquellen verbracht habe. Das reichte mir aber trotzdem nicht. Ich betrat auch noch weitere wildfremde Wissensgebiete und grübelte zum Beispiel über die Ausflockung von Triglyzeriden, über infektiöse Kreativinterferenz, tangentiale Übersprünge[61], Wellensittichvibrationsschredder, biochemische Knochenaufbaustoffe und und und ... Wie wird, frage ich mich jetzt zwischenergebnisoffen noch mal, der Ton meines Erzählens auf die nun

---

60 Bitte nicht korrigieren.
61 Etwa an dieser Stelle sollte eigentlich der aus der Baubranche kommende Terminus *Kältebrücke* (korrekt eigentlich: *Wärmebrücke*) stehen. Weil er mir in dem Moment leider nicht einfallen wollte, musste ich mir mit diesem Ausdruck, also *Übersprung* aushelfen. An der gefundenen Lösung (s. o.) will ich jetzt nicht mehr rütteln.

ausgewählten Buchstaben, Silben und Wörter übertragen? Und auf welche Weise bleibt dieser in sie dauerhaft eingebrannt? Wobei das Verschriftete doch nichts anderes als eine schlichte serielle Anordnung von Zeichen ist, die darüber hinaus auch noch keine für Zwecke der Energieübertragung geeignete Struktur aufweist. Das, wonach ich nun konkret suche, ist – um es nochmals zu benennen – eine einigermaßen saubere Definition dessen, was in einem Text den mitgelieferten Ton ausmacht. Dabei schwebt mir eine in einer Metasprache darstellbare Formel vor, mit der sich objektiv definieren ließe, welchen Klang der jeweilige Text zwingend auch bei jedem zukünftigen Abrufen entfalten würde.[62] Im Grunde weiß jeder, was ich meine: Jeder Text vibriert anders, sein Charakter ist in diesem Punkt unverwechselbar, kein Text berührt dieselben Gefühlsregister wie der andere. Das feine Vibrieren verliert sich allerdings sofort, wenn der Text ins Sachliche abrutscht, buchhalterisch nur etwas aufzuzählen beginnt oder die Handlung nur zu skizzieren versucht. Seltsamerweise ist die Qualität des im Text kodierten Tons – und somit auch der Grad seiner Aufrichtigkeit – praktisch von jedermann zu erkennen; das heißt auch auf einer nicht sonderlich reflektierten Ebene. Überall nur Buchstaben, links und rechts – von jeder Stelle aus gesehen –, überall nur Zeichen, Zeichen stur aneinandergereiht, Zeichen, wohin man nur blickt – lauter tote Schrift- und Strichstaben, weit und breit also nichts als eine Strich-, Bogen- und Kringelwüste. Und trotzdem ist es ein Unterschied, ob diese Zeichen die Erinnerungen von Elias Canetti wiedergeben – egal, was für ein Ekelpaket er als Privatmann war – oder ob sie von

---

62 Analog dazu, wie es für einen Text – als eine reine Schriftkodemenge, versteht sich – zum Beispiel im Auszeichnungsformat XML bereits machbar wäre.

einem Festkörperphysiker im Ruhestand stammen, der in seinem Büro unter anderem leider auch viel Festkörperlangeweile zu erdulden hatte. In dessen Memoiren würden schon die allerersten Sätze verraten, dass die nächsten hundert, zweihundert oder dreihundert Seiten genauso emotionsarm sein werden wie die ersten drei Zeilen. Ich werde mir an dieser Stelle, fürchte ich – und manche Leser werden sicher nicht begeistert sein – vorläufig mit Leibniz' Infinitesimalrechnung behelfen müssen, obwohl der Newton'sche Zugang vielleicht sogar angebrachter wäre. Ich bin jedenfalls vorläufig der Meinung, dass ein Prosatext in seiner Funktionsweise grundsätzlich als ein Integral angesehen werden kann. Dementsprechend wären die ihn im Fluss (Newton!) tragenden kleinen Schritte, die typo- und erzähltopografischen Textmarker als energietragende miniamplitudenhafte Ausschläge zu betrachten ... dabei wären allerdings alle nebensächlichen Störungen bei der Wundheilung, alle vorübergehenden Hautausschläge, Samenabgänge, die klebrig-fettigen Schweißschmierereien an der Gesichtsoberfläche oder die halbwegs getrockneten Absonderungsrückstände der Nasenschleimhäute zu vernachlässigen. Dies alles verschwindet doch glatt im großzügig-integralen Raum unter der Eleganz-, Effizienz- und Exzellenzkurve der alles tragenden Emotionalität. Und wer würde dabei nicht an die sich elegant manifestierende Statikpracht von Spannbrücken denken? Allerdings: Wer an dieser Stelle das Gefühl bekommen haben sollte, dass das Geheimnis der klandestinen Prosamusike damit annähernd befriedigend gelöst worden wäre, der irrt. Es werden noch weitere Anstrengungen nötig sein, um die im Buchstabenmeer lauernden Geheimnisse tatsächlich zu entwirren. Ich werde mich der finalzähen Entschlüsselung irgendwann später sicher noch mehrmals zuwenden – und dies hoffentlich noch etwas fachkundiger angehen als jetzt gerade, möglicherweise dann sogar bis über die Schmerzgrenze der dösenden Öserosinen gehen.

Der allererste Tic unseres Sohnes bestand darin, dass er plötzlich krampfartig die Luft einzog. Es sah so aus, als ob er versuchen würde, noch etwas mehr an Sauerstoff zu bekommen; also als ob ihm die in der Luft vorhandene Sauerstoffmenge einfach nicht ausreichen würde. Und er versuchte, der Umgebung um jeden Preis ein etwas größeres Gasvolumen abzuzweigen. Leider ohne abzuwägen, ob seine Lunge diese Zusatzmenge überhaupt fassen könnte. Zu allem Unglück waren die Zufuhröffnungen in seiner Nase für diese strömungstechnischen Gewaltakte viel zu schmal. Und so zog er die Luft eben nicht allmählich ein wie jemand, der dem unausweichlich kommenden Gähnen zuvorkommen möchte, der mit der Nase sozusagen vorgähnen würde. Unser Sohn bediente sich bei dieser Art des überschüssigen Lufteinziehens gleich der ganzen Muskelkraft seines sechsjährigen Brustkorbs – und man sah ihm die Anstrengung auch an. Und weil es auch für uns so unerträglich war, schrien wir ihn in den ersten Tagen dauernd nur an: HÖR AUF! Aber wir fragten uns natürlich auch, wofür er sich mit seinen Verkrampfungen eigentlich bestrafen wollte. Und uns dämmerte außerdem, dass er mit ihnen auch uns treffen wollte. Habe ich schon erzählt, dass ich ihm mal das Nasenbein gebrochen habe? Ihn zufälligerweise sogar zweimal an demselben Tag hart zu Boden gehen ließ – und er diese Stöße tatsächlich vollfrontal abbekam? Ich werde diese grauenhafte Geschichte lieber etwas später hervorholen. Unser Sohn hatte seit dieser Unfallserie jedenfalls eine etwas schiefe Nase.

Das unvernünftige Sauerstofftanken unseres lieben Sohnes brachte bei uns einiges in Bewegung. Meine Frau und ich grübelten in alle Richtungen, fragten nach und wurden auch fündig. »Hyperventilierendes Selbstkasteien«, meinte jemand. Aber manche unserer Informanten fantasierten sich auch einfach Dinge zusammen, die sie sicher nur vom Hörensagen kannten. So ähnlich hätten sich angeblich auch verrückt gewordene Einsiedler, christliche Heilige oder Schamanen zu kasteien oder zu beglücken gewusst. Na und? Was sagte uns das? Und wenn beispielsweise Fakire in der Lage sind, mit dem After Wasser in den Enddarm einzuziehen, um sich auch von innen zu reinigen, dann ... was dann? Und vielleicht könnte es auch die Taucherkrankheit auf dem Trockenen geben, dachte ich. Und ich grübelte nebenbei noch weiter: Gibt es so etwas wie Ekstase unter selbst erzeugtem inneren Überdruck, ohne dass man sich dafür in eine Luftdruckkammer begeben musste? Bei einer gewissen Konstanz müsste man am Ende doch den reinen Stickstoff rülpsen. Oder es würden einem möglicherweise ganz feine Stickstoffbläschen direkt aus den Ohren geprickelt kommen.

Als seine heiligen Tics nach einiger Zeit etwas besser wurden ... Aber das stimmt so nicht. Unser Sohn lernte einfach, seine Tic-Anfälle geschickt zu unterdrücken und den dabei abzubauenden Druck unauffällig woandershin abzuleiten; er täuschte beispielsweise eine kurze Beschäftigungsnotlage in Bodennähe vor. Auf jeden Fall entdeckte er etwas später die Begeisterung für Schuhe von vorbeigehenden fremden Menschen, lenkte sich damit kreativ ab und kultivierte daraufhin diese exzentrische Vorliebe zu einer Leidenschaft. Und in allen seinen Leidenschaften war er wie immer unwiderstehlich, liebenswürdig und bewundernswert. Ich werde mich hier hüten, in diesem Zusammenhang wieder das Wort Trottel – egal wie leise – auszusprechen. Alles an unserem Sohn, auch alles Auffällige, war in erster Linie reizend; egal, was er tat und wie er es tat – es war originell und erfrischend. Er war zu diesem Zeitpunkt längst kein Kleinkind mehr, kein wackelnder Toddler, wie es so wunderbar lautzeichnerisch im Englischen heißen würde. Weil er inzwischen aber kein Wackeltoddler mehr war, kam er an die Schuhe der sitzenden oder vorbeischreitenden fremden Menschen nicht ohne Weiteres heran – also nicht einfach unschuldig gehirnblank wie ein Krabbelkind. Da es sich aber um ein echtes Interesse eines wissbegierigen Jungen handelte, mussten die jeweiligen Schuhbesitzer von mir oder meiner Frau angesprochen werden. *Unser Sohn interessiert sich für Ihre schönen Schuhe ... er wird später vielleicht Schuster, wer weiß.* Bei seiner Schönheit, seinen wunderbaren langen Haaren und seiner Unschuld dürfte es – würde man heute meinen – kein Problem sein, ihm auch als ein scheuer Fremdmensch entgegenzukommen, ihm die eigenen Schuhe für eine kurze Untersuchung zu überlassen – ohne sie auszuziehen, versteht sich. Das DDR-Volk war aber viel zu verstockt und, was die Kommunikation betraf, schon mit viel harmloseren Dingen überfordert. Deswegen musste man als Elternteil regelmäßig viel Charme aufbringen, um eine Annäherung zwischen dem fremden Menschen und unserem Sohn zu ermöglichen.

– Entschuldigen Sie, unser Sohn möchte gern Ihre Schuhe begutachten, Ihr Schuhwerk sozusagen rein technisch unter die Lupe nehmen. Dass die Vorderkappen etwas verstaubt sind, ist egal, wissen Sie ... wir werden ihm seine Hände gleich ordentlich abwischen.

Wenn wir schon beim Thema Hyperventilieren sind: Es war absolut kein Zufall, dass mir weiter oben im Text plötzlich Druckkammern und Stickstoffbläschen einfielen. Mir waren an dieser Stelle nämlich zwei Engländer in den Sinn gekommen: Vater Scott Haldane und sein Sohn J. B. S. Haldane. Die beiden waren ein wunderbar britisches Vater-Sohn-Gespann. Im Dienste der Forschung, der britischen Admiralität und der Menschheit führten die beiden miteinander, also an sich selbst, wüste bis lebensbedrohliche Experimente durch. Sie probierten beispielsweise mithilfe von Gasmasken die Verträglichkeit von verschiedenen Gasen – was also der menschliche Körper überhaupt aushält und was nicht. Und der eine maß dann eben die Zeit, bis der andere ohnmächtig wurde. Danach wechselten sie sich ab. Am bekanntesten sind allerdings die Versuche, die sie in der von der Admiralität finanzierten Dekompressionskammer unternahmen. Bei einem zu schnell[63] herbeigeführten Druckabfall sind dem Sohn einmal einige Zahnfüllungen im Mund explodiert, was eine nicht unbedeutende wissenschaftliche Entdeckung darstellte. Natürlich geschah dies nur nebenbei und hatte mit dem eigentlichen Testlauf nichts zu tun. Bei anderen Experimenten haben sich die beiden Männer gezielt einer erhöhten Sauerstoffmenge ausgesetzt – unter starkem Druck, versteht sich. Der junge Haldane bekam dabei leider so starke Krämpfe, dass er sich mehrere Wirbel brach. Zusätzlich wurden seine sowieso schon löchrigen Trommelfelle so undicht, dass er danach beim Paffen seiner Pfeife den Rauch auch seitlich ablassen konnte – ohne sein Gegenüber beim Gespräch einzunebeln. Trotz des heldenhaften Einsatzes der beiden gelang es ihnen nicht, das Geheimnis der rauschhaften Stickstoffvergiftungen bei Tauchern zu ergründen, da der bei diesen Untersuchungen

---

63 In der Zeit meiner großen prosaischen Bruchlandungen riet mir eine Lektorin, meine Texte wären vielleicht damit zu retten, wenn ich beispielsweise statt »schnell« eher »rasch« verwenden würde, oder statt »damals« lieber »einst«. Und Wörter wie »behandschuht« wären auch etwas ganz Feines, meinte sie.

in der Druckkammer miteingeschlossene Prüfer genauso schnell stickstoffbesoffen, albern und unzuverlässig wurde wie der Prüfling selbst. So weit sind wir – also ich und mein Sohn – bei unseren gemeinsamen Unternehmungen nie gekommen. Wir machten eben keine wissenschaftlichen Experimente, wir gingen unser Leben vielleicht nur etwas unvernünftiger an als andere. Unter der Aufsicht und helfenden Hand meiner Frau, die dann während unserer eigentlichen großen Krisen schließlich auch vollkommen hilflos war, auch wenn anders als ich. Allerdings litt sie unvergleichlich grausamer. Habe ich schon erzählt, wie entwaffnend es ist, wenn meine Frau vollkommen ruhig weint und ihre Tränen dabei nur still fließen lässt? Wahrscheinlich nicht. Es ist aber auch besser so.

Heute Nacht[64] kam mir ein für meine textbezogenen Tonstudien eventuell brauchbarer Gedanke. Konkret vielleicht eine brauchbare Idee dazu, wie sich der verborgene Klang von jedem einigermaßen emotionsgeladenen Schreibkram beschreiben ließe – wobei ich vom endgültigen Lüften dieses Geheimnisses immer noch weit entfernt sein dürfte. Schon abends vor dem Schlafengehen hatte ich das Gefühl, mich wieder mal unmerklich auf mein Zentralrätsel zuzubewegen. Und in der Nacht musste ich dann nur mein digitales Diktiergerät zücken und im Dunkeln einige dunkle Sätze in die Dunkelheit sprechen. Und diese gingen ungefähr so: Der Ton der Prosa wird von einer unsichtbaren, wie elektromagnetisch aufgeladenen Hülle getragen. Und diese Hülle, die sich um die einzelnen Wörter, Ausdrücke, Bilder, Begriffe, Gedankenkonglomerate legt, treibt diese einfach peristaltisch voran wie ein

---

64 Für die ganz Genauen unter den Lesern unbedingt noch das Datum: Ich spreche hier von der Nacht vom 15. zum 16. Februar 2019.

Darmrohr. Und so schlängeln sich diese aneinandergereihten Wörter, Wortgruppen und Sätze – dank der assoziationsgeladenen Tonhülle – durch den glattmuskulösen Darm des jeweiligen Mitteilungskanals weiter voran; und sie werden dabei – nicht unähnlich dem zu verdauenden Essen – kontinuierlich verknetet, bis sie ausgeschieden und anschließend vom Leser verspeist werden. Der gerade beschriebene Prozess ließe sich entfernt – wenn auch etwas irreführend – mit der Mäanderbildung bei fließenden Gewässern in Beziehung setzen. Albert Einstein versuchte in seinem 1926 erschienenen Aufsatz »Die Ursache der Mäanderbildung der Flussläufe und des sogenannten Baerschen Gesetzes« dieses Phänomen theoretisch zu ergründen und der Ursache der Mäanderbildung mithilfe der Zahl Pi ($\pi = 3{,}1415\ldots$) und einer gewohnt knappen Formel zu Leibe zu rücken. Spätere Forscher wie zuletzt Stølum (1996) gaben ihm schließlich recht: Die *sinuosity* der mäandrierenden Flüsse – also das Verhältnis zwischen der tatsächlichen Länge eines Flusses und der Länge der Luftlinie zwischen seiner Quelle und Mündung – stellt sich während der langen Zeit der Herausformung des Flusslaufs irgendwann auf den Wert 3,1415 ein. Und was auch als unbestritten gilt: Ernest Hemingway hatte in seiner Prosa einen ganz besonderen, ganz und gar eigenen Ton gefunden.

Was unseren Sohn betrifft, habe ich keine andere Möglichkeit, als alles so wiederzugeben, wie es war. Wobei ich hier die ganze Zeit lauter Dinge erzähle, die ich mir im Vorfeld gar nicht zurechtgelegt hatte. Von irgendwelchen auf Philosophie fokussierten Denkwanderungen, kampftechnikbasierten Achtsamkeitsübungen oder fachspezifischem Studium wissenschaftlicher Abhandlungen ganz zu schweigen. »Das Wahren des Tons meiner Sätze ist mir heilig«, könnte ein Wurzeltrottel in mir sagen. Sich das vorzunehmen, wäre aber der reinste Blödsinn. Ich persönlich weiß leider, ehrlich gesagt, von gar keinem Ton rein total immer noch gar nichts ... Wenn ich – sagen wir – ein Popliterat wäre, hätte ich vielleicht kein transluzid-glattmuskulöses Vibrato und keinen feinnervig-peristaltischen Generalbass durch meine Sätze schleusen müssen. Wobei ich dann alles Mögliche trotzdem bestimmt genauso spontan und ähnlich verflüssigt abgesondert hätte, wie ich es auch jetzt tue. Und vielleicht sind die Dinge unter ihren leichten Dingkleidchen sogar doch so, wie sie uns allen tagtäglich erscheinen – und dürften dann von mir aus auch relativ schlicht dargestellt werden. Warum nicht? Wobei noch diese jetzt folgenden Fragen schlussendlich beantwortet werden müssten: Sondern die Dinge irgendwelche bildgebenden Darmsekrete ab oder nicht? Kneten sie rhythmisch betreute Nahrung im Zeitlupentempo und verbreiten irgendeine obertonige Hintergrundstrahlung – oder nicht? Wenn nicht, dann wäre alles von mir zu diesem Thema bislang Gesagte einfach hinfällig, und der schlichte Grundton des soliden Ding-Erzählens bliebe ein vorgegebenes dreigestrichenes *Cis*. Würde dann aber – spuckt hier in mir wieder etwas dazwischen – ein Sätzesänger des sinusreinen *Cis* möglicherweise in erster Linie nur ein mathematisch generiertes Selbstbild besingen? Um uns dabei zusätzlich nur noch irgendwelche läppischen, ihm im Leben zugefügten Verletzungen unterzujubeln? Unseren Sohn in Freiheit zu erziehen, war mir und meiner Frau über alles wichtig. Wenn er mit dem Essen fertig war, schmiss er regelmäßig seinen Plastikteller[65] auf

---

[65] Dieser kam aus dem Intershop, war stabil und mit warmem Wasser befüllbar; und soll hier mit dem Begriff »Plaste« besser nicht kontaminiert werden, obwohl er für uns damals natürlich aus PLASTE war.

den Fußboden. Erst dann war er bereit, sich aus seinem Stühlchen befreien zu lassen. Manchmal schob er alles, was er nicht essen wollte, von seinem Tellerchen runter auf den Tisch oder schmiss einiges davon an die Wand. Die Flecke und die angetrockneten Essensreste wurden von mir dann mit Filzstiften verschönert oder sogar mit einfachen Zuschreibungen versehen (»Fleck«, »Spinat«, »Tomate« ...), um mir irgendwelche lästigen Säuberungs- oder spätere Malerarbeiten zu ersparen. Allerdings konnten meine Frau und ich auch mal streng sein und zwangen unseren Sohn regelmäßig, seine ausgekippten Getränke mit einem Strohhalm vom Tischwachstuch abzuschlürfen. Und da er pausenlos seine und auch unsere etwas entfernteren Gläser und Tassen umkippte, war dieses Zischen bei den Mahlzeiten bei uns an der Tagesordnung. Auf dem Tisch war vor unserem Sohn nie etwas sicher, da er bei seinen spontanen luftigen Bewegungen – beim Gestikulieren eben – immer einen Tick schneller war als wir. Dieses auffällige, völlig unkontrollierbare, aber trotzdem noch relativ harmlose Umwerfen von allem, was im Aktionsradius seiner dünnen Ärmchen stand, legte sich irgendwann.

Kapitel 6++ (Alternative Lesart: »SexDoublePlus«) [10]

Die Beschreibungen meiner Fahrten in die Deutsche rundumordnungsliebende Republik würden ohne Weiteres ein ganzes Kapitel füllen. Ob ich es aber so weit kommen lassen möchte? ~~(An dieser Stelle wurde ein Satz gestrichen und durch das Folgende ersetzt:)~~ Theoretisch könnte ich es allerdings problemlos schaffen, mit meinen Erinnerungen an die Fahrten mit der Zonenbahn sogar mehrere Kapitel vollzustopfen.[66] Was aus diesem Proyect in diesem Kapitel nun werden wird, weiß ich zum Glück selbst noch nicht. In einem Punkt will ich hier aber vorsorglich für Gerechtigkeit sorgen, liebe Eisenbahnfreunde: Mir war es vollkommen egal, ob ich in einem geschichtsschwangeren Zug der Deutschen Reichsbahn, einem verschwitzt-plüschigen Hungariagespann der möchtegern-bourgeoisen Eisenbahngesellschaft MÁV oder einer unter der Herrschaft des tschechischen und slowakischen Volkes betriebenen Zuggarnitur der Staatsbahn ČSD saß. [EINE ÄHN-

---

[66] Für den literaturwissenschaftlich interessierten Leser möchte ich hier doch noch zur Abschreckung festhalten, wie gequält die ursprüngliche Formulierung des im Manuskript korrigierten und zum Glück nun überklebten Satzes/Satzanfangs ausfiel: »Vielleicht werde ich das Vollfüllen sogar mehrerer Kapitel mit dem Entleeren meiner sattgepumpten Erinnerungsblasen in Angriff nehmen und auch durchhalten ...« Grauenhaft! Dabei hatte mich meine Mutter schon frühzeitig vor den Gefahren des substantivistischen Schreibstils gewarnt (hochgefährlich auch im Tschechischen!), wie auch später noch vor der so verführerischen Verwendung aller soldatischen Ausdrücke – egal wie putzig-passgenau-waffenwarm sie sich einem im Deutschen aufdrängen.

LICH AUFGEBAUTE AUFZÄHLUNG GIBT ES BEREITS IM ACHTEN KAPITEL, WENN ICH MICH NICHT IRRE. ICH KANN ES ABER AUCH NUR ALBGETRÄUMT HABEN.] Natürlich könnte ich wenigstens versuchen – die Tasten meiner Schreibmaschine anstarrend[67] –, mich zu erinnern, welche Volkstoiletten damals die schlimmsten waren. Ich weiß es aber nicht mehr.

Nachdem ich meinen duftenden Brötchenlaster endgültig abgestellt hatte, mit meinem Tageswerk also fertig war, konnte ich auf dem namensbereinigten[68] Bahnhof Prag-Mitte in den meistens gut befüllten Stinkezug steigen. Dort begann dann gleich das erregende Warten auf alles, was in Ostberlin so anders war. Und natürlich auch auf die so gut wie nackten, nur mit Parkas locker behängten Amazonen vom Prenzlauer Berg. Wie ich mich damals ganz ohne Gepäck, später gelegentlich nur mit einem hässlichen Stoffbeutel ausgerüstet, auf den Weg ins Ausland machen konnte, ist mir heute schleierhaft. Offenbar brauchte ich damals nichts, hatte alles am Mann; ähnlich wie meine neuen Freunde, die – wenn sie unterwegs waren – ebenfalls alles in ihren Parkas mitführten. Da ich damals an jedem meiner Arbeitstage früh um drei Uhr aufstehen musste und daher permanent übermüdet war, schlief ich im Zugabteil meistens sofort ein. Es hatte sowieso keinen Sinn zu warten, bis der Schaffner[69] kam. Der konnte einen sofort nach dem Losfahren wecken oder erst nach anderthalb Stunden vor Ústí nad Labem. Die Fahrt bis Ostbahnhof dauerte damals ins-

---

67 Dies ist hoffentlich das einzige (hier nur ganz schwer vermeidbare) Partizip Präsenz im gesamten Manuskript.
68 Zwischen den Kriegen (und noch kurz nach dem Zweiten) hieß dieser niedliche Kopfbahnhof nach unserem bürgerlichen Republikgründer Professor T. G. Masaryk.
69 Da seit der Stalinzeit alle tschechischen und ostdeutschen Schaffnerinnen in Umerziehungslagern lebten, muss ich mir bei Sätzen wie dem hiermit befußnoteten keine Arbeit mit der Doppelbenennung machen.

gesamt sechseinhalb Stunden, im Laufe meiner insgesamt drei Pendeljahre wurden es dann regulär sieben und mehr. Allerdings verliefen die Fahrten immer ausgesprochen gemütlich, man fuhr nicht schnell, dafür gab es aber kaum Verspätungen. Ich kann mich jedenfalls an keine erinnern. Das ganze Leben gestaltete sich im Sozialismus eben oft wie eine Art sorglos delegiertes, gegenseitig gegönntes und – jedenfalls außerhalb der Gefängnis- oder Kasernenareale – recht weiches Schleichen. Ich hatte natürlich etwas zum Lesen dabei, meines Wissens aber nichts zum Essen oder Trinken. Vielleicht war ich einfach froh, eine Weile nichts Essbares sehen und heben zu müssen; und freute mich auf meine neue Teilzeitexistenz. Dass ich die ganze lange Fahrt hungerte, stimmt aber sicher nicht ganz. Ich besaß ein rostbraunes Jackett aus einem ungewöhnlich grob gewebten Stoff. Es war relativ warm, und mehr an schützender Kleidung brauchte ich damals nicht. Mir war meistens sowieso eher zu warm, und ich war stolz auf mich, auch im strengen Winter ganz ohne Mantel und Mütze auszukommen. In einer der Innentaschen meines Jacketts steckte bei diesen Fahrten also garantiert ein Buch, in den aufgenähten Außentaschen wahrscheinlich ein oder zwei Brötchen. Höchstwahrscheinlich auch noch eine Unterhose. Und jetzt erinnere ich mich an noch etwas: Auf dem Weg zum Bahnhof kaufte ich mir meistens noch ein Glas Joghurt. Joghurt war für mich und meinen nach wie vor aufmerksamen Magen damals die Rettung. Ohne die guten tschechischen Joghurtbakterien wäre meine damalige Entwicklung sicher ganz anders verlaufen. In Ostberlin unterstützte dann zusätzlich noch die eine oder andere Quarkspeise meine Kernigkeit.[70]

---

70 Diese hießen zum Beispiel »Maulnichtfaul«, »Leckerschlecker« oder »Lippe-leck-dich«.

Hiermit ist das Bild, glaube ich, einigermaßen komplett: Ich bestieg mit einem Joghurtglas in der Hand und zwei ausgebeulten Vordertaschen meines Jacketts den Zug nach Ostberlin und wusste, dass das einzig Unangenehme, das mich unterwegs erwartete, die vier unvermeidbaren und in der Regel schlecht gelaunten Grenzkontrollpärchen sein würden. In Ústí nad Labem bestiegen diese Pass- und Zollspezialisten beider Brudernationen pulkweise den Zug, von vorn und von hinten. Zuerst wurden auf uns, die wir in den Abteilen inzwischen wie wehrlose Kobenkaninchen dasaßen, meistens die Tschechen losgelassen, dann die Deutschen. Die Tschechen versuchten zwar einigermaßen streng zu wirken, also die Deutschen nachzumachen, sie konnten es aber nicht wirklich. Schon ihre Körperhaltung verriet, wie wenig echtes Staatsträgertum in ihnen steckte. Die tschechischen Zöllner unterhielten sich untereinander außerdem oft über ihre Krankheiten. Und dann kamen die Männer in den Naziuniformen: *Passkontrrrolle ... -olle, -olle! PersonaldokumenTE ... -enTE, -en-TE, bütte!*, und anschließend kam das zweite Pärchen angebellt: *Et-was zu verrr-ZOLL-en?* Mein Joghurt war zu diesem Zeitpunkt zum Glück meistens schon alle – ich hätte mich aber so und so nicht getraut, den Zöllnern mein leeres Joghurtglas entgegenzuhalten. Damals war es sowieso ratsam, allen Systemvertretern vorbeugend Furchtbereitschaft zu signalisieren. Die wirklich Ängstlichen ließen sie sich sogar waschfest auf ihre Gesichter stempeln. In meinem Jackett muss noch, fällt mir ein, dauerhaft ein langstieliger Löffel gesteckt haben. Und jetzt taucht aus meiner Erinnerung endlich noch etwas wirklich Wichtiges auf: Wenn ich etwas politisch nicht Genehmes, ein Druckerzeugnis aus dem Westen, Schreibmaschinenmanuskripte und Ähnliches dabeihatte, steckte ich das mitgeführte Papierzeug vorsichtshalber schon in Prag auf der Bahnhofstoilette unter mein T-Shirt und das T-Shirt dann in die Hose, damit nichts davon später hervorrutschen konnte. Deswegen knisterte ich bei meinen Fahrten manchmal, wenn auch nicht immer gleich. Und während der sechs und mehr Stunden wurde ich auch noch etwas zappelig, weil mich irgendwelche Papierkanten oder abgeknickten Ecken kratzten. Aber das gehörte nun mal zu den kleinen Härten meines sonst wunderbaren Lebens. Unterwegs gab es aber natürlich noch andere Härteprüfungen. Beispielsweise waren die Papierhandtücher in den Zugtoiletten aus minderwertigem – also wenn welches da war – Papier, das sich schon gleich beim Abtrocknen aufzulösen begann. Besonders die Gesichter der Männer waren deswegen oft mit Papierabrieb übersät.[71] Bei mir, der notorisch unrasiert herumlief, war das natürlich auch der Fall – zum Glück sah man sich in den volkseigenen Zugspiegeln in der Regel nur schemenhaft; und oft kam aus den Wasserhähnen sowieso gar kein Wasser, nicht mal rostiges. In dem Fall mussten sich die Reisenden, die zuckerhaltige Limonaden dabeihatten, ihre Hände wenigstens auf diese Weise reinigen – sich gegebenenfalls auch noch von der unvorsichtigerweise zu früh überstreuselten Seife aus dem Reibespender befreien. Ich schleppte nie irgendwelche schweren Glas- oder Thermosflaschen mit und säuberte mich eben nicht, wenn es nicht möglich war. Aber wie die alte Frau Hübsche aus

---

71 Ich entschuldige mich für diese nicht unbedingt nötige Notiz über die Qualität der DDR-Papierhandtücher, die klugerweise vielleicht – ähnlich wie Toilettenpapier – im Wasser auflösbar sein sollten, um im Gleisschotter dann schneller zu verschwinden. Angesichts dessen allerdings, dass Publikationen über das rissige, trotzdem aber weit über das Jahr 1989 in der DDR beliebte Ost-Toilettenpapier inzwischen ganze Bücherregale füllen, ist diese meine kurze Auslassung harmlos.

unserem Nachbarhaus – in Wirklichkeit war es aber eher Frau Reichlová oder Babáková, die bei uns unten in den Parterrewohnungen wohnten – gern sagte: *Jeder Dreck bröckelt irgendwann von alleine ab.* Und das stimmte auch. Meine oft mit Joghurt beschmierte Mundumgebung, die außerdem meist mit joghurtgetränkten Papierkrümeln verziert war, fühlte sich bei der Ankunft in Ostberlin meistens wieder so gut wie fusselfrei an. Aber noch etwas zu meiner Konterbande: Im Winter hatte die zusätzliche Dämmung aus mehreren Schichten Papier natürlich auch Vorteile, sodass ich nach der Ankunft erstmal lieber papierumkleidet blieb. In Ostberlin war die Witterung generell um einiges zugiger und unwirtlicher als in Prag. Leider bringe ich jetzt zeitlich etwas durcheinander, fällt mir gerade auf. Zumindest der Transport von Manuskripten begann wesentlich später – erst als ich bereits in Ostberlin lebte und nach Prag nur besuchsweise fuhr. In den Anfangsjahren des Pendelns hatte ich höchstens mal eine westdeutsche Zeitung dabei. Meine tschechischen Manuskripte nach Berlin zu schleppen, hätte sowieso keinen Sinn gehabt. Ich hütete mich von Anfang an konsequent davor, in Ostberlin an irgendwelche, dort freiwillig lebende Tschechen zu geraten. Das konnten garantiert nur zwielichtige Idioten sein. Als ich später auch mal etwas voluminösere Manuskripte dabeihatte, musste ich wirklich vorsichtig sein. Das sozialistische Fußvolk hatte vor seinem jeweiligen Regime aus gutem Grund großen Respekt, war also angemessen ängstlich und neigte dazu, sich den Behörden gegenüber kooperativ zu zeigen. In Prag hat mich einmal sogar jemand in der Straßenbahn fest gepackt, nachdem ich meine Papiere kurz hervorgeholt hatte. Ob es irgendwelche statistischen Vergleiche zwischen den sozialistischen Bruderländern gibt – in puncto Denunziationsindex, meine ich –, ist mir leider nicht bekannt. Ich werde vielleicht mal Yury[72] fragen. In Prag ist es mir seinerzeit, als die Türen der Straßenbahn aufgingen, zum Glück gelungen, mich samt allen meinen Manuskriptseiten loszureißen und zu fliehen. Da ich jetzt keine Lust habe, auch noch über den Gestank in den Zugabteilen zu berichten, breche ich die Schilderung meiner Reiseerlebnisse hier einfach ab. Nur kurz für die vielleicht doch neugierig Gewordenen: Alle Tschechen aßen unterwegs meistens Schnitzel, also diese im Fett- und Semmelbröselmantel erstarrten Sattmacher, die im kalten Zustand nach dem puren Entsetzen der Schweine und ihrem robusten Eiweiß rochen. Aber Schnitzel dabeizuhaben, galt für mein Volk trotzdem als Pflicht, und der Schnitzelgeruch fehlte bei diesen Fahrten tatsächlich nie. Genauso wie der Mief hart gekochter Eier mit ihrem unvermeidbaren H_2S-Ausstoß.[73] Und zu lange luftdicht verpacktes, leicht belagsdurchweichtes Brot kann natürlich auch ordentlich miefen. Die beim Anbeißen in weitem Bogen gallertsaftspritzenden Tomaten rochen wenigstens immer frisch.

Nachdem ich endlich aus meinem verdienten Bäckerausfahrerschlaf vollständig erwacht war, wurde mir langsam ganzkörperlich prickelig. Ich war in meiner neuen Ostberliner Clique bald so fest eingemeindet, dass ich immer wieder damit rechnen konnte, irgendwann mit einer der Frauen oder einer ihrer zufällig aufgetauchten Freundinnen im Bett zu landen. Oder mich mit diesem oder jenem fraulichen Wesen wenigstens lange zu unterhalten und es da und dort ausgiebig zu streicheln. Habe

---

72 Vom Leser erwarte ich, dass er meinen Yury nicht mit irgendwelchen überflüssigen Fragen belästigen wird, so wie ich.
73 Siehe eventuell – wenn's jemand übertreiben möchte – meine Auslassungen zum Thema H_2S im Kapitel »Gipsklumpen im Magen«.

ich eigentlich schon erzählt, dass ich lange Zeit nicht wusste, dass es mitten in der Stadt Berlin einen Fluss gibt? Mein Zug musste zwar jedes Mal etwa zehn Minuten hinter Schönefeld[74] irgendeine flussähnliche Rinne überquert haben, ich war in meinen Gedanken aber schon längst am Ziel. Wobei Ostberlin in meinen Augen nicht nur flusslos war, Ostberlin hatte zu allem Unglück auch gar kein Zentrum. Für mich bildete der Prenzlauer Berg eindeutig den städtischen Mittelpunkt und hatte in meinen Augen, trotz des hohen Zerfallsgrads, etwas Majestätisches. Die darunterliegenden Stadtgebiete wirkten auf mich größtenteils wie unglücklicherweise geerbte, aber de facto aufgegebene Flächenrelikte, die nach der Teilung der Stadt keine besondere Rolle mehr spielten. Wobei der unglückselige Alexanderplatz sich zum Zentrum vielleicht noch hätte aufschwingen können, wenn er nicht in eine unfruchtbare Gehwegplattenwüste verwandelt worden wäre. Nach meinem Eindruck wurde der Alexanderplatz damals von Menschen mit Sinn für Würde, Ästhetik und Leibeswärme verabscheut und auch konsequent gemieden. Und was sollten einem der brutalistische Springbrunnen, die zynische Weltzeituhr und die stark geschwollene Eichel des omnipräsenten Dauererrektators auch Positives vermitteln? Das alles war doch nur abstoßend und sowieso grundhässlich. Mich machte so etwas Leeres[75], Sinnloses, Freigefegtes, etwas so Totes und mit Daseinszweck nicht zu Füllendes wie der Alexanderplatz schon seit meinen

---

74 Über die Eisenbahnbrücke zwischen Treptow und Friedrichshain? Aber eher fuhr man damals, schätze ich, die viel dunklere Strecke über Spindlersfeld, kurz danach also durch die Wuhlheide. Und auf dieser Strecke konnte ich das Spreerinnsal wirklich nicht gesehen haben – meistens war es sowieso schon spät abends.
75 Mit heutigem Vokabular könnte man es vielleicht *VOID cubed* nennen.

Kindertagen depressiv, wenn ich nicht rechtzeitig gegensteuerte oder schnellstens weglief. Gab eine solche dümmliche Flächenverschwendung etwa Auskunft über die Intelligenz, das Distanzempfinden oder die Unerfüllbarkeitsgefühle eines ganzen Volkes? Wahrscheinlich nicht – aber man weiß nie ... Aus Prag oder Budapest wusste ich ziemlich genau, wie Städte aussahen, die einen wirklichen Fluss zu bieten hatten. Aber man hätte es in Ostberlin sicher ohne Weiteres fertiggebracht, ein möglicherweise doch vorhandenes Flüsschen in einen unterirdischen Kanal zu zwängen und unter Betonplatten verschwinden zu lassen – wie beispielsweise in Leipzig. Nach dem auf vielen bombenbereinigten städtischen Flächen der DDR propagierten und brav befolgten Motto: »Begradige, bedecke, beglätte, betöte!«

Von der Vorstellung, dass unter der großzügigen Fläche des Alexanderplatzes im Verborgenen möglicherweise Wasser floss, verabschiedete ich mich erst irgendwann in den Achtzigerjahren. Mir konnte Berlins Fließwasserlosigkeit allerdings egal sein. Die eigentliche Stadt lag für mich sowieso nicht in irgendeinem konkaven Tal, sondern auf einer konvexen Andeutung einer stark abgeflachten Erhebung. Und der Name Prenzlau sagte mir damals auch nichts weiter. Zum Glück wusste ich noch nicht, dass Prenzlau eine zerschossene, zerschundene und kontinuierlich weiter zerfallende Stadt war. Natürlich gab es abseits des Ostberliner Kernlebens im Prenzlauer Berg irgendwo noch etwas Restpracht. Allerdings fanden viele überzeugte Ostberlinisten – nicht nur ich – beispielsweise die ins Nichts führende Möchtegernprotzschneise *Unter den Linden* so gut wie bedeutungslos. Im Grunde berührte sie die Belange der ganzen übrigen Stadt nicht sonderlich. In meinen Augen war diese Baumschule, die auf dem Mittelstreifen einer Art autobahnähnlicher Brache angelegt worden war, ähnlich kulturlos wie der Alexanderplatz, und wegen ihrer Länge ähnlich schwer mit Menschenwärme zu befüllen. Und sie, die Lindenbaumschule, war fast so tot wie die ruinöse Friedrichstraße, die sich damals praktisch noch im Nachkriegszustand befand. In der Friedrichstraße sah man manchmal sogar noch vereinzelte und teilweise verwirrte Trümmerfrauen herumlaufen – mit Einkaufstaschen, die grundsätzlich einen flachen festen Boden aufwiesen.[76] Noch entsinnter war dann nur noch die auch tagsüber – bedingt durch das Fehlen von egal wie geartetem kommerziellen Treiben – fast menschenleere Oranienburger Straße. Dort lag nicht nur das Kneipenwesen im tiefsten Koma, auch die wenigen und weit voneinander entfernt liegenden Einzelhandelsspelunken verkauften ausschließlich Dinge, die niemand brauchte.[77] Dort muss es gelegentlichen sogar noch zu Schusswech-

---

76 Der Legende nach wurden in der DDR gern großmaschige und stark dehnbare Einkaufsnetze benutzt. Da muss ich korrigierend eingreifen: von »gern« kann in diesem Zusammenhang nicht gesprochen werden. Man zeigte auf der Straße alles andere als gern, was man so mit sich schleppte; sonst wäre dann sicher Bananen-, Orangen-, Ziegel-, Fliesen- oder gar Erdbeer-Neid aufgekommen, begleitet vielleicht auch noch durch konfliktreiche Straßenszenen.
77 Eine einzige Kneipe gab es dort, sie hieß, glaube ich, »Zur aufgehellten Augenhöhle«. Außerdem befand sich in der O.-Straße einigen Zeitzeugen zufolge die Sektion Psychologie der Humboldt-Universität und ein Geschäft mit Obst und Gemüse, in dem es kein Obst und kein Gemüse gab; höchstens einige Konserven (ich korrigiere mich: Weißkohl und Kartoffeln soll es gegeben haben, gelegentlich sogar Mohrrüben, und einmal sogar gelbe!). Erst abends belebte sich die Straße etwas: Die Fledermäuse und die cineastischen Parkaträger kamen – die zuletzt Genannten verschwanden dann allerdings schnell im ersten Stock der Wertheim-Kaufhauspassage, wo lange Jahre das Filmkunstkino OTL (Oranienburger Tor Lichtspiele, später in »Camera« umbenannt) betrieben wurde. Nach dessen Schließung blieben dann nur noch die Dunkelheit und die Schatten der Leiseflieger. Und der fast unter der Wahrnehmungsschwelle verlaufende illegale Straßenstrich.

seln gekommen sein, da die an den Häuserfassaden omnipräsenten Einschusslöcher immer zahlreicher wurden – allerdings wurden auch diese neuen Putzkrater fast über Nacht ähnlich grau-dreckig wie die alten [NICHT NUR OSTBERLINTYPISCH: SIEHE AUCH DEN WIKIPEDIA-EINTRAG »DIE KALKMÖRTEL- UND NATURSTEININSUFFIZIENZ IM TIEFVERRUSSTEN ENGLAND DES 19. JAHRHUNDERTS«]. Der liebe Yury weiß über die Umstände der dortigen Schießereien in den Siebzigerjahren sicherlich etwas besser Bescheid als einige andere Historiker, ich kann ihn aber nicht mit jedem Blödsinn belästigen. Wer dort seinerzeit und mit wie schweren Waffen geschossen haben könnte, muss ich hier also offenlassen. Dummerweise fällt mir gerade ein, dass ich gelegentlich doch vom Bahnhof Friedrichstraße in Richtung Oranienburger Tor gelaufen sein muss. Und dabei muss ich die Weidendammer Brücke betreten haben – und so gesehen auch mal die Spree überquert haben. Offenbar übersah ich dabei trotzdem das weit unterhalb der Straßenebene so gut wie ruhende Wasser. Vielleicht auch deswegen, weil die beeindruckende Brücke ein massives gusseisernes und dicht mit Verzierungen besetztes Geländer besitzt – und vor allem ein ausgesprochen hohes.[78]

Meine neuen Freunde kamen mir in ihrem zerschossenen, kaputten, dreckigen, zerfallenden, hinterhöfig-außenklomäßigen Prenzlauer Berg gleich bei meinen ersten Besuchen wesentlich ernster vor als in Prag – und bei der relativen Ernsthaftigkeit blieb es dann meistens auch. Für mich kam es etwas überraschend – und im Grunde war es auch enttäuschend. Da ich aber auf keinen Fall enttäuscht werden wollte, versuchte ich erstmal, darüber lieber nicht nachzudenken, zu diesem Problem also nichts Abschließendes

---

78 Dabei maß ich damals noch ganze 169 Zentimeter!

zu meinen. Da war es schon viel besser, an das damalige Zusammentreffen auf dem Wenzelsplatz und das kurzzeitig positiv aufblitzende Prager Flair zu denken. Sicherlich müssen auf die Leute seinerzeit auch der breite Fluss und der glühende Sommertag opiotisch [ODER OPIOID?] gewirkt haben – möglicherweise auch das eine oder andere Bier, mehr aber nicht. Wenn ich spätabends in Ostberlin ankam, fühlte sich hier einiges so und so grundsätzlich anders an als in Prag, und das völlig unabhängig von der aktuellen Verfasstheit der Gruppe. Mir war, als ob über uns allen plötzlich viele noch nicht gelöste Daseinsgeheimnisse, Allfragen und Weltwunder schweben würden, die gleichzeitig an den Auftrag gekoppelt wären, sie unbedingt lüften zu müssen. Und auch ich begann bald, mich in der flusslosen Stadt Berlin verwundert – und obendrein mich von meinem Tschechentum radikal entfernend[79] – zu fragen: Was ist die höhere Wahrheit des immerwährenden Weltenwälzens im Universum, wie soll der Mensch seine Geistesgerste auch ohne bewusstseinserweiternde Turbolader voranbringen, wie gut strukturiert ist die sich pausenlos selbständig einnebelnde Ideenrealität, was für Voraussetzungen muss ein Mensch mitbringen, um seinem porösen Scharfsinn stabile Baumringe wachsen zu lassen? Und das Fragen nahm kein Ende: Wie sollten wir es am besten anstellen, dass wir vor Glutverlangen keine offenen Brustbeinwunden bekommen, wie sollten wir die hartnäckigen Eitergeschwüre, die sich oft an der Schädelbasis festbeißen, am besten steril halten, wie könnten wir es schaffen, komplizierte Knochenbrüche – bei Eiseskälte, gleich draußen auf der Piste, versteht sich – provisorisch ohne fremde Hilfe zu verarzten? Und – oder oder: Was kommt nach dem Tod

---

79 *Du Partizip Präsenz, ich hasse dir so sehr!*

der Götterspeiser beziehungsweise nach dem Zerstieben der im All längst implodierten Urknallblasen? Aber ehrlich gesagt, gestaltete sich das Dasein in Ostberlin nicht nur derartig ideenschwer; man lebte dort gleichzeitig alltagssorgenverbunden und fest parallelstrukturiert – dies aber ausgesprochen unauffällig. Und außerdem schwebte über der Stadt sowieso keine geschlossene, gedankengesättigte Ideenglocke, vielmehr hing dort über allem eine reale Pseudokruppdrohung. Die Versorgung funktionierte im ganzen Stadtgebiet im Großen und Ganzen reibungslos, und auch im Privaten sorgte man – für sich oder andere, oft gegenseitig – für alles Mögliche. Man kümmerte sich um Aquarien, schleppte täglich eimerweise Kohlen aus den Kellern, halbierte die länglichen Briketts vor dem Befüllen der Öfen mit einem Hammerschlag, kaufte Jalousien bei Herrn Castorf in der Pappelallee, backte hart gewordene Brötchen in Backröhren auf – oder man öffnete im Winter die Klappen der Backröhren und ließ sich bedenkenlos bebacken, wenn einem beim Kälteeinbruch danach war. Die meisten Altbauküchen hatten damals keine Doppelfenster. Was das Arbeiten angeht, hatten die meisten Leute gut, aber nicht übertrieben viel zu tun und organisierten ihren übrigen Alltag mit erstaunlicher Leichtigkeit – das heißt, ohne sich dabei mit ernsthaften Geldproblemen plagen zu müssen. Das wirklich Interessante für mich war sowieso Folgendes: Der wichtigste Teil des Lebens außerhalb des uninteressanten Arbeitsgeschehens spielte sich, im Gegensatz zu Prag, ausschließlich in Wohnstuben oder wohnungsähnlichen Verschlägen ab, also zu Hause – vollprivat bis tiefintim. Alles, was den Leuten, vor allem meinen Leuten, wichtig war, war nicht für öffentliche Räume, also auch nicht für Blicke von Außenstehenden gedacht. Und dafür war es eindeutig besser, als Spielfigur der Gesellschaft möglichst wie nicht vorhanden zu wirken. Die vielen anderen, systemtreuen und oft regelrecht legitimierungsgeilen DDR-Menschen dagegen, die bedenkenlos öffentlich Präsenz zeigten und auch die Alltagsbeschaffenheit des Landes offenbar bejahten, waren in meinen Augen nichts anderes als bedauernswerte Freilichtspießer. Warum ich diese durchaus erzähltauglichen Dinge vierzig Jahre lang für mich behalten habe, ist mir schleierhaft.

Dass die Prager Bevölkerung den Großteil der Freizeit traditionell damit verbrachte, in der Innenstadt herumzulaufen oder in den Kneipen zu sitzen, war natürlich kein Zufall. Meine Mitmenschen [AUFGEPASST! ICH BIN GERADE DABEI, EIN STRENG GEHÜTETES GEHEIMNIS MEINES VOLKES ZU LÜFTEN!] lebten grundsätzlich in grundhässlich eingerichteten Wohnungen, die mit unpraktischen, von irgendwelchen Großeltern, Onkeltanten oder anderen Verwandten geerbten Möbelstücken vollgestopft waren. Und so wies keine der mir bekannten Prager Wohnungen – da die dunklen altmodischen[80] Teile oft keinen klaren Weg durch die bewohnten Räume ermöglichten – eine verstehbare Geometrie auf. Mit lästigen Dingen wie Proportion, Gewichtung oder Funktionalität beschäftigte man sich damals lieber nicht. Und was der Goldene Schnitt ist, wussten in Prag wahrscheinlich nur einige Kunsttheoretiker. Der Hang zu diesem speziellen Einrichtungsirrsinn – von heutigen Inneneinrichtungspsychologen auch *Moldau-Deadlock-Inclination* genannt – ist relativ einfach zu erklären: In einer tschechischen Familie spielt nicht nur äußerste Sparsamkeit[81] eine dünnsuppige

---

80 Nicht antiken, einfach nur altmodischen und unpraktischen ...
81 Meine Cousine kocht ihre Kompotte beispielsweise in großen Mengen in ihrer alten Waschmaschine ein – beim 90-Grad-Waschgang, trommellos-statisch, versteht sich.

Rolle, sondern auch eine stark verkapselte Art Traditionspflege; und nicht zu vernachlässigen ist dabei auch noch, dass unsere Hussiten schon im fünfzehnten Jahrhundert Meister im Erbauen mobiler Wagenburgen waren. In jedem tschechischen Volksatomkern lauern in kodierter Form seit Generationen die folgenden, auch für junge Menschen geltenden Nukleongrundsätze: *Eine Wohnung darf nicht praktisch oder sogar ansprechend eingerichtet werden – wobei mit den Verbarrikadisierungsarbeiten so früh wie möglich angefangen werden sollte. Sonst würde man die eigenen Räumlichkeiten vor seinen Mitmenschen irgendwann nicht mehr schützen können, die Eindringlinge womöglich sogar anlocken.* Und diese tradierte Verteidigungstaktik wird weitergepflegt – bis heute, schätze ich. Man häuft einfach alles Unbrauchbare und Hässliche jahrzehntelang auf und platziert es in der Wohnung grundsätzlich so, dass da und dort scharfkantige Schikanen oder sogar Stolperfallen entstehen. Zusätzliche kleine Tricks bestehen außerdem darin, den eventuell doch frech vordringenden Gästen schmerzhafte Stoßverletzungen zuzufügen – und dies bevorzugt an nicht beleuchteten Engstellen. Hierzu sind zum Beispiel Regalbretter in Überlänge geeignet, die in Kniehöhe zwischen irgendwelchen Möbelfragmenten befestigt werden. Irgendwann trauen sich dann auch die penetrantesten Nerver nicht mehr, die jeweilige Wohnungsgrenze zu überschreiten. Und der entsprechende Ruf einer jeden Wohnung – das ist meine Erfahrung – legt sich wie von alleine bald um riesige Häuserblocks, zieht in Windeseile überallhin und bleibt im Limbus der jeweiligen Gegend wie Marderpissegeruch für immer hängen. Allerdings steckt in diesem instinkthaften Nestbauverhalten etwas erstaunlich Versöhnliches: Dem Ruf einer unbegehbaren Wohnung haftet kein übler Beigeschmack an. Niemand vermutet, deren Bewohner hätten sich etwa aufgrund einer ernst zu nehmenden Bewusstseinseintrübung verbarrikadiert und sich in voller Absicht – womöglich aus Scham – konserviert, silagiert, eingezuckert, sauer eingelegt oder sogar versucht, sich autoaggressiv – und dies möglicherweise sogar peperonigestützt – einzulagern. In meiner friedlichen Heimat denkt einfach niemand, diese ganz gewöhnlichen Familien würden zu Hause etwas Ganzkörperfestes wie eine tote Großmutter verstecken. Und man darf diese düstere Traditionspflege keinesfalls als nur völlig unvernünftig betrachten. Sollte man als ein verantwortungsvoller Familienmensch irgendwelche einigermaßen praktischen Sekretäre, dickbäuchigen Kommoden oder verglasten Schränkchen, auch wenn in ihnen nur unnützer Kleinkram vor gefährlichem Einstauben verwahrt wird, etwa abstoßen? Und wenn die eigene Wohnung beim Tod irgendeines Verwandten keinen Freiraum mehr bietet und endgültig droht, vollends unbegehbar zu werden, verschenkt man wenigstens einen Teil des neu hinzugekommenen Barrikadenmaterials an noch nicht völlig verbarrikadierte Bekannte. Oder vermacht sie, noch viel besser, an die Jugend, die ihrerseits nicht befugt ist, bei derartigen Angeboten Nein zu sagen. Sogar Kinderzimmer von Freunden eignen sich durchaus dazu, dort vorübergehend schwer demolierbare Schrankmonstren abzustellen.

Die wenig subtilen, also eher proaktiven Prozesse der Besucherabschreckung gingen in Prag überraschenderweise immer friedlich vor sich. Nirgendwo gab es laute Streits, es kam zu keinen Schubsereien vor oder hinter den Türschwellen – und irgendwann herrschte in allen wagenburgähnlichen Komplexen wirklich Ruhe. Es war auch besser so. Gut gerochen oder sogar ansprechend, d. h. einladend, hat es in den Prager Wohnungen sowieso nie.[82] Und ich könnte an dieser Stelle sinnvollerweise den alltäglichen Parallelgaskrieg schildern, der in der Lage war, die oben geschilderten Abwehrmaßnahmen effektiv zu unterstützen ... Soll ich noch – darf ich?

Natürlich fällt es mir nicht leicht, derart bittere Wahrheiten über mein Volk öffentlich breitzuschmieren. Mein Volk lebt doch noch! Und ich wollte mich ursprünglich sowieso thematisch einschränken, mich so streng wie möglich zurückhalten. Mit anderen Worten edel sein und vor allem geruchspositiv agieren. Aber ausgerechnet der konzentrierte Gestank und das beißende Gedampfe – also der traditionelle Geruch mit seinen hässlichen, ranzigen, abgestandenen und einfach stark ekelhebenden Muffnoten – gehörten nun mal zu den allerstärksten Waffen, die man in Prag zum Vergraulen von Besuchern einsetzte. Was bleibt mir jetzt anderes übrig, als ehrlich zu sein? Ich will doch auch meinen Weg ins Innere von Ostberlin glaubhaft schildern, meinem Sohn, der nicht mehr lebt, ein angemessenes Denkmal setzen und meiner gradlinigen, gerechten und mich hochpotent akzeptierenden Frau scheufrei in die Augen schauen dürfen.

Der Prager Abwehrgeruch war in allen Wohnungen, die ich damals trotz der vielen Barriereunfreiheiten beriechen durfte, seltsamerweise fast identisch. Man lüftete offenbar absichtlich wenig, um einerseits nicht zu viel Wärme an die verstaatlichte Luft der Umgebung zu verlieren, andererseits um gleichzeitig den neu eingeschleppten Möbelstücken, Teppichen, Matratzen, Federbetten und und die

---

82 Siehe auch in FKKHR-Trantüte: »Georgs Sorgen ums maßlose Hodensack-Vergnügen oder Im Schattenreich des heidnischen Bimbams von Prag«, S. 373 ff., Köln 2010.

Möglichkeit zu geben, sich mit dem altgedienten Kram auch gerüchlich zu versöhnen. Im Endeffekt sollten sich all die sonst wo eingefangenen und teilweise zum Auseinanderdriften neigenden Duftnoten angleichen, sich zusätzlich etwas verdichten und sich auf natürliche Art und Weise konservierend finalisieren. Eine andere Erklärung für die Konstanz des Geruchs der Prager Familienkatakomben fand ich nicht. Aber die Qualität und Einmaligkeit des böhmischen Wohngeruchs hielt sich so konstant sicher auch dank der bereits genannten transgenerationellen Möbelrochaden und -weitergaben, die in unseren Groß- und Kleinstädten seit Jahrhunderten betrieben wurden. Die Geruchsproben, die mein nicht-jüdischer Urgroßvater väterlicherseits in seiner Weitsicht in versiegelten Gläsern hinterließ, belegen diese meine Behauptung ohne Wenn und Aber. Oder irre ich mich etwa? Hat schon irgendein Bieranziehungskraftsoziologe, Vertreibungsanalytiker, Treibjagdkundler oder Wohnungsflucht-Ursachenforscher dargelegt, warum die tschechischen Kneipen pausenlos so voll sind – und immer schon gnadenlos vollgefüllt waren?

Worauf der Hilfsdozent in mir, der Spezialist fürs Freilegen von Metafragen und Privatlogistiker des guten Timings nun schon ziemlich lange – vier nicht ganz einfache Absätze lang – hinauswill, ist: Die Ostberliner Wohnungen waren im Gegensatz dazu, was ich aus Prag kannte, in jeder Hinsicht schockierend anders. Das heißt nicht nur anders eingerichtet, sondern grundsätzlich anders, auch charakterlich. Ich fand die Ostberliner Behausungen nicht einfach deshalb einladend, weil sie alle besonders schön waren. Sie waren deswegen erfrischend, weil dort anscheinend mutige Menschen mit oft ganz primitiven Mitteln ans Werk gingen – und ein Ergebnis hinterließen, das am Ende nicht nur geschmackvoll war, sondern auch witzig, praktisch und elastisch. Als

Beispiel müsste hier eine über dem Bett hängende Wischpapierrolle zur zeitnahen Ejakulatbeseitigung reichen. Wobei man sich unter »Bett« eine Schaummatratze vorstellen muss, die direkt auf dem Fußboden oder auf einem ausrangierten Türflügel lag.[83] Die Einfachheit der vielen kleinen Lösungen machte mich am Anfang oft sprachlos. Wohin verschwand hier die in Prag allseits vorhandene Scham, die dort von allen Wänden und anderen sichtbaren Oberflächen nur so tropfte? Wieso durfte man sich ausgerechnet in Ostberlin praktische Dinge ins eigene Zimmer stellen, die einem auch noch gefielen? In Prag hätte man dagegen oft übermenschliche Widerstandskräfte gebraucht, um der auf Traditionspflege bedachten Verwandtschaft die Stirn zu bieten und zu wagen, mit einem Hammer einen Kotzbrocken von Schrank zu zerhauen. Wohin flossen in meiner Heimat, fragte ich mich, die vielen dunklen Seelenkräfte ab, wenn die Innenräume irgendwann bis zur völligen Starrsperrung eingerichtet worden waren? Wenn also diese Kräfte dann zur Abwehr von Eindringlingen, Verhinderung aller Modernisierungsmaßnahmen oder zur Zermürbung von irgendwelchen Neuerungsrebellen gerade nicht gebraucht wurden? Wohin wurden sie umgeleitet oder wo möglicherweise verschwendet? Ich weiß es nicht. Vielleicht ließe sich mit dieser noch unerforschten Energiehaushaltführungsart allerdings das von vielen Architekturhistorikern diskutierte Rätsel erklären, warum Prag trotz der zeitweiligen totalen Vernachlässigung während der kommunistischen Totalschlamperei nicht zu Schutt, Schotter und Staub zerfiel.[84]

---

83 Der Türflügel lag seinerseits oft auf einigen auf dem Fußboden verteilten Ziegelsteinen zweiter Wahl; meistens vom Trümmerfrauen-Ziegelschwarzmarkt angeschleppt.
84 Siehe auch: »Diese Stadt befindet sich in gemeinsamer Pflege ihrer Bewohner« von Bohumil Hrabal und Miroslav Peterka, Prag 1967.

Mir wurde erst in Ostberlin klar, was sich alles aus Sperrmüll, altem Kellerkram und einigen Sperrplattenresten ohne viel Aufwand zusammenbasteln ließ. Hinter den zerschossenen Fassaden war es, wie ich sah, ohne Weiteres erlaubt, Regeln zu brechen. Meine neuen Freunde nahmen gelegentlich eben eine Säge in die Hand, killten irgendein möbelkonfektiöses Monstrum von früher, befestigten einige Bretter daran und strichchchen[85] am Ende alles signalrot oder königsblau ... Dabei gab es in der DDR gerade Bretter kaum zu kaufen! Trotzdem hatte jeder, der Bretter brauchte, irgendwelche dreckigen alten aufgetrieben, sie sauber gescheuert und zielgerichtet verbaut. Man behalf sich oft mit irgendwelchen Bretterresten oder verwendete in allergrößter Not einfach schmale ungehobelte Latten. Und ungehobelte Latten GAB ES IN DER DEDER. Wenn ein Miesmacher das Gegenteil behaupten sollte, dann lügt er schamlos. Manche der hellen und gut riechenden Ostberliner Wohnungen, die ich nach und nach das Glück hatte zu betreten[86], bestanden fast nur aus Brettern und Latten[87] – sodass sie mir in späteren Jahren manchmal fast ununterscheidbar vorkamen. Soll ich mich an dieser Stelle etwa über die Überlegenheit der germanischen Rasse auslassen? Lieber nicht. Die Gründe für die Affinität der Ostgermanen zur Ästhetik müssen komplizierter, vielschichtiger und eher ritueller, fettlöslicher oder ober-

---

85 Diese Schreibweise lässt einen die dazugehörenden Pinselgeräusche möglicherweise etwas besser nachvollziehen.
86 Erstaunlich: *Komm rein!*, sagten die Leute in Ostberlin reihenweise, und sie schienen diesen Spruch selbst oft gehört, sozusagen übernommen zu haben, also auch aus ihrer Kindheit gekannt zu haben.
87 Wie schnell doch eine evolutionäre Anpassung des Menschen an seine Umgebung erfolgt! Bei dem letzten Umzug unserer kleinen Familie sagten die gut gelaunten Möbelpacker zu mir: »Herr FKKHR-Trantüte, Ihre Wohnung besteht fast nur aus Brettern!«

flächensteroider Natur sein. Aber wie der Leser hier sicher schon längst gemerkt hat: Der Autor fühlt sich mit dem Thema der deutschen Möbelgeschichte, der Bretter- und Lattenverwendungsanalyse (der gehobelten, ungehobelten, geraspelten, gewellten, geschwollenen, verbogenen ... wie auch immer) oder der Innenarchitekturphilokunde etwas überfordert. Und bittet dringend zu bedenken, dass das tschechische Volk immer wieder großartige Dichter und Komponisten hervorbrachte, auch wenn diese egal wie verbarrikadiert, beengt und pflichtbewusst schäbig gewohnt haben sollten.

Nachtragsnotizen zu der Mündungsgegend der Linienstraße in die Oranienburger.
An dieser Stelle müssen unbedingt einige Informationen hinzugefügt oder korrigiert werden; vor allem eine etwas idiotische Fußnote aus der ersten Hälfte dieses Kapitels. Ich irrte dort zum Teil gewaltig – und ich möchte mich dafür entschuldigen. Meine größtenteils nur fantasierten Fakten brachte vor allem Dr. Christoph Seidler ins Wanken. Seine plastischen und äußerst detaillierten Schilderungen der Gegend um das Oranienburger Tor (OT) hatten mich regelrecht aufgeschreckt. Sodass ich anschließend dranbleiben, weitere Recherchen anstellen und wiederholt Begehungen vor Ort absolvieren musste. Aus dem Grund komme ich jetzt nicht umhin, dieses schon etwas vollgestopfte Kapitel noch zu erweitern. Allerdings werde ich dies so sparsam wie möglich tun. Diesem zwingenden Verknappungsgebot werden beispielsweise auch einige frappierende Auskünfte von Günti Franck zum Opfer fallen.

Das Oranienburgertorspitzdelta gehörte offenbar traditionell zum Auslaufgebiet der kneipenläufigen Medizinstudenten, also zum Osmosegebiet der ehrwürdigen Charité. Am Anfang der Oranienburger, also direkt am OT, gab es laut meiner Lokalspezialisten offensichtlich nicht nur eine, sondern insgesamt drei Kneipen; die von mir erfundene Spelunke »Zur aufgehellten Augenhöhle« war natürlich nicht darunter, der Leser sollte sie am besten sofort vergessen. Wobei es am OT sogar noch mehr als drei Lokale gab, allerdings lagen einige davon schon in der Friedrichstraße: Die Kneipe in der Nummer 116, die »Zur 116« hieß, und die in der 124[88]. Was mir bei den Schilderungen einiger Eingeweihten nachträglich noch auffiel: Etliche dieser Lokale nannte man damals vorzugsweise nach dem Namen oder Spitznamen des Wirts, der hinter dem Tresen stand, und ignorierte damit die für die sozialistische Wirklichkeit bestimmte Außenbeschilderung. Die vom Eckhaus Friedrich- und Linienstraße[89] nicht wegzudenkende Kneipe »Quelle am Tor« wurde grundsätzlich nicht »Quelle am Tor« oder »Quelle« genannt, sie hieß einfach »Udo«.[90] Und vielleicht hielten sich alle so streng dran, weil Udo eine Boxernase hatte. Wobei die Subversion hier noch diffus weiterging: Die Kneipe hieß unter den Stammgästen eher »Judo«. Links neben der »Quelle« lag früher der Puff »Esterházy-Keller«, ein Stück weiter rechts, in der Linienstraße 133,

---

[88] Bekannt auch als »Bärenschenke«, die allerdings vorwiegend vom dienstreisenden DDR-Fußvolk, nach 1989 natürlich von Touristen, frequentiert wurde. Mit Vernunft geschlagene Berliner gingen da nie hin.
[89] Für Architektur- und Filminteressierte: Dieses noch zur Friedrichstraße gehörende Haus mit der Nr. 114 besitzt eine real existierende – und also nur halbhohe – Being-John-Malkovich-Zwischenetage.
[90] Und wie nannte man die Kneipe »Zur Jette«, die weiter nördlich in der Novalisstraße lag? Sie wurde regelkonform »Mehlwurm« genannt, weil der Wirt blass und außerdem aschblond war.

dann noch der unverwüstliche »Gambrinus«[91] und auf der anderen Straßenseite steckte im Souterrain die Kneipe »57« – also direkt in der Oranienburger, und zwar links von der Ruine der Wertheim-Passage. In der »57« gab eine schöne Kellnerin angeblich »gern« Lieder zum Besten. Unter anderem aus Trauer, weil sie wegen einer unschönen Narbe nach einer Schilddrüsen-OP keine Chanson-Sängerin werden konnte. Das Adverb *gern* steht im voranstehenden Satz in Anführungsstrichen, weil Inge – so hieß die Dame – zum Singen mit etwas Alkohol bestochen werden wollte. Das hieß, man musste ihr jedes Mal einen ausgeben. Ansonsten wurde in dieser Gegend jahrelang eher gehungert, wie ich nach und nach herausfand. Und das war im Grunde kein Wunder. Offenbar wussten nur einige besonders pfiffige Herumtreiber von dem am OT doch vorhandenen Lebensmittelladen in der Nummer 51. Gemunkelt wurde sogar noch von einem weiteren Grundnahrungsmittelversorger in der Nummer 27 (ebenfalls HO[92]). Und diejenigen, die aufs Essen partout nicht verzichten konnten, gingen angeblich um die Ecke in die Linienstraße, wo es einen unvermeidlichen Fleischer und einen frechen Feinbäcker gab. Oder sie entschlossen sich, die Friedrichstraße zu betreten und ein Stück in Richtung Süden zu laufen. Dort, wo sich heute der neue Friedrichstadtpalast breitmacht, stand ein budenartiges Etablisse-

---

91 Das Rechercheteam des Verlages Kiepenheuer & Witsch muss hier leider eingreifen: Eine Boxernase hatte definitiv der Wirt im »Gambrinus«, nicht Udo aus der »Quelle«. In diese Fußnote sollte möglichst niemand mehr eingreifen, auch nicht der unsterblich freche *taz*-Setzer, der inzwischen – hört man – als freischaffender Hacker für den DDD-Club arbeitet und seit einigen Jahren ausgerechnet in der Verlagsbranche unterwegs sein soll.
92 Es tut mir leid, ich sage es nochmal: Ich fühle mich nicht für alle banalen Erklärungen zuständig.

ment, in dem es schon ab elf Uhr Eisbein[93] gab. [WER HAT SCHON DIE NEUSTE STAFFEL VON »DER KRIEG DER FUSSNOTEN« GESEHEN?]

Die folgende Information von Günti darf auf keinen Fall zu einer Fußnotiz degradiert oder sogar gänzlich unterschlagen werden. Dass es in dem »Obst und Gemüse«-Geschäft in der Oranienburger Straße nie viel Vitaminhaltiges zu kaufen gab, habe ich weiter vorn bereits erwähnt. Und dass in diesem Laden nach dem Mauerfall eine der ersten neuen Kneipen der Gegend entstand, ist allgemein bekannt. Aber nur noch wenige Eingeweihte werden wissen, wie zu Ostzeiten der Obst- und Gemüsemann, also der Leiter dieses kommerziellen Schandflecks genannt wurde. Man nannte ihn unter der Hand schlicht und pfiffig »Skorbutti«. Und man mochte ihn sicher auch deswegen nicht, weil er Parteimitglied war. Und dieser unverschämte Skorbutti war – obwohl er sein SED-Abzeichen gut sichtbar am Revers trug – nicht in der Lage, für seinen Laden etwas mehr an gesundem Frischzeug zu organisieren. Seinen Umsatz machte er jedenfalls vor allem mit Flaschenbier.

Zum Schluss lässt der freche Bäcker aus der Linienstraße alle meine Leser und Buchrindeverwerter, darunter vielleicht auch den einen oder anderen Borkenkäfer mitsamt der vielen ihm beistehenden Käfermamas und -frauas, wenigstens noch herzlich grüßen.

---

93 Die Konkurrenz lag gleich schräg auf der anderen Straßenseite: Das sogenannte »Kaufhaus Klappe«. Natürlich handelte es sich bei diesem »Kaufhaus« aber nur um einen stinknormalen Imbiss, in dem es Bockwurst und Bier gab.

Siebzehnmal darfst du raten [11]

Wie man sich denken kann, waren die frühen Abschnitte meines Lebens eine einzige Verwirrung, da ich andauernd etwas nicht einsortieren konnte. Wenn mich einer fragte, was ich zu irgendeinem Thema dachte, schwieg ich lieber. Was hätte ich auch sagen sollen? Ich hatte mich in Prag meistens nur irgendwo draußen herumgetrieben und hatte – Peter war da kurzzeitig eine Ausnahme – meistens lauter übel veranlagte Freunde. Es waren Vorort- & Düstertal[94]-Grobiane, die als Sitzenbleiber nach und nach in meine langweilige Klasse eingesickert waren und die alten Umgangsformen im Nacktarschaffentempo umwidmeten. Sie waren reif für jede Art von Ärger, waren voller überschüssiger Energie. Diese Leute lasen nicht viel, hatten keine Zukunftsängste und wenn ab und zu Blut floss, nahmen sie das nicht weiter ernst. Die Entscheidung für diese Gauner [WER DES TSCHECHISCHEN MÄCHTIG IST, SOLLTE HIER AM BESTEN DAS WORT »GRÁZL« EINSETZEN] war seinerzeit vollkommen richtig, ich konnte mir später allerdings nicht leisten, weitere riskante Entscheidungen zu treffen. Deswegen habe ich einfach konsequent versucht, jeden Tag so optimal wie möglich zu gestalten. Was für Menschen wie mich, ehrlich gesagt, nicht so wahnsinnig schwierig ist. »Lass jeden Tag einen vollkommenen Tag werden!«, hätte die Losung für mein Leben sein können. Ich brauchte fürs Weiterkommen zum Glück aber nie irgendwelche Losun-

---

94 Gemeint ist hier selbstverständlich der Stadtteil Bubeneč.

gen, und in der Literatur waren mir alle Arten von aufgeblasenen, wiederausblasbaren, mottenmutierten und so weiter Mottos schon immer fremd.

Erzähle ich zu viel Überflüssiges – oder sogar den reinen, unsauber randomisierten Unsinn? Das könnte der eine oder andere Begappte, Begrabbelte oder Graubegraulte vielleicht meinen. Dabei bremse ich mich – bei diesem konkreten *Lab-Project* auf jeden Fall – relativ brav und schreibe nur einen Bruchteil dessen auf, was mir so durch den Kopf geht. Ich beabsichtige beispielsweise nicht, in allen Details preiszugeben, wieso ich bereits seit Jahrzehnten weiß, an welchem Tag im Jahr ich sterben werde. Es wird garantiert der zehnte Mai sein. Wie und wann es zu dieser Terminfestsetzung kam, ist an sich uninteressant, und ich würde mir mindestens eine ganze Textseite abpressen müssen, um es nachvollziehbar zu schildern. Wichtig ist schließlich allein, dass ich nur einmal im Jahr und nur an diesem nämlichen Tag etwas strenger auf mich achten muss als sonst. Inzwischen nimmt sich an dem Tag auch meine Frau lieber Urlaub. Den Rest des Jahres darf ich mich dann ruhig gehen lassen und es wagen, sportiv oder verstärkt gedankenlos zu Schaden zu kommen. Dazu später etwas mehr.

Mir wurden während meiner Jugend unzählige Weisheiten mit auf den Weg gegeben, manchmal von inkompetenten Wochenendbesuchern ins Ohr geflüstert oder mir an irgendeinem Sterbebett freudlos in mein junges Gehirn geschmiert. Die meisten dieser Schätze habe ich selbstverständlich gleich wieder vergessen oder sie von Anfang an nicht ernst genommen. Dagegen nahm ich den folgenden, mir auf Deutsch erteilten Ratschlag meiner Großmutter ausgesprochen ernst. Die einer nordischen Norne würdigen Sätze hätte meine allerliebste Großmutter allerdings niemals so seltsam formuliert, wenn sie zeit ihres Lebens nicht unter dem Einfluss von Karl Kraus gestanden hätte.[95] Die meisten vernünftigen Sprüche, die sie sonst aufsagte, waren von Goethe, die verwirrenden Paraphrasate in der Regel von Karl Kraus. Eines Tages sagte sie zu mir also: *Besinge als Dichter nie eine einzelne Pflanze – ob Holunder, ob Giersch oder Spitzwegerich, das alles ward schon immer der reinste und der Kunst unwürdige Naturunfug. Werde lieber Poet des Gassens, Gossens, des Massens oder des Rassens – von mir aus auch des Tassens oder des ultimativen Kassens.* Nun stand ich da und war dank dieses Karl-Kraus-artigen Einflüstertums wieder nur verwirrt. Für lange Jahre wusste ich also nicht, was ich mit diesem Wortkram anfangen sollte. Und konnte dabei nicht mal Kraus' Totenmaske befragen, obwohl mir und meinen Cousinen rein rechtlich ein Originalabguss gehört. Der lagert leider bei Rady auf Long Island.

Nun fragt sich zur Abwechslung die eine oder andere Leserinde, Borstenborke oder Schlangenhäutin, was mein künstlerisches Erweckungserlebnis wohl gewesen sey, das mich endlich auf den rechten Pfad aller freier und auf diesem Planeten seelisch scheulos lebender Persönlichkeiten gebracht hatte – also auf den Pfad der kontrapeinlichen Wissbegierde, des ehrlichen Maulaufreißens und der reifen Emotionsejakulationsfreude. Als ich die Stimme von Milan Hlavsa hörte, die Stimme der Undergroundband *The Plastic People of the Universe,* fielen von mir seinerzeit alle mich bis dahin einengenden Verkrustungen ab. Allerdings geschah dys so leise und undramatisch, dass es damals niemandem groß aufgefallen sein dürfte. Bei dem

---

95 Kein Wunder – sie kannte ihn persönlich, fuhr extra nach Wien zu seinen Lesungen.

Wort »Underground« bitte ich alle Lesehäute unbedingt kurz zu zucken: Underground hatte in unserem damaligen Panzer-Sozialismus nichts mit nur radikaler Abgrenzung, konsequenter Kommerzferne oder einfach der Kampfansage an den Mainstream zu tun, und auch nicht mit Etikettierungen wie »Indie«, »Hardcore«, »Death-Rock«, »GrungeHop«, »AshTop«, »Trash-Metal«, »Mouse-House-UptownChicago«, »SynthExpSauerkraut«, »Off-AvantSustaineDoom«, »High-Psychedelic-Gain« oder oder, was weiß ich – FuzzyDummyBrummBrumm, PowerGothOverdrive, StinknixHotAir, UnderCat-CutOut-Reverb und Ähnlichem. Kompromisslos als eine egal wie apolitische Undergroundband zu existieren, bedeutete damals, dass die Musiker tatsächlich nur illegal, halblegal oder irgendwo geheim auf dem Lande spielen konnten und jahrelang mit einem Fuß im Gefängnis steckten. Für die *Plastic People* kam es im Jahr 1976 dann tatsächlich auch so weit. In dieser Zeit gab die Staatssicherheit noch den letzten Warnschuss an die Band ab: Ein Landhaus von Freunden, in dem unter strenger Geheimhaltung nur ein einziges Konzert stattfand, wurde in Brand gesetzt. In dieser Zeit lebte ich schon halbwegs in der DDR, also erstmal probeweise als Tourist, ich erfuhr aber alles Wichtige über Rias und Deutschlandfunk. Da ich mir im Moment nicht einbilde, über die Stimme von Milan Hlavsa einigermaßen objektiv berichten zu können – vor allem nicht begreiflich machen zu können, in welche Ausnahmezustände mich seine *PPU* und Zajíčeks Band *DG 307*[96], in der Hlavsa

---

96 DG 307 = unter der Diagnosekennziffer 307 wurde seinerzeit folgende Störung beschrieben: Eine panische Stressreaktion oder Adaptionsstörung, die während der Adoleszenz oder im Alter auftreten kann; eine Handlung-beeinträchtigende Affektstörung oder psychopathologische Reaktion auf ein heftiges Stressereignis bei einer ansonsten ausgeglichenen Persönlichkeit.

auch sang, seinerzeit versetzt hatten –, lasse ich hier lieber Professor Klaus Ramm zu Wort kommen. Der Germanist Prof. Ramm ist ein ausgewiesener Kafka-Kenner, außerdem Mitbegründer des *Bielefelder Colloquiums Neue Poesie* und Autor zahlreicher Arbeiten über experimentelle Dichtung. Wegweisend sind beispielsweise sein Radioessay »Die Stimme ist ganz Ohr« zu den Lautprozessen von Carlfriedrich Claus (1993), der Essay »Jandls Cyberpunk« (1995) oder sein Radioessay »unter der hand über das ohr unter die haut« zu Franz Mons Hörspielen (1996). Und erstaunlicherweise stellt ausgerechnet dieser aus Hamburg stammende Literaturprofessor in einer aktuellen Arbeit zwei Rockbands auf ein gemeinsames Ruhmespodest: Die 1968 in Prag gegründete Band *The Plastic People of the Universe* und die Teutonenformation Roll-RR-*Rammstein*, gegründet ganze sechsundzwanzig Jahre später. Auf diese Arbeit von Prof. Ramm möchte ich nun zurückgreifen. Nach seiner Meinung verbinden diese beiden Bands selbstverständlich nicht nur rein äußerliche Dinge – beispielsweise der Umstand, dass die *Plastic People* bei ihren frühen psychedelischen Konzerten[97] echte Nebelgranaten aus Armeebeständen zündeten, in auf der Bühne verteilten Aschenbecherständern ein Gemisch aus Spiritus, Zucker, explosivem UnkrautEx[98] und feinstem Bengalopulver brennen oder aus geschlachteten Hühnern – also ihren Hälsen – echtes Blut spritzen ließen [DANN BEISS MAL DER PUPPE DEN HALS AB …]. Und wenn die Band einen Feuerspucker dabeihatte, spuckte dieser selbstverständlich reines Benzin [KEIN GASOLIN, TERPENTIN, KEIN NITROGLYZERIN

---

97 In der Bühneninszenierung »The Universe Symphony« ging es z. B. um die Bedeutung/Symbolik von Planeten.
98 $NaClO_3$.

MIT VASELINE UND AUCH KEIN KEROSIN MIT VIEL OKTAN – UND NATÜRLICH AUCH KEINE BÄRLAPPSPOREN]. Klaus Ramm sieht die Parallelen zwischen den beiden Bands natürlich viel mehr in ihrer musikalischen und emotionalen Radikalität, und er findet außerdem die explosive Bruststimme von *Plastic*-man Hlavsa und den Wuchtbass des Leistungsschwimmers Till Lindemann völlig gleichwertig. Nun kann ich meine Erzählung an dieser Stelle ohne Bedenken kurz unterbrechen. Klaus Ramm – sein Name ist Programm! – spricht mir in seinem Aufsatz[99] über *The Plastic People of the Universe* und *Rammstein* nicht nur aus der Seele, ich hätte über die entscheidenden Einflüsse auf mein Werden, Derben und Scherben nicht besser Auskunft geben können. Dabei hat bei der Entstehung dieses wunderbaren Aufsatzes meine persönliche Geschichte gar keine Rolle gespielt. Bing! Was aber natürlich kein Zufall ist: Klaus Ramms Frau stammt aus Prag, hatte die frühen illegalen Tonbandaufnahmen der *Plastic People* bei ihrer Emigration mit nach Deutschland genommen und verschaffte ihrem Mann später den besten Zugang auch zu den Texten der Band. Selbstverständlich steht bei den Betrachtungen von Klaus Ramm erstmal die Band *Rammstein* im Vordergrund.

Im rammsteinigen Gesamtkunstwerk verbinden sich – schreibt Klaus Ramm – *engelhafte Reinheit mit zirkusartigem Rabiatentum, zarte Verzweiflung mit monumentaler Großgrausamkeit, tribalistische Tiertriebausbrüche mit kotzorgastischem Jubel. Und hat sich schon jemand* – fragt

---

[99] Vorläufiger Arbeitstitel der aus rechtlichen Gründen immer noch nicht veröffentlichten Arbeit: »*Rammstein – Rinnsermon – Plastsakrat – Rouhmpeoplahn – Reueföhn – Blutmichkronk – Das Laachen und Laichen des siebenten Plastinators*«. (Prof. Ramm ist mit dem Titel angeblich immer noch nicht ganz zufrieden.)

Klaus Ramm an einer anderen Stelle – *Gedanken über das äußerst lebensfrohe Gitarrensolo gemacht, das ausgerechnet gegen Ende des Feuerinferno/Blutgerinn/Menschenfleischbrandgeruch-Songs »Rammstein« plötzlich ausbricht und erst nachträglich ins angezerrte Gitarrengejaule und quälende Fuzzygequake übergeht? Oder beispielsweise über die jubelnden, das Phönixdasein bejahenden Chorstimmen im Song »Du hast« nachgedacht? Diese Ausbrüche von Freude – auch in »Ich tu dir weh«! – müsste man kontextual eigentlich als befremdlich, widersprüchlich oder gar als unpassend empfinden. Man tut es aber nicht, da sich die Brustkorb-Massagekunst von Rammstein niemals auf Düsterkeit, Nebelschwadenschwere oder pure Nierensteinkolik-Bedrücktheit wird reduzieren lassen. Wo sollte man dann aber die zarten, in den Rammsongs regelmäßig emporsteigenden, in Dur gehaltenen Himmelsklänge überhaupt einordnen? Und was eigentlich um Rammes willen mit ihrer hochgefühligen Steigerung anfangen? Damit werden sich hoffentlich noch spätere Forschergenerationen befassen – oder auch nicht. Ich komme auf dieses Thema lieber noch einmal zurück. Selbstverständlich gibt es schon* – schreibt Klaus Ramm weiter – *etliche Arbeiten zum Thema Rammstein und Humor*[100], *den Autor dieser Zeilen bedrängt allerdings eher eine andere Frage: Wo genau wurzelt die Unbedingtheit, Dringlichkeit, Versengtsauheit* (»hurtig, hurtig, liebe Kinder – die Propheten wer-

---

100 »Rumor im Moor vom Rammlabor« – publiziert in der Zeitschrift »Rolling Grains of Sand« im Jahre 2019. Oder siehe in der im gleichen Blatt, allerdings hundert Jahre früher, publizierten Abhandlung »Schützengräben und Gelächter« nach. Und nicht zu vergessen: »Van Hoddis und die Vordenker des vanny Expressionismus« (ebenda, 1921). Der Aufsatz »Der verliebte Zwitter« ist gegenwärtig noch in Arbeit, angeblich irgendwo im Mannheimer Umland.

den bald gegrillt!«[101]) *der Rammstein-Musik? Nehmen wir den Song »Wollt ihr das Bett in Flammen sehen«. Hier dreschen alle Musiker an einer Stelle wiederholt*[102] *zwei ganze Takte lang im sturen Achtelrausch auf ihre Instrumente ein – ohne eine Zäsur, eine Synkope, ohne eine Andeutung* [DOCH EINE KLEINE – VON HERRN SCHNEIDER, AM ENDE DES ZWEITEN TAKTS] *eines egal wie gearteten rhythmischen Variationswillens; einfach wie besengte Säue, möchte man meinen. Dies kündigt sich sowieso schon in dem ganze sechzehn Takte langen Schlagzeugintro an – genau gesagt während des langen* Crescendos, *in dem acht Takte lang, und zwar in den Takten 8 bis 16, vierundsechzig sture Achtelschläge abgegeben werden. Und wiederbelebt wird dieses unbarmherzige Prügeln im »Rammlied« auf einem viel später produzierten Album. Herr Schneider gibt hier im Mittelteil des Intros zwei Takte lang sogar sechs sture Schläge auf einen Zeitwert ab (jeweils also zwei ununterscheidbare Triolen hintereinander) – und kommt hier in nur zwei Takten dazu, achtundvierzig Mal zuzuschlagen. Und somit – aber auch aus vielen anderen Gründen – fühle ich mich voller Brustmut berechtigt zu fragen: Von wo genau beziehen diese Musiker ihre robusteroiden Synergien? In welchem Labor lassen sie ihre selbstentzündlichen Hormone synthetisieren, ihre Mitochondrien regenerieren, ihr zelleigenes Adenosintriphosphat anreichern? Dabei brachten diese Wuchtwuchtler ihre unsanfte Art des Rasens schon auf ihrem ersten Album zur Perfektion. Die soeben*

---

101 Dies ist kein Rammzitat, auch keine Paraphrase, nur ein bescheidener Versuch des sonst viel zu professoralen Verfassers, sich nebenbei in Rammsteinmanier gehen zu lassen.

102 Insgesamt gibt es in dem Song fünfzehn* Wiederholungen dieser Sequenz. [* Embedded: Streng genommen müssten es sechzehn sein. Im Mittelteil wurde von den Jungs eine Wiederholung eingespart, warum auch immer.]

aufgeworfenen Fragen müsste ein Mann meiner Körpergröße (192 cm, jedenfalls einst in der Jugend) in der Lage sein zu beantworten, denke ich. Ein Versuch: Die Rammsteinmusik ist tatsächlich in der Lage, Tote zu neuem Leben zu erwecken. Die Rammenergie ist eine dezidiert geschichtsträchtige, und sie speist sich aus kryptischem Urwissen, das dessenseits[103] angeblich irgendwo in der Nordsee auf fünfbeinigen Bohrinseln an die Oberfläche geholt wird. Die Zeitfenster, in denen die hier zu beschreibenden Energiedurchbrüche jeweils möglich sind, sind allerdings voller kurzgeschlossener Zeitzünder und plötzlicher Spannungsabrissfallen. Im Übrigen hat das Taktmaß in vielen Songs sowieso etwas schwer Erträgliches, Einpeitschendes, Gnadenloses – und wegen der vielen disharmonischen Beigaben wird dann immer wieder die eine oder andere Hörerzahnwurzel mit vollkommen betäubungsmittelresistentem Schmerz bestraft. Nur eine Einstimmungsprobe auf vorerst rein textueller Ebene: Wenn auf dem feuchten Humusboden eine bodenholde Bohne keimt, quillt, schrillt und sich aufbäumt und in unmittelbarer Nachbarschaft verrenkte Wesen auf einer Matte choreografisch gelenkt, bedrängt oder beleckt werden, kann es gar nichts mehr zum Vergeben oder Verschenken geben. Das alte Leid hat sowieso längst auch junge Leiber befallen – versengten Herzens, kranken Gehirns, blassen Gestirns. Und im Vollrausch dieses Hauens und Stechens aller auf Erden existierenden, also pausenlos auch verdauenden, schleimenden, schwitzenden Organismen, betritt Rammstein *– der Name ist Programm – eine riesige Bühne aus Kruppstahl und*

---

103 Hier möchte Klaus Ramm wahrscheinlich auf eine Lücke im Pronominafundus des Deutschen aufmerksam machen, lieber Jan Moritz von Kiepenwitsch.

beginnt zu lärmen. Und während dieser dort ablaufenden Feststoffsublimation, unter Hochdruck der reproduzierten Unausweichlichkeit, im lachenden Orkanauge diverser Induktionsbogen, inmitten eines irren Hochleistungswiederbelebungsrituals scheinen dann tatsächlich durch dichte Nebelschwaden plötzlich reihenweise chlorgasvergiftete Soldaten des Ersten Weltkriegs aus ihren Schützengräben zu steigen, über die Leichen der jugendlichen Flakhelfer des Zweiten zu schreiten und sich um ein Gespräch mit KZ-Muselmännern oder halb erblindeten GULAG-Häftlingen zu bemühen.

...

Der Schriftsteller FKKHR-Trantüte beschrieb in seinem durchaus geistreichen »Hodensack-Roman« die Stimme des Frontmanns der Band The Plastic People of the Universe *Milan Hlavsa so eindringlich, dass für mich dieser Name endgültig allgegenwärtig geworden ist. Und die Stimme dieses Sängers außerdem – meiner Meinung nach – einen Faustschlagabdruck im Foyer der Mailänder* Scala *bekommen müsste. FKKHR-Trantüte schreibt in seinem Buch, ich zitiere (S. 498):* Hlavsas Stimme war voller unerhörter Kraft. Der gigantische Überdruck, den sein Brustkorb aufbauen konnte, hätte meine eigenen eher zarten Stimmbänder sicher sofort zerfetzt und sie wie Schleimreste aus mir herausgeschleudert. *Die Wucht von Hlavsas Stimme – schreibt Klaus Ramm weiter – kann man eindrücklich beim Hören des Songs »Die Rosen und die Toten« erleben, konkret, wenn der Refrain »Hmyz v kůži, hmyz ve vlasech, hmyz v krvi«*[104] *(Insekten in der Haut, Insekten in den Haaren, Insekten im Blut) dran ist. Hier fallen einfach auch die puren physikalischen Qualitäten*

---

104 Autor dieser Zeilen ist der Dichter und bildende Künstler Jiří Kolář.

der Luftdruckwelle auf, mit der Hlavsa das einsilbige Wort HMYZ ausstößt. Und der Vergleich mit der Stimme von Till Lindemann drängt sich hier regelrecht auf. Hat in der deutschen Rockgeschichte jemand schon so absolut und drachentötend das einsilbige Verneinungswörtchen NEIN ausgestoßen – wie es Lindemann im Song »Du hast« tut?

An einer anderen Stelle beschäftigt sich Klaus Ramm mit dem Rätsel, wieso die Musik von *Rammstein* gleichermaßen ein intellektuelles wie auch bildungsferneres Publikum anspricht: *Wie kraftvoll und monumental die Band* Rammstein *gleichzeitig das Leben und die Freude, am Leben zu sein, besingt, ist der nächste Punkt, an dem man von Einmaligkeit der Leistung dieses Männerverbunds sprechen muss. Wenn ich mir erlauben dürfte, für das Treiben von* Rammstein *ein optisch sprechendes Bild zu entwerfen, würde ich versuchsweise das folgende wählen: Diese Menschenkinder beziehen ihre Position auf einem koagulierten Klumpen aus geronnenem Blut, schaukeln wie auf einem Floß mitten im Morast aus stinkendem Eiter und bejubeln – egal ob angeleint, angeschirrt oder angekettet – die Existenz alles Lebendigen, bejahen schlicht und einfach das Leben an sich. Und sie tun dies dann auch noch während ihres eigenen Untergangs. Zur Verstärkung setzen sie zusätzlich immer wieder die bereits angesprochenen himmlischen Töne oder stimmähnlichen Klänge von ungeahnter Sanftheit ein, wie in den Songs »Feuer frei«* (gewagt!)*, »Links 2 3 4«, »Mann gegen Mann«* (ebenfalls gewagt) *oder »Sonne«. Logischerweise fehlen dieser Musik – und das ist vielleicht ihr Hauptmerkmal – absolut alle Restspuren jedweder Harmlosigkeit.*

Hier stellt sich allerdings noch eine durchaus berechtigte Frage: Was ist der tiefere Sinn und Zweck des rammeigenen, in den Songs immer wieder durch-

brechenden Juchzens, Bejahens und Bejubelns? Was ist das Geheimnis dieser typischen und zwischendurch so lustvoll verkündeten Freude, dieses Auffahrens in solch schwindelhohe Stimmungslagen? Die Antwort liegt für mich auf der Hand: Es wäre würdelos, sich mit dem eigenen Ende zu befassen und dies wie ein lappenweicher Jammerdümmling zu gestalten. Wenn man schon mal die Konstanten und Variablen des Untergangs beorgelt, alle möglichen Abarten des Zerfalls besingt, die dazugehörigen Wundbrände beackert, die jede organische Lebendmasse irgendwann befallen werden, und auch jedes schlichte, oft aber tödlich endende Schwerenötertum des Menschen auf die Bühne zerrt, muss man es einfach unbedingt flammend und mit Freude tun. Überwinden heißt doch feiern! Das war schon immer so, und so ist es Brauch.

So weit erstmal Klaus Ramm. Und ich möchte dazu an dieser Stelle unbedingt etwas anmerken, auch wenn dies eigentlich niemanden verwundern dürfte: Auch *The Plastic People* »rutschen« gelegentlich ins erfrischende Jubeln ab – oder steigern sich vielmehr überraschend, trotz aller allgegenwärtigen bassgehackten Härte, bis zu fast ungetrübten Ausbrüchen von Begeisterung. Wie zum Beispiel in den Songs »Übel Ding«, »Es schläft sich gut« oder »Der apokalyptische Vogel«.

Selbstverständlich beschäftigt sich Klaus Ramm in seiner Arbeit auch noch ausführlich mit den Elementen und Techniken der konkreten Poesie, die sich in den Texten von *Rammstein* und *The Plastic People of the Universe*[105] zahl-

---

105 Folgende *Rammstein*-Songs werden von Prof. Ramm gesondert behandelt: »Los Gott Otto Mops Gottlos«, »Haifisch«, »Du has(s)t«, »Amour«, »Sehnsucht sucht Sucht«, »Benz-in & Daimler-aus«, »Herzeleideid«. Bei den tschechischen Texten der *PPU* werden vor allem – aber eher nur summarisch – die Radikalität

reich finden lassen, diese teilweise sehr ausführlichen Passagen würden den Rahmen dieses Kapitels aber leider schwer rammponieren. Wie gerne hätte ich sie hier aber untergebracht – sind doch ausgerechnet Textanalysen experimenteller Texte Klaus Ramms Spezialität! An einer anderen Stelle beschäftigt er sich noch kurz mit dem unverwechselbaren Sound von *The Plastic People of the Universe,* obwohl er natürlich eingestehen muss, auf musikalischem Gebiet nicht der topsahnigste Experte zu sein. Ramm hebt beispielsweise die völlig überraschende Verwendung von Theremin, Geige und Saxofon hervor, die bei den *Plastic People* gleichwertig neben den üblichen Rock-Pflichtinstrumenten ihren Verstärkermann stünden. Und die sich außerdem fürs jaulende Jubeln und Feiern ganz vortrefflich eigneten. Allerdings seien alle frühen Aufnahmen der *Plastic People,* wie Klaus Ramm anführt, notgedrungen mit der folgenden Anmerkung versehen worden: »Die Qualität der Aufnahmen entspricht der Zeit und den Möglichkeiten des Undergrounds.« Hier würden, schreibt Klaus Ramm, die Analogien zu *Rammstein* natürlich aufhören, allerdings nicht ganz: Der Sound von *Rammstein* sei ebenfalls unverwechselbar, wenn auch – von Lied zu Lied – alles andere als voraussehbar.

Wenn ich es mir recht überlege, habe ich mich dank meiner irgendwann endgültigen Übersiedlung nach Ostdeutschland aus meinem damaligen *Plastic-People*-Land in das zukünftige Land von *Rammstein* begeben. Und mich außerdem – was die Wohnsituation in dem jeweiligen Land, also vor allem was das Verhältnis zwischen Wohnen und Hausen, von Innen und Außen, von Raum und Fassade, von Hui und Pfui oder zwischen Ross und

und strenge sprachliche Verknappungsökonomie der Texte von Egon Bondy hervorgehoben.

Hoss oder Unterkeller und Schiefdachterrasse betraf – auf eine verdrehte, um nicht zu sagen genau verkehrte Welt eingelassen. Mit diesem Satz ist die kurze Überleitung zu meiner weiteren Erzählung abgeschlossen.

Waren meine Berliner Freunde bei unserem damaligen Zusammentreffen auf dem Wenzelsplatz vielleicht auch deswegen so gut gelaunt, weil sie für kurze Zeit eine von Krieg verschonte Stadt erleben durften? Und für kurze Zeit ihre ihnen zum Abschaben überlassenen Stadtgebiete vergessen konnten, die auch historisch nie zu den prächtigen gehört hatten? Oder tat ihnen in Prag einfach das Zusammensein mit vielen anderen straßenläufigen Menschen unter freiem Himmel so gut? Vielleicht fanden sie diese endlosen Menschenströme in der Innenstadt deswegen so erquicklich, weil diese Belebung eindeutig nicht verordnet worden war. Das Spiegelbild dieser Begeisterung war zum Beispiel, dass ich dann später in Ostberlin die extrabreite und oft menschenleere Dunckerstraße mit ihren balkonabrasierten Fassadenfluchten so anziehend fand. Dass in solchen Straßen für Abwechslung nur einige Baulücken, also wilde Abenteuerspielplätze voller Bauschutt sorgten – begrünt höchstens mit verirrten Birken, Unkraut und dichten Steppengrasbüscheln[106] –, konnte mir am Anfang als einem noch kinderlosen Menschen völlig egal sein. Zum Glück hatten meine Ostgermanen damals keine einzige Prager Wohnung von innen gesehen. Trotzdem will ich hier eins vorsichtig festhalten: Bei der Wenzelsplatz-Begegnung spielte sicherlich eine Rolle,

---

106 Birken, Unkraut und Grasbüschel wuchsen im Prenzlauer Berg oft auch in den Dachrinnen, sodass man, wenn man hoch genug wohnte, aus dem Fenster oft auch direkt ins Grüne schauen konnte.

dass reisende Germanen leicht zu einer gewissen Großspurigkeit neigen – und dann eben auch auffallen. Der Tscheche tritt dagegen auch bei seinen Reisen eher leise auf. Wie tschechisch – ohne Tschechisch zu sprechen – oder großdeutsch ist dann überhaupt mein Sohn geraten? Er konnte beides, also leise und auch laut sein, und laut eher unter THC – also in späteren Jahren, versteht sich. Er hat schon auf dem Gymnasium angefangen nicht nur zu rauchen, sondern auch intensiv zu kiffen. Das kann mir und meiner Frau inzwischen aber, ehrlich gesagt, egal sein. Beim Rauchen erholte er sich in späteren Jahren wenigstens von seinem Dauerstress, und dann, als er krank war, half ihm intensiver Nikotinkonsum sicher auch dabei, seine Ängste in Schach zu halten. Darüber, welchen Anteil das frühe Kiffen am Ausbruch seiner Krankheit hatte, könnte man sich lange streiten; wie meine Frau und ich es wiederholt tun. Eine Zeitlang hat unser Sohn aber wahrscheinlich – statt zu studieren – nichts anderes gemacht als Kiffen. Einmal saß er dabei auf einer Mauer, erzählte uns einer seiner Freunde nach seinem Tod, und kippte plötzlich wie ein Sack Zement nach hinten. Er schlug dort zwar hart auf, verletzte sich aber kein bisschen. Ohne THC kamen er und seine Freunde natürlich auch bei ihren Bandproben nicht aus. Sein liebster Zustand war aber der der reinsten Freude, wenn er sich in den Ferien grenzenlos frei fühlte.

Mit der Zeit konnte ich etwas besser verstehen, was den neuen Ernst meiner Ostberliner Freunde wohl ausmachte. Sie lasen viel – und besonders irgendwelche politischen Schriften aus dem Westen. Und dass sie viel lasen, war natürlich nur konsequent, weil es sowieso keinen Zweck gehabt hätte, irgendwo draußen – wo nichts los war – sinnlos herumzulungern. Cafés, in denen man hätte unter freiem Himmel sitzen können, gab es nicht[107], nur düstere Eckkneipen ... und die betrat man als ein langhaariger Parkaträger nur ungern, weil viele von ihnen von schlecht gelaunten Proleten besetzt gehalten wurden. Zumal die am schlechtesten gelaunten Arbeitersöhne in der Regel mit abgesägten ½- oder ¾-Zoll-Rohren bewaffnet waren. Mit der Zeit gewöhnt man sich aber an alles, das galt dann natürlich auch für mich. Und als ein zugereister Ahnungsschwächling nahm ich einfach an, dass meine Leute schon ihre guten Gründe dafür hatten, warum sie beispielsweise auch im heißesten Sommer nie auf die Idee kamen, baden zu fahren. Meine Freunde waren eben mit anderen Dingen ausreichend ausgelastet, saßen viel zusammen, diskutierten – und weil niemand von ihnen einen Telefonanschluss hatte, waren sie beim Organisieren der Zusammenkünfte dauernd mit allerlei logistischen Problemen befasst. Ausflüge ins Grüne sollten lieber Normalos und irgendwelche FDJler unternehmen – die von mir schon mal genannten Freilichtspießer. Also Menschen, die sich von der DDR-Wirklichkeit nicht übermäßig abgestoßen fühlten und beim Ballspielen oder Sonnenbaden auf ausgedörrten Wiesen ihr bescheidenes Glück fanden. Für mich besaß Berlin damals nicht nur keine Flüsse[108], sondern lange auch gar keine anderen Gewässer – keine Seen oder Teiche. Von einer verzweigten Seenlandschaft oder sogar einer Seenplatte irgendwo im Norden war eben

---

107 Erst im Januar 1988 – nach Erich Honeckers Staatsbesuch bei François Mitterrand in Paris – wurden eine Zeitlang Tische auf die Ostberliner Bürgersteige gestellt. Zu diesem Zeitpunkt war es aber leider noch zu kalt.
108 Die Havel gibt es für mich bis heute nicht, fließt sie doch nur von einem See in den anderen. Und wenn man sich schon mal traut, nach der in der Gegend angeblich vorhandenen Havel zu fragen, wird man meistens nur genervt auf die unbewegliche Wasseroberfläche eines nahe gelegenen Sees verwiesen.

nie die Rede. In Ostberlin lebte man – das war mein Eindruck – ausschließlich intellektuell, hörte zu Hause gemütlich alle möglichen Westsender, und abends ging man zu Freunden, die einen kleinen Schwarz-Weiß-Fernseher besaßen, um sich *Kennzeichen D, Panorama, Kontraste* oder *Monitor* anzuschauen (nur den CSU-lastigen *Report aus München* durfte man ohne Weiteres verpassen). Alle diese Politmagazine liefen damals noch zu den besten Sendezeiten. Einmal im Sommer fragte ich sogar mutig nach einem See, fällt mir ein, weil jemand den Bezirk Weißensee erwähnt hatte. Man belehrte mich aber, dass den dortigen Dreckstümpel von See kein intelligenter Mensch ernst nehmen könne – und der etwas sauberere Orankesee in einer ganz üblen Stasigegend liege. Und da ich lange keinen Stadtplan besaß, konnte ich mich nicht eigenständig orientieren und weiterbilden. Das Einzige, was ich damals wusste und wiederholt hätte bezeugen können, war Folgendes: Um Berlin herum gab es überall sehr viel Sand, und zwar einen ausgesprochen feinen und trockenen. Einen so feinen Wüstensand gab es in meiner Heimat nicht. Die Erklärung für die Versteppung der Berliner Umgebung lag aufgrund der fehlenden Fließ- oder Stehgewässer für mich auf der Hand. Wenn ich und eine meiner Freundinnen – irgendwann auch meine zukünftige Frau – im Freien zusammen schlafen wollten, waren wir beide natürlich bald voll von diesem feinsten Streugut. Und auch von vielen äußerst agilen Ameisen. In Prag kam dann aus meinen Klamotten mindestens eine Woche lang reichlich Zuckersand gerieselt und aus meinen Taschen ab und zu auch eine gut ernährte Brötchenkrümelameise gekrochen.

Vorsicht: Eine leicht muffige KORREKTUR! Ich erinnere mich jetzt doch noch an ein schmales Rinnsal, das mich in Berlin einmal in der Reinhardtstraße auf dem Weg zum Deutschen Theater verwunderte. Tief unterhalb der Straßenebene muss sich damals in Richtung des Berliner Ensembles noch etwas an wassergetränktem Schlamm bewegt haben. Ostberlin war also nicht gänzlich wasserlos! Bloß von wo floss hier was – und wohin? Wie irrelevant dieser zwischen den Häusern verlaufende Wasserlauf aber tatsächlich war, wurde mir kurz danach vorgeführt, als der bis dahin offene Graben eines Tages einfach zugeschüttet wurde. Und ehrlich gesagt: Was konnte ich, armer Wicht, damals von dem exterritorialen Pankower Hochplateau gewusst haben? So auch von der umgeleiteten Stinkepanke[109]? Oder vom Nordgraben, vom Roten Wedding, dem Nordhafen, dem Schifffahrtskanal und und? War der alte Friedrichstadtpalast damals etwa wegen der neben ihm fließenden Schlammpanke abgesackt? Mir konnte das alles egal sein. Auf meine sich rosig abzeichnende Zukunft hatten irgendwelche trägen Wasserbewegungen sowieso keinen Einfluss. Und in die Ostberliner Theater mit ihrem gekünstelten Pappmachécharme, ihrem erbrech(t)-besserwisserischen Getue und ihren meist frontal deklamierenden und oft auf einer Linie stationierten Schauspielern ging ich irgendwann sowieso nicht mehr. Ein in Schweden lebender Brasilianer erzählte mir vor einigen Jahren, dass er nach seiner Ankunft in Europa erstmal in Paris Station gemacht hatte und nach Stockholm dann mit dem Zug über Köln und Berlin gereist war. Weil er bei der Ostsee-Überfahrt aber geschlafen hatte, war er lange Jahre fest davon überzeugt, zwischen Schweden und Deutschland gäbe es eine ganz normale erdige Grenze, also auf keinen Fall eine ernst zu nehmende Wasserfläche. Die Ostsee gab es für ihn eben nur im Osten – in Richtung Finnland und Baltikum.

---

109 Heute ist die Panke in Pankow ohne Weiteres bebadbar.

Wenn man sich abends nach halbwegs getaner Arbeit im ausgedörrten Ostberlin traf, sprach man in der Runde in der Regel darüber, was politisch gerade los war, überlegte, womit man noch intellektuell »fertigwerden müsse«, oder man versuchte zu klären, wie man mit diesen oder jenen Dingen »umgehen solle«. Bei diesen Gesprächen bekam ich – bedingt durch mein Mangeldeutsch – sicherlich nicht immer alles mit, konnte mir also einiges nicht ganz zusammenreimen. Einmal ging es überraschenderweise um den Vorschlag, ob man den engen Diskussionskreis vielleicht nicht vorsichtig öffnen und vielleicht auch erweitern sollte. Man war also nicht nur auf Vertiefung und Vervollkommnung der eigenen Intellektualität aus, sondern strebte außerdem nach einer vorsichtigen Expansion. Da man mir inzwischen restlos vertraute und auch alle Intimberichte offenbar unauffällig ausfielen, wurde in meiner Abwesenheit irgendwann beschlossen, dass ich langsam in weitere Geheimnisse eingeweiht werden durfte. Und eines Abends wurde es schließlich ernst. Man nannte mir flüsternd eine Adresse im LSD[110]-Viertel und schickte mich alleine los – mit der Anweisung, unterwegs eine Weile einfach planlos herumzulaufen, die Laufrichtung mehrmals zu wechseln und darauf zu achten, dass mich niemand verfolgte. Außerdem durfte ich mich niemandem aus der Gruppe anschließen, falls es draußen zu einer zufälligen Begegnung kommen sollte.

110 Ich spüre einen starken Widerstand dagegen, diese Abkürzung irgendjemandem zu erläutern. Falls hier trotzdem der eine oder andere fleißige Leser einen Hinweis benötigen sollte, kann er sich auf dem Berliner Stadtplan die Umgebung* des Helmholzplatzes ansehen. [* Embedded: Das altberliner Wort »Kiez« war im Prenzlauer Berg bis weit über das Jahr 1989 hinaus verpönt – nämlich als zu nett, spießig bis anheimelnd empfunden. Und doch überlebte das Wort die lange Latenzzeit in Teilen Westberlins, außerdem noch in einigen Ostberliner Löchern der Bezirke Lichtenberg und Köpenick.]

Die betreffende Wohnung sollte dann sowieso jeder einzeln betreten.

Ehrlich gesagt, wollte ich diese Geschichte wesentlich früher erzählen, liebe lesende Lieschen, Leselottchen oder -drohneriche. Dafür ist diese damit verbundene Offenbarung aber viel zu sprengelsprengend. Ich wurde an diesem Abend nämlich gnadenlos entfellt und unerwartet gegen die Drehrichtung gewrungen, außerdem wurden mir auch noch etliche fremde Jungfernhäutchen über die Ohren gezogen. Und ich brauchte anschließend Jahrzehnte, um mit ähnlich gearteten Erlebnissen fertigzuwerden. Das alles konnte ich seinerzeit auf dem Wenzelsplatz, zumal als eine auf dem Bürgersteig liegende Halbleiche, wirklich nicht geahnt haben.

Bei dem konspirativen Treffen, an dem ich nun zum ersten Mal teilnehmen durfte, ging mir dann plötzlich, diesmal sogar erschreckend schnell auf, dass meine neuen Freunde offenbar tiefschürfende Marxisten im Aktivdienst waren. Peng! Zacki! Und sie waren nicht nur trocken-gläubige Anhängsel der Lehre, sie begannen, wie ich sehen konnte, regelrecht zu glühen, wenn sie in Fahrt kamen. Als ich zwischendurch pinkeln gehen musste, versuchte ich auf der Toilette kurz zu beten: *Bitte, bitte, liebe Holymutti, was tust Du mir bloß an?* Und ich jaulte gleich noch etwas offensiver: *Ist das Dein Ernst, Du großer Gott kurzer Prozesse, Du Allmächtiger der lahmen Schaltkreise, Heiland des alles verschlingenden Wüstensands? Soll ich etwa gemeinsam grausam werden wie meine Eltern in den Fünfzigerjahren?*

Im Tschechenvolk konnte es bei dem fröhlich verkommenen politischen Nachwuchs so etwas gar nicht gegeben haben. Und wenn es das vereinzelt vielleicht gab[111], fiel

---

[111] Ich persönlich wusste aus der Ferne von einer Personalie im Stadtteil Vinohrady.

es überhaupt nicht ins Gewicht. Natürlich waren meine neuen Leute keineswegs staatstreu, sie waren, um dies jetzt kurz zusammenzufassen, Kryptomarxisten im Feindesland, und positionierten sich links von der Einheitspartei. Zwar waren manche aus der Gruppe zur Tarnung echte Parteimitglieder, dies aber vor allem deswegen, um das System auch von innen beforschen zu können. Und sie erfuhren bei den Sitzungen ihrer Parteigruppen manchmal tatsächlich Details, die vor dem einfachen Fußvolk hatten geheim gehalten werden sollen. Da ich den Zustand der Sprachlosigkeit gut kannte, blieb ich nach dem großen Schlüsselerlebnis erstmal vollstumm. Das fiel natürlich nicht sonderlich auf. Ich war in dieser meiner neuen Lebensphase erstmal sowieso hormonell gut versorgt – das heißt für alles Neue einfach dankbar. Und die Leute blieben trotz allem die gleichen. Das eigentlich Neue waren für mich nämlich sowieso sie selbst – jeder einzeln, körperlich für sich, sozusagen als epiphanieartige Phänomene einer andersartigen Daseinsform. »The medium is the message«, frei nach Marshall McLuhan. Im Großen und Ganzen fühlte ich mich in dem Kreis unverändert gut aufgehoben und bald auch weiteren Schocks gewachsen – sollten sie noch kommen. Meine Freunde bereiteten sich, wie ich bald erfuhr, auf eine zwar gewaltlose, trotzdem ideologisch grundfundierte Totalumkrempelung des bestehenden Systems vor. Einfach Kraft ihrer Argumente, nahm ich an. Und sie empfahlen mir für die nächste Zukunft die erste Klassikerpflichtlektüre – den jungen Marx, versteht sich. *Lieber ran an die Gebärmutter der menschlichen Erfahrung!,* hätte ich sie damals gern verspottet, wenn ich dazu in der Lage gewesen wäre. Trotzdem: Diese linke Hölle war voller Anregungen – und es wurde eindeutig auch wieder etwas mehr gelacht. Aus dem Kreis gefielen mir sowieso die beeindruckend sorgenfrei lebenden Aussteiger am besten – und bei denen war es mir wirklich egal, ob ich sie Kryptoanarchisten, Eurokommunismusapostel oder nur Chaoten nennen sollte.[112] Einige von ihnen hatten natürlich irgendwann mal etwas studiert, andere hatten das niemals vor, und beruflich hatten sie, was die Zukunft betraf, überhaupt keinen Ehrgeiz. Die anderen, etwas ehrgeizigeren Typen waren teilweise wegen ideologischer Auffälligkeit oder sogar Aufmüpfigkeit aus ihren Instituten oder Betrieben entfernt worden. Trotzdem wirkten all diese Leute wie durch ein brustdurchwärmtes und nicht verkopftes Versprechen miteinander verbunden. Und bei den Diskussionen redeten alle wie gleichberechtigt, also fast so gut wie gleichberechtigt mit. Bis auf zwei berstköpfige Leithammel, die sich allerdings wirklich beeindruckend flüssig und kenntnisreich artikulieren konnten.

Zum Glück befanden sich immer auch genügend porenoffen atmende Frauen im Schlepptau[113] der Ideengeber, und diese besaßen funktionstüchtige Gliedmaßen, etliche warme Hohlräume – und waren in ihrem Wesen viel lebensnäher GEHÄKELT [JA! – HISTORISCH GESEHEN IST ES SO KORREKT FORMULIERT]. Oder glaubten diese Wesen mit ihren Flaumhärchen im Nacken etwa genauso fest an die helle Zukunft wie die viel gröber behaarten Ideologen? Aber die Dinge waren im Fluss, und ich hatte Zeit. Bei den

---

112 Diese ausgerechnet an dieser Stelle eher zufällig eingefügte Fußnote bitte ich nicht weiter zu beachten. Für spätere Verwendung soll hier nur ein Textnotat zwischengelagert werden – und dieses lautet: »Der halbblutgutbürgerliche Anarchist in mir.«
113 Ich bitte um Nachsicht, die Wendungen »am Haken« oder »im Schleppnetz« wären noch viel schlimmer. Und wie man jetzt weiß: Die Stasi hatte für die Frauen in der Regel keine eigenständigen Akten angelegt, sondern brachte die Berichte irgendwo bei ihren männlichen Mitstreitern unter.

oft längeren nächtlichen und manchmal auch politisch heftigen Bettkämpfen mit meinen Freundinnen traute ich mich dann und wann doch einiges infrage zu stellen. *Muss man jedem dahergelaufenen Marx heute noch alles glauben?*

Jetzt merke ich gerade, dass die weiter oben angerissene Geschichte über das denkwürdige Geheimtreffen irgendwie auf der Strecke geblieben ist. Bei dem konspirativen Treffen wurde damals ein Genosse aus dem Westen erwartet, also ein exterritorialer Linker, der hundertprozentig nicht nur belesen, sondern auch streik-, streit-, diskussions-, blockaden-, sit-in-erfahren, also im ganz realen Echtkampf erprobt war. Und der sollte nicht nur weitere theoretische Anregungen rüberbringen, sondern natürlich auch über neue Entwicklungen in Westdeutschland und Westberlin berichten. Unterm Strich blieb bei mir allerdings nur seine an meine Leute gerichtete Botschaft hängen: *Bleibt, wo ihr seid! Ihr seid hier doch jetzt schon viel weiter als wir.*

Trotzdem war mir dieser erste Gesandte aus dem kapitalistischen Paradies ausgesprochen sympathisch. Er lachte herzlich, hatte eine gesunde Gesichtsfarbe und war angenehm anders gekleidet. Und obwohl ich solche Treffs später noch mehrmals mitmachte, blieben meine diesbezüglichen Eindrücke relativ konstant.[114] Und obwohl es dabei natürlich weiter vor allem »um die Sache ging«, lockerten diese Genossen mit ihrer Art nebenbei die Stimmung, lockten meine lieben Kämpfer aus ihrer Respektreserve und veränderten außerdem die Atmosphäre dank

---

114 Als jemand beim Auswerten eines solchen Treffs meinte, alle diese Leute seien unpassend schick (zu schick für den Klassenkampf!) gekleidet, erklärte man sich das Problem damit, dass es für die Leute im Westen einfach nichts anderes zu kaufen gab.

der schwer vermeidbaren Gerüche, die sie mitbrachten. Sie hatten für die Treffs vorsorglich einiges zum Essen dabei – stinknormalen französischen Camembert, billiges türkisches Fladenbrot, riesige weiße Rettiche, echtes Olivenöl, Dijon-Senf und manchmal auch die irreal pelzigen Kiwis.

Mit der atmosphärischen Lockerung war es allerdings nicht immer ganz einfach, weil manchmal auch die im Gesicht besonders zugewucherten Leipziger dabei waren – außerdem einige düstere Thüringer oder auch vorgeschickte, in Berlin residierende Boten der Geheimsachsen, die aus Konspirationsgründen selbst nie angereist kamen. Mecklenburg schien für die Revolution von vornherein verloren zu sein, und Sachsen-Anhalt gab es damals gar nicht. Die Naumburger Leute hatten allerdings auch riesige Bärte.

Schluss jetzt, ich habe inzwischen die Schnauze voll – und das Kapitel ist sowieso schon lang genug. Zum Glück kam es für mich früher nicht infrage, Romane zu schreiben. Im Moment empfinde ich es leider als eine äußerst poplige Kleinscheißstrukturarbeit, die mir erschreckenderstreckenweise über den Kopf wächst und mir alle Tage von früh bis abends zupflastert. Früher, als ich das Fernsehen noch ertragen konnte, hatte ich manchmal Zeit, mir vollkommen grundlos, zwecklos und anlassfrei ganze Dokumentarsendungen – zum Beispiel über den gemeinen Fußpilz – anzusehen. Irre wichtig, liebe Kinder – und es ist gut, dass ihr auch das jetzt alle wisst.

Unter wehenden FDJ-Fahnen geboren [12]

Meine Großmutter war eine großbürgerliche Sozialistin, die mir immer wieder zuredete, auf das Gemeinwohl aller zu achten, also immer nur das zu tun, was auch der Gesellschaft als einer solidarischen Einheit guttäte. Wenn diesem Gesamtgebilde nämlich jemand schade, schade er damit gleichzeitig auch sich selbst. Ich persönlich sollte bei Altstoffsammlungen in die zugeschnürten Papierbündel aus Kleingeldgier nie wieder Steine stecken, nicht mehr versuchen, Straßenbahnen entgleisen zu lassen und bei den Kämpfen in der Klasse keine Mitschüler mit meiner berüchtigten Krawatte würgen. Außerdem belehrte sie mich gern auch philosophienah – und sagte immer wieder Sätze wie: *Jeder Traum, den man nicht hat, ist ein Segen.* Beispielsweise ein Haus zu bauen, sei ein Albtraum, meinte sie, ein solches zu besitzen und dauerhaft in Schuss halten zu müssen, sei auch ein Albtraum, und sich im eigenen und immer demselben Haus Tag für Tag aufhalten zu müssen, sei der allerschlimmste Albtraum überhaupt.[115] Sie wusste natürlich, wovon sie sprach. Ihr Vater hatte in Ostrau eine Fabrik besessen, und ein Wohnhaus natürlich auch – und dann kam der Krieg. Eine Immobilie mache immobil und lasse das natürliche Fluchtverhalten verkümmern, meinte sie. Ich lasse den Spruch an dieser Stelle einfach unkommentiert stehen, statt ihn klugschissig auf

---

115 Und da wusste sie noch nichts über die Gefahren, die das im Boden – regional jedenfalls – vorhandene Radon mit sich bringt.

meine Geschichte zu beziehen. Der folgende Rat meiner Großmutter fügt sich in diese meine Naturtrübprosa auch gut glitschig ein: *Siehst du in einer öffentlichen Toilette in der Kloschüssel verschmierten Kot kleben,* sagte sie einmal, *so bürste ihn weg wie deinen eigenen. Sonst würde er umgehend für deinen körpereigenen gehalten werden und an dir für immer haften bleiben.* Nun springe ich behände in mein hirneigenes Vaporetto und grachte thematisch ganz woandershin.

Als unser Sohn schwer manisch war und dauernd irgendwelche Bekannten auf der Straße ansprach, die er für seine Freunde hielt, wirkte er gleichzeitig angenehm gelöst, wie einer, der in der Welt gut zurechtkam. Das Offensive daran war zwar ungewohnt, mich ängstigte es aber viel weniger als meine Frau. Leider blieb seine Lockerheit gefährlich konstant, wollte überhaupt nicht enden und raubte ihm auf Dauer viel zu viel Kraft. Er hatte trotzdem noch einiges vor, plante irgendwelche weitreichenden Projekte, die die Welt lebenswerter machen würden, und er ließ sein nicht abgeschlossenes Fahrrad so lange irgendwo herumstehen, bis es geklaut wurde. Wir wussten nicht genau, was er alles unternahm, wo er sich herumtrieb, was er anging oder anrichtete, wovon er gutwillige Menschen, die ihm noch zuhörten, überzeugen wollte. Aber auch wenn wir hinter ihm hergelaufen wären, wären wir ratlos gewesen, weil er uns aus Furcht vor unserer eventuell mangelhaften Begeisterung immer schon nur wenig anvertraute. Als sein gefährliches Spiel begann, hatte er punktuell wenigstens auch etwas Glück. Einer seiner Freunde aus seiner Wohngemeinschaft arbeitete als Fassadenkletterer, war ordentlich muskelbepackt, und dieser Mensch nahm sich, als unser lieber Sohn besonders wild durchgedreht war, einfach frei, lief mit ihm mehrere Tage lang durch die

Stadt und hielt ihn fest, wenn es sein musste.[116] Als die Euphorie unseres Sohnes nach langen Monaten nachließ und er den Ernst der Lage selbst zu ahnen begann, kam er zum Glück freiwillig zu uns, ließ sich versorgen, und nachdem er seine Schuhe in der Waschmaschinentrommel untergebracht hatte, um vom Geheimdienst nicht geortet werden zu können, kehrte etwas Ruhe ein. Irgendwann ließ er sich sogar ins Krankenhaus bringen.

Wenn ich mich heutzutage umsehe und egal auf welche Weise gestrandete Menschen in mein Blickfeld geraten, ist mir klar, dass ich potenziell einer von diesen Katastrophenraben bin, einer, der mit einer Backe auf der Straße sitzt. Es hat nicht viel gefehlt und ich wäre früher schon da oder dort durchgerutscht, hätte so weit danebengegriffen, dass ich den Absprung vielleicht nicht mehr geschafft hätte. Nach dem Abbruch des Studiums lebte ich kurze Zeit in einer Arbeiterunterkunft, in der Alkoholiker nachts ins Bett urinierten, und ich hörte, wenn ich zufällig gerade wach war, wie der durchgesickerte Urin auf den Fußboden plätscherte. In meinem Inneren gehöre ich einfach – auch dank solcher Episoden, die ich nicht oft erzähle und vorn im Text sicherlich ausgelassen habe – bis heute zu denen, die an den Häuserwänden, vor zugeriegelten Kaufhaustüren oder in der Nähe anderer wärmestrahlender Objekte schlafen. Es hätte außerdem sein können, dass ich einfach an Schüchternheit, an den Folgen meiner Sprachlosigkeit oder an einer chronischen Stresskontaminierung gestorben wäre. In dem mir vorschwebenden Musterkoffer alternativer Lebensentwürfe befinden sich Unmengen an fiesen Verlaufsangeboten. Im Verhältnis dazu gibt es – jedenfalls für Leute wie mich – leider nur extrem wenige

---

116 Danke, Rainer!

und zusätzlich auch noch extrem schmale Fluchtschlitze, die ins Freie, also ins richtige Leben führen. Und nachdem ein anderer Lebegern durchgeschlüpft ist, geht dieser raffinierte und übertrieben federstarke Schlitzverschluss dummerweise sofort wieder zu. Ich kann darüber jetzt – versteht sich – nur deswegen so entspannt schreiben, weil mir vieles im Leben einfach zufiel. Den Rest verdanke ich der Liebe meiner Frau. Nachdem das berüchtigte Tor in einer der Engstellen der Sächsischen Schweiz hinter mir endgültig zugefallen war, hatte ich keine handfesten Informationen darüber, mit wie viel Großmut in dem von mir gewählten Siedlungsgebiet zu rechnen war – und was ich dort für eine einigermaßen gute Behandlung würde zahlen oder opfern müssen. Ich hatte ein ziemlich feuchtes Dreckloch an der Moldau verlassen und sollte mit meinem Jackett plötzlich auch auf freigebombten und stark zugigen Aufmarschflächen zurechtkommen. Das war aber nicht alles. Im gesamten Ostblock herrschte so und so der kalte Bürgerkrieg, und man bekam von niemandem irgendwelche Zusicherungen oder Willkommenssträuße, Garantien schon gar nicht. Im Grunde war ich aufgrund der Übersiedlung nur an einen anderen Frontabschnitt geraten. Abgewogen, abgezählt oder gegengerechnet wurde von meinen großzügigen Germanen schließlich überhaupt nichts. Jedenfalls war es nördlich des Alexanderplatzes so – also dort, wo ich mich niedergelassen hatte. Und ich frage mich heute vorsichtig: Hing das alles damals, zumindest indirekt, vielleicht doch mit der Idee des Sozialismus zusammen? Mir ist jedenfalls aus vielerlei Gründen meine ganze Entwicklung im Rückblick unheimlich, unverständlich, manchmal sogar peinlich, und ich versuche aus den später gewonnenen Beinah-Erkenntnissen lieber nichts Besonderes abzuleiten. Vieles geschah einfach von alleine.

Wo hätte ich überhaupt meine Bittbriefe oder rettende Bestellungen abgeben sollen? Beim Nachlassbetreuer von Karl Kraus, dem Jüdischen Weltkongress oder bei den Abwicklern von I. G. Farben? Als meine Mutter noch lebte, quälte mich dauerhaft die Angst, sie könnte sterben, bevor ich so weit gereift, also erwachsen wäre, um mich als der älteste Vertreter der Familie der kosmischen Ordnung und vor allem dem gesellschaftlichen Chaos stellen zu können. Ich wurde aber erwachsen. Und als meine Mutter starb, war ich sogar in der Lage, ihren Arzt, der sie aufgrund seiner schlampigen Diagnosen auf dem Gewissen hatte, persönlich zur Rede zu stellen und ihn bei der Ärztekammer anzuschwärzen. Als unser Sohn verrückt wurde, war meine Mutter zum Glück schon lange tot.

Es hat einmal nicht viel gefehlt und ich hätte meinen Sohn beinah verunstaltet oder verkrüppelt. Es kam wie aus dem Nichts, passierte erschreckend schnell, hinterließ dann aber natürlich Spuren. Ich brachte meinen Sohn früh immer zu seiner privaten Kinderfrau, die wir für ihn in der Nähe gefunden hatten. Ich fuhr ihn also etwa zehn Minuten in seinem Kinderwagen durch die Gegend. Und der kleine Kerl – statt zu sitzen – kniete dabei meistens, um über die Lehne nach vorn schauen zu können. Normalerweise fuhr ich eher gemütlich, wir waren nur selten spät dran. Aber auch wenn! Wir mussten bei seiner Tante nie pünktlich erscheinen, und ich auf meiner Arbeitsstelle auch nicht. Und so war es normalerweise überhaupt nicht nötig, bei den täglichen Transportfahrten, also beim Schieben des »Sportwagens« zu rennen. An einem Tag bin ich aber doch gerannt, und das sicher relativ schnell. Und ich hatte bei der Wahl der Strecke ausnahmsweise spontan eine alternative Blitzentscheidung getroffen. Um am Rand eines Spielplatzes keinen Umweg von einigen wenigen Metern machen zu müssen, nahm ich bei dieser Expressfahrt eine sich dort anbietende Direttissima. Mit der Aussicht, vielleicht eine oder anderthalb Sekunden schneller zu sein. Dummerweise führte diese Abkürzung durch ein verunkrautetes kleines Rasenstück, das ich davor noch nie betreten hatte und das auch von anderen Fußgängern gemieden wurde. Dieses Stück unerforschter Fläche war vielleicht nur zwei mal vier Meter groß, war vielleicht voll von Hundekot, von Pflastersteinen oder von sonst etwas ... Mir konnte das normalerweise egal sein. Ich nutzte wie alle anderen sowieso nur die freigetretenen und gut einsehbaren Trampelpfade. Außerdem fuhr ich alle Kurven nur so schnell, dass der Wagen keine nennenswerten Fliehkräfte entwickeln, geschweige denn kippen konnte – und so ist auch nie etwas passiert. Nur an diesem einen Tag nahm ich eben diese eine, von mir noch nie getestete Abkürzung und fuhr mit Karacho bedenkenlos das niedrige Grün an. Dieses Grün war leider immerhin hoch genug, um ein übles und für einen Kinderwagen unüberwindbares Hindernis zu verbergen. Und ratet mal, liebe duftende Kinder und dumme Männer mit stinkenden Käsefüßen, wogegen ich nun mit der Vorderachse des nicht gepanzerten Kinderwagens krachte! Ich fuhr gegen das Schlimmste, was in einem ungepflegten DDR-Parkfleckchen im niedrigen Grünbewuchs verborgen sein konnte – ich fuhr gegen ein im Boden steckendes Reststück eines Stahlrohrs, also gegen einen rostenden Rohrstummel, der von einem Idioten von Handwerker etwa zehn Zentimeter oberhalb der Erde abgesäbelt worden war. Es war offenbar der letzte Rest eines ausgedienten Geländers. Was daraufhin geschah, war mechanisch-vektoriell nicht weiter überraschend. Mein vielleicht zum Glück nicht angeschnallter Sohn kippte bei dem Aufprall mit dem Oberkörper nach vorn und flog durch die Luft, bis er auf den Boden knallte. Und er rutschte dann auf seinem Gesicht und seiner Brust noch ein Stück weiter. Ich stieß mit den Schienbeinen gegen das Wagengestell, demolierte mit dem Oberkörper einige weitere Teile des Kinderwagens und ging schließlich auch zu Boden. Dabei fiel ich zum Glück nicht auf meinen Sohn, nur in einen Scheißhaufen und auf einen Plastebecher mit verschimmeltem Quark. Nachdem wir vom Arzt nach Hause gekommen waren und uns ausruhten, wollten wir Eis essen gehen. Und ich wollte dem Leichtverletzten zum Ausklang des Tages dann noch etwas mehr bieten, uns ein richtiges Naturerlebnis in einem wirklich grünen Park gönnen. Wir stiegen in die Straßenbahn und fuhren nach Friedrichshain in die Nähe des für Berliner Verhältnisse eindrucksvollen Bergs »vulkanischen Ursprungs«, wie mir in den Anfangsjahren irgendein Witzbold versucht hatte einzureden. Was dort geschah, erzähle ich jetzt wirklich nur im Schnelldurchlauf. Das Gras war nach einem leichten Regen noch nass – und als ich meinen Sohn auf einem Abhang vor dem Abrutschen und dem möglichen nächsten Sturz bewahren wollte, rutschte ich selbst aus und schubste ihn dabei wuchtig nach vorn – ausgerechnet den Hang hinunter. Und er knallte wieder frontal mit seinem sich gerade verschorfenden Gesicht auf den Rasen. Danach bekam er zusätzlich zu seiner bereits schiefen Nase vom Vormittag auch noch ordentliche Blutergüsse unter beiden Augen. Letzten Endes behielt er aber nur die schiefe Nase. Am nächsten Tag rückte ich mit einer Spitzhacke und einer Menge Wut auf dem hässlichen kleinen Spielplatz an – und holte den Rohrstummel samt Betonklotz aus dem dreckgetränkten Boden.

Bin ich nun nur beim Schreiben ein struktureller Sadist,

post-urinabler Scheißkerl oder präwundarschiger Unheiland – oder bin ich's auch im täglichen Leben?

Neulich habe ich Rufus getroffen und ihn nach dem Verbleib seiner Karre gefragt. Die Karre war inzwischen leider, wie ich erfuhr, gerade in einem ganz anderen Keller so weit hinter irgendwelchen Möbelstücken verbarrikadiert, dass es kaum möglich war, sie herauszuholen. Weil die liebe Leserschaft meinen Freund Rufus allerdings noch nicht kennt und Rufus' Geschichte jetzt nicht unbedingt erzählt werden muss, werde ich es bei dieser so gut wie sinnlosen Zwischendurchnotiz erstmal belassen. Mitverantwortlich für diesen wenig eleganten Einschub ist mein heute im Halbschlaf auf meinem Diktiergerät von mir hinterlassener Hinweis, ich müsse Rufus viel früher einführen, als ich es ursprünglich vorhatte. Und nicht erst kurz vor seinem großen Auftritt – also gegen Ende des Buches. Rufus' Geist suchte mich leider immer wieder heim, öfters auch nachts – trotz seiner Randrelevanz. Einmal fand ich auf meinem Diktiergerät einen in einem seltsamen Befehlston geröchelten Spruch, der höchstwahrscheinlich von mir war: *Unbedingt auch auf die Frequenz der Begegnungen mit Rufus achten!* Wenn ich jetzt schon bei Rufus bin: Rufus' Sohn war der erste stabile Drogendealer unseres Sohnes, wie ich und meine Frau später, als unser Sohn krank und kurzzeitig etwas auskunftsfreudiger war, erfuhren. Uns war seinerzeit nur aufgefallen, dass dieser Bursche bei uns immer wieder mal vorbeikam, ohne dass von einer innigeren Freundschaft der beiden die Rede sein konnte. Und von einer Freundschaft zwischen mir und seinem Vater, also dem Multitalent Rufus, kann angesichts dessen, wie geschickt es ihm jahrelang gelang, seine Superkarre vor mir versteckt zu halten, auch keine Rede sein.

Heiße Venen[117] [13]

Im Grunde muss ich mich jeden Tag nur fragen, womit ich konkret Lust hätte – und wie –, diese Geschichte fortzuschreiben, und schon mache ich alles richtig: formal, inhaltlich, tonstimmig oder trockenbodennassständig. Nebenbei ist mir natürlich aber auch klar, wie inhaltslos derartig großspurige Begleitbehauptungen – wie diese gerade losgetutete – sind und wie pathologisch sie auf manche Lesetrinen und Leseterrier wirken dürften. Trotz allem muss ich mir, glaube ich, ähnlich wie die Ehrlichhaut Henry, keine Sorgen machen, dass ich hier aufgrund meiner etwas großspurigen Flachgesten oder Breitsprüche irgendetwas Wesentliches unbeachtet und unerwähnt lassen könnte. Irgendwelche kleinen Unvollkommenheiten[118] würden einfach nach und nach in der kontinuierlich wachsenden Textmasse des Romans versickern und prozentual sowieso immer weniger ins Gewicht fallen. Bei dem über alles liebenswerten Henry Miller[119] hat man in der Regel auch das

---

117 Wer etwas mehr über »kalte Venen« hören möchte, sollte sich den Song »Mein Herz brennt« von *Rammstein* anhören. Dieser Song wird in Berliner psychoanalytischen Kreisen als eine künstlerisch gelungene Verarbeitung von Kindesmissbrauchsfantasien gedeutet. Der Bezug zur Erzählung »Der Sandmann« von E.T.A. Hoffmann gilt dort dagegen als nicht relevant – jedenfalls nicht in psychodynamischer Hinsicht.
118 Mehr dazu später im Zusammenhang mit einigen Passagen aus der »Ästhetischen Theorie« von Adorno.
119 Ich verweise an dieser Stelle auf eine putzige Passage über Henry Miller in FKKHR-Trantütes *Heilig-Georg-heilig-Hodensack*-Roman, die auf Seite 31 beginnt und sich nicht übertrieben in die Länge zieht.

Gefühl, ihm würde beim Schreiben alles wie von selbst zufliegen. In meinen Notizen (mehr als reichlich vorhanden) steht auf Seite sechzehn etwas von blauen Venen, wie sie in der Morgensonne auf irgendwelchen ausgestreckten Armen – leicht gewölbt – unter der Haut vor sich hindunkeln. Und dann steht dort noch, dass die Laken, auf denen ich damals schlief, nicht immer ganz sauber waren. Damit meinte ich aber sicher richtigen Dreck – wie von ungewaschenen Füßen oder vom Kaffeesatz oder Marmelade. Das alles ist jetzt aber nicht der Rede wert, im Grunde brauche ich meine Notizen nicht mehr – und muss jetzt erstmal sowieso etwas ganz Bestimmtes loswerden. Woher kommt überhaupt die Lust, frage ich mich gelegentlich, alles, was nur geht, aus dem eigenen Körper, aus allen elastischen Öffnungen und Poren physisch abzustoßen – rauszuekeln, auszudrücken, abzusondern, abzupressen, abzuspritzen … und außerdem das sich möglicherweise sammelnde Fett aus den Bauchflanken zu wringen. Nebenbei natürlich noch den ganzen Überdruck aus diversen Schädelventilen entweichen zu lassen oder den da und dort blind georteten Schmerz in die Fingerzange zu nehmen [HIER SPRECHE ICH ETWAS NEBLIG ÜBER GERÖTETE, ABER NOCH SAFTLOSE PICKEL]. Die Kacke fällt nie weit außerhalb der Kloschüssel, wie der Berliner gern sagt; sie streift – wenn überhaupt – höchstens den inneren Rand der Klobrille. Wie gern hätte ich mich über solche Dinge mit meiner Großmutter ausgetauscht! Bevor ich nach DDReutschland kam, wusste ich nicht wirklich, wie zärtlich die deutsche Sprache sein kann. Anders gesagt: Ich wusste einfach nicht, dass man sich im Deutschen auch liebevoll ausdrücken kann, ohne dabei als falsch, penetrant oder verlogen aufzufallen. Die Gefühlsäußerungen meiner Großmutter waren allerdings tatsächlich schwer auszuhalten – allerdings aus ganz besonderen

Gründen. Sie übertrieb es in der Regel, wenn es um mich ging. Und auch deswegen verspottete ich sie gern – was sie zum Glück meistens genauso genoss wie ich. Sie strahlte dabei oft vor Freude, egal wie ungerecht ich zu ihr gewesen war. Wenn ich lachte, lachte sie eben mit – und dann auch über sich selbst. Mir, wie allen anderen sozialistischen Nachwuchsidioten, wurde die deutsche Sprache im Alltag systematisch verleidet. Uns prägten die inflationär produzierten Nachkriegsfilme, in denen schmalschädelige ostdeutsche Schauspieler gekonnt die bösen Nazis spielten und sich besonders beim zackigen Befehlebellen austoben durften. Und egal wie schlecht diese Filme waren, und egal wie misstrauisch man gegenüber allen staatlich verbreiteten Befeuerungen war, die Qualitätsschauspieler aus DDeutschland spielten die Nazis überzeugend – ihr Herrenmenschentum klang einfach echt. Eins bezweifelte ich allerdings schon seit meiner Jugend: dass der Tod ausgerechnet ein thüringischer oder niedersächsischer Schlachtmeister sein sollte [DIESE PARAPHRASE IST MIR LEIDER ETWAS ENTGLITTEN].

In der Deutschen Provisorischen Republik gab es für mich auch außerhalb der Sprache außerordentlich viel zu entdecken. Natürlich nicht nur praktisch zusammengebastelte Dinge, einfallsreicher Kleinkram oder sonderbare Gerätschaften wie den Tischgrill TG14, sondern auch viel Hässliches. Als Fahrradfahrer fallen mir zum Beispiel die klobigen Räder der Marke Mifa ein. Aufgrund der vielen Sandwege voller Kieferwurzeln hatten die aufgeblähten Ballonreifen der Mifas aber natürlich ihre Berechtigung. So konnte der eine oder andere Fahrradfahrer, der im Berliner Umland auf seinen fetten Reifen unterwegs war, mich beim Vorbeifahren entspannt beobachten, wenn ich zum Beispiel den Schlüpfer meiner zukünftigen

Frau in der Hand hielt und schüttelte – oder ihr Hemdchen nach Ameisen absuchte. Wenn ich jetzt allerdings weiter über entblößte Venushügel, frisch besamte Schamhaare oder schwärmerisch über mein Prager Rennrad der Marke *Favorit*[120] erzählen würde [UND DARÜBER, DASS ES AUCH MIT EINEM RENNRAD MÖGLICH IST, TIEFE SANDIGE FLÄCHEN ZU DURCHQUEREN], würde auch der leichtgläubigste Leser merken, dass ich mich vor irgendeinem schwierigen Thema oder einer schwer zu erzählenden Episode drücke. So weit lasse ich es aber auf keinen Fall kommen. Hinter meinem respektvollen Umgang mit meinen Lesern steht eventuell einer der Schlachtrufe meiner Großmutter, die alle Menschen auf dieser Erde mit Hochachtung ansah: *Rechne mit viel Scharfsinn auch bei dem allerletzten Schwachkopf!* Dem lässt sich nichts hinzufügen, glaube ich. Mein eigentliches Thema ist jetzt, wie man sich inzwischen denken kann, wieder mein Sohn. Konkret geht es um eine sommerliche Szene in der Straßenbahn Nummer vier oder dreizehn, in der mein Sohn einige eindrucksvolle und durch die Haut eines neben ihm sitzenden Menschen quellende Venen entdeckt hatte. Und mein Sohn sprach den Mann ohne Ankündigung an, was man in der DDR normalerweise besser nicht tat. Die meisten Menschen waren schüchtern und erschraken bei solchen Attacken gern völlig inadäquat. Nur die Pfarrer waren in puncto Schüchternheit besser dran – sie waren einfach gezwungen, sich bei ihrer Gemeindearbeit von ihrer Unsicherheit zu befreien. Und auch die Anwälte bildeten eine Ausnahme; besonders dann, wenn sie nebenbei, also nebenberuflich, mit

---

120 Es hatte noch die klassischen 27-Zoll-Schlauchreifen – kennt die heute überhaupt noch jemand? Sie wurden auf die Hohlfelgen, auf denen sie nur leicht aufgespannt auflagen, mit einer ekligen braunen Paste geklebt.

der Stasi zu tun hatten.[121] Egal, was irgendwelche Ostalgiker über die DDR zu erzählen wissen, locker war man in der DDR garantiert nicht. Meiner Erinnerung nach wurde das Wort »locker« sowieso nur im Zusammenhang mit Schrauben und Schraubmuttern oder aber auch leichteren Sitten verwendet. Oder wenn jemand nicht alle Tassen im Schrank hatte. Was die echten Schraubmuttern betrifft, könnte ich als langjähriger Reparateur von Kleinstgeräten über die sich im Land dauernd lockernden Schrauben, Konter- oder Überwurfmuttern ein Lied singen. Aber: *Mach dich locker,* sagte damals garantiert niemand. Der Mensch in der Straßenbahn, der neben meinem Sohn saß und dessen Unterarme vor voluminösen Venen fast überquollen, lief sofort rot an, als ihn mein Sohn ansprach – und reagierte nicht. Die Röte verließ ihn bei der Fahrt dann nicht mehr. Vielleicht glühte der Mensch vor Scham sogar noch Stunden später. Mein Sohn hätte aufgrund seiner Liebe zu körperlichen und anderen Details sicher nur kurz in die beeindruckenden Rohrleitungen seines Nachbarn kriechen wollen, mehr nicht! Leider schaffte auch ich es nicht, mit dem dauergeröteten Menschen ins Gespräch zu kommen. Ich versuchte dann wenigstens mehrmals vorsichtig, zwischen meinem Sohn und ihm zu vermitteln. Die Verstockung unseres Nachbarn wurde dadurch eher noch schlimmer, und ich fing dann auch an, rot anzulaufen und zu schwitzen. Der Sommer und die glühende Allseitsstarre waren einfach brutal. Und mein Sohn war das schönste und unschuldigste Wesen weit und breit. Zur Ablenkung erzählte ich ihm etwas über die Blutzirkulation und die anderen viel druckreicheren Körpergefäße,

---

[121] Ob sie ihre Verpflichtungen mit echtem Blut oder unsichtbarer Tinte unterschrieben hatten, wie die besonders Schlauen, war schon egal.

die noch aufregender seien als die Venen, weil sie mehr im Verborgenen lägen. Diese meine übertrieben kompliziert geratenen Erläuterungen, bei denen ich zusätzlich einige evolutionäre Strategien der Natur erwähnen musste, munterten den kleinen Kerl leider überhaupt nicht auf. Bei der Vorstellung eines gnadenlos aus der Verborgenheit herausgerissenen Blutkreislaufsystems fing der Kopf meines Sohnes auch an zu glühen, er begann kräftig zu schnaufen, stellte weitere Fragen – und zwar gleich viel zu präzise. Das hätte ich aber eigentlich ahnen können: Alles Unsichtbare, nicht Greifbare und nicht ganz Konkrete verwirrte ihn immer übermäßig. Viel besser taten ihm überschaubare Resümees, gut abgesteckte Endbilder – und solange er in das von mir genähte Tragetuch passte, wurde er immer noch sehr gern getragen. Ich hätte aber auch heutzutage und ohne verstockte Zuhörer meine Schwierigkeiten, ein Kind über das Blutkreislaufsystem aufzuklären. Ich würde sicher erstmal die vielen neuen Untersuchungstechniken erwähnen, also etwas über den Einsatz von Kontrastmitteln, Röntgenstrahlen, Ultraschall und anderen Wellenarten erzählen. Und dann noch über die giftige Szintigrafie, die Magnetresonanz- und Computertomografie oder das bilderberechnende OCT-Verfahren sprechen, mit dem man das Gefäßinnere sogar mitten im dichten Blutstrom sichtbar machen kann.

Wenn Spannung in der Luft lag, begann es zwischen mir und meinem Sohn sofort zu knistern. Er merkte oft genau, wenn ich mit meinem Wissen am Ende war oder aus Vorsicht versuchte, ihm etwas vorzuenthalten. Wie ein Jagdhund setzte er dort sofort an und ließ von mir nicht mehr ab. Und wenn ich dann Schlagseite bekommen und herumzueiern begonnen hatte, machte er bald noch weitere Angriffsflächen ausfindig. In solchen Momenten versuchte mein Sohn außerdem – klein wie er war –, das jeweilige Problem sogar eigenständig einzugrenzen. Und bevorzugte dabei Fragen, die möglichst nur mit einem *Ja* oder mit *Nein* beantwortet werden konnten. Stark und diktatorisch verlangte er in der Regel ein klares JA. Wenn man allerdings auswich und irgendwelche »abers« einflocht oder die Realität der Einfachheit wegen zu verflachen versuchte, kam von ihm prompt sein Standardbefehl: *Sag JA! S a g bitte J A!* ... *Ja, ja,* antwortete man dann lieber brav, um Ruhe einkehren zu lassen. *So ist es,* versicherte man ihm gern – *so und nicht anders, mein Reizender, Bester, Liebster, genauso, wie du sagst.* Seine Tics variierten mit der Zeit etwas, und was ihre Stärke anging, waren sie nicht wirklich berechenbar. Unser Sohn praktizierte alles, was das Schlauch-, Schwamm- und Kontraktionssystem seiner Bronchen, seiner Lunge und seines Brustkorbs so hergab. Er zog die Luft erstmal lange ein, um sich zu bevorraten, und ließ sie dann auf ganz unterschiedliche Weise, oft auch lustvoll wieder raus. Und wie laut er mit seinen Nasenlöchern düsen konnte! Besonders, nachdem ich ihm seine Nasenscheidewand ruiniert hatte. An dieser Stelle breche ich die Schilderung der furchtbaren Straßenbahnfahrt lieber ab.

Wer hat mir überhaupt erlaubt, dieses Buch zu schreiben? Der kleine Prager Trottel traut sich inzwischen Dinge ... fragt sich aber neuerdings: Ist sein in der Brust getragenes Selbstbewusstsein überhaupt sein Eigentum? Gehört es nicht vielmehr der Bundesrepublik Deutschland? Nebenbei und unabhängig davon bin ich bereit, auf das bundesrepublikanische Grundgesetz Folgendes zu schwören: Ich werde immer bestrebt sein, meine Prosa mit so wenig Müll vollzustopfen wie nur möglich. Leider werden in Deutschland immer noch Sätze wie »Das Hundegebell aus der Ferne zerstieb im feinen Gezweig[122] der blattbestrumpften Büsche« geschrieben ... oder so ähnlich. Neulich las ich wieder mal diesen unfassbar widerlichen Satz: »Er drang in sie ein.« Und ich hatte längst angenommen, ausgerechnet dieser Satz wäre – auch mechanisch – bis zur Unkenntlichkeit heruntergenudelt und infolgedessen abgeschafft worden. Warum tun uns das die Schreibenwollenden eigentlich an, und nicht nur diejenigen, die uns mit ihrem »einschmeichelnd gelockten Haar« gern anwedeln? Wenn schon, denke ich, dann würde ich mich – in Angelegenheiten des Eindringens in Weibsöffnungen zum Beispiel – lieber ordentlich geschmacklos ausdrücken: »Er drangsalierte sie einvernehmlich moderat bis moderierend.« Oder zartfühlig über »Liebende, sich ineinanderschiebende Menschen« sprechen. Gleichzeitig ist mir aber auch klar, dass ich mich bei derartigen Schulmeistereien auf sehr dünnem Eis bewege – aber immerhin vielleicht noch auf dem Boden des Grundflächenauflassungsgesetzes. Und wie man weiß, können angeblich alle, die beim Argumentieren das Wort Verfassung verwenden – also irgendwelche verfassungsrechtlichen Bedenken hegeln (!) –, grundsätzlich nie Unrecht haben oder Blödsinn erzählen. Und sowieso: Was für eine Bundesbehörde sollte darüber entscheiden, welche sprachlichen Geschwülste als stilistisches Stroh, austauschbares Massenmakro oder verknotetes Katzengoldgekröse zu betrachten sind und welche nicht? Ein Bundessalzprüfamt oder Lederbiegsamkeitsprüfamt gibt es allerdings trotzdem ... Mir persön-

---

[122] Wer diese Art poetischer Überhebung (siehe auch mein Unbehagen angesichts des Wortes »Geäst« weiter vorn) von länglich angeordneten holzhaltigen Zellstrukturen nötig hat, wird sich sicher oft genug den Hundekot aus den Rillen seiner Schuhsohlen gekratzt haben.

lich ist es so und so nicht möglich, etwas anderes als eine niederohmig abgezirkelte Prosa wie diese abzusondern, in der eben nur das steht, was unbedingt ansteht. Ehrlich, wie ich bin, gebe ich hiermit meine Ananke-Nähe einfach zu, und auch den Umstand, dass ich oft und intensiv versuche, diese meine Nähe – also meinen Anankasmus – unauffällig zu verschleiern. Mit anderen Worten und noch einmal: Dieser Roman enthält kein einziges überflüssiges Wort – ein, zwei, da und dort vielleicht ...

Um zu zeigen, wie ehrlich ich meine, was ich sage, setze ich mich jetzt lieber auf mein Alurennrad (SIEBEN KILO, BEREIFUNGSBREITE 21 MM, CARBONGABEL) und sehe mir die zuletzt ausgeworfenen Seiten erst wieder nach einer ordentlichen Trainingsstrecke an. Früher hieß es, Qualen täten dem Schreiben grundsätzlich gut, man müsse kämpfen ... So ein Quatsch! Wozu sollen Krämpfe, Blähungen, Wundbrände, viel zu große Ohren, sabbernde Lippen oder offene Gullylöcher im Leben oder fürs Leben gut sein? Allerdings verträgt das Papier natürlich alles, wie sich auch an den von mir gerade wenig stringent eingesetzten »Gullylöchern« illustrieren ließe. Auch Jenö Rejtö hat sich nicht darum geschert, ob Sinniges besser ist als Unsinn – er hatte es eben andersherum lieber und schrieb auch viel ausgesprochen Sinnwidriges nieder. Man kann sich beim Schreiben, lieber junger Leser, vieles, sehr vieles ohne Weiteres leisten, sich die pippigsten[123] Dinge zurechtspinnen, manches darf man aber auf gar keinen Fall. In diesem meinen Text wird beispielsweise alles nur nach dem Reinheitsgebot und der aktuellen Rechtslage entsprechend gebraut – und sowieso gleich ins Reine getippt. Unmittelba-

---

123 Ein auch von mir noch nicht erschlossenes Neuwort. Zukünftige Sprachbastelnde werden es sicher noch mit Sinn zu füllen wissen.

rer geht es nicht! Normalerweise müsste mir die genuine Strenge meiner pedantischen Leserschaft keine Angst machen. Kenne ich mich selbst aber wirklich gut genug? Im Grunde sitze ich in der Falle. Und ich wüsste nicht, wohin ich vor der mächtigen Prüfergilde flüchten sollte, wenn ich mir stellenweise doch erlauben wollen sollte, mir mit kleinen Unaufrichtigkeiten auszuhelfen.

Die Konkurrenz ist im Literaturbetrieb recht groß, und sie schläft nie, sie wacht und kann nicht anders. In der Bundesrepublik gibt es 780.000 Menschen, die sich als Schriftsteller verstehen – das heißt, sich auch als solche bezeichnen. Ist das erschreckend?[124] Immerhin ist es fast ein Prozent der Bevölkerung. Leider habe ich mich mit diesem Problemfeld bislang noch nicht gründlich genug beschäftigt. Jeder trägt zum geistigen Klima des Landes eben das Seine bei – wie auch ich; und so gesehen ist alles in bester Ordnung. Viel problematischer finde ich, dass sich unter den 0,78 Millionen deutschsprachigen Schriftstellern 1680 Personen[125] befinden, die sich Hoffnungen auf den hochrenommierten Büchnerpreis machen. Meiner eigenen Hochrechnung zufolge (aufgrund crowdprivat erhobener Daten quer durch alle Altersklassen) sind es sogar fünfmal so viele; ich würde also lieber von 8400 Anwärtern auf den Büchnerpreis ausgehen. Und ich habe keine Ahnung, wie man diesen größtenteils sicher berechtigt träumenden Menschen ihre Sorge voller Anspannung und die große, im Grunde erst durch den Zerfall der Erdkruste zu pulverisierende Last abnehmen sollte.

---

124 Unter uns: Gläubige Beuys-Verehrer nennen noch ganz andere Zahlen!
125 Die beiden ersten in diesem Absatz angeführten Zahlen wurden durch das unabhängige Recherchenetzwerk von BRK, SFA, UH, Südost-Hauptschlagader, GrroundGrrunzPress und BH-HB-Rating- & Prädikatiat-Agentur J. Hans ermittelt.

Wenn ich in Ostberlin nachts zu spät ankam, lagen schon etliche meiner Marxisten und Marxistinnen in ihren Wohnungen quer übereinander auf ihren Matratzen und ausrangierten klinkenlosen Türflügeln. Einmal gab es sogar Gruppensex mit einigen zugestößigen nicht-marxistösen Elementinnen – wobei ich diesen Getuequatsch (kamen solche Projektideen vielleicht auch aus Westberlin?) niemandem empfehlen kann. Diese dekadente Erfindung ist eklig, unbefriedigend, hochgradig peinlich. Und man täuscht dann lieber so schnell wie möglich einen Orgasmus vor, um seine Ruhe zu haben. Zum Glück funktionierte die vierte Matratzeninternationale fast wortlos. Ich hätte mit den Leuten über solche Schweinereien sowieso nicht diskutieren wollen. Wozu auch! Der Leser kann sich jetzt auf viel saftiger erzählbare Dinge freuen. Wenn ich mich nicht irre, wird eins der nächsten Kapitel sogar ein Schlüsselkapitel werden! Erstmal gilt es aber noch etwas anderes, talmäßig Flaches, dramaturgisch allerdings mehr als Notwendiges abzuarbeiten.

Wie hielt ich es mit meiner Zukunft? Was stellte ich mir vor? Mir wurde, wie schon ganz am Anfang dieser Hackepeterprosa angerissen, irgendwann klar, dass es für mich besser wäre – wenn mir schon keine glorreiche Zukunft bevorstand –, mich dem Allgemeinen Club der Fröhlichen anzuschließen. Einbalsamiert werden wir am Ende sowieso alle. Und als Trottel wird man wenigstens bis ins Greisenalter in Deutschland jedenfalls recht behutsam behandelt. Das ist zwar nicht immer ganz angenehm, es gibt aber Schlimmeres. Als Betroffener grübelt man konsequent vor sich hin und macht dabei – oft recht unauffällig – punktuell sogar kleine Fortschritte. So gesehen bekommt jeder Trottel irgendwann auch seinen bescheidenen Lohn. Und wenn er etwas mehr abbekommen möchte, versucht der Juniorstreber von Trottel auch mal lauthals das Wort zu ergreifen, um seine rhetorischen Fähigkeiten zu testen. Er kratzt seinen ganzen Mut zusammen und wirft etwas wie gegossen Passendes in die große Runde. Natürlich muss sich der notorische Leisetreter in diesem Fall – um überhaupt gehört zu werden – vornehmen, sofort mit einer voluminös angelaufenen Stimme loszulegen. Die ersten Erfahrungen eines Youngsters-to-go sind oft ernüchternd: Auf Wortmeldungen langgedienter Schweiger lassen sich die Leittiere nie gern ein. Und tun lieber so, als ob sie nichts gehört hätten. Das muss ein frusterfahrener Mensch irgendwann auch akzeptieren. Und er kann sich anschließend wieder ruhig in seine Ecke verkriechen, sedimentierend nachdenken und sich unabhängig von irgendwelchen sprunghaften Gesprächsabläufen um ihn herum auf seinen eventuellen nächsten Auftritt vorbereiten. Er kann es aber auch sein lassen. Warum sollte er überhaupt die Initiative ergreifen, wenn es in jedem Personengeflecht immer genügend Individuen gibt, die rhetorisch viel bewanderter und besser bewaffnet sind, als er es je sein wird? Und wenn gerade jemand anderes im Mittelpunkt steht, kann der Inaktivist von Trantüte wenigstens unauffällig in der Nase popeln oder sich nach Bedarf seinem anderen Hobby – dem Ohrenbohren – widmen. Und er erfährt nebenbei wenigstens einiges, schont sich dabei energetisch und fühlt sich am Ende angenehm nasen- und ohrenrein. Manchmal bekommt er sogar fast zu viel an Menschheitswissen abgebröselt oder überbepinselt – wobei sich die in den jeweiligen Runden thematisch stark gefächerten Ansichten andauernd auch noch überlagern und von den lauten Prostatagonisten nur selten zu einem befriedigenden Ende geführt werden. Die vorderen Startplätze werden – dies ist meine intensiv geprüfte Langzeiterfahrung –

wie gesagt nie freiwillig geräumt, auch dann nicht, wenn alles drum herum zusammenbricht und überhaupt keine Argumente mehr nachgeschoben werden können. Nach dem Fall der Mauer und dem kurzen Zeitfenster, in dem die Ostberliner Trotzkisten [ICH BITTE UM GEDULD ... DIE TROTZKISTEN SIND BALD DRAN] hätten die Macht ergreifen können, wurden im Zeitraffertempo sogar Buchstaben wertlos. Und das Zuhören erwies sich als besonders produktiv. Zusammenfassend lässt sich sagen: Alle Rationalität hängt ausschließlich von der Bedrohungslage ab. Und: Der Zuhörer ist ein relativ stabiles Wesen. So gewichtig manche meiner Sätze inzwischen sind, könnte ich sie mir langsam in Stein meißeln lassen.

Menschen, die sich im Sozialismus seit der Kindheit oder Jugend kannten, wussten über die Biografien der anderen natürlich immer grob Bescheid. Bei später geknüpften Bekanntschaften, aber auch bei echten Freundschaften, stellte man allerdings möglichst nicht allzu viele Fragen nach der Vergangenheit dieser Neuerwerbungen und wusste dann auch dementsprechend wenig. Das hatte in der Regel aber nichts mit Desinteresse zu tun, dahinter steckte einfach gut begründete Vorsicht. In der Vorgeschichte dieser Leute hätte es etwas Beschämendes, Bloßstellendes geben können – jugendliche Karriereträume, provinzielle Systemgläubigkeit, ein unpassendes Elternhaus, ein spießiges Eheleben oder etwas anderes, sonst wie Gescheitertes. Von einigen Freunden erfuhr man beispielsweise erst in den Neunzigerjahren, dass sie als Jugendliche im Knast waren.

Kapitel ~ 14 (etwa vierzehn) [14]

In meiner Geschichte klafft immer noch eine ganz große Plastizitätslücke[126], fällt mir wieder auf. Nun will ich – muss ich – endlich erzählen, während welcher Wirren und hinter welchen Wandlöchern unser Sohn gezeugt wurde. Was meine bisherigen Schilderungen der para-, meta- und submarxistischen Sexualrealität von Ostberlin angeht, habe ich, ehrlich gesagt, stellenweise stark übertrieben. Ich hatte gleich von Anfang an so etwas wie eine einigermaßen gesicherte Freundin, hatte dann aber nicht unbedingt parallel mehrere. Oder doch? Eventuell gab es da vorübergehend gewisse Überlappungszeiten, ich weiß es nicht mehr. Die Weine, die wir damals tranken, waren aus den schlimmsten Trauben des gesamteuropäischen sozialistischen Wirtschaftsraums[127] zusammengepanscht. Die gerade erwähnte, also die »einigermaßen gesicherte« Freundin war zwar fest verheiratet, wurde von ihrem Mann aber pausenlos und vor aller Augen betrogen. Deswegen konnte sie ihre Freizeit und auch ihre Nächte ähnlich frei gestalten wie ihr Mann. Ihm passte diese Lösung natürlich bestens in den Kram, weil er nämlich – was die Besamung und Drangsalierung der Weibschaft von Ostberlin betrifft – permanent überlastet war. Dabei sah dieser Mensch alles andere als attraktiv aus! Er war allerdings ausgesprochen gefühlsintensiv und philo-

---

126 Ein unmöglicher Ausdruck! Vielleicht fällt dir, lieber Jan, ein besserer ein. Diese Fußnote könnte dann wegfallen.
127 Korrekt hieß die Tauschhandelsversuchsgemeinschaft des damaligen Ostblocks kontextbezogen RGW, CMEA oder Comecon.

sophisch schwerstnötend gebildet. Er bequatschte seine zu penetrierenden Zielpersoninnen mit seinem reichhaltigen Wissen, beschleimte sie mit gesellschaftstheoretischen Erkenntnissen aus seiner aktuellsten Lektüre, belieferte sie mit Zitaten und gewagten Zukunftstheorien offenbar so lange, bis sie wehrlos und knieweich wurden und sich ergaben. Auf alle Fälle war er das unangefochtene Theorieschwergewicht der Gruppe und beschlief Jahr für Jahr angeblich Hunderte von Weibsbildern, im Laufe der Jahre waren es dann sicher Tausende. Wo aber hatte er sie alle aufgetrieben und näher kennengelernt? In welche Verschläge, Treppenaufgänge, Kammern, gesellschaftstheoretische Magazine, leeren Konferenzräume, Büromöbellager, Sofaecken, Teeküchen oder Heizungskeller geschleppt? Tag für Tag? Tagsüber oder eher abends, spätnachts oder morgens vor der Arbeitszeit?[128] Und wann kam er überhaupt dazu, etwas zu essen und wenigstens kurz zu schlafen? Wann schaffte er es, sich weiterzubilden? Und auf seiner eigentlichen Arbeitsstelle musste er ab und an auch etwas erarbeitet und vorgelegt haben, um vor seinen Chefs nicht einfach nur hodengelockert dazustehen. Die anderen meiner Marxisten interessierten sich für seine Tagesablaufpläne, für seine Verführungsstrategien, für die taktisch bedachten Vorgänge um ihn herum oder für irgendwelche sexuellen Details nicht übermäßig, hatte ich den Eindruck. Und ich musste auch nicht übertrieben viel wissen, weil ich damals keinesfalls vorhatte, über ihn zu schreiben. Ich konnte verantwortungsfrei mit seiner Frau schlafen und abwarten, was passiert. Vielleicht schlief sie mit ihm – er soll unwiderstehlich gewesen sein – zwischen-

---

[128] Bei Bedarf siehe nach in Dipl. Ing. Jan Faktors und Dr. med. Jiří Vaněčeks Arbeit »Die Wirkung des sogenannten Schlafhormons Melatonin auf die weibliche Sexualität« (Zürich, 2012).

durch auch wieder, sie verriet es mir aber nicht. Und ich konnte von Prag aus absolut keine Ansprüche stellen. Da die Aids-Ära noch in weiter Ferne lag, war die Promiskuität damals kein großes Thema. Und wurde nicht mal thematisiert oder analysiert – weder gesellschaftskritisch noch psychopathologisch oder bakteriologisch. Dabei waren die Gardnerellas, Chlamydien, Trichomonas oder wie die Viecher alle heißen schon damals wirkmächtig genug. Von den Gonokokken oder Herpesviren ganz zu schweigen. Eine gern und gut besuchte Spezialambulanz mit einem großen Warteraum befand sich jedenfalls unten in der Greifswalder. Im Grunde hatte es schon Marx versäumt, sich mit den Befindlichkeitsproblemen der Frauen zu befassen, wobei er sie an seiner Frau und seiner Haushälterin und Geliebten Lenchen Demuth hätte täglich studieren können. Ich fragte mich in Ostberlin damals aber auch nicht, welche Frau wie gekränkt und von wem wie lieblos behandelt wurde, welche von ihnen wie litt, wenn ihr Geliebter im Nebenzimmer mit einer ihrer Freundinnen schlief.

Etwas später war ich eine Zeit lang noch mit einer anderen angehenden Marxistin zusammen, die damals ähnlich gefühlsindifferent gewesen sein muss wie ich. Eigenartigerweise stand zwischen uns von Anfang an fest, dass das, was wir trieben, nichts Grundsätzliches war – also nichts, woraus irgendwelche Zukunftsplanungen erfolgen müssten. Mehr lässt sich dazu nicht sagen, weil ich unsere Beziehung damals nicht wirklich verstand, und ich verstehe sie leider auch heute nicht. Irgendwann besprachen sich dann endlich die CCC-Schwestern, also deren drei Vornamen auf »C« begannen, dass es so nicht weiterginge. Und mir wurde plötzlich ein ganz anderes Bett zum Übernachten angeboten – und zwar halbwegs imperativ nach Art der Königsberger Klopse. Damit sollte mir ganz sicher auch eine andere Partnerin untergeschoben werden. Zum Glück herrschte im Prenzlauer Berg, also mitten in der sonst so durchorganisierten DDR, eine hochgradige Wohnraumbeschaffungsanarchie – und so gesehen war ich auf dieses eine Bett nicht unbedingt angewiesen. Im Prinzip gab es einiges an Chaos auch in Teilen Lichtenbergs, Friedrichshains, und Weißensees (angeblich auch weit weg im nicht ganz wasserflächenlosen Köpenick), dank der speziellen Hinterhof-Vollbebauungsweise war einiges in diesen Ausmaßen aber nur im Prenzlauer Berg möglich. Begünstigend wirkte sich hier sicher aus, dass die Wände der Gebäude in den Hinterhöfen, besonders in den höheren Etagen, relativ dünn gemauert waren. Vielleicht interessiert sich der eine oder andere Leser wenigstens marginal für Gebäudestatik: Die schmalen, aneinanderklebenden Halbhäuser, die im Inneren der Häuserkarrees in einem Zug gebaut worden waren und nie für sich allein stehen mussten, sollten sich einfach auch gegenseitig – Rücken an Rücken, Seite an Seite – etwas stützen. Wie auch immer: Meine Geschichte wäre ohne die Durchlässigkeit der Häuserwände im Prenzlauer Berg anders verlaufen.

Vorab sollte ich vielleicht noch, wie angekündigt, die hochnäsigen Prenzlauer Berger Trotzkisten[129] vorstellen – »unsere« intellektuell schärfsten Konkurrenten. Ich lasse sie, diese elitären Betonköpfe, vorläufig aber doch erstmal links liegen. Viel wichtiger wurde mir sowieso eine ganz andere Gruppierung, die nicht sonderlich konspirierte und vor allem kaum theoretisierte. Diese Leute suchten

---

129 Trotzkist, wie stolz das klingt! Leider haben die Trotzkisten im Laufe der Zeit jedermann nur enttäuscht. Wenn sie zum Beispiel im Herbst 1989 mehr Mut gehabt und dann auch konsequenter gehandelt hätten, hätte die Geschichtsschreibung sie heutzutage viel ernster genommen. Dann wäre damals – wie bei jeder richtigen Revolution – nämlich wirklich Blut geflossen.

im Gegensatz zu allen anderen Öffentlichkeit, brachen andauernd mit den Regeln des sozialistischen Miteinanders und legten sich gezielt mit den Behörden an. Und sogar auch mit den kommunalen, die mächtig und besonders für den Nahkampf gut trainiert waren. Der neue Ungehorsam dieser Oppositionellen ging so weit, dass sie eines Tages beschlossen, in einer Ladenwohnung einen privaten, also antistaatlich intendierten Kinderladen zu betreiben. In einem Land, dessen Regierung mehr als vierzig Minister hatte, war das mehr als gewagt. Bei dem Eröffnungsfest im Jahre 1981 – es war mitten am Tag – ließ sich dann überraschenderweise kein einziger Polizist blicken, auf der gegenüberliegenden Straßenseite lungerte kein Angestellter der Wohnungsverwaltung, und es kamen auch keine FDJ-Trupps anmarschiert. Abends, als man eigentlich mit einem ihrer Fackelzüge hätte rechnen können, tat sich auch nichts. Daraufhin funktionierte der Laden in der Husemannstraße 14 fast drei Jahre und bis auf kleine Schikanen ziemlich störungsfrei. Am Ende rückte die Macht aber doch an, zerstörte das Inventar und schlug das Schaufenster kaputt. Kurz danach kam noch ein Bautrupp und mauerte die Vorderfront einfach zu. Unabhängig davon starteten diese Störer der öffentlichen Starre auch noch andere Aktionen, luden irgendwelche Politaktivisten aus dem Westen ein, schrieben Briefe an bekannte Politiker oder spielten unerlaubterweise Theater auf einem Grundstück in Woltersdorf. Und weil diese Leute ihre Frechheiten nicht mal geheim hielten, mussten sie damit rechnen, irgendwann im Gefängnis zu landen. Dafür gab es mehrere geeignete Paragrafen, zum Beispiel den 99er – also Landesverrat –, besonders passend war aber natürlich der 219er: Ungesetzliche Verbindungsaufnahme. Als der taufrisch überarbeitete Paragraf in Kraft trat und einige von diesen

Leuten im Gefängnis saßen, ließen sie sich vom Rechtsanwalt Decker-Meier – damals dem angeblich pfiffigsten von allen – vertreten, der anschließend alles an die Stasis verriet, was es frisch aus den Zellen noch zu verraten gab. Vielleicht wird es sich erzählablauftechnisch noch ergeben, dass ich über diese interessanten Verwicklungen ein Extrakapitel nachliefere. Dann würde ich es gern »Wie man seinen Mandanten in die Grube hinterherruft« nennen.

Meinen Defensiv- bis Passivmarxisten waren die Aktivitäten der Aktivaktivisten dank verschiedener freundschaftlicher Querverbindungen bestens bekannt. Und natürlich auch, wann und wo welche Stasischläge erfolgt waren und wer unter welchen Schikanen zu leiden hatte. Einer der Aktivaktivisten bekam mehrere Abhörwanzen verpasst, einen anderen bedrängte die Stasi wiederholt mit dem Auto, wenn er mit dem Fahrrad unterwegs war, den dritten machten die Zersetzspezialisten damit mürbe, dass sie in seinem Namen dauernd auf Kleinanzeigen antworteten. Sodass bei ihm dann – auch nachts – ahnungslose Leute Kaninchen oder Küken abliefern wollten. Und wenn er nicht zu Hause war, rückten die Stasispezis einfach persönlich an, schoben einige Möbelstücke leicht zur Seite, vertauschten Handtücher, brachen Stifte entzwei und so weiter. Putzig! Putze mit, verändere mit, herrsche mit, breche mit, schiebe mit – niemals aber gegen den Willen des Proletariers! Und sei ein Freund aller Küken und Hasen, wenn du mit der Zeit keine Wahnideen bekommen willst. Die Wohnung mit den oben erwähnten Abhörwanzen lag in einem Quergebäude (1. HH), wo ich immer wieder mit einigen meiner Marxisten hinging, weil dort auch illegale Lesungen stattfanden. Nachdem ein Teil der Wanzen mit einer Kneifzange ohrtot gemacht worden war, errichtete die Stasi auf der anderen Straßenseite einen operativen Beobachtungsposten – natürlich in einer leeren Wohnung und nicht auf einem allgemein zugänglichen Dachboden. Die Stasis waren dort sicher mit Ferngläsern, vielleicht aber auch mit Fernmikrofonen ausgestattet. Das zu überwachende Zielobjekt lag nun mal vollkommen ungeschützt, weil in der Häuserreihe davor eine Baulücke klaffte. Diesen für meine Geschichte völlig überflüssigen Fakt hätte ich nicht unbedingt anführen müssen, jetzt ist er aber raus und auf dem Papier. Vielleicht wird das in der Vorderfront fehlende Haus[130] wenigstens in einem der nächsten oder übernächsten Sätze noch eine Rolle spielen.

Ich wurde beim Betreten des hinter wilden Büschen und einer mehr als dreißig Jahre alten, zugewucherten Schutthalde liegenden Hausaufgangs seltsamerweise nie kontrolliert. Die Stasis schickten ab und an nur ihre uniformierten Kollegen von der Polizei vorbei und versuchten auf diese Weise, die größeren Zusammenrottungen, also auch Lesungen zu verhindern – aus bautechnischen Gründen, versteht sich. Solange diese Zusammenkünfte nicht gestürmt wurden, konnte ich wie alle anderen das vorübergehend freie Kulturleben genießen. Allerdings hätte für mich damals auch eine egal wie harmlose Polizeikontrolle sicher das Ende meines Liebestourismus bedeutet. Bei den Lesungen war die Wohnung der Gastgeber immer wunderbar verqualmt und die Luft so gut wie sauerstofffrei. Es war herrlich! Wir hatten damals wirklich keine Drogen nötig. Auf den Fußböden verteilt, auch im Flur, saßen dort dicht gedrängt vielleicht hundert Leute, und die Hälfte von ihnen rauchte Kette wie ich, sodass man den mutigen Menschen

---

[130] Das Abbild dieser straßenseitigen Zahnlücke ist mittlerweile auf meinem internen *Last-in-First-out*-Memorystapel zwischengespeichert. Oder sollte ich hier besser von der *Not-Least-Recently-Used*-Speicherungsstrategie ausgehen?

mit seinen losen Manuskriptseiten in der Hand bald nicht mehr sehen konnte. Die Balken unter den Dielen knarrten, gaben bei Vollbelastung irgendwann leicht nach. Und man konnte es im Grunde sehen, wenn man genau hinschaute: Diejenigen, die an der Wand saßen, saßen einfach etwas höher – also nicht nur bequemer, sondern eben auch sicherer als diejenigen in der gesenkten Zimmermitte. Die Polizei hatte mit ihren baulichen Bedenken sicherlich nicht ganz unrecht, zumal das Quergebäude bei dem straßenseitigen Bombeneinschlag 1945 auch etwas abbekommen haben muss. Ich könnte mich jetzt beim Erzählen natürlich noch viel mehr disziplinieren, als ich es schon tue, dummerweise fallen mir gerade noch die langen Risse an der Außenwand ein – und die kleinen weißen Gipsstellen, mit deren Hilfe dort eventuellen Bewegungen im Mauerwerk nachgespürt werden sollte. Es ist aber wirklich nicht mein Thema; genauso wenig wie die gesundheitlichen Folgen dessen, wie exzessiv bei den Lesungen inhaliert und unterventiliert wurde. Schon eher Folgendes: Die Organisatoren waren nicht kirchlich gebunden und hätten im Fall der Fälle mit keinem kirchlichen Beistand rechnen können. Für meine Geschichte ist trotzdem einzig und allein wichtig, dass es ausgerechnet in diesem überwachten hinterhäusigen Komplex einige Wohnungen gab, die ein oder zwei zusätzliche, sich bautechnisch schon im Nebenhaus befindende Zimmer hatten – und so auch von unterschiedlichen Aufgängen erreichbar waren.[131] Und was für mich in Ostberlin auch noch neu war – und für diese Geschichte

---

131 Aus den Akten der Gauck-/Sigmund-Jähn-Behörde* geht hervor, wie schwierig es für die Staatssicherheit gerade aus diesem Grund war, die Observierung wichtiger Zielpersonen in solchen Objekten lückenlos zu dokumentieren. [*Embedded Anm. von FKKHR-Trantüte: Sorry Marianne, sorry Roland, ist mir so rausgerutscht …]

außerdem relevant ist: Die Hygienegrundsätze waren hier viel lockerer als meine mitgebrachten. Wer hätte das von Germanien gedacht! Ich vergaß damals oft, am Tag der Abfahrt – früh um drei, wohlgemerkt – meine Zahnbürste einzustecken. Und weil die billigen Wohnungen im Prenzlauer Berg sowieso kein Badezimmer hatten, wusch man sich immer nur ganz schnell in irgendeiner mit Wasser vollgekleckerten kalten Küchenecke. Worauf ich jetzt hinauswill: Meine neuen Marxistenfreunde halfen mir damals, mich von meiner körperlichen Abschottung und von Teilen meiner Scham zu befreien. Die Menschheit, also die Gesamtheit der durch die Evolution so wunderbar gestalteten Nackthominini, wurde in meinem neuen Freundeskreis als ein harmonisches Ganzes betrachtet, hatte ich das Gefühl. Und mein Körper gehörte eben bald dazu.

Jeder hat in seinem Leben sicher schon davon geträumt, hinter einer Wand seiner Wohnung ein vergessenes Zimmer zu entdecken und sich mit einem Durchbruch mehr Platz zu verschaffen. In Ostberlin war so etwas tatsächlich möglich. Bei den Vorab-Erkundungen genügten einem meistens nur einige Auskünfte von Nachbarn aus dem Nebenhaus, ein primitiver Dietrich und etwas Geschick – in der zweiten Phase brauchte man dann allerdings einiges mehr. Und bei einer tragenden Wand war es außerdem ratsam, den Durchbruch nach Gefühl auch etwas abzusichern. Wo genau das leere Zimmer räumlich lag, war rein rechtlich relativ egal – es konnte sich ruhig schon im Seitenflügel des Nachbarhofes befinden, die Wohnungsverwaltung[132] war sowieso dieselbe. Und man musste anschließend nur

---

132 Unter der Abkürzung KWV bekannt. Der spätere korrekte Name des Volkseigenen Betriebs war allerdings GbW. Unsäglich und unaussprechbar! Die Abkürzung des VEB Gebäudewirtschaft wurde bis zum Ende der DDR von der Bevölkerung konsequent totgeschwiegen.

noch auf das nächste Sperrmüllwochenende warten, um das neu besetzte Zimmer halbwegs vollständig einrichten zu können. Dass man Wohnungen vollkommen sanktionsfrei miteinander verschachteln konnte, war ein Armutszeugnis nicht nur für die zuständige Stadtbezirksverwaltung, sondern im Grunde für den ganzen Staat. Für die KWV gehörte es allerdings irgendwann zum Alltag. Man war dort einfach froh, wenn für einen sonst nicht vermietbaren Raum plötzlich acht oder zehn Mark Miete überwiesen wurden. Und gleichzeitig bekam man damit die Gewissheit, dass irgendwelche unerschrockenen Leute die Verantwortung für das dort nicht ganz dichte Dach, die maroden Rohrleitungen oder durchgefaulte Dielen übernehmen würden. Manche Prenzlauer-Berg-Soziohistoriker sprechen heute gern von einer regelrechten Wanddurchbruchmanie, was ich persönlich stark übertrieben finde. Der Druck, durch eine Zimmerwand ins Nachbarhaus zu steigen, steigt in mir jetzt aber tatsächlich …

Die für mich von den CCC-Schwestern vorgesehene Matratze lag in einer nach einem gelungenen Durchbruch eroberten Küche, die dort als Küche erstmal nicht gebraucht wurde. Und meine zukünftige Frau, die gerade eine komplizierte Scheidung hinter sich gebracht hatte, wohnte vorübergehend im gleichen Haus – das Zimmer befand sich allerdings auf der anderen Seite des kleinen Etagenlabyrinths. An einem Wochenende fand in dem von der Stasi offenbar nicht rund um die Uhr überwachten Haus eine relativ große Fete statt, weil gerade mehrere Leute ihren Geburtstag feiern wollten – und sich auf einen gemeinsamen Tag geeinigt hatten. Etliche Wohnungstüren standen im ganzen Aufgang seit dem Nachmittag offen, später kamen noch viel mehr Leute aus den Nachbarflügeln und -höfen dazu, die die Unruhe und der ansteigende

Lärm angelockt hatte. Und sie konnten da und dort direkt durch die durchlässigen Wände steigen. Außerdem hatten die miteinander neuverknüpften Wohnungen sowieso zwei reguläre Eingänge. Meine Frau, die ich während des Abends mehrmals in unterschiedlichen Etagen der unterschiedlichen Aufgänge traf, wurde im Verlauf des Abends immer schöner – wie sie auch später in ihrem Leben immer schöner, scheinbarer, strahlender wurde. Wir trafen uns, nippten kurz an unseren Gläsern, sprachen über dies und jenes, gingen weiter und trafen uns irgendwann später wieder. In der einen Wohnung des Quergebäudes wohnte eine der prächtigen C-Schwestern; phasenweise fantasierte ich mich auch in ihre ausreichend breite Fußbodenbettung, in der sie schon seit Längerem offenbar alleine schlief. Da ich bei größeren Zusammenkünften nie etwas verpassen wollte und deswegen grundsätzlich bis zum Schluss blieb, wurde es auch in dieser Nacht irgendwann sehr spät. Und es passierte plötzlich nichts mehr. In den meisten Zimmern – auch in den anderen Etagen – war es schon dunkel, und in meinem mir zugewiesenen Bett lag jemand, der nicht mehr ansprechbar war. So wagte ich mich schließlich durch den weit entfernten Durchbruch ins Unbekannte. Meine Frau war wach und wartete auf mich.

Mein Lektor Jan Moritz rät mir, mit dem Kapitel an dieser Stelle Schluss zu machen und vor allem keine weiter oben verwendeten Lexeme wie Mauer, Durchbruch, Seitenflügel, Labyrinth, Dietrich, Rohrleitung, Wanze nochmal aufzugreifen – und schon gar nicht Reizwörter wie Busen, Bauch, Schulter, Nippel, Schenkel, Hügel, Schlitz und so weiter zu verwenden. Vor allem soll ich nicht versuchen, diese Vokabeln wortbautechnologisch noch zusätzlich aufzuwerten oder sie sogar symbolschleimig einzusetzen.[133] Höhere Literaturarithmetik sollten wir lieber wirklichen Stilisten überlassen, meint er. Wenn zwei nackte Körper völlig ohne Zweifel und gleich in den ersten Sekunden zueinanderfinden, verständigen sich diese beiden Zellenansammlungen wortlos auch darüber, dass sie zusammenbleiben werden.

Nicht nur dass die KWV irgendwann aufgab durchzusehen, wo wer genau wohnte – offenbar war auch die Stasi gezwungen, diese partielle Anarchie hinzunehmen. Irgendwelche offiziellen Blockwarte, Einpeitscher oder Aufseher gab es vor Ort keine mehr – höchstens unterschiedlich zuverlässige Vertrauenswartexe, die die amtlichen Hausbücher zu führen hatten. Aber auch von den dezentralen Stasistützpunkten in Bürgernähe konnte man nicht überblicken, was das Volk hinter den Häuserfassaden alles trieb. Allerdings konnte sich die Stasi wenigstens auf ihre Spitzel verlassen, die natürlich genauso fröhlich-ärmlich zu hausen hatten wie alle anderen. Kurioserweise hatten gerade die äußerst vorsichtigen Trotzkisten, die sich grundsätzlich abseits des üblichen Treibens hielten, einen ganz üblen Spitzel in ihrer Mitte; und selbstverständlich auch die umtriebigen Literaten – das alles klärte sich aber erst viel später. Irgendwann besetzten meine Frau und ich eine wunderschöne unbewohnbare Wohnung ganz in der Nähe und machten sie mit oppositioneller Hilfe wieder bewohnbar. Die Wohnung lag im Seitenflügel und besaß eine extrem schmale Küche, neben der sich außerdem eine extrem schmale Innen(!)toilette befand. Wir fühlten uns regelrecht privilegiert. Die Besetzung nachträglich zu legalisieren und

---

133 Und er entschuldigt sich nebenbei für diese, von mir – möglicherweise aber sogar von ihm – hier bei irgendwelchen Feinarbeiten angelegte Fußnote, die den Gefühlsfluss jetzt sicher noch zusätzlich stört.

die reguläre Miete von 35 Mark zu zahlen, war dann eine Kleinigkeit. Wir besorgten uns die Kontonummer der Verwaltung und zahlten brav Monat für Monat, bis wir etwas später einen Mietvertrag bekamen. Zwischendurch hatten wir irgendwann aber auch geheiratet, fällt mir noch ein.

Ehrlicherweise muss noch gesagt werden, dass die Staatssicherheit auch Brauchbares trieb und sich sogar recht oft nützlich machte. Die Stasileute mussten sich bei ihrer Arbeit an der Basis zwangsläufig den Überblick über fast alle Bereiche des sozialistischen Lotterlebens verschaffen – und waren im Grunde dann die Einzigen, die nach dem real existierenden Rechten sehen konnten. Die staatlichen oder parteilichen Stellen hätten ohne sie beispielsweise nie erfahren, wie dreist in den Achtzigerjahren wertvolles Material beim Bau des Kernkraftwerks III bei Stendal geklaut – und auch nicht, wie dort sogar bei den sicherheitsrelevanten Bauarbeiten gepfuscht worden war. [ÜBER DAS COMPUTERSIMULIERTE MODELL DES STENDALER SUPER-GAUS GIBT ES IM FUTURE-WIKI EINEN SEHR BEEINDRUCKENDEN EINTRAG.] Der Stasispitzel und versierte Essayist Rainer Schedlinski beschrieb die Rolle der Stasi nach dem Systemzusammenbruch außerordentlich treffend: »Die Stasi war das einzige pragmatische Instrument in dieser an ihren eigenen Idealen verblödeten und mit Blindheit geschlagenen Gesellschaft.«[134] Und recht hatte er als ein

---

134 R. Schedlinski: »Die Unzuständigkeit der Macht«, ndl 6/92, S. 80. Sehr zu empfehlen! Der Essay ist extrem klug* und gut geschrieben – auf den ersten Seiten jedenfalls. Leider gipfelt der Text in der Aussage, die eigentlichen Verräter wären nicht die Spitzel, sondern vielmehr die Oppositionellen gewesen, die sich auf den Dialog mit der Macht einließen und damit einen erheblichen Beitrag zur Systemlegitimierung leisteten. [*Embedded: Die Grundgedanken für seinen Text hatte Schedlinski zugegebenermaßen dem ZEIT-Artikel der amerikanischen Professorin Inga Markovits aus Austin/Texas entnommen.]

ehemaliger QEM![135] Irgendwann besaßen meine Frau und ich sogar eine Badewanne – dank Dachdecker-Eric. Er war auf die Idee gekommen, die Rabitzwand zwischen unserer Küche und unserer Toilette horizontal durchzutrennen, also in etwa einem Meter Höhe einzureißen, und den unteren Teil komplett wegzuhauen. Unsere Badewanne stand nach dem Eingriff dann also zur Hälfte in der Küche und zur Hälfte in unserer schmalen Toilette. Das Abflussrohr ließ sich ohne Weiteres eine halbe Treppe tiefer in der Außentoilette der Nachbarn anschließen. Anfangs fühlte man sich, wenn man in der Badewanne lag, von der über einem schwebenden Rabitzwand bedroht. Das ging aber bald vorbei. Das einzige Problem blieben nur die Rabitzkrümel, die in die Badewanne bröselten. Der zusätzliche Effekt unserer fortschrittlichen Baumaßnahme war natürlich, dass beide Räume – wenigstens vorübergehend – zur gleichen Zeit einigermaßen warm gehalten werden konnten; und dass ich meine Frau beim Baden lange und ganz legal begaffen konnte. Jemand musste sich schließlich um die Warmwasserzufuhr kümmern – und das Wasser wurde in einem verkalkten Topf auf dem Küchenherd erhitzt.

Dagegen waren die Zustände beispielsweise im Scheunenviertel damals wesentlich dramatischer. Bei unseren Freunden in der Mulackstraße froren im Winter regelmäßig die Außentoiletten ein, sodass etliche Bewohner aus der Gegend regelmäßig gezwungen waren, ihr großes Geschäft auf Zeitungspapier zu verrichten und die zusammengefalteten Zeitungen dann auf die Straße oder direkt aus dem Klofenster in den Hof zu werfen. Was sollten sie aber, liebe naserümpfenden Mulacker von heute, mit diesem Abfall sonst anstellen? Ihn jedes Mal tropfend nach

---

135 QEM = Quasieingeweihter Mitarbeiter.

unten in die Mülltonne tragen – oder in der eigenen Wohnung in den Mülleimer werfen? An manchen Tagen waren die Straßen in der Gegend mit zerknüllten Zeitungen reichlich übersät. Davon konnte ich mich selbst mal überzeugen. Nach manchen Vorstellungen im Fledermauskino Camera ging man nämlich noch in die Mulack-Ritze, die sich selbstverständlich ohne Bindestrich und großes »R« schrieb.[136] Wir gingen dorthin aber keineswegs wegen irgendwelcher sozio-fäkalen Feldstudien. Außerdem ist gefrorener Kot im Grunde gar keiner – ist bakteriell neutralisiert, fast geruchsfrei und von fester Konsistenz. Und so auch sogar begrenzt fußballtauglich.

Meinem Gefühl nach habe ich weiter oben teilweise schon Dinge erzählt, die erst etwas oder viel später stattgefunden haben konnten. Mein erzählendes Subjekt befindet sich meinem Gefühl nach immer noch halbwegs in seiner Heimatstadt Prag. Ich wohnte und arbeitete also noch eine ganze Weile in Prag und war dort – als ich dann nicht mehr arbeitete – auf der Dauerflucht vor spezialisierten Polizeikräften, die extra dafür trainiert waren, Jagd auf parasitäre Elemente wie mich zu machen. Den vielen in Deutschland lebenden Pragbewunderern (»Ach, eine so schöne Stadt!«) sei hier gesagt: Was hat man von einer schönen Stadt, wenn man sich dort beschissen fühlt? Ehrlich gesagt war es mir lieber, nach meinem Landeswechsel vor der Mulackritze gelegentlich mit zu Brauneis erstarrten Kackhaufen Fußball zu spielen als in Prag wegen jeder erspähten Uniform zu zucken.

---

[136] Ich lehne hiermit ab, mich mit der Frage zu beschäftigen, welche Kneipe wir damals tatsächlich frequentierten. Die echte Ritze – also Sodtkes Restaurant – gab es zu der infrage kommenden Zeit schon lange nicht mehr. Wurde die Mulackritze irgendwann umgetopft? Ja!, sage ich; und zwar in die Nummer 32. Ich hätte mir diese ganze Fußnote gern gespart, wenn Imo neulich nicht behauptet hätte, in der ganzen Straße hätte es damals keine Kneipe mehr gegeben.

Da ich insgesamt etwa drei Jahre lang regelmäßig nach Ostberlin fuhr, füllte sich mein Pass mit einer Unmenge von Stempeln, bei jedem Besuch kamen immer vier neue hinzu. Und man begann, mir im Zugabteil vor allen anderen Reisenden irgendwann berechtigte Fragen zu stellen. Eine Zeitlang behauptete ich konsequent, ich hätte vor, mich für einen Studienplatz zu bewerben – in Berlin oder in Leipzig. Zum Zweck der Irreführung der Grenzer hatte ich mir von der Humboldt-Universität sogar irgendwelche Formulare besorgen lassen. Später konnte ich dann meine Heiratsabsichten offenlegen – also erst einmal vorschieben, um ehrlich zu sein. Später auch etwas über immer neue, nötig gewordene Behördengänge erzählen, mir Probleme mit Formalien und Fragebögen erfinden und so weiter. Und irgendwann wussten die Grenzer über mich Bescheid.

Viel größere Probleme als mit dem Pass gab es allerdings in Prag selbst – und zwar mit meinem tschechischen Personalausweis. Manchmal wollten die Grenzer gern auch dieses Dokument einsehen, ich beließ ihn aber lieber in meinem Versteck unter dem Futter meiner Jacke. Im Vergleich zu den blauen, recht kleinen ddroiden Ausweisen hatten die tschechoslowakischen »občanky« viel mehr freie Seiten. Und sie hatten außerdem mehr Platz für alle möglichen Abstempelungsrubriken – auch weil sie etwa so groß wie Reisepässe waren. Die wichtigste Rubrik war jene für die Vermerke der Kaderabteilungen. Und so konnte die Polizei in meiner Heimat – ich habe dieses Problem als Abbruchstudent schon mal gehabt und die Problematik in dem Zusammenhang auch angesprochen – bei jeder Kontrolle gleich feststellen, ob man einer geregelten Arbeit nachging oder nicht. In Prag musste ich mich dann bald nach dem Ende meiner Ausfahrerkarriere ähnlich geschickt tarnen wie andere Aussteiger – und holte mir von ihnen vorsorglich verschiedene Empfehlungen. Ich lief dann fast immer in Arbeitsklamotten herum und trug gern sogar gut sichtbar einen Hammer oder eine Rohrzange in der Hand. So konnte ich als jemand durchgehen, der nur kurz die Baustelle verließ und seinen Ausweis im Spind gelassen hatte. Oder ich trug meinen mit leichtem Zeug vollgestopften Bergsteigerrucksack samt Kletterseil auf dem Rücken – und konnte bei einer Kontrolle behaupten, ich wäre auf dem Weg zum Bahnhof und hätte vor, in die Sächsische Schweiz zu fahren – und hätte deswegen nur meinen Reisepass dabei. In Prag war es außerdem wichtig, bestimmte Kneipen zu meiden, in denen die Polizei regelmäßig einfiel und nach arbeitsscheuen, also zu lange »Arbeit suchenden« Individuen fahndete. In der Regel waren es Kneipen, wo sich auch der langhaarige Underground traf. Allerdings waren besonders diese Leute aus gutem Grund extrem vorsichtig und tarnten sich noch viel professioneller als ich. Sie liefen als Blinde mit weißem Stock und einer Sonnenbrille herum, im Winter symbolisch mit einem Ski (*Bin in den Bergen beklaut worden ...*) oder in auffälliger Sportkleidung (*Ich komme gerade vom Training ...*). Wovon ich damals lebte, weiß ich nicht mehr genau, im Grunde brauchte ich aber nicht viel Geld. Ab und zu half ich in einer der Kneipen aus, die ich als Brötchenlieferant früher anzufahren hatte.

In dieser Zeit hatte ich – könnte man sagen – viel Muße. Da dieser für mich bis heute nicht ganz erschlossene Begriff im Tschechischen aber nicht existiert, konnte ich so etwas wie Muße, ehrlich gesagt, nicht gehabt haben. Ich hatte einfach viel zu viel Zeit. Trotzdem fühlte ich mich schwer unter Druck. Ich wollte zwar Schriftsteller werden, schrieb aber kaum, und wenn, dann viel zu bemüht, das heißt kleinteilig bis verkringelt. Zum Glück habe ich meine damalige Produktion regelmäßig entsorgt – aus Wut einmal auch in die Toilette, bis ich sie mit den vielen A4-Blättern übel verstopfte. Was folgte, würde auch kein egal wie vernünftiger Mensch Muße nennen wollen. Ich schrieb danach eine Weile nicht mehr und lief lieber ausgiebig in der Stadt herum. Was Muße ist, konnten auch alle anderen Prager im Grunde nie erfahren haben. Und den bebauten Fruchtkern von Prag bis zum Anfang der hässlichen Außen- und Neubaubezirke zu durchqueren, braucht man gut eine Stunde, mehr nicht. Wenn ein Prager etwas hat, was er nicht in der Lage ist zu benennen, verplempert er seine Zeit am besten mit energischen Märschen durch die Innenstadt. Wenn ihm die Langeweile dabei trotzdem noch zu schaffen machen sollte, kann er unterwegs unbekannte Kneipen, im schlimmsten Fall ein Weinkabuff ansteuern. So bekommt ein so sinnlos marschierender Mensch notgedrungen einen zunehmend entleerten Blick und fällt – weit von seinem Wohnviertel entfernt – in irgendeinen ungesicherten Erdgraben. Von derartigen, sich fernab abspielenden Freilichtmissgeschicken erfährt aus dem jeweiligen Freundeskreis der Verunglückten dann aber niemand, und so können diese Unfälle auch keinen, egal wie müßigen Gesprächsstoff ergeben. Ich persönlich kann auch nicht behaupten, dass ich meine abgelaufene und dann zum Glück ablaufende Restzeit in Prag produktiv genutzt hätte. In meiner Not versuchte ich noch ernsthaft – und idiotischer ging es in dieser Zeit kaum – Theaterkunst, also Dramaturgie zu studieren. Ausgerechnet ich! Unter den wachen Augen der Partei, ihrer Apparatschiks und ihres mit Skorpion-Uzis[137] bewaffneten

---

137 Das Vorbild für alle späteren, auch die israelischen »submachine guns« (*Mini Uzi*) waren die ur-tschechischen »Sa 23« von 1947.

Geheimdienstes! Hinter diesem meinen Vorhaben steckte sicher die Angst, bei meinem aktuellen Lebenswandel intellektuell zu verkümmern. Immerhin war ich nur einer von vielen, die ebenfalls nicht wussten, was Muße ist, und realitätsfremd davon träumten, im gleichgeschalteten Kulturbetrieb später mittelmäßige Theatermacher zu werden. Ich bereitete mich wie die große Schar der anderen monatelang auf die strenge Aufnahmeprüfung vor, las den allwissenden Brecht, alle möglichen antiken Autoren, deutsche Expressionisten, katholische Spinner wie Claudel, den unsäglich verquatscht dozierenden Sartre und vieles mehr. Zum Glück wurde ich nicht angenommen. Sonst hätte ich meine Liebe für das Ostdeutsche Reich, seine Reichsbahn und für meine Frau eventuell verkümmern lassen. Und in unserer späteren Wohnung wäre am 24. September[138] 1989 nicht die Zeitung des *Neuen Forums* gegründet worden. Und bei dem anschließenden feierlichen Gründungszeremoniell hätte meine Frau vor der versammelten Redaktion keinen Cancan vorgeführt. Wie sie damals ihre nackten Beinchen hoch in die Luft warf und fesselnd ihr schlüpfriges Spitzenhöschen präsentierte, werde ich nie vergessen.

Dies ist kein Wenderoman[139] im Werden und wird zum Glück auch keiner werden, wenden wir es, wie wir Wirren es auch wennen [... IST NUR EIN VERSUCH] wollen. Was ist es

---

[138] Aus dramaturgischen Gründen habe ich mir erlaubt, den Gründungstag einen Monat vorzudatieren – also in die ruhigere und eher untergründig angespannte Zeit. In Wirklichkeit fand das erste Zusammentreffen der Redaktion erst am 24.10.1989 statt. Sechzehn Tage später, als die erste Nummer gerade mithilfe von fünf oder sechs verfügbaren Matrizendruckern gedruckt worden war, fiel dann die Mauer.
[139] In allergrößter Not wäre die Bezeichnung »Systemimplosionsroman« sowieso viel passender.

aber, was ich hier zu Papier bringe, frage ich mich? Es wird, fürchte ich, höchstens ein unverschämtes Halbblut aus der Kloake der althinteren Gonzo-Prosaille. Und wen von den damaligen Wende-Protagonisten könnte es am Ende noch stören, dass in diesem Machwerk das unsäglich naive[140], absolut chaotische, aber auch rührend warme Projekt des *Neuen Forums* eine nicht unerhebliche Rolle spielt? Meine Politfreunde von damals sollten diesen meinen Prosaversuch vorsorglich aber trotzdem nicht übertrieben ernst nehmen. Auch Yury nicht, genauso wenig wie meine Frau, die zwar sehr gerne tanzt, in ihrem ganzen Leben aber noch nie Cancan mochte. Dabei war der Herbst 1989 so wunderbar und tatsächlich voller ekstatischer Freude! Wir alle bewegten uns monatelang pausenlos am Rande des Zusammenbruchs, waren hochenergetisch geladen und gierig darauf gespannt, was die entfesselten Volksenergien noch alles bewegen oder verschlafen würden. Davor hatte man sich viele lange Jahre bemüht, keine Angst zu haben, und dachte, zum Angsthaben würde man später noch reichlich Gelegenheit bekommen – wenn der Staat denn eines Tages zuschlüge. Und plötzlich fiel die Angst auf einmal auch von allen Zittrigen ab. War das vielleicht herrlich! Als ich nach der Zuführung am siebten Oktober im Rummelsburger Gefängnis eine dicke Lippe riskierte, passierte mir auch nichts. Der Staat hatte einfach schlappgemacht. *Lebe dein Leben in Ekstase,* sagte einmal überraschenderweise meine Großmutter zu mir. Dies ist mir zum Glück nicht möglich gewesen, jedenfalls nicht über einen längeren Zeitraum. Meine Großmutter hat es auch nie gesagt.

---

140 Ich beziehe mich hier besonders auf einige Formulierungen aus dem Aufruf »Aufbruch 89«. Besonders auf die Stelle mit »Faulpelzen und Maulhelden« – das habe ich dir, lieber Jens, aber schon damals gesagt.

Ich fürchte, lieber Jan Moritz, dass ich in diesem Kapitel ein furchtbares Durcheinander hinterlassen habe. Sei bitte gnädig mit mir! Ich weigere mich aber, an diesem Geflecht nochmal herumzubasteln – mit Tipp-Ex, Schere, Kleber und so weiter. Oder ganze Teile sogar neu zu tippen.

Gelenkte Demokratie, gemäßigter Unrechtsstaat, selektiver Umgang mit geliefertem Menschenmaterial ... und und. Ich liebe die Sprache und die in ihr vermauerte Intelligenz! Was für herrliche Menschen, und das meine ich natürlich ernst, sich beispielsweise aus den früheren Westberliner Maoisten – im Gegensatz zu den Trotzkisten, versteht sich – entwickelt haben! Und die heutige Jugend kennt nicht mal das Wort Partisan (Party ..., was?)! Heutzutage gibt es eben nur noch Terroristen. Natürlich aber auch Krisenpartys, Kurse für Bodypercussion und Alles-ist-Kunst-Gruppenausstellungen. Mein Glück ist, dass die Dichtung immer schon in einer Krise gesteckt hat; und was zählt, ist schlichter Widerstand. Wenn irgendein Dichter allerdings meint, ihm würde bis ins hohe Alter das Recht auf eine gewisse Würdigungskonstanz zustehen, hat er seine Papiere vollkommen falsch angelegt. Meine Frau, die immer noch Probleme mit irgendwelchen Schraub-, Schwalbenschwanz- oder Bajonettverschlüssen hat[141], rät mir in gewissen Abständen, mich wieder mal irgendwo sehen zu lassen: *Geh dorthin und dahin, sprich mit den Leuten.* Wozu aber?, frage ich sie dann. *Mehr als glücklich geht doch nicht.*

---

141 Das zuletzt Genannte nehme ich zurück. So etwas Schweinisches wie einen Bajonettverschluss würde meine Frau niemals berühren. Über den Sinn des Linksgewindes habe ich ihr auch noch nie etwas erzählt.

Das Fanfarenkapitel Prenzlauer B-Republik [15]

Unser Sohn hat es in der Klinik nicht geschafft, sich umzubringen. Dabei hat man es ihm dort nicht sonderlich schwer gemacht. Die Ärzte waren – besonders ihm gegenüber – ausgesprochen tolerant, und das übrige Personal zwang ihn meistens auch nicht, jeden Tag morgens aufzustehen und irgendwann, egal wie azyklisch, an Gruppengesprächen oder Arbeitstherapien teilzunehmen. Er durfte manchmal sogar den ganzen Tag im Bett liegen bleiben – ein einmaliges Privileg, das er schließlich nicht ungenutzt ließ. Er hatte über Wochen unauffällig Beruhigungstabletten gehortet und schluckte sie eines Tages einfach alle auf einmal. Weil es aber eben oft der Fall war, dass er früh nicht aufstand, fiel es nicht sonderlich auf – und man ließ ihn mit den in ihm zirkulierenden Substanzen sogar drei Tage lang ruhen. Unser Sohn stand danach wieder auf und fühlte sich einen halben Tag fast wie neugeboren, wie er mir erzählte. Dummerweise wissen meine Frau und ich über irgendwelche anderen Drogenerfahrungen, die er sonst gemacht haben muss, nicht Bescheid. Wenn es ihm, wie gesagt, nicht gut ging, tauchte er innerlich ab; und ihn bedrückte sowieso immer alles, was mit irgendwelchen klaren Zeitkanten besetzt war. Unverrückbare Termine oder lästige Pflichten blendete er dann lieber aus. Sich also rechtzeitig für Prüfungen vorzubereiten, am Schreibtisch sitzen zu bleiben, dranzubleiben ... war einfach schwierig. Als er noch auf dem Gymnasium war und bei uns wohnte, legte er meistens erst in der Nacht los, bevor irgendeine

Arbeit geschrieben werden sollte oder Tests anstanden. In seiner eigenen Wohnung lief dann an solchen Kipppunkten alles noch viel reibungsloser – er stand früh wahrscheinlich gar nicht auf. Und irgendwann kamen sowieso irgendwelche Freunde zu Besuch.

Es gibt Prosastücke, die fast nur aus Fertigbausteinen bestehen. Das Deutsche bietet einem unvorstellbar breite Paletten, unübersehbare Mengen von Bauklötzchen an: passgerechte Wendungen, metapherntriefende Umschreibungen oder spaßige Unter- oder Übertreibungsvolten. Und wenn ein Bausteinverwerter nicht aufpasst, besteht sein Text am Ende kaum aus eigenständig entwickelten Satzgebilden. »Er stand mit seinem Ende auf Du«, hätte ich im Zusammenhang mit den Zukunftsaussichten unseres Sohnes hineinstempeln können. Das absolut Sympathische an unserem Sohn war, dass er der konzentrierteste und fleißigste Mensch der Welt sein konnte, wenn er sich völlig zweckfreien, perspektivlosen und termin-ungebundenen Beschäftigungen widmete. Und es war tatsächlich eine Freude – geschickt, wie er war –, ihm bei seinen vollautonomen Beschäftigungen zuzusehen. Er wirkte vollkommen entspannt, und es war klar, dass er alles um sich herum vergessen hatte. Wie sehr er seine ausgedehnten Basteleien brauchte, wurde erst viel später offensichtlich, als sie nicht mehr ganz altersgemäß waren. Man sah einen großen breitschultrigen Kerl, wie er in flachen, selbst gebastelten Behältnissen aus Pappe stundenlang seine Streichholzschachtelsammlung durchstöberte, sie – und das immer wieder – von Grund auf neu strukturierte und die logistisch-materiellen Probleme der systematischen Unterbringung von Tausenden unterschiedlich großen, breiten und hohen Schächtelchen löste. Man wusste allerdings nicht, ob man sich über diese ganz spezielle Insel seiner pedantischen Besessenheit freuen sollte oder nicht. Für Heinrich Böll wäre es aber sicher eine Freude, unseren Sohn in ein sonniges Gruppenbild einzubauen.

Meine Frau war nie eine expressiv lächelnde Kuh, keine verführerisch strahlende Eindrucksschinderin, zum Glück aber auch keine gequälte Ichbindochichtsin. Sie präsentiert sich im Leben einfach naturbelassen, so wie sie eben ist. Die männlichen Streuner, die ihr begegnen – wie ich seinerzeit –, sollen auch ohne irgendein saftendes Augenkullern erkennen, was in ihr steckt. Ansonsten kann sie aber auch ziemlich wählerisch, unbescheiden und ausgesprochen undeutsch sein. Wenn sie es als eine angeblich DD-traumatisierte Person heutzutage ablehnt, köstlichen Rohkostsalat aus Weiß- oder Rotkohl zu essen, muss ich ihr ernsthaft zureden: *Deutschland ist doch gerade dank Weißkohl, Sauerkraut und Leinöl groß und stark geworden. Von mir aus auch dank mehliger Kartoffeln, dank Blutwurst oder gestreckter Sauerbratensoßen.* [← Eigentlich müsste dieser ganze Absatzanfang ganz woandershin.] Zum Glück hat es die Ostberliner Brikettluft trotz ihrer drückenden Schärfe nie geschafft, meinen Geruchssinn ganz abzutöten. Allerdings hatte ich kaum Möglichkeiten, mich dort als ein Aktivriecher weiterzuentwickeln. Und in Ostberlin wurde mir sowieso nie wieder ein Parfümerlebnis geboten wie das, welches mich hierhergebracht hatte. Jetzt kam es für mich eher nur auf die Nuancen an. Meine Frau strömt beispielsweise einen unglaublichen Naturgeruch aus. Und so brauchten wir im Grunde gar keinen Duftnachschub aus dem Westen oder aus den Intershop-Spelunken. Im Übrigen besaß ich in jungen Jahren den besonderen Vorteil, dass mein Körpergeruch nach einigen Tagen zu reifen und sich selbstständig zu veredeln begann – bis er die Note von Wild- bis Stachelbeere annahm; oder vielleicht sogar vom Waldbodenhumus. Die Voraussetzung war allerdings, dass mir einige stressfreie Tage hintereinander vergönnt waren. Meine T-Shirts rochen dann einfach herrlich. Ich durfte mich allerdings tagelang nicht waschen, versteht sich.

Eine Sache habe ich dem reizenden, nach wenigstens halberotischen Reizen gierenden Leser noch vergessen zu beichten, wenn mich nicht alles täuscht: Ich hatte in Prag eine Art intellektuelle Freundin, die Helena hieß. Sie war eine Art vollplatonische Geliebte von mir. Nein anders, und so formuliert treffe ich die Sache sacher etwas basser: In Prag gab es eine ältere Intellektuelle, die mich als einen eigenständig denkenden Menschen ernst nahm und gern bereit war, sich mit mir stundenlang zu unterhalten. Zugegebenermaßen steckt schon im nackten Fakt dieser Art Aufstellung ein schwerer Widerspruch – der Trottel lebt aber nun mal von wogenden bis brausenden[142] Widersprüchen und lebt in ihnen oft sogar auf! Die kuriosartige Seelenverwandtschaft zwischen der Dame und mir war in meinem Leben absolut einmalig. Helena war für mich, einen jungen Mann, dem für sein Leben höchstens ein nur leicht gehobenes Mittelmaß vorschwebte, natürlich eine bedeutende Bezugsperson. Und weil diese gewagte Beziehung später mit keinem Drama oder Fiasko endete, konnte ich dann sogar noch auf weitere, egal wie sub-ehrgeizige Kleinsterfolge hoffen. Bei unseren regelmäßigen Begegnungen hatte eine Art Tauschhandel statt-

---

142 Immer wieder bebt und bibbert es dabei in seiner wallenden Brust. Oder etwas besticht und bewurmt ihn dort, betört ihn tosend, does touch him tough ... (Mein Freund Lutz beschreibt doch auch dauernd irgendwelche Gefühle, Gefühlsregungen oder Gefühlszustände. Warum soll ich nicht punktuell testen, wie es sich anfühlt?)

gefunden, wie ich etwa fünf Jahre später mithilfe meiner Frau begriff: Diese Frau nahm mich intellektuell ernst, und ich wiederum nahm sie als ein anziehendes frauliches Wesen wahr – was irgendwo auch stimmte. Und das Ambiente dafür hätte nicht fürstlicher sein können. Helena bewohnte – ganz allein, wohlgemerkt – eine ganze Etage eines Renaissancepalais. Leider hatte ihre Wohnresidenz – es war eine Raumflucht von vier großen Sälen voller zweiflügliger Zwischentüren – kein Badezimmer und keine funktionierende Küche. Alle lästigen Nassverrichtungen wurden bei ihr lieblos in einer Ecke des Flurs erledigt – gleich hinter der Eingangstür. Und damit nicht jeder Besucher das ganze nasse Chaos zu sehen bekam, war diese Badwaschküche notdürftig hinter durchhängenden und oft kollabierenden Vorhängen verborgen. Im Prinzip konnte diese riesige Wohnung tatsächlich nur von einer einzigen Person bewohnt werden. Helena war geschieden, ihre Kinder waren ausgezogen – und sie brauchte absolute Ruhe zum Arbeiten und auch für ihre stark phasenverschobenen Schlafpausen; außerdem brauchte sie ausreichend große freie Flächen, auf denen sie ihre Arbeitsmaterialien ausbreiten konnte. Natürlich rauchte sie auch noch exzessiv. Lange vor ihr – vor sechshundert Jahren, genau gesagt – bewohnte das ursprüngliche, also noch etwas kleinere Palais auf dem Hradschin, der Erbauer des Veitsdoms, Peter Parler. Meine Freundin Helena lebte nur in Büchern, für Bücher und auf Büchern, lebte in Papieren, für Papiere und auf Papieren – und diese, wie auch Briefe, Notizbücher, alte Zeitungen und so weiter, lagen bei ihr selbstverständlich überall; wie auch ungewaschene Teller und Tassen, nicht geleerte Aschenbecher und Apfelgriebse. Und was die Körperlichkeit von Helena angeht, verrate ich meinen bärtigen Lesern nur Folgendes: Diese wunderbare Intellektuelle verschwendete – ganz und gar im Sinne der Literaturwissenschaft – für ihre Körperpflege sehr wenig Zeit. Nach ihrem Tod kam heraus, dass sie fünfundzwanzig Jahre lang nicht zum Frauenarzt gegangen war. Ich könnte noch weitere Details preisgeben, habe aber beschlossen, die ganze Wahrheit für mich zu behalten. Allerdings fand ich Helena aufgrund ihres assoziativintensiven Intellekts in der Tat damals anziehend – auch körperlich, wie bereits angedeutet –, egal, wie wenig schön ich ihre löchrigen Strümpfe und Kleider (hier handelte es sich meistens um Zigarettenglutschäden) manchmal fand. Vor allem war mir manchmal fremd, mit welchem Furor sie sich auf alles Mögliche stürzte und emotional durchzuweichen suchte. Diese Art eifernde Erregung kannte ich allerdings schon von anderen Freunden und Bekannten meiner Mutter. Bei ehemaligen Jungkommunisten waren solche Überreaktionen und Denkvermusterungen kaum verwunderlich. In den Fünfzigerjahren soll Helena eine dogmatische Fortschrittshysterikerin gewesen sein, die sich auf der Karlsuniversität fürchterlich aufgeführt haben soll. War also wie viele andere Kommunisten daran beteiligt gewesen, die bürgerlichen Professoren von der Universität zu jagen. Als sie später eine bekannte Literatur- und Theaterkritikerin wurde, waren diese Sünden unter ihren Zeitgenossen kein Thema mehr – und für mich erstmal lange auch nicht. Während der Nach-68er-Bereinigungen wurde Helena dann aus der Partei ausgeschlossen und konsequenterweise von der Universität entfernt. Für die Zukunft des Landes waren diese Säuberungen aber auch heilend, denke ich. In dieser Zeit betrat ich die Bühne, lernte Helena als ein Regimeopfer kennen und war von ihrem Chaos in der Wohnung sowie dem dauernden Ausnahmezustand in ihrem Leben vollkommen begeistert. Sie lebte in dieser Zeit von Übersetzungen, weil sie mindestens fünf Sprachen perfekt beherrschte und eine Schnellfeuerschreibmaschine besaß. Von der Literatur und Philosophie hatte sie natürlich viel mehr Ahnung als alle anderen Intellektuellen, die ich bislang kennengelernt hatte, und las alles möglichst im Original (außer Milarepa, Cao Xueqin oder Yukio Mishima, nehme ich an), was allerdings die Weltpolitik betraf, war sie unwahrscheinlich naiv. Mit Helena war ich zusammengekommen, weil sie unter anderem Spezialistin für den deutschen Expressionismus war und ich Idiot mich – wie schon berichtet – für die Aufnahmeprüfung an der Theaterhochschule vorbereiten wollte. Dank Helenas Bibliothek entzifferte ich dann einiges von Ernst Toller und Walter Hasenclever, kannte schließlich fast alles von und über Georg Kaiser und schrieb eine Arbeit über ihn. Aber warum verplempere ich meine Zeit mit diesem nebensächlichen Theaterquatsch? Im Grunde will ich jetzt nur noch kurz über einige politische Auffälligkeiten meiner Palastfreundin berichten. Helena verfolgte die Weltpolitik ausgesprochen gierig – dank der BBC, des Deutschlandfunks und des Österreichischen Rundfunks (Österreich 1) – und regte sich vor allem über das nicht abzuschaffende Böse in der Welt auf. Einiges über solche Haltungen begriff ich erst eine ganze Weile später in Ostberlin, wo es auch viele reinrassige Vertreter des Guten gab. Ich als der werdende Matratzensoziologe, selbst ernannter Rabitzwandpsychologe oder postgradueller Schimmelbücherphilosoph könnte in diesem Zusammenhang zum Beispiel vom Wunsch dieser Leute nach exekutiver Moralmacht sprechen, ich kann mich aber auch irren. Helena war sich jedenfalls sicher: Mit den Guten an der Spitze der jeweiligen Gesellschaften gäbe es in der Menschheitsgeschichte keine Kriege, keine Vergewaltigungen, keinen

Hunger und keine schädlichen Bakterien mehr. Und wenn sich das Matriarchat durchgesetzt hätte, gäbe es weit und breit sowieso nur glückliche Idioten. Aber der Leser hat es eventuell schon gemerkt: Ich klugscheiße schon wieder, und unfairerweise sowieso nur dank meines später mithilfe meiner Frau und einiger meiner neu akquirierten Freunde erworbenen Wissens. Eins muss man meiner Helena aber lassen – so fortschrittlich feministoid waren die Prager Frauen sonst nicht, haben sie sich doch laut einer landesweiten Umfrage der Frauenzeitschrift »Sie und ihre gepfefferte Schürze« im Jahre 1976 sogar dafür ausgesprochen, dass ungepflegte Feministinnen das aktive und passive Wahlrecht verlieren sollten.[143]

Weil ich in meinem Leben sowieso nie Muße, zum Glück also nie Zeit übrig hatte, langweilte ich mich auch nie. Ich kam nie in die Versuchung wie Graham Greene, der sich – wenn ihn die Langeweile allzu böse in die Zange nahm – einfach einen egal wie gesunden Zahn ziehen ließ. Greene hat sich insgesamt sogar mehrere Zähne auswurzeln lassen, immer wieder mal. Und, um den Stress richtig auszukosten, einmal sogar ohne Betäubung. War er im Verlauf der Jahre vielleicht irgendwann zahnlos geworden? Auch dies – wie die illegale Ostberliner Prostitution in der Oranienburger und der Tucholsky Straße – ist hier zum Glück nicht mein Thema.[144]

---

143 Erstaunlich: Der Ausdruck »Dumme Pute« gehört mittlerweile zum linguistischen Weltkulturerbe.
144 Über die Modalitäten der Prostitution in der Oranienburger zu DDR-Zeiten möchte ich auch aus dem einfachen Grund nichts weiter wissen, weil ich mich dann zwingend mit der damit zusammenhängenden Rolle des Staatssicherheitsdienstes beschäftigen müsste. Und diese Machenschaften waren alles andere als harmlos, wie man mittlerweile weiß. Aus diesen Kreisen verschwanden einige an den Aktivitäten Beteiligte sogar auf Nimmerwiedersehen*. [*Embedded: Siehe Adolf Endlers Feldforschungsergebnisse im »Tarzan

[Hier noch eine etwas verirrte und vollkommen nummernlose Fussnote zur Oranienburger für diejenigen, die es ganz genau wissen wollen: schräg gegenüber der Wertheim-Passage gab es für die Kleinen und für alle schreibwütigen Menschen einen besonders guten privaten Schreibwarenladen. Und für diejenigen, die sich den langen Weg bis zum kneipenreichen Oranienburger Tor sparen wollten, gab es noch eine Spelunke zwischen der Tucholsky-Ecke und der Synagoge (in der Nr. 32): »Zum Oranienstübel« – Danke, Gerd! Danke ausserdem für die Bestätigung durch Beate und Halina. Und von Günti bekam ich dazu noch die folgende Info: »Zum Oranienstübel« wurde auch »Rattenloch« genannt – nicht ohne Grund, versteht sich.]

Bei mir dauerte es leider relativ lange, bis ich dem 68er Prager Frühling nicht mehr nachhing, nachhinkte, nachtrauerte und auch nicht nachschunkelte. Zum Glück muss ich mir hinsichtlich des Reform-Illusionismus keine großen Vorwürfe machen, da ich damals erst siebzehn war. Die eigentlichen Macher unseres politischen Frühlings waren dagegen ein oder zwei Generationen älter als ich. Locker besehen bin ich also nicht nur ein Überlebender zweiter KZ-Generation, ich bin auch ein Reformkommunist zweiter Generation, ohne je Kommunist gewesen zu sein. In meinen Frischlingsjahren war ich höchstens ein einpissender Kleinpionier, auf den dann allerdings ganz andere Gelegenheiten warteten, sich schuldig zu machen. Wenigstens kann ich mir heute bedenkenlos meine damalige Jungsenilität, invaliditätsgerechte Naivität und recht geschichtslose Begeisterungsfähigkeit loben. Aber wem sage ich das, liebe passivistische Sexualobjektinnen, starr

am Prenzlauer Berg«, S. 49 ff. Aufgrund der Lektüre wäre es für wissbegierige Touristen sicher lohnenswert, sich das Haus in der Linienstr. 130 etwas näher anzusehen – samt der interessanten Innenhöfe.]

ausgefahrene Teleskopusse, liebe Humorloserinnen mit euren kurz geschorenen Losern, liebe alle mit Galle.

Nachdem ich meinem Bildungsweg seinerzeit ein wieherndes[145] Ende gesetzt, also die Universität verlassen hatte, war ich zwar ein freier Mann, gehörte aber plötzlich nirgends dazu. Die Ausdrücke »innere Emigration« oder »Klohäuschenwiderstand« hören sich zwar beeindruckend und vielleicht entschlussgeladen an, bedeuten aber nur eine Umschreibung für fehlende Gruppenzugehörigkeit, geistige Erstarrung und politische ZuNix-Ermächtigung. Und auch wenn es vielen anderen in dieser Zeit ähnlich oder genauso ergangen sein mag[146], stand ich mit meiner Wut trotzdem ziemlich allein da. Und leider bin ich gleich zu Anfang, also schon als Hilfsstatistiker, so gut wie verstummt. Ich hatte keine Kommilitonen mehr, danach als einsamer Chauffeur logischerweise auch kein spürbares Kollektiv um mich herum. Und weil ich große Strecken meiner Freizeit zu Hause mit Strawinsky, Bach, Bartók, Varèse, Hába und solchen Typen zubrachte, driftete ich innerlich einfach ab. Die mir vom Schicksal schließlich zugeteilten Linksinternationalisten bedeuteten für mich dann die Rettung. An sich bin ich allerdings bis heute ganz gern allein – also einfach nur für mich. Seit der Schulzeit wurde ich allerdings, wenn ich allein war, nur ungern dabei ertappt, *dass* ich allein war. Und gerade das passierte mir in Prag dank meines Hangs zur Straßenläufigkeit dauernd. Ich traf immer wieder Leute, die mich

---

145 So ist es immer noch besser, als wenn ich »jähes« geschrieben hätte.
146 Wer erinnert sich noch an den putzigen Reklamespruch: »Wer tut nicht die *Maggi*-Würze maggen?« Oder: »Magst du maggen?« Im Übrigen benutzen meine Frau und ich inzwischen statt den viel zu vorschmeckenden Sojasoßen oft tatsächlich lieber die klassische *Maggi*-Würze, die bei uns auch noch auf den Namen *Erwa* hört.

von früher kannten und die natürlich wissen wollten, womit ich mich gegenwärtig beschäftigte oder was ich perspektivisch vorhätte – in der nächsten Zukunft, an diesem oder jenem Abend ... Ich hatte aber meistens nichts vor. Ich wohnte wie alle anderen meiner Freunde noch brav zu Hause. Wenigstens hatte ich meine vielen Schallplatten. Im Grunde wohnten damals auch die größten Chaoten noch bei ihren Eltern. Und bei einigen gab es natürlich dauernd irgendwelche Streits, Kämpfe und temporäre Ausbruchsversuche. Und auch Gewalt. In meiner Gegend wurde einer von seinen älteren Geschwistern regelmäßig festgehalten, sodass ihm der Vater die Haare kurz schneiden konnte. Meine Haare wollten leider gar nicht in die Länge wachsen, sie bildeten hässliche Locken und wuchsen viel mehr in die Breite – und sie völlig ungehemmt wuchern und hängen zu lassen, traute ich mich dann doch nicht. Das wäre damals einer offenen Kampfansage an die Staatsmacht gleichgekommen. Und dazu fehlte mir in meiner damaligen Heimat einiges – nicht nur viel an Reife und Festigkeit, sondern auch jegliche Art von Stammesrückhalt. So gesehen musste ich eines Tages auswandern, wenn ich nicht früh gealtert untergehen oder mit einem weich gespülten Gesicht auseinanderfließen wollte. Und von heute aus gesehen war Ostberlin damals schon die allerfeinste Adresse. Solche paradiesischen Nährböden gab es sicher nicht einmal gut versteckt irgendwo in Moldawien oder weit im nördlichen Fernosten des sozialistischen Weltreiches auf der Halbinsel Kamtschatka.

Meine Zugfahrten durch trostlose Landschaften, kriegsverletzte und/auch sozialismusversehrte Städte wurden in der Spätphase meines Abschieds von Prag immer unerträglicher, und ich hatte die Fahrerei irgendwann satt. Und dass es mit der Versorgung beider Länder bergab ging, merkte ich zum Beispiel daran, dass die Waggons mit der Zeit immer voller wurden. Es wurden immer mehr Schnitzel, Tomaten und hart gekochte Eier verspeist und immer mehr glänzende Pumpernickelscheiben behutsam voneinander getrennt. Gerade diese wunderbaren Körnerpressungen zerbröselten leider leicht, und die ostdeutschen Reisenden bekamen dann nicht immer alles in ihre Münder hinein. Während der Fahrt ging aber noch viel mehr zu Boden; neben Pumperbruch lagen dort am Ende noch unzählige Eigelbbrösel und viele Schnitzelpanadefladen, aufgeweicht von frischem Tomatenspritzsaft. Ich hatte nie etwas gegen den rindenlosen Pumpernickel und sein herrlich saftiges Kornfleisch – auch andere Tschechen nicht, sie schauten sich die quadratischen schwarzen Kompaktscheiben immer sehr interessiert an –, aber diese »Stinknickel« verbreiteten im Verbund mit diversen herzhaften Belägen wie Katenwurst, Mettateeschmiere oder Schinkenpolnische[147] leider tatsächlich einen unbeschreiblichen Geruch. Und der war so klebrig, dass er einem noch tagelang in der Nase stecken blieb. Die Bürger beider Brudernationen fuhren jetzt also verstärkt hin und her, um irgendwelche Mangelartikel zu besorgen, die es im Nachbarland angeblich zu kaufen gab. Wenn sich die besorgten Menschen im Abteil miteinander austauschten, schwieg ich lieber. Ich wollte ihnen nicht den Mut und die Vorfreude nehmen. Manche hatten sogar ganze Listen von diversen Desiderata dabei. Das meiste würden sie aber

---

147 Ernährungsethnologisch ist eine weitere Aufzählung zwar nicht sinnvoll – weil völlig unzureichend und unvollständig –, als Illustration des Erfindungsreichtums der Deutschen möchte ich hier aber aus Spaß an der Essfreude trotzdem noch einige wenige Belegmöglichkeiten nennen: Gehirn- und Nierenwurst, Schweineschnauzebildniswurst und Mecklenburgisches Kraftfleisch (in der Originalausführung angeblich sogar pissegewürzt).

garantiert niemals bekommen – das hätte ich ihnen gleich sagen können. Und sowieso ausgerechnet an dem nämlichen Tag, ohne Beziehung zu den Verkäuferinnen, ohne zu wissen, wann die jeweiligen Lieferungen zu erwarten waren. Und sowieso gerade nicht im *Centrum Warenhaus* am Alex, in das dann fast alle Kauftouristen in der Regel einfielen – ähnlich wie auch die einheimischen, notorisch unterversorgten Bürger aus der DDR-Provinz. Für die Einkaufsreisenden waren diese Touren trotzdem schön, trotz der sich häufenden Misserfolge, hatte ich das Gefühl. Die Leute glühten unterwegs vor Erwartungen – und diese waren nicht nur unbegründet. In dem benachbarten Mangelland konnte man auf jeden Fall einiges an Waren entdecken, über deren Existenz man davor noch nichts wusste. Und auch wenn die Leute am Ende kaum etwas davon bekommen hatten, was sie wirklich wollten und brauchten, kauften sie wenigstens irgendwelchen kuriosen Unsinn. Und sie betatschten bei der Rückkehr liebevoll die erworbenen Haushaltsgegenstände, breiteten Kinderkleider und glitzernde Blusen aus und würgten nebenbei noch die letzten Reste ihrer viel zu trockenen Brotscheiben herunter, bekleckerten und beklebten sich wiederholt mit ihren Limonaden – und einmal erstickte neben mir beinah eine Frau, der ein hart gekochtes Ei im Hals stecken blieb. Zum Glück nahte damals schon der Termin meiner Hochzeit und so auch meiner finalen Übersiedlung.

Da die Fahrkarten damals unbeschreiblich billig waren, leistete ich mir ab und an sogar die erste Klasse, um mich von den nach Wurst, Feuchtbrot und nach H_2S-Eiern riechenden Zugabteilen, einfach von dem ganzen Reisevolk abzusondern. Und ich fühlte mich als Profipendler tatsächlich schon spürbar abgehoben. Aber wohin hob ich eigentlich ab? An die Weltrevolution glaubte ich nicht, an den Sieg des Knödels oder des untergärig-basischen Biers auch nicht. Trotzdem war ich in der ersten Klasse korrekt untergebracht. Und bei diesem meinem »Wandern zwischen den Kulturen« konnte ich für meine neuen Freunde nebenbei auch praktisch etwas tun – und brachte Dinge mit, die ihnen tatsächlich spürbar fehlten. Vielleicht finde ich noch eine Stelle, an der ich eine dezente Aufzählung werde unterbringen können.

In der Enge des Abteils erfuhr ich nebenbei manchmal Dinge, die mir sonst sicher entgangen wären, darunter auch einiges aus den Flachgründen meiner zukünftigen Heimat.[148] In der übrigen DDR titulierte man Ostberlin – erfuhr ich einmal – beispielsweise als »der halbe Goldbroiler« oder sogar »gerupft-gezupfter Halbbroiler«; aber vielleicht hatte ich mich nur verhört. Und als ich den damaligen Stadtplan von Ostberlin später einmal in die Hände bekam und mir das zackige, mickrige und im Vergleich zu Westberlin gerupft aussehende Ostgebilde ansah – und in der Fantasie mit nackter Broilerhaut überzog –, erkannte ich, dass das Volk wieder mal vollkommen richtiglag. Dafür wurde Westberlin auf den DDR-Karten leider nur als eine leere Fläche dargestellt. »Eo sunt leones«, sagten ab und zu verstreut herumlaufende Römer, wenn sie sich in die Nähe von Berolino[149] verirrten und wie wir alle Ostblockis auch nicht einfach nach Westberlin rübermachen konnten. Diejenigen, die dann einige Jahrhunderte später schon christianisiert waren, riefen eher »in finibus infidelium«[150], fällt mir noch ein.

148 Und wo sonst erzählen die Menschen – flüsternd, versteht sich – von relativ intimen Dingen wie einer Klitoris-Entzündung im Beisein von Fremden?
149 Viele blieben damals oft – als Heiden eben – ausgerechnet bei Genshagen hängen.
150 Ich warne an dieser Stelle vor irgendwelchen Umsonst-Übersetzmaschi-

Nun habe ich wieder mal Rufus getroffen und ihn nach seiner Superhyperrobustsackkarre gefragt. Das passte ihm gar nicht, und er wirkte etwas gereizt. Die von mir so begehrte Karre befand sich diesmal angeblich auf seinem Grundstück. Rufus versprach mir aber, sie das nächste Mal wieder nach Berlin zu verfrachten. Auch er würde sie hier wieder zu etwas unbedingt brauchen. Und ich war erstmal beruhigt, wenn auch nur ganz kurz. Am Ende des Gesprächs sagte er dann nämlich: *Wir reden darüber nochmal Ende der Woche, okay?* Weiß der liebe Leser aber überhaupt, wer dieser Mensch Rufus eigentlich ist? Natürlich nicht, immer noch nicht – und er kann es auch nicht wissen. Ich habe Rufus' und meine Geschichte immer noch nicht erzählt, nicht mal skizziert. Zum Trost kann der Leser erstmal an die Russin Clawdia Chauchat aus Thomas Manns »Zauberberg« denken, die bei jedem, wirklich bei jedem einzelnen ihrer Speisesaal-Auftritte die Glastür mit lautem Knall zufallen lässt. Die Quizfrage lautet: Warum muss Thomas Mann, der Meister aller Meister, der erste Perfektionist unter den Perfektionisten, dies bei jedem Auftritt von Clawdia erwähnen?

---

nen aus dem Netz. Gerade bei Latein schwächeln sie alle. Ich persönlich berate mich in solchen Fällen lieber mit Thomas. Mit den »Infidelen« haben diese Leute – rein intuitiv, denke ich – die für den Sozialismus noch nicht wirklich reifen Westberliner gemeint.

Dieses Sohn-Kapitel werde ich niemandem ersparen können, mir auch nicht [16]

Der zwar nicht allwissende, oft aber erstaunlich begriffsunstutzige Leser ahnt es: Ich, der Verfasser dieses Textes, bediene mich bei meiner Arbeit etlicher lauterer, unlauterer bis übel handwerklicher Tricks. Behaupte da und dort Dinge, die so nicht stimmten können und sich viel passender in einem sinnschwachen Machwerk, kurz gesagt wesentlich besser in einer ganz anderen Literatursparte ausnehmen würden. Nur um ein gattungsdurchsprießendes Beispiel für meine mangelhafte Lauterkeit zu nennen: Ich bezeichne mich mit leichter Lippe und vorgeblich fulleisernem Zahn als Trottel. Als ob es mir nichts ausmachen würde, Trottel geschimpft zu werden. Natürlich mag es aber auch der Trottel überhaupt nicht, vor Leuten dumm dazustehen und zusätzlich manchmal noch proaktiv beschämt zu werden – am Ende der Waschstraße also wie ein zertifiziert duschechter Dackel ausgespuckt zu werden. Dummerweise hat mein megaintelligenter Sohn genau das sehr früh erkannt und diesen Erkenntnistrumpf gezielt gegen mich, also gegen den bürstengejagten Dackel in mir – und damit meine ich auch die in mir dümpelnde, leicht wacklige Vaterinstanz – knallhart ausgespielt. Was dabei zwischen uns abging, war hochgradig absurd und gehört hier unbedingt, wenn auch unter Schamschmerzen, aufgeschrieben. Ich Idiot ließ mich auf die wortschweren Kämpfe mit dem kleinen Kerl, der mich liebte, seinerzeit tatsächlich ein, zog die erbitterten Schlachten um die Definitionsmacht im Männerkartell unserer Familie konsequent durch, bis Tränen flossen, manchmal auch einzelne Äderchen in unseren Augäpfeln vor Wut platzten.

Da unser Telefon von der Stasi abgehört wurde (immerhin: wir hatten in unserer späteren Wohnung ein Telefon, wir Glücklichen) und wir außerdem – wie wir jetzt wissen – zumindest im Wohnzimmer ebenfalls abgelauscht werden konnten, gab es sicherlich Tonbandaufnahmen unserer Streits, wenn auch nicht von Anfang an. Ich kann mich leider an keine konkreten Streits zwischen uns beiden mehr erinnern, weiß aber ziemlich genau, wie sie aufkeimten oder entflammten, wie sie abliefen und dann wortmechanisch funktionierten. Mir ging es im Kern um das Behaupten des Grads meiner Erwachsenenintelligenz, meinem Sohn ging es um das genaue Gegenteil, denke ich – also um das Untergraben dieser Voraussetzung meiner Autorität. Warum er mit den Angriffen schon im zarten Alter von fünf oder sechs Jahren begann, warum er dies so losgelöst von der noch in weiter Ferne liegenden Pubertät brauchte, war mir nicht klar; und natürlich traf es mich damals völlig unvorbereitet.

Konkret – ich mache den ersten Versuch, und mein erster Satz lautet: *Der kleine Kerl versetzte sich speziell darauf, eine sehr pfiffige Art von besonders feingliedrigen Missverständnissen zu produzieren.* Und der zweite Satz: *Er hörte sich das, was ich ihm sagte, ruhig an, analysierte es und griff sich eine aus dem Gesagten herausgepulte, vermeintliche oder tatsächliche Ungenauigkeit heraus, verdrehte sie in seinem Sinne in etwas viel weniger Sinniges bis Absurdes – und richtete dann eine gezielte, im ersten Moment absolut verblüffende, trotzdem aber unschuldig gemeinte Frage an mich.* Zwischenkommentar (I): Anfangs, also bevor ich auf diese provozierenden

Störmanöver allergisch wurde, fand ich es interessant zu verfolgen, wie kompliziert seine Art zu denken war; und ich versuchte wiederholt, vorsichtig hinter die Kaskaden und Spiralen seines Hinterfragens zu kommen. Der dritte Satz lautet: *Seine als Fragen verkleideten Diskussionsangebote rührten grundsätzlich an recht nebensächliche logische Schwächen des von mir gerade Gesagten; und auch wenn sie sich nur am äußeren Rand des überhaupt Möglichen bewegten, hatten sie trotzdem ihre scholastische Berechtigung.* Kommentar (II): Das ging so lange gut, bis es mich, wie gesagt, zu blutreizen begann. Der vierte Satz: *Oft war es einfach nicht möglich, beim eigentlichen Thema des Gesprächs zu bleiben, weil es nun plötzlich in vorderster Frontlinie – und zwar unter dem Diktat des zwischenfragenden Schwächeren – lediglich um irgendwelche zerfaserten Formulierungsprobleme ging. Und bei dem unsinnig nebensächlichen Kleinstreit blieb es dann auch.*

Ich versuche das Ganze mit einem Beispiel zu illustrieren. Ich will meinem Sohn etwas über meinen Freund Burkhard erzählen und spreche den folgenden Satz aus: »Burkhard rief gestern an, wollte sich mit mir treffen und erzählen ...«, ich kann dann aber nicht weitersprechen, weil mich der kleine Kerl unterbricht und gespannt und inhaltlich offenbar ehrlich interessiert fragt: »Und wer rief HEUTE an?«

Eine unbedeutende, harmlose Unterbrechung, das ist deutlich – und auch mir selbstverständlich klar ... das Problem war damals vor allem die Häufigkeit derartiger Interventionen, die grundsätzlich vom eigentlichen Gesprächsthema abwichen. Zur Beleuchtung des Konfliktpotenzials, das in diesem kleinen Konversationsbeispiel steckt, muss ich noch einiges ein wenig auseinanderfä-

chern. Wenn ich anfangs mit etwas verrutschter Betonung gesagt hätte »Burkhard rief GESTERN an ...«, das Wort »gestern« also stärker betont hätte, hätte der Anfang meiner kleinen Ansage tatsächlich vielleicht die Frage aufwerfen können, ob nicht jemand anderes HEUTE angerufen hätte. Und eben diese tatsächlich nicht auszuschließende Neu-Information, diese unter Umständen doch in Betracht zu ziehende Begebenheit, die sich aus einer angedachten Parallelwirklichkeit eventuell hätte herausschälen lassen können, stellte mein kleiner Sohn nun in den Vordergrund und sprach die oben angeführte Frage aus: »Und wer rief heute an?«
– Darum geht es doch nicht, antwortete ich, ich wollte doch nur erzählen, was gestern war und was nun Burkhard erzählen wollte ... gestern eben ...
– Ich weiß! Aber als du gesagt hast, dass Burkhard gestern anrief, dachte ich, dass du damit sagen wolltest, dass zwar gestern Burkhard anrief, heute aber jemand anders – und dass du jetzt eigentlich gerade das andere erzählen wolltest ...
An dieser Stelle meiner Schilderung wird mir zum Glück – früh genug, hoffe ich – eins klar: Dieses Beispiel ist nicht gut genug, und kein Beispiel wird gut genug sein – ob emotional oder was seine illustrative Kraft betrifft –, um das Wuchtpotenzial unserer schießpulvergeladenen Wortgefechte zu vermitteln. Ich schlage also ein etwas anderes Verfahren vor: Wir nehmen einen völlig neutralen Satz und lesen ihn mehrmals hintereinander vor – und zwar so, dass wir in ihm systematisch jedes Mal ein anderes Wort betonen. Und wenn wir dann den schlichten Sinn dieses schlichten Satzes außer Acht lassen und auf der Grundlage der jeweiligen Betonungsvariante eine gezielte Zwischenfrage zulassen, also die an diesem Punkt unter-

stellte, aber durchaus mögliche Sinnwidrigkeit inhaltlich ernst nehmen, würden wir einen ganzen Haufen kommunikativer Fallen herausarbeiten. Oder ich verwende für diese Übung einfach eine nicht ganz schlichte Passage aus Adornos »Ästhetischer Theorie« – die müsste es nämlich auch tun. Und ausgerechnet Adorno las ich in diesen fernen Zeiten damals oft, bevorzugt auf diversen Kinderspielplätzen, während mein Sohn kletterte oder im Dreck wühlte.

»Im Kanon der Verbote schlagen Idiosynkrasien der Künstler sich nieder, aber sie wiederum sind objektiv verpflichtend, darin ist ästhetisch das Besondere buchstäblich das Allgemeine. Denn das idiosynkratische, zunächst bewußtlose und kaum theoretisch sich selbst transparente Verhalten ist Sediment kollektiver Reaktionsweisen. Kitsch ist ein idiosynkratischer Begriff, so verbindlich, wie er nicht sich definieren läßt. Daß Kunst heute sich zu reflektieren habe, besagt, daß sie ihrer Idiosynkrasien sich bewußt werde, sie artikuliere. In Konsequenz dessen nähert Kunst sich der Allergie gegen sich selbst; Inbegriff der bestimmten Negation, die sie übt, ist ihre eigene.«[151]

Bei dem *genitivus explicativus* »Kanon der Verbote« könnten wir uns fragen: Spricht hier Adorno indirekt vielleicht auch über die Sachverhalte außerhalb des Kanons der Kunst? Meinte er also, dass sich AUSSERHALB DIESES KANONS einiges ganz anders verhält? Und bei einer anderen Betonung – Kanon der VERBOTE – würden dagegen ganz andere Fragen aufkommen, wie: Stellt Adorno

---

[151] Theodor W. Adorno, Ästhetische Theorie, in: ders., Gesammelte Schriften. Hrsg. von Rolf Tiedemann, Bd. 7, Suhrkamp Verlag, Frankfurt am Main.

diesem Kanon implizit vielleicht den Kanon der GEBOTE entgegen? Welche wären dann die entsprechenden Forderungen, denen sich die Kunst zu stellen oder zu beugen hätte? Bezieht sich hier Adorno eventuell auf irgendwelche weiter oben in seinem Text formulierten Vorgaben? Und unter uns: Negationen, Gegensätze, Umkehrschlüsse lauern doch überall, man braucht nur zuzugreifen. Wenn sich hier Adorno die IDIOSYNKRASIEN der Künstler vornahm, sprach er möglicherweise verdeckt auch über ihre Vorlieben. Wenn er aber Idiosynkrasien der KÜNSTLER – hier läge die Betonung auf »Künstler« – hätte einkreisen wollen, dann hätte er doch eventuell andeuten wollen, dass im Gegensatz dazu die NICHTKÜNSTLER ganz andere Abneigungen hegten. Fragen über Fragen, nicht wahr? Stellt Adorno dem »bewußtlosen Verhalten« das bewusst gesteuerte Verhalten entgegen? Dem intransparenten Verhalten ausgerechnet das transparente, das nur wegen seiner zu dickschichtigen Evidenz im Alltag ausgesparte? Wie steht er zu der Intransparenz im Allgemeinen? Und ist dieses Verhalten vielleicht außerhalb von Adornos Ästhetik, sagen wir im Gegensatz zu ihr, im Gegensatz zu diesem etwas monströs durchwebten Komplex, tatsächlich »sich selbst ausreichend transparent«? Und wie verhalten sich die individuellen Reaktionsweisen in Bezug auf die kollektiven? Steht bei Adorno in diesem Kontext darüber an einer anderen Stelle etwas – oder irgendwo in weiter gefassten Zusammenhängen seines Werks? Wird jemand je in der Lage sein, alle diese infrage kommenden thematischen Wechselwirkungen zu erforschen?

Selbstverständlich hört sich dieses beispielhafte Durcheinander, wie Adornos Ausführungen hinterfragt und missinterpretiert werden könnten, völlig überzogen an und an Hunderten von Haarstoppeln hochgerupft. Und

über Adorno haben ich und mein Sohn selbstverständlich nie diskutiert. Auf diesem hohen Präsisionsniveau bewegten sich unsere Streits, wütenden Angriffe und Gegenangriffe im Prinzip aber doch. Mein später vielleicht schon acht- oder zehnjähriger, engelhaft schöner Sohn vervollkommnete sich auf diesem Gebiet immer weiter. Zu seiner Spezialität wurde schließlich – allgemein gesagt – das selektive Herausarbeiten des divergierenden Betonungsdrifts und des frei wählbaren Sinn-Umwuchtens; und zwar mit dem klaren Ziel, mithilfe des Durchspielens aller potenziell möglichen Betonungsvarianten die vollständige Deutung der dabei und dadurch unweigerlich von innen auch noch weiter wuchernden Satzgefüge zu erreichen. Und sein Vorteil war, dass er tatsächlich in der Lage war, auch hochkomplexe Satzkonstruktionen zu erfassen und seine Missdeutungen am Ende einigermaßen plausibel zu begründen. Im Alltag kam es bei der Kindesaufzucht dann zwangsläufig – selbstverständlich auch bei völligen Banalitäten – zu unzähligen Konflikten, die variationsreich zu grundsätzlicheren Disputen führten, weil sie eben im Handumdrehen auf die Spitze getrieben, spitzfindig hinterfragt und von mir dann wiederum spitzfindig beantwortet, widerlegt oder gegenhinterfragt wurden – wie auch immer. Egal, ob es dabei ums Essen, Zu-Bett-Gehen, Chaos im Kinderzimmer, ums Endlosschleichen auf dem Nachhauseweg, irgendwelche kleinen Aufgaben im Haushalt, ums abendliche Sich-Waschen contra Nurwasserlaufenlassen, Stören der Alltagslogistik, Verlieren von Mützen, Zerquetschen von Butterstullen zwischen Schulbüchern und vieles mehr ging. Und man stelle sich die Situation konkret vor – mitten im Stress wird einem eine völlig sinnwidrige Zwischenfrage gestellt:
– Meintest du, dass das Zähneputzen gestern gar nicht

hätte dran sein sollen? Weil ich mir da doch schon das Gesicht gewaschen habe und du mir gesagt hast, dass Mama meinte, dass gestern – wie ich mit ihr gestern abgesprochen habe und heute für heute nochmal besprochen – schon vor dem Essen beim Baden …

Ich will unsere ganzen Streits aber nicht nur auf Stresssituationen zurückführen. Ich drückte mich manchmal sicher nicht ganz exakt aus, betonte manche Sätze wenig achtsam, nutzte möglicherweise ein nicht ganz eindeutiges Synonym. Das Frustrierende war dabei, dass ich mit der jeweiligen Unvollkommenheit auch sofort konfrontiert wurde:

– Meintest du, dass Pappe steifer ist als Blech aus Metall?

– Meintest du, dass das Wasser leichter ist als die Luft?

– Meintest du, die Indianer hätten die Inder ausgerottet?

Manchmal wusste ich gar nicht, wie er auf manche Fragen oder Fragestellungsbündel überhaupt gekommen war. Seine Denkwege hatten aber doch ihre ganz spezielle Logik, und gebraut waren sie eindeutig mit reinstem Wasser; nur besaßen diese seine Pfade viel zu viele unübersichtlichen Schleifen, zu glatte Klippen und – noch viel schlimmer – Spielarträtsel einer fremden Dimension. Und ich stand am Ende oft tatsächlich wie ein Trottel da. Allerdings ahnte ich damals noch nicht, und war teilweise blind dafür, wie quälend die irre Spitzfindigkeit in der Zukunft für ihn selbst sein würde – und wie selbstzerstörerisch. Belastend war sein zwanghafter Kampf um Genauigkeit für ihn natürlich von Anfang an. Umgebracht hat ihn, das klügste Kind weit und breit, bekanntermaßen am Ende sein Schamgefühl.

Kapitel #², das Frau-Kapitel, das diese auf gar keinen Fall lesen sollte [17]

Unter uns: Was für ein Jude bin ich denn überhaupt? Manche Leute bilden sich auf ihr Judentum unverschämt viel ein – sogar a lot! Meine Mutter sagte gern: *Wenn ein Jude dumm ist, dann ist er wirklich dumm.* Ich bin im Grunde ein vollslawisch sozialisierter Tscheche, nur mit ein bisschen Auschwitzschrecken in den Gliedern; volkstümlich ausgedrückt: transgenerationell unterbemittelt. Und ich bin wie ein wahrer Osteuropäer, wie vielleicht schon angedeutet [UND WENN NICHT, DANN WIRD ES SICHERLICH NOCH KOMMEN], etwas staatsfürchtig. Zum Glück fand ich meine in mir nicht ganz aufgelösten Endzeitsehnsüchte später in einigen dystopischen Filmen wieder, wie den filmgeschichtlich bahnbrechenden Meisterwerken von George Miller.[152] Das, was gerade in der viel zu langen Fußnote stand, sollte man sich, lieber Leser, auf der dehydrierten und angeschwollenen Zunge erstmal gründlich zergehen lassen. Und als noch später diese filmische Quelle der belebenden Glücksbringung zu versiegen drohte, betraten die apokalyptischen Rammritter ihre Avecsouci-Stufenbühne und zerzerrten mit ihren *line arrays* die gewohnte Luft-

---

152 Wen könnte es dann verwundern, dass es eines Tages – und zwar am 22. Juni 2019 – tatsächlich zu einer Recherche- und Beratungsbegegnung zwischen dem Verfasser und den Vertretern der Mad-Max-Brüderschaft kam – also den Hütern des in Benzin schwimmenden Heiligen Reifens. Allerdings fand das Treffen nicht wie geplant und gewünscht in der Wüste Gobi, sondern auf einer Anhöhe am Berliner Stadtrand statt.

ordnung. Diese schlagkräftige Sturmeinheit, diese ebenfalls transgenerationell gezeichneten Geschöpfe, diese Männerbundmusikalisten kamen für uns Deutsche[153] wie gerufen. Da mir Prof. Ramm mit seiner vortrefflichen Arbeit bereits zuvorkam, kann ich mir meinen eigenen psychoanalytischen Deutungssenf an dieser Stelle zum Glück sparen. »Das letzte Aufbäumen des weißen Mannes«, spottet dagegen meine Frau gern, wenn sie mit mir ausnahmsweise kurz rammhört oder rammsieht. Aber lassen wir meine Frau und ihresgleichen ruhig spotten, das hält unser Kollektiv locker aus. Das, was die Rammsteinmusik in mein Leben des sich abschwächenden Lärms gebracht hatte, passte zu mir wie ein Rammbock ins Abwasserrohr, wie ein Kugelfisch in eine Augenhöhle oder ein Stück vibrierenden Stacheldrahts ins Gehörzentrum.[154]

Was ist es nun – frage ich – für eine Prosa, bei der keine Tränen fließen? Etwas mache ich hier offensichtlich falsch. Die gerade erwähnte teutonische Musikantenbrüderschaft schafft dies mit linkslinks. Und wehe, einer macht uns noch mal die deutsche Sprache madig! Ein Volk, ein Völlegefühl, ein Endgespür[155], sage ich. Mein Deutsch war in den Siebzigerjahren zwar noch mehr als mangelhaft, ich jammerte damals aber nur ganz dezent, also nur leise für mich. Manche zugewanderten Leute beschweren sich gern über die vorbildliche deutsche Grammatik – und das nur deswegen, weil sie immer die gleichen Fehler machen. »Überholen ohne einzuholen«, sage ich, um wenigstens nicht den Schrumpfkopf von Lenin mit seinem »lernen,

---

153 Ehm, ehm.
154 Höre auch: »Ich tu dir weh« aus dem Album »Das Leben und die Wahl der Qual, Stacheldraht im Harnkanal«.
155 Höre auch »Rammreigen« aus dem Album »Liebe für alle Mann in Allemagne«.

lernen, lernen« zitieren zu müssen. Dieser asiatische Mystiker der radikalen Volksdurchforstung, dieser Ferndialektiker des sauberen Genickschusses, diese nicht zertifizierte Spuckwut- und Hass-Schleuder hatte leider überhaupt nicht vorgesorgt und nicht das unbedingte Einsetzen von immer neuen Kontrollinstanzen und -kommissionen verfügt, dank deren Kompetenz alle zukünftig auftretenden Missstände von der sozialistischen Notgemeinschaft ferngehalten worden wären. An dieser Stelle könnten manche der heutigen Postdialektiker natürlich einwerfen, unser nachgereifter Sozialismus hätte in den Siebziger- und Achtzigerjahren des zwanzigsten Jahrhunderts zu einer gewissen Gemütlichkeit gefunden. Nach der Oktoberrevolution wären da zwar schon sechzig, siebzig hartknalldüstere Jahre vergangen, man hätte in dieser Auslaufzeit aber wenigstens nur mäßig intensiv arbeiten müssen und hätte sich dafür viel Zeit für erotische Aktivitäten nehmen können; und jeder, der partout nicht ins Gefängnis abwandern wollte, hätte sich einfach nicht an Flugblattaktionen beteiligt, hätte seine Finger nicht in meldepflichtige Eiterwunden gesteckt und hätte sich zur Orientierung ab und zu das Neue Deutschland gekauft.[156] Und diese putzige Genügsamkeit der Industrie! Und die Umweltverschmutzung, die nur im absolut notwendigen Rahmen überhandnehmen durfte! Und die soziale Sicherheit und Durchlässigkeit sozialer Schichten! Und wir alle wüssten doch Bescheid: Es sei auch heute nicht alles nur versilber-

---

156 Die Söhne von Funktionären wurden, wenn sie sich im Sinne der sozialistischen Gerichtsbarkeit versündigt hatten, entschieden milder bestraft – oder gar nicht. Einer meiner Marxisten musste wegen seiner Flugblätter gegen die 68er-Okkupation der ČSSR sogar keinen einzigen Tag einsitzen. (Wenn das jemanden noch interessieren sollte: Die Truppenstärke der Invasionstruppen stieg in der Hochphase bis auf 500.000 Mann.)

tes Blei, was einigermaßen erfolgreich – einzelverpackt in Blistern, versteht sich – mit fetter Westspucke zum Glänzen gebracht würde. Als ein staatlich anerkannter Superrecogniser für Gesichter erkenne ich heutzutage sofort, wer ein finanziell abgesichertes Leben führt, also eine unkündbare Stelle innehat oder ein überschüssig gut versorgter Rentner ist. Die innere Ruhe dieser Leute ist einfach beeindruckend. Und ich freue mich für sie aus einem einfachen Grund: Diese Leute sind aufmerksam, sind dank ihres Frohsinns spendable Impulsgeber und erhellen nebenbei auch noch weiträumig ganze Erdkreise. In meinen KSK-Kreisen gibt es diese Art von Gelassenheit kaum, und wenn, dann ist sie nur selten von Dauer. Und so vermisse ich in meiner Umgebung oft Menschen, die einen gradlinigen, gut gelaunten Blick auf mich richten. Allerdings sollte man sich klarmachen, dass es für alle Wirbeltiere generell schwer ist, ihr ganzes Leben vergnügt durchzustehen. Wer schon die Hälfte einigermaßen heil hinter sich gebracht hat, sollte als olympiareif gelten und anschließend auf keine vereisten Pisten losgelassen werden. Mein Sohn ist ausgerechnet dreiunddreißig Jahre alt geworden. Und das, was im apokryphen »Gebet des Manasse« steht [UND WENN NICHT DORT, DANN EBEN WOANDERS], passt hier thematisch erschreckend gut rein: »Das große Dreigestirn unseres sorgenvollen Alltags sind Traurigkeit, Trübnis und Trauer.« Ist dieser perverse Trottelroman etwa die »Missa solemnis« meines übersteigerten Gestaltungswillens?, frage ich mich. So in etwa, mein lieber Ludwig van Ben; oder ist mein Werk vielleicht noch etwas wesentlich Gammeliges? Du hast dich, lieber Ludwig van Bonn, mit deiner endlosen Bejubelei des [OLMÜTZER] Erzbischofs allerdings wirklich überhoben.

Meinem Gefühl nach wäre an dieser Schaltstelle der

Geschichte am dringendsten meine Frau dran. Also nichts wie ran an ihr süßes und überaus saftiges Gewebe! In Ostberlin lief ich nach meiner Übersiedlung – ähnlich wie in Prag – irgendwann wieder in schmutziger Arbeiterkluft herum, war dabei aber wesentlich gelassener[157], weil ich tatsächlich ein Arbeiter war und als ein solcher wenig zu befürchten hatte. Vielleicht werde ich meine Ostberliner Arbeitswelt später noch etwas ausführlicher behandeln. Bei meinen ab-und-zuen Besuchen in Prag wurde ich natürlich immer wieder hellwach, wenn an mir plötzlich so etwas wie ein Blinder vorbeilief und sich entweder verdächtig sicher bewegte oder übertrieben theatralisch seine Arme ausstreckte. Hinter seinen dunklen Brillengläsern konnte ich aufmerksam tickende Augen vermuten – und unter seiner fettigen Arbeitermütze die langen Haare, die er unter seiner Kappe versteckt hielt. Ich konnte mir ziemlich sicher sein, dass dieser Mensch zum harten Kern des Undergrounds gehörte. Diese Leute wurden in meiner Heimat bei Verhören regelmäßig geschlagen[158]; und wenn sie Pech hatten, dann bis zur Bewusstlosigkeit. Wenn einer renitent blieb und dann sogar politisch aktiv wurde, kamen noch schärfere Methoden zum Einsatz. Einem Liedermacher, das heißt auch Gitarrenspieler, hat man mit einem Feuerzeug die Fingerkuppen angeschmort, einem anderen auf den Fingern herumgetrampelt. Wie überrascht ich war, als ich mitbekam, um wie viel kultivierter die Sitten in der DDR waren – jedenfalls in der Vorzeigefrontstadt Berlin.

---

157 Die Arbeiterklasse hatte im Sozialismus sowieso glücklich zu sein. Aber lieber nicht zu glücklich oder zu ausgelassen-sorglos, vor allem nicht unter Alkoholeinfluss und im Beisein von unbekannten Fremden.
158 Jáchym Topol beschrieb es mir ziemlich genau. Seine Mails vom 17. und 24. April 2019 können auf dem Rechner meiner Frau – nach einer telefonischen Terminvereinbarung, versteht sich – bei Bedarf angesehen werden.

Dass meine Frau auch nicht die Hellste ist, habe ich bereits verraten. Sie und ich sammelten miteinander allmählich aber wenigstens viele nützliche Alltagserfahrungen, machten manchmal schlimme, zum Glück aber reversible Missgriffe beim Zubereiten von warmen Mahlzeiten, und ich brachte mich bei hastigen Steckdosenreparaturen mehrmals fast um. In unseren Abzweigdosen schmorte es früher recht oft. Immerhin wurde dabei unsere immer etwas unterkühlte Wohnung wenigstens leicht mitbeheizt. Eben dank der unter dem Putz liegenden Aluminiumkabel, deren Leiteigenschaften bekanntlich nicht die besten sind. Uns beiden war aber immer klar: Im real existierenden Leben ist einiges ziemlich unwichtig und darf zu Bruch gehen oder zu Schmorklumpen zerbacken. Das und jenes hätte bei uns aber natürlich nicht unbedingt passieren müssen. Meine Frau bekleckert beim Essen zum Beispiel regelmäßig ihre Hosen, Blusen und Röcke – wenigstens landen dabei einige Soßentropfen oder Krümel oft auch im Bereich ihrer Brüste; und sie erlaubt mir manchmal, sie von den Verunreinigungen zu befreien, die Soßentropfen sogar auch von den Ansätzen der Brüste abzusaugen. Ein ganz besonderes Kunststück führt sie aber erst seit Kurzem auf. Sie kippt sich ab und an pulverisierte, von irgendwelchen gierigen Kapitalisten produzierte und portionsweise verpackte Nahrungsergänzungsmittel direkt auf die Zunge – und zwar in trockener Darreichungsform. Was dann folgt, ist herrlich: Sie staubt beim Ausatmen kurz aus dem Mund. Das muss man mal gesehen haben![159]
Es ist natürlich ein Unding, solche Dinge über die eigene

---

159 Eventuell wäre meine Frau bereit, dieses Kunststück dem einen oder anderen meiner Leser vorzuführen; vielleicht wenn er sich gerade wegen der Mails von Jáchym Topol bei uns aufhalten sollte.

Frau öffentlich zu verbreiten, das ist mir klar. Gerade solche Details beschreiben sie aber vortrefflich und würdigen sie außerdem in ihrer doch breit gefächerten Pracht. Abschließend sei noch gesagt: Viele ihrer Sorgfaltsdefizite sind ihr eindeutig angeboren, und ich bekomme diese Person trotz intensiver Nachbetreuung einfach nicht mehr groß. Dass einiges in das im Großen und Ganzen ausreichend voluminöse Frauengehirn gar nicht reinpasst, begreife ich trotz aller Liebe nicht wirklich. Warum legt sie die so praktischen Schraubverschlüsse regelmäßig einfach lose auf die Flaschenhälse, ohne sie zuzuschrauben? Dabei hätte man diese Teile erstmal ohne Weiteres auf dem Tisch liegen lassen können. Wie oft sind mir schon Flaschen heruntergefallen und haben dabei Teller oder Tassen zerschlagen, weil ich plötzlich nur noch den losen Verschluss in der Hand hielt – die Flasche aber nicht. Das Gleiche passiert bei uns oft mit Marmeladengläsern. Man will sie anheben und umsetzen ... und schon ist es passiert! Dabei ist das Frühstück noch voll im Gange, keine Wespe oder Fliege im Anflug. Nun bin ich thematisch wieder etwas abgeglitten, mein Thema ist eindeutig ein anderes. Über das Problem mit den nur abgedeckten Marmeladengläsern reden meine Frau und ich sowieso nicht mehr. Leider vergesse ich regelmäßig, wie suboptimal sie generell mit Verschraubungen und Verschlüssen umgeht. Sie ruiniert wiederholt Schraubkappen von Salben- oder Zahnpastatuben, indem sie diese Plastikteile schräg ansetzt und dem dort im Inneren liegenden Gewinde unwiederbringlich einen falschen Quetschverlauf aufzwingt. Inzwischen sind wir schon vierzig Jahre zusammen und haben uns kein einziges Mal zum Beispiel über Zollgewinde (also Whitworthgewinde), metrisches Feingewinde oder Kegelscheibengewinde unterhalten. Auch nicht über das Gewinde der aufsteigenden Windelwinde und Ähnliches. Und das weiter vorn schon einmal erwähnte Linksgewinde-Thema habe ich inzwischen endgültig ad acta gelegt. Jetzt bin ich – gefühlsmäßig jedenfalls – wieder bei den Anfängen meiner DDR-Erkundungen gelandet, ohne selbst zu ahnen, warum eigentlich. Kann sich der geduldige Leser überhaupt vorstellen, wie sich ein leiser Tscheche[160] seinerzeit gefühlt haben muss, als er in den Siebzigerjahren nur halbwegs geistesfrisch ausgerechnet in einer gerupft-gezupften und rau geschorenen Kriegsstadt zu sich kam? Schon diese brutale Fahrweise der S-Bahnzüge war für Menschen wie mich mehr als beängstigend.

Das Stadtleben war früher natürlich auch in Prag relativ laut. Vieles war aber trotzdem graduell anders, vor allem weil die Stadt damals noch keine U-Bahn hatte – eine S-Bahn schon gar nicht. Als man bald nach der russischen Invasion dann aber doch damit anfing, mein früheres Prag zu zerwühlen und im Zentrum streckenweise im Vonoben-Buddelverfahren die erste U-Bahnlinie zu bauen, konnte ich mir das nur mit der gnadenlosen politischen Situation erklären. Zum Glück begann ich ausgerechnet in dieser Zeit in Richtung Ostberlin zu entweichen und versuchte dabei, an meinen vormodern paffenden Erinnerungen nicht zu rütteln.

In den Sechzigerjahren waren in Prag noch viele alte Straßenbahngespanne ohne Türen unterwegs, und man konnte während der Fahrt auch rausspringen, wenn man dazu triftige Gründe hatte, die Bahn mit ihren lahmen Anhängern irgendwo kurz verlangsamen musste und sich der Absprungstelle außerdem gerade keine anderen Fahrzeuge

---

160 Die Deutschen sprechen in der Öffentlichkeit tatsächlich wesentlich lauter als wir mitteleuropäische Slawen.

näherten. Natürlich war es auch noch wichtig, nach dem Sprung mit aktivierter Muskelbremse ein ganzes Stück weiter zu rennen. Was die gemütliche, nur eingleisige und ausgerechnet auch durch Prag 6-Dejvice – also meine Gegend – führende Eisenbahnstrecke betrifft, war ich mein Leben lang nur ihr unschuldiger Überquerer, nie ein Nutzer. Die dampfangetriebenen Züge starteten unten in Prag 7-Bubny, schlängelten sich anschließend durch den Stadtteil Letná und zerschnitten dann ebenerdig meine unmittelbare Umgebung in zwei Teile. Danach fuhren sie unterhalb der Straße des Slowakischen Nationalaufstandes weiter, passierten die duftende Armeebäckerei … und setzten ihre langsame Fahrt bald in Richtung Liboc und Veleslavín fort. Später beglückten sie mit ihrem technikfrohen Lärm noch das Gefängnis Ruzyně, in dem unser zukünftiger Präsident Havel später lange Jahre seines Lebens verbringen sollte, bis es endlich raus aus der Stadt gen Westen ging – angeblich in Richtung Kladno; das konnte mir aber egal sein. Ich fühlte mich mit meiner Beobachterrolle in Dejvice immer recht wohl, obwohl ich vor den Bahnschranken[161] oft lange warten musste. Die Bahnstrecke lag auf dem Weg zu meiner Schule, sodass ich sie neun Jahre lang fast jeden Tag betreten musste, oft sogar mehr als nur zweimal am Tag. Der inzwischen ungeduldig gewordene Leser wird meine diesbezüglichen Abschweifungen sicher entschuldigen. Und bestimmt auch noch diese kleine Zugabe: Ich habe mich vor einigen Jahren in Bubny in einen der inzwischen dieselelektrischen Züge gesetzt und bin schwarz bis nach Dejvice gefahren, habe mich sozusagen bahnbrechend spontan entjungfern lassen. Übrigens gibt

---

161 Die klassisch aus einem weit entfernten Häuschen mit Kurbelwinden bedient werden mussten.

es an der Stelle, wo ich früher so oft unter Zeitdruck warten musste, bis heute keine Unterführung.

Auf den selbstverständlich sehr wackeligen sozialistischen Bahnschienen quietschten in meiner Mutterrepublik zwar überall auch irgendwelche lahmen Güterzüge mit ihren primitiven Klotzbremsen, auf den Bahnhöfen für Personenverkehr ging es aber sehr gemütlich zu. Und ich kannte fahrende Zuggarnituren in meiner Kindheit und Jugend gar nicht anders. Die ankommenden Kolosse fingen immer schon in weiter Ferne an zu bremsen – und das nicht ohne Grund: Ihr Bremsweg betrug je nach Geschwindigkeit mehrere Hundert Meter. Und auch die traditionelle Dynamik beim Losfahren der Züge war ausgesprochen bodenständig. Physikalisch ging es sowieso nicht anders: Die gewaltige Eigenmasse des Zuges wurde nur mit Mühe in Bewegung gesetzt, und man konnte regelrecht spüren, mit welchen Qualen der Lokomotive dies verbunden war. Ich erzähle diesen ganzen Quatsch natürlich nicht umsonst – ich habe nämlich schon die ganze Zeit vor, mich mit der Fahrweise der rasenden S-Bahn-Gespanne in der großen Stadt Berlin zu beschäftigen – also mit diesen wütenden Stahlmutantinnen, funkensprühenden Ferkelstuten, übel gelaunten Schienensäuen ...

Für mich war in Berlin verkehrstechnisch einiges sowieso beängstigend, weil in Prag seit Menschengedenken der Stadtverkehr nur ebenerdig vonstattenrollte, niemals unterirdisch oder gefährlich abgehoben. Und der gesamte Verkehr lärmte immer ziemlich gleichmäßig, da die Straßenbahnschienen miteinander überall lückenlos verschweißt waren. In Ostberlin gab es zwar auch Straßenbahnen und Busse, alles andere raste dagegen in Tunneln oder hoch oberhalb der Straßen auf Viadukten, Dämmen und oft auf unsinnig massigen, wie für zukünftige Bombenkriege ausgelegten Klinkersteinbogen. Ich empfand besonders die übergewichtigen S-Bahn-Gespanne, die sich nicht so wackelig und kurvenreich wie die U-Bahnen durch die Stadt quälen mussten, lange Zeit als unbeherrschbare Geschosse. Schon das Geräusch, mit dem sich das rollende S-Getüm immer von Weitem ankündigte, war erschreckend – dieses dumpfe Rattern und Doppelrumsen (dada – dada), wenn die Räder gegen die Kanten der Ausdehnungslücken zwischen den Schienen schlugen. Erschreckend war auch die absolut unvernünftige Geschwindigkeit, mit der diese zusammengenietete, verbolzte, verschweißte und verschraubte Stahlmasse auf die jeweilige Station zuraste.[162] Ein klassischer Zug, der in Prag mit einem solchen Affentempo in den Bahnhof eingefallen wäre, wäre erst hundertfünfzig Meter hinter dem Bahnsteig zum Stehen gekommen – oder erst in einem Kilometer. Dann aber natürlich recht leise. Hier in Berlin kam das Ungetüm dagegen ohne jegliche Rücksicht angeschossen und schien noch eine ganze Weile nicht ans Verlangsamen zu denken. Irgendwann war es dann aber so weit, die Bremsen kniffen ihre Arschbacken zusammen und wandelten die mitgebrachte Energie irgendwo im Unterbau in nicht genutzte Hitze um. Und obwohl ich oft

---

[162] Ich beziehe mich hier natürlich auf den technischen Zustand der S-Bahnzüge aus den Siebzigerjahren des vorigen Jahrhunderts. Die Schienenstränge waren damals tatsächlich noch nicht stoßfrei verbunden. Außerdem besaßen die alten Waggons noch die gern quietschenden Backenbremsen – und keine Scheibenbremsen oder gar magnetische. Das, was heutzutage in die Bahnhöfe gut gefedert, ohne die sogenannten Überrollgeräusche und wie aalglatt geschliffen angerollt kommt, ist mit den stahlgewittrigen Schreckgeschossen von damals nicht zu vergleichen. Und möchte der eine oder andere meiner lesenden Kunden vielleicht noch mehr wissen? Etwas über die Riffelschienen, den Sinuslauf, starre Achsen oder über Unterbögen, Schubkräfte oder gar über die Fahreigenschaften und Kurvenverhalten von Drehgestellen? Ich warne davor, und sogar dringend! Lasst euch bitte nicht vom eigentlichen Thema ablenken!

schon mit dem Schlimmsten rechnete, kamen diese grölenden Gespanne tatsächlich meistens punktgenau zum Stehen. Dass sie dann mit einer gewaltgeladenen KdW[163]-Beschleunigung sofort wieder überraschend flott in die Gänge kamen, verinnerlichte ich dagegen relativ schnell, da mich die geballte Kraft der vielen, im Verbund arbeitenden Elektromotoren mehrmals umwarf. Wenigstens erfuhr ich auf diese Weise, wie die legendären, rundlichen und sehr begehrten[164] S-Bahn-Heizungen aussahen, die sich unter den Sitzbänken befanden.

Was meine Frau betrifft, sollte in diesem Text auf keinen Fall irgendein falscher Eindruck entstehen. Falls ich bis jetzt ihre Fähigkeiten zur Selbstreflexion noch nicht grundsam genug gewürdigt haben sollte, dann tue ich es

---

163 KdW: Kraft durch Wut – 3g, mindestens!
164 Höchstwahrscheinlich wissen viele heutige Mannen und Frauen aller möglichen Gewichts- und Altersklassen nicht mehr, dass es in der DDR keine elektrischen Zusatzheizungen zu kaufen gab – höchstens gegen Devisen im Intershop. Der Grund war verständlicherweise die angespannte Lage bei der Stromversorgung. Und die Staatsführung nahm klugerweise auch noch an, dass die Bevölkerung sich das ewige Kohleschleppen gern ersparen und massenhaft auf die billige Stromwärmeerzeugung umsteigen würde – dann wäre es in den meisten Altbauten aber garantiert zu gewaltigen Kabelbränden gekommen, ganze Viertel wie der Prenzlauer Berg wären infolgedessen möglicherweise abgebrannt. In den Wohnungen hingen damals oft noch mit Textilfasergeflecht ummantelte Aufputz-Vorkriegskabel an den Wänden – wie schmückende, egal wie unschöne Girlanden. Die verborgenen, also unter Putz liegenden und sich gern erhitzenden Leitungen wurden von kompetenten Familienvätern nicht unbedingt mit Messgeräten nach Stromschwund abgesucht, sondern eher mit den Handflächen. Schmorendes Gummi, Gewebe oder Bakelit riechen außerdem stark, Bakelit zum Beispiel nach abgestandener Pisse. Der liebe Leser darf jetzt trotzdem ruhig raten, was ich im weiteren Verlauf meines Ostberliner Daseins aus Prag oft zu schmuggeln hatte: Natürlich Heizlüfter aller verfügbaren Größen und Stärken. Aber auch Knoblauchpressen und außerdem massive Affenklammern für unterschiedliche Publikationen der nicht ganz legalen Art – geeignet für Heftklammern, deren Schenkelhöhe 8 bis 10 mm statt der mickrigen 6 mm betrug.

jetzt. Und falls ich bis jetzt auch noch nicht bejubelt haben sollte, was für Erkenntnisreichtümer sich mir dank ihrer eröffneten, dann würde mit mir etwas Grundsätzliches nicht stimmen. Auch wenn sie da und dort natürlich auch schwächelt, sich manchmal bei Bedarf frei erfundene Fakten zurechtlegt und es oft an Schilderungspräzision mangeln lässt, kann ich ihr nur die besten Kopfnoten ausstellen. Von der allerbesten Gesamtbeurteilung als Partnerin ganz zu schweigen. Es reicht, sich meine Frau einfach vorzustellen, wie sie ist, und die meisten ihrer weiter oben erwähnten Unvollkommenheiten werden sich schnell im Neutrinonebel auflösen. Natürlich lässt sie aus ihrem Mund manchmal viel zu unbedacht Dinge entweichen, die der eine oder andere unbedingt für sich behalten hätte – und ehrlich gesagt ich auch. Und auch wenn es sich bei derartigen Äußerungen meiner Frau manchmal nur um gut gemeinte Irrtümer handelt, trifft sie trotzdem oft erstaunlich genau in die Pupillenmitte ihres Gegenübers. Bewusst oder mittelbewusst. Und wie frech und vor allem wie überzeugend frech sie zu mir immer wieder war und ist! Gerade das finde ich aber einfach herrlich an ihr und lobe es mir – es hat mir sowieso immer nur Gutes gebracht. Außerdem hat es viel zu unserer gemeinsam zu backenden Sache beigetragen. Genau eine solche Frau habe ich mir schon immer gewünscht, dachte ich bei mir, als es im Bett im Dunkeln mit ihren Frechheiten losging. Natürlich wussten wir beide nicht, was wir uns mit unserer ehelichen Objektwahl überhaupt eingehandelt hatten. Ich hätte etwas weiter oben statt des – im Zusammenhang mit meiner Frau – mehrmals gebrauchten Wörtchens »frech« sicherlich auch ein sanfteres wie »direkt« wählen können. Als Herr dieses Textes leiste ich mir solche absolutistischen Missgriffe allerdings gern – und absichtlich. Trotzdem würde ich beispielsweise niemals von irgendwelchen besorgniserregenden Ausmaßen der Zuschreibungslust oder gar Benennungswut meiner Frau sprechen, sondern einfach sagen, dass sie ein ehrlicher Mensch ist. Und mein Fazit? Die Berliner Deutschen und ihre S-Bahn gingen meiner Meinung nach eine para-, epi- oder hochbahn-hypogenetische Verbindung ein – und offenbar sogar transgenerationell. Das knallhart Offensive, lärmend Direkte, unverschämt Kurvenlose war mir in Prag niemals begegnet. Ein Moldautscheche kann so etwas Stahlfaustmäßiges zu meiner Zeit niemals durchdrungen haben. Und offenbar scheint im viaduktgewaltigen emotionalen Überbau der Deutschen sowieso zusätzlich ihre strebsame Suche nach verschiedenen -heiten, -keiten oder -itäten[165] zu schweben, eben die Sehnsucht nach Dingen aus den höheren Sphären des Welt- und Verkehrsgeistes. Hat jemand meine Frau schon als blankes Tier gesehen? Also ohne Fell, ohne Schuppen, ohne Federn? Man muss ihr dann einfach alles glauben, wenn man sie ohne jegliche schützende Umhüllung sieht. Nebenbei gesagt, habe ich erst vor Kurzem erfahren, dass es gesellschaftlich durchaus toleriert wird – jedenfalls bei Mitbürgern ab sechzig –, wenn man sich im Alltag ab und an mit einer kleinen Lüge aushilft. Und obwohl ich jetzt lange noch nicht sechzig[166] bin, habe ich neulich mehrmals zu Testzwecken gewagt, ausschmückende und nicht ganz

---

165 Weiterführende Lektüre: Karl Marx – »Zur Kritik der politischen Ökonomie« von 1859; oder Bert Papenfuß – »TrakTat zum Aber« oder »aton-notate« oder »SoJa« (diese stilprägenden Gedichtzyklen bzw. -sammlungen von Bert Papenfuß stammen aus der zweiten Hälfte der 1980er-Jahre).
166 Ehrlich gesagt, bin ich beim Zählen meiner Jahre bei der Zahl neunundvierzig stehen geblieben. Noch frecher war mein Großvater Schornstein, der sein Alter in seinen reifen Jahren immer mit neunundzwanzig angab – bis zu seinem Tod in den Bergen. Da war er tatsächlich noch jung – vierundvierzig und ein halb.

wahrheitsgemäße Häppchen unter die Leute zu bringen. Mit vollem Erfolg! Es ist in der Tat befreiend und macht einiges viel einfacher. Und schafft außerdem geräuschlos Probleme aus dem Weg, möglicherweise sogar auch die der anderen Beteiligten.

Die Beziehung zwischen mir und meiner Frau begann im Grunde wie ein Scherz – und ich könnte die Sache vielleicht immer noch wie ein zufälliges Stolpern durch eine türlose Wandöffnung darstellen, wie eine dunkle Umarmung aus Versehen. Dies ist aber nicht mehr möglich, weil ich bei der ursprünglichen Schilderung unserer körperlichen Beziehungsschließung bereits die offizielle Version festgeschrieben habe. Ich war, als ich damals ihr Behelfsbett im illegal eroberten Zimmer im Nebenhaus ansteuerte, natürlich etwas angetrunken[167], handelte aber trotzdem vollprofessionell, denke ich. Zum Thema Scherz noch: Meine Frau und ich haben ausgerechnet am ersten April geheiratet, weil es nur an diesem Tag noch Termine gab.

Ich hatte im Leben nie viel Geld, trotzdem musste ich nie besonders sparsam leben oder mich sogar schmerzhaft [SAGT MAN DOCH SO] einschränken. Ich hatte also trotz einer gewissen finanziellen Minderausstattung immer alles, was ich brauchte. Verstehe das, wer will. Und wenn ich etwas heftig begehrte, was ich mir niemals hätte leisten können, bekam ich es bald geschenkt. Dazu zählt zum Beispiel mein erstes, schimmernd goldfarbenes Rennrad der

---

[167] Die schon einmal erwähnten DDR-Ekelweine hießen: *Rosenthaler Kadarka, Muskat Ottonel, Blaustengler* (ungenießbar – schmeckte fast wie Salzsäure), *Zeller Schwarze Katz, Kröver Nacktarsch, Egri Bikaver, Erlauer Stierblut, Murfatlar, Pinot noir* ... bei Schnaps wurde im Grunde aber nur der *Blaue Würger* ernsthaft in den Wortmund genommen, von intelligenteren Menschen allerdings nicht getrunken.

Marke *Favorit*[168], das mir ausgerechnet dank der sowjetischen Okkupation eines Tages einfach zufiel – nachdem ein mit mir fern verwandter Bursche nach Kanada emigriert war. Wieso musste ich im Leben aber niemals[169] wirklich hungern? Das lag sicher nur zum Teil am niedrigtourigen Billiggang des sozialistischen Versorgungswerks. Fest steht natürlich, dass ich ohne meine Frau wahrscheinlich längst nicht mehr leben würde. Meine Frau ist wesentlich verdienststabiler als ich, und ich wiederum sorge dafür, dass unser Brot nicht Schimmel ansetzt. Im Grunde bin ich ein Findling, ein von meiner Frau aufgelesener Glückspilz, ein Mensch, dem es am besten geht, wenn er keine Sorgen, keine Schmerzen und keine Wünsche hat. Und Stabilität gibt es ausgerechnet nur auf den Zünglein einer von zwei Personen auszutarierenden Feinstwaage.

Manchmal sitzen meine Frau und ich einfach da, sehen uns an, und jeder von uns überlegt, wer der Klügere von uns beiden ist. Wie lächerlich! Das gerade verwendete »jeder« sagt schon alles – die Natur und die Sprache haben die Sache bestens im Griff. Am Ende kann in diesem Text sowieso nur ich als der Klügere dastehen, weil ich dies alles aufschreibe. Und nachdem wir uns lange beobachtet haben, kann ich an meine Frau vorsichtig folgende Worte richten: *Könnten wir uns jetzt nicht einfach belieben? Den Begattungsvorgang wortlos starten und unsere Organe ihre schlichte Sprache sprechen lassen?* Meine Frau hat aber natürlich längst erraten, also schon bei der ersten Silbe meines Sprechs, was im Gange ist. Trotzdem: Irgendwann nehme ich – nach einem kurzen Überzeugungsinter-

---

168 Später ging es mit den gebrauchten Autos meiner Schwiegereltern so ähnlich weiter – ohne die übliche üble Wartezeit von zehn oder sonst wie vielen Jahren.
169 Nur punktuell im Herbst 1989, dazu komme ich aber sicher noch.

mezzo, versteht sich – vielleicht doch das erigierte Heft des Handelns in meine Pranke, sage den gesetzlich vorgeschriebenen Satz *Wollen wir tunken?* und führe mein Passstück in ihr fürstliches Bescheidentum oder besser: unbescheidenes Einvernehmentum ein. Das Geschrei der modularen Aufreger bleibt jetzt garantiert nicht aus. Und es ist wirklich eklig und grundsätzlich unwahr, was ich hier den Schreibmaschinentasten soeben aufgefickt habe.

Born to hate Alex – ungerecht sei der Mensch, liederlich und liedlos[170] [18]

Warum auch manche einigermaßen vernünftige Menschen – also ansonsten sympathische Lebendexemplare – den Alexanderplatz überhaupt freiwillig betraten, war mir bis 1989 völlig schleierhaft. Diese Leute mussten sich erstmal in die Nähe des unsinnigen Raumverschwendungssprengels überhaupt vorgewagt haben, also ihre Stinkefüßchen über die Grenzlinien dieses Flachglacis' setzen – und sich dann auch noch zusammenreißen, um nicht vor Agoraschreck sofort kehrtzumachen. Der Ruf des Platzes war seit dem Anbeginn meiner Ostberlinkarriere [SPÄTER IM TEXT MEIST NUR NOCH »OB-K«] ausgesprochen übel. Mir ist seinerzeit sogar zu Ohren gekommen, dass der Platz einmal – nachts und bei Vollsperrung, versteht sich – probeweise mithilfe einer in Nowosibirsk neu entwickelten ABC-Handfeuerwaffe flurbereinigt worden war. Zu allem Unglück war der Alexanderplatz auch noch für seine konstant übertrieben gute Belüftung, seine Anziehungskraft für Tornados, die in seiner geometrischen Mitte zubereiteten Hechtsuppen und die Auftritte der Köpenicker Staubsaugerblaskapellen bekannt. Für mich wird es, liebe Feinschmücker, trotz meiner wiederholten Grübeleien garantiert weiter ein Rätsel bleiben, aus welchen Quellen diese

---

170 In diesem Kapitel kommt wieder mal ein Dialog vor – diesmal sogar ein übermäßig langer –, was zu der Gesamtkonzeption dieses Werks leider überhaupt nicht passt.

städtebauliche Nullnummer ihre Anziehungskraft bezogen haben konnte. Ich steige auf dem Alexanderplatz bis heute grundsätzlich nur von der U-Bahn in die S-Bahn um oder umgekehrt – und muss dabei zum Glück nicht einmal den Platz selbst betreten. Schon der Untergrund mit seinen umschichtigen Menschenschleusen in Kotzgrün ist für meinen Geschmack hässlich genug. Meine Abneigung galt früher allerdings nicht nur der räumlich-inhaltlichen Leere und der ideologischen Scheinfülle des A-Platzes in seiner B4-Lage.[171] Ich mied ihn auch als ein Solosolipsist, da ich der Deutschen Durchschnittsrepublik aufgrund meiner Präsenz vor Ort keine zusätzliche Daseinsberechtigung liefern wollte. Dies wäre aber der Fall, dachte ich bei mir, wenn ich mich auf diesem fürs Herdenvolk bereitgestellten Großpferch freiwillig aufgehalten hätte. Manche Individuen mussten in dieses sogenannte Zentrum damals aber doch ganz gern gegangen sein. Die Leute verabredeten sich dort, flanierten ausgiebig, saßen bündelweise herum – und offensichtlich ohne an die Druckwellen bei Bombenexplosionen im Zweiten Weltkrieg zu denken. Dazu kann der Denkosoph in mir vorläufig nur Folgendes anmerken: Diese Menschen modifizierten dadurch zwar den nicht ganz zu tilgenden Exerzier-, Freilaufgehege- und Nichtnutzcharakter der Gegend zum Positiven hin, sie änderten an ihrem Wesen aber kaum etwas. Dies gilt auch für das untermalende Plätschern des Springbrunnens der Völkerfreundschaft von Walter Soße. Der Wahrheitsgehalt der

---

[171] Ich folge hier der internen und lange geheim gehaltenen Stadtflächen-Klassifizierung der Bauakademie der DDR. Von einer Überprüfung dieser hier angeführten Angabe rate ich dem Lesenden und auch seiner pedantischen Pendantin – der fleißigen Leselottesse – dringend ab, da die Signatursystematik des Akademiearchivs stark irritierende Lücken und leider auch systemlogische Mängel aufweist.

ganzen Gegend tendierte trotz egal welcher Belebungs- oder Verwässerungsversuche einfach dauerhaft gegen null. Und die strahlenden Blicke der Figuren vom Gürtelrose-Fries[172], also vom Haus des fiesen Pädagogisten[173], gaben dem ganzen Desaster den Rest. Der Brunnen und das Schwerwasserplätschern, die lebensfrohen Homunkuli des Frieses und die Weltzeituhr der grenzenlosen Freizügigkeit! Ich weiß, was die zahlreichen Feinschmecker jetzt denken: Nur solche halbwüchsigen Hasszwerge wie der Verfasser konnten an einem solchen Ort derartig negativistische Gefühle entwickeln, den Weltfrieden so ausgelassen verabscheuen und ununterbrochen mit Abscheu an alle fortschrittlichen Völker dieser Erde denken – allen voran an die vielen autonomen Völkerschaften der damaligen sowjetunionistischen Großfamilie. Im Grunde war mir aber natürlich klar, dass es in der DDR noch viel schlimmere Dinge als Nullbebauung hätte geben können ... Noch wesentlich sinnloser fand ich schließlich die südliche Als-ob-Verdoppelung des Saschaplatzes, weil es dort für mich nicht einmal etwas zu hassen gab. Höchstens zum gehässigen Hasenjagen; oder wuchs auf dieser Breitfläche etwa Pisspfeffer oder blühten irgendwelche Zwergzitronen? Vielleicht konnten sich dort wenigstens Kinder ihre blutig aufgeschlagenen Knie von Polizeihunden lecken lassen. Dummerweise entging mir recht lange, dass es an einer unscheinbaren Ecke südlich des Bahndamms ein ganz berüchtigtes Café gab. Ein Etablissement, das dem dortigen,

---

172 Ebenfalls von Walter Soße geschaffen. Und wie jeder Tscheche weiß, heißt Omáčka oder Vomáčka schlicht und einfach »Soße«.
173 Das Wort bedeutet Knabenverführer und ist auf das Altgriechische »pais«/»paidos«, »agein«/»paragein« zurückzuführen. Mit tristen Kinderheimen oder brutalen Jugendwerkhöfen der DDR werde ich mich in diesem Text voraussichtlich nicht beschäftigen.

an sich recht gesichtslosen Luftkarree – jedenfalls den Gerüchten nach – dauerhaft etwas Oasenleben anhauchte; und dies sogar täglich bis elf Uhr nachts. Ich spreche hier vom Café »Kaputt«. Im Rahmen meiner romanbezogenen Recherchen erfuhr ich erst von Thomas Brussig und anderen aufmerksamen Beobachtern über dieses Café etwas mehr, und teilweise sogar Grundsätzliches – mit einer vierzigjährigen Verspätung, wohlgemerkt. Von Thomas weiß ich zum Beispiel, dass dort die Anarcho-, Latzhosen-, Nickelbrillen-, Fleischerhemden-, Palituch- und Römerlatschen/Batikleibchen-Szene verkehrte; jedenfalls sah es von außen so aus. Und ich muss mich an dieser Stelle fragen: Wieso wusste ich trotz meiner doch immer vorhandenen Neugier so gut wie nichts von der Gesinnung und den Lebensentwürfen derartig ausgelassener junger Menschen, die die Hauptstadt der DDR damals genauso wie ich zu missbrauchen wussten? Ob ich diese Leute jetzt nachträglich Nomenklatura-Kids oder Nachwuchskader der intellektuellen Schattenwirtschaft nenne, spielt keine Rolle. Ständige Gäste des Cafés waren angeblich sowieso auch Zuhälter und andere zwiesozialen Typen. In den viel weiter nördlich gelegenen Cafés[174], in die ich mich irgendwann später doch noch traute, verkehrten derart bunte Gestalten jedenfalls nicht. Und am Tag schon gar nicht, da schliefen die von mir bewunderten düsteren Szenetypen natürlich noch. In welcher Zwischenwelt lebte ich damals überhaupt?, frage ich mich jetzt. War ich über längere Strecken vielleicht nicht ganz bei Sinnen, intervallweise etwa gehirngespalten bis irregewitzt? War ich überhaupt ein kompe-

---

174 Es ist mir fast peinlich, dies zuzugeben, aber im Prenzlauer Berg gab es davon in den Achtzigerjahren ganze zwei, in die man ging: »Wiener Café« in der Schönhauser und »Café Mosaik« in der Prenzlauer. Beide hatten bis Mitternacht auf.

tenter Mitbegleiter des gesellschaftlichen Gärungsdrifts? Oder war ich ein unrettbarer Hinterböhmerwäldler? Und vielleicht bin ich überhaupt nicht berechtigt, dieses Werklein zusammenzustoppeln ... an der »Kaputt-Tute« bin ich beispielsweise nur ein einziges Mal vorbeigelaufen [EINMAL HIN UND HER – ALSO INSGESAMT 2X]. Wenn die DDR noch länger bestanden hätte, hätte das nämliche Café irgendwann sicher »Zum Exitus« geheißen, schätze ich – und ich hätte es dann auch nicht erfahren. Amtlich hieß es zu Ostzeiten eigentlich »Posthorn«[175], wurde aber auch »Trompete« und »Tute« genannt; alternativ[176] auch noch »Zur Kapelle kraftlos« oder »Heilanwendung im Grenzschlamm«. Manche meiner besonders böswilligen Informanten fühlen sich sogar an Namen wie »Atme bloß die Schlagsahne nicht ein!«, »Zum Kaffeetrinken stillgestanden« oder »Zum Abkratzen angetanzt« erinnert. Aus der Zeit kurz vor dem Fall der Mauer scheint der Name »War nicht alles sinnlos« zu stammen. Gegenüber der »Tute« (so nun mal der meist genutzte, inoffizielle Name) lag dann angeblich noch das Café »Größenwahn« – und zwar in der unteren zackigen Ummantelungskrause des Fernsehturms. Das »Café Größenwahn«[177] übergehe ich jetzt aber lieber mit geröstetem Schweigen – trotz meiner ex post reichlich zusammengetragenen Informationen. Die »Tute« und der Saschaplatz haben hier im Grunde schon viel zu viel Textfläche weggerafft. Und ich, der kleine Kniestrumpf, bin möglicher-

---

175 Ein grässlich verlogener, zu Recht unterdrückter Name, nicht wahr?
176 Siehe auch in Rudolf Bahros frühen Tagebucheintragungen nach.
177 Der Name passte zum Alexanderplatz natürlich bestens – wie auch der in Schräglage gekippte Telespargel in die Republikvulva im Palazzo di Prozzo gepasst hätte. Zu diesem Themenkomplex noch ein Zitat aus der Mail von Bert Papenfuß vom 4.8.2019: »café kaputt und café größenwahn sind traditionelle berliner namen für verschiedene gastronomitäten seit der jahrhundertwende.«

weise gerade dabei, den Sinn der menschlichen Verortungssehnsüchte und vielleicht auch den Zweck der Hochbetonisierung des Menschen zu ergründen – ausgerechnet jetzt, ausgerechnet im Dunst des Geistes Alexi! Ich belasse es aber lieber bei dieser etwas großspurigen Ankündigung und fahre fort. Dass die »Tute« in einer Tabuzone der Hauptstadt lag, war schlimm genug, ihr Hauptproblem war für mich persönlich trotzdem ein anderes – und das hing mit einigen Leitsätzen zusammen, an die ich mich in meinem Leben gebunden fühlte. Einer dieser Sätze lautete: Betrete nie einen DDR-Neubau! Und wenn, dann nur im äußersten Notfall und mit mindestens zwei Nebelgranaten bewaffnet. Woher meine Aversion besonders gegen Betonbauten in der Dero-Republik – im Gegensatz zu denen in Polen, Ungarn oder in meiner Heimat – eigentlich kam, war mir lange unklar. Funktionierte die DDR als ein sozialistischer Frontstaat für meinen Geschmack etwa zu gut? Triumphierte die DDR viel zu siegessicher, maß sie sich eine zukunftstaugliche Überlegenheit an, protzte sie zu frech mit einer Art Betonplattendemokratie? Nach der üblichen Befragung meines Seelennukleus wird sich der Leser jetzt mit der folgenden und etwas ideologielastigen Erklärung zufriedengeben müssen: Jeder DDR-Neubau sollte unbedingt einen Beweis liefern, dass sich dieser Staat auf dem aufsteigenden Ast der Geschichte befand. Und so war jeder dieser Neubauten gleichzeitig eine Art Trotzzeugnis des allgemeinen sozialistischen Siegeszugs – in letzter Konsequenz daher auch die in Verschalungen gegossene Bestätigung der Unvermeidbarkeit des millionenfachen Mordens in der Sowjetunion. Der mickrige Staat DDR konnte mir doch aber niemals eine Erfolgsgeschichte vorgaukeln – und für mich sowieso auch keine Joker für die Zukunft bereithalten. Und wie hätte dann einer wie ich ein egal wie alternatives Café in einem DeDoDi-Neubaublock frequentieren sollen, von dem sich keine einzige GULAG-Leiche hätte wegabstrahieren lassen? Selbstverständlich weigerte ich mich, auch die fast fußballfeldgroßen und in Plattenbauweise errichteten Konzentrationsgaststätten zu betreten, in denen zwei, höchstens drei verzweifelte Kellner für fünfhundert geduldig spuckeschluckende Gäste zuständig waren. Wenn man in einer solchen Einrichtung[178] nach zwei Stunden Wartezeit endlich den geraspelten Kohl als Appetitanreger bekam, musste man schon froh sein – oder auch nicht. Zu diesem Zeitpunkt durfte man zum Glück immer noch flüchten, ohne zu bezahlen. Damals waren die Kellner einem sogar dankbar dafür. Einiges aus dem Gaststättenleben der Normalbürger kenne ich, ehrlich gesagt, nur vom Hörensagen. Bin ich hier textlich wieder störend abgeschwiffen, frage ich mich? Hat mich mein tief sitzendes Mitgefühl mit dem schwächelnden Bedienpersonal und dem unterzuckerten Wartevolk von einer klaren Erzähllinie abkommen lassen? Eine Anregung für diejenigen, die mich zu antikommunistisch finden sollten: Versuche doch mal, lieber Leser, die Abkürzung DDR etwas stotterig und mit mehr Ausdauer auszusprechen – wie D-D-D-D-D-D-D-D-D-R – und dabei an eine Maschinengewehrsalve zu denken. Korrekt! Unter anderem hieß es damals noch – aus gutem Grund lieber flüsternd: »Der Friede muss gut streuvermint sein.«

Wenn es mal sein musste, betrat ich den Saschaplatz natürlich doch. In einer Diktatur musste man manchmal

---

178 Die Esshalle »Zur Mühle« in der Greifswalder Straße müsste hier als Beispiel reichen. Interessanterweise wurde sie im Volksmund auch »Überhungere oder überfresse dich« genannt.

stark sein und einiges einfach über sich ergehen lassen. Und man durfte sowieso nicht übertrieben viel Selbstbewusstsein entwickeln. Als ich einmal tatsächlich ins Rote Rathaus musste, um naiverweise zu versuchen, mich als Übersetzer registrieren zu lassen, war es so weit. An diesem denkwürdigen Tag betrat ich, vorsichtshalber stark geistesreduziert, die nördlichen Auslaufzonen des Platzes, traversierte ihn mit einer Fast-Direttissima in süd-östlicher Richtung und unterquerte dann den Bahndamm an der Ostseite des Bahnhofgebäudes. Weil die Sonne schien, versuchte ich anschließend, nicht zum Fernsehturm hinaufzuschauen. Mir stand es einfach nicht zu, mich über das oben an der Kugel strahlende Kreuz zu amüsieren. Vor mir lag linker Hand das lange Neubaumassiv voller einigermaßen vornehmer Geschäfte und angeblich auch komfortabler Wohnungen. Dies alles ging mich allerdings nichts weiter an, und ich hätte ruhig die Augen schließen, dreihundertfünfzig Schritte gehen und vor dem Rathaus wieder auf Sicht schalten können. Plötzlich fielen mir neben dem Alextreff [NULL LUST ZU ERKLÄREN, WAS DAS WAR] lose Grüppchen von jüngeren Leuten auf, und ich wurde kurzzeitig hellwach. Die meisten dieser Gestalten trugen eindeutig keine zum Alexgrau passende Konfektionskleidung, fast alle hatten zugewucherte Gesichter und zusätzlich auch etwas längere oder ganz lange Haare. Da ich mich aber eindeutig im Feindesland befand, wollte ich mich eigentlich von nichts ablenken lassen. Laut dem Paragrafen 249 – dachte ich kurz – hätten sich hier am Tag eigentlich niemals so viele Menschen aufhalten dürfen. Der gestrenge 249er regelte den Kampf gegen das »asoziale Verhalten«, die Prostitution und andere unlautere Arten und Weisen, sich »Mittel zum Unterhalt zu verschaffen«. Auf jeden Fall wurde mir relativ schnell klar, dass das Ziel aller dieser Gestalten offenbar das unscheinbare Café »Posthorn« an der Ecke war. Da es sich bei der Rottenbildung im Café-Vorfeld sicherlich um eine Art Warteschlange handelte, war das Café momentan bestimmt überfüllt. Die Stimmung der Anstehenden war im Großen und Ganzen aber recht gut. Und sie verschlechterte sich erstaunlicherweise auch dann nicht, als aus der Eingangstür des Cafés[179] drei Personen samt einer dicken Rauchwolke hinausgedrängt wurden. Der pfropfhafte Brückenkopf der Schlange verdichtete sich nur kurzzeitig, einige Grüppchen wichen etwas zurück, und das Warten ging weiter. Ich blieb daraufhin auch kurz stehen. Auf einer schmalen Terrasse vor dem Café fielen mir dabei zufällig noch extrem hässliche Stühle und Tischchen aus zusammengeschweißten, weiß gestrichenen Stahlruten auf; landestypisch waren alle diese »Möbelstücke für den Außenbereich« voller Zierspiralen, -schwingungen und -rundungen. Die drei Hinausgedrängten hielten ihre noch brennenden Karos (oder vielleicht Juwels?) in den Fingern, lachten unaufgeregt; einer drehte sich kurz um, um irgendjemandem zuzurufen: *Heute Abend kommt »Stroszek« von Herzog im Zweiten.* Ich ging dann bald weiter in Richtung Rathaus, bekam dort mündlich meine Abfuhr – zum Glück aber nicht gleich beim Pförtner. Der Dienstag war nämlich der »Tag des Amtes«, und an der Pforte musste man mich erstmal passieren lassen. Anschließend schlenderte ich zurück in Richtung Bahndamm. [ALS DIESER TEXTABSCHNITT ZU ENDE GETIPPT WAR, HABE ICH NOCH VON KLAUS KILLISCH ERFAHREN, DASS AUF DIE

---

179 Aus dramaturgischen Gründen – aber auch wegen besserer Verfilmbarkeit dieses Werks – wurde hier der Eingang des Cafés zur Straßenfront hin verlegt; in Wirklichkeit lag er um die Ecke in einer Durchgangspassage.

vor der »Tute« wartenden Leute manchmal eimerweise Wasser geschüttet wurde. Wohl aus Verdruss des einen oder anderen dort wohnenden Genossen.]

Wenn ich die Idiotie besitzen würde, allen meinen bedeutenderen Hauptwerken Mottos – von mir aus auch Motti, Mottusse, Mottesenten, Fisimaonkeltenten, Pizzas oder Altatlantine genannt – voranzustellen, könnte ich mir vorstellen, wenigstens einem Abschnitt dieses Romans ein fetzig-geiles Motto zu verpassen, zum Beispiel: *Die ganze DDR war im Widerstand* oder *Die ganze DDR war Underground*. Und ich bitte diesen meinen kleinen Sinnwink wenigstens kurzzeitig einigermaßen ernst zu nehmen: Auch viele SED-Genossen, meinetwegen auch diejenigen, die privilegiert am Alex wohnten, waren nämlich im Widerstand. Sie lebten ihre Rolle als Widerständler – jedenfalls abseits der Parteiversammlungen – zwar unauffällig, oft aber recht hemmungslos; mitunter sogar so gut wie sozialismusmuskritisch. Natürlich dürfte man dabei dieses »-kritisch« nicht wie irgendwelche dahergelaufenen Miesmacher gleich mit »-kreidebleich«, »-kotzfreudig« oder sogar »-feindlich« gleichsetzen. Außerdem bildeten diese kritischen GenossSinusse angeblich eine Art fünfte Kolonne der oppositionellen Geisteserregungen und nannten sich unter der Hand sogar Hilfsdissideuter.[180] Aber das ist ein ganz anderes Thema, und wie gesagt: Ich kannte große Teile der DDR-Bevölkerung so gut wie kaum.

Als ich mich dem »Posthorn«, also dem Café »Kaputt« vom Süden wieder näherte, löste sich aus dem verdichteten Pulk vor dem Eingang ein auffällig drahtiger und vollständig in Leder gekleideter Mensch und lief plötzlich relativ

---

[180] Sehr plastisch im Roman von Annekatrin Anne-Liese »Pistole in der Gitterbrust« beschrieben.

schnell los – und zielgerichtet auf mich zu, bis er mir regelrecht den Weg versperrte. Möglicherweise gehörte er zu denjenigen drei Gestalten, die vor etwa zwanzig Minuten aus dem Café hinausgeschoben worden waren. Ich kannte den Ledermann nicht, wir waren uns bis dahin nie begegnet. Er war etwas jünger als ich und wollte wissen, wer ich sei. Dabei hatte er mich bei seinem fokussierenden Laufgang nicht mal angegrinst, nicht versucht, sich mit einem kleinen Wink aus der Ferne anzukündigen, und sich dann auch nicht die Mühe gemacht, »Hallo« zu sagen. Ich muss mich hier kurz korrigieren, da ich vor einigen Sekunden beim Schreiben leicht eingenickt war[181]: Der Ledermensch fragte mich nicht, wer ich sei, sondern, wohin ich gerade ginge. Erst viel später, als wir uns besser kannten, verriet er mir, warum die Wahl damals auf mich gefallen war. Ich war ihm in dem Moment als einziger der Passanten einigermaßen sympathisch. Und er als Agoraphobiker fühlte sich in dem Moment nicht in der Lage, den flächigen Platz ohne eine Begleitperson zu überqueren.

– Was ist hier eigentlich los?, fragte ich.

– Keine Ahnung, die Tute ist immer voll. Ab 7 am.

– Solche geringelten Stühle aus Rundstahl stehen auch vor FDGB-Heimen.

– Wollen wir etwa Smalki-Talki treiben? Wir treten jetzt einfach ab, schieben hin, heimen klamm.

– Wer du?

– Komm, die Kommpanie kammpiert weiter nördlich – und wird die Sprache der Sprechenden neu auflegen. Sprich Deutsch mit mir, sag ich dir! Nach uns kommt

---

181 Normalerweise wurde dieser Text dank meiner gelegentlichen Nickerchen oft eher bereichert und assoziativ gelockert statt in seiner Präzision geschädigt wie eben gerade. Es ist einfach eine ganzheitliche Prosa, sag ich mal, die sich der träumlichen Aintelligenz nun mal nicht verschließt.

dann nur noch die Reklame, schätze ich, danach werden die Friseure an der Reihe sein, und was folgt, wird die lœre Röhre im Endbereich sein, furze ich. Mit anderen Worten und Wurzen: Nach uns Sinn, nach uns Flut, nach uns Romulus und Remus mit ihrer Plastikremoulade.

– Ich hab eine Zeitlang in einer Schlosserei auch viel Flach- und Rundstahl gebogen, sagte ich. Ich weiß, wovon ich spreche. Solche Stühle und Tische haben wir zum Glück aber nicht gebaut.

– In Cottbus heißt so ein Café ehrlicherweise »Hau ab«.

– Und wie sieht es in Prenzlau, Pritzwalk, Perleberg aus, du Klugmeier und Schlautaler?

– Und kein Entsinnen.

– Was für Leute gehen da überhaupt hin?, versuchte ich es nochmal.

– Frag doch mal den mit der Latzhose. Ich wollte mir dort sowieso nur Geld pumpen.

– Kann man mit dir normal reden?

– Der Latzhose[182] wird bald im Knast landen, das sag ich dir, er trifft sich mit Korrespondenten.

– Woher hast du deine Lederklamotten?

– Hier ist sowieso alles illegal, wenn nicht so gut wie semiletal. Nur du hast noch keinen Flüsterschneider. Und es gibt auch etliche Lederfuzzis und Echtfarbenlieferanten. Jetzt pisst du dran!

– Wir kennen uns doch nicht.

– Scheiß mal los!

– Soll ich auch irgendeinen Quatsch erzählen? *Vom Windelsaal kreisgesägt, windelweich abgemottet, gemei-*

---

[182] Hans-Joachim Künzel wurde kurz vor seiner Verhaftung auf einem Gemälde von Reinhart Hevicke als der »Junge Mann zwischen zwei Wänden« verewigt.

ßelt – bebeiselt – *umgeinselt* ... so ähnlich hören sich meine Versuchsreihen an, jedenfalls im Moment. Bin aber noch beim Recherchieren.

– Du Fussel, Schussel, Karusselski! – bist aus der Bruderschaft des Reims.

– Ich hasse Reime, sagte ich.

– Schleime nicht, harne nicht, staube lieber Trockenharm. Du weißt aber noch gar nicht, was auf Gutdeitsch »Harm« bedeutet, nichtwirrwarr? Reime müssen aber nicht immer härmen, richtig.

– Dafür kenne ich das noch zu bläuende Denkmal für menstruierende Greismale aus dem Kreise Seile-Unstreut.

– Beweine nicht Weine, die du nie bekommen würstchen. Was trinken wir alle für einen Dreck Tag für Tag! Ich im ersten Elysium.

– Ich nicht, sagte ich. Du kennst hier wenigstens ein paar Leute.

– Du bist Tschech, gib's zu, und musst noch einiges dazulernen, dranlegen und dir zuüben.

– Und du bist der, glaube ich, den ich mir nie getraut hätte anzusprechen.

– Oderr derro, Tse-Tse, Beri-Beri ...

– Warum bist du nicht dringeblieben, im Café, meine ich, zum Quatschen?

– Quaddel. Pustel. Unsereins geht da nie freiwillig rein! Ein Waschbär – wie Geld das klingt!

– Ich komme gerade vom Rathaus zurück.[183]

– Das Rote Verratshaus, Rotthaus, Hausverrotsklause und und ... sagt sich schon eher. Ich bin von Tisch zu

---

183 Für die ganz Genauen: Die Rathausgeschichte wird hier insgesamt stark vereinfacht geschildert. In Wirklichkeit musste ich vom Rathaus aus noch zu irgendeiner Finanzabteilung in der Klosterstraße laufen.

Tisch gegangen – und mich gut amüsiert. Und mich bestens anmüsieren lassen! Det all is aber streng verbotet.

– Ich kenne eine Pfarrerstochter, die dich bei einer Lesung erlebt hat, sagte ich. Da waren wir schon ein Stück hinterm Kaufhaus – also dem *Centrum Warenhaus*.

– Du warst vorhin der einzige Mensch, der dabei war, in Richtung Norden zu ziehen, weil du dort zu hausen glaubst. Irre ich mich richtig? He? Und merke dir: Leute wie wir kriegen von den Rotten keine Steuernummer.

– Du bist sicher röter als ich, wie ihr alle hier.

– Und du ein tschechischer Kontrabassist, tschätze ich.

– Wer sitzt dort so tagsüber überhaupt?, zeigte ich nochmal hinter uns.

– Zwei, drei Leute arbeiten irgendwo im Einzutschbereich. Guck mal: Dort in der Münzstraße stand mal ein gigantisches Theatergebäude.

– Könnten wir uns etwas fokussierter unterhalten? So finde ich's ziemlich anstrengend.

– Gerade waren wir doch ganz sachhaltig, du Victoria.

– Kriegt man aus dir manchmal auch etwas Vernünftiges?

– Weil manche Leute tatsächlich arbeiten, haben sie dann auch etwas Geld. Und die Säcke rauchen dann auch noch Zigarillos – wie Feix!

– Und was arbeitest du?

Er verzog angewidert das Gesicht.

– Grundsätzlich kann man sagen, dass ich am Tag schlafe. Du kannst mich heute gar nicht getroffen haben. Ich tue mich sowieso nicht gern rotten, nicht liebknechten, nicht eintunneln lassen – schnell hier raus aus der Unterführung.

– Bist blass wie ein Blinder.

– Dank meiner Phobie, to be or not a nimmerbee.

– Die Pfarrersbraut erzählte von deinen Gedichten, deiner Stimme – und extra begeistert von deinem »vaterseelenallein«.
– Es heißt aber *mutterseelennakkt & splitterallein*. Ist sie blond?
– Mehr als das.
– Ich will nicht eiteln, mich nicht brüsteln ... und sag lieber: *einheit ist zweisilbig, keit ist und bleibt keit und keiten sind und bleiben keiten* – und pass mal auf diese retrograde Reihung auf: *gefeit & Halbheit & Derbheit & Herbheit & Mürbheit & Taubheit & Trübheit & Scheit & Grabscheit & gescheit & & &* ...
– In welcher Gemeinde gab's die Lesung neulich? Ich hab sie leider verpasst, von dir erfahre ich jetzt aber auch nichts.
– Du hast nicht aufgepasst, die Deutschstunde missgenutzt. Das scheinbare Sinn-Stolpern in der Reihe zwischen »Trübheit« und »Scheit« ist gar keine, weil der vierte Buchstabe von hinten bei Trübheit eben »b« und bei »Scheit« »c« ist, und alphabetisch kommt nach »b« nun mal das »c«. Nach »Trü*b*heit kommt im rückläufigen Deutschschatz wirklich S*c*heit«, freigeputzt davon, dass Scheit gar keine »heit« wie Trübheit ist. Und natürlich auch keine Zweiheit, Einheit oder Fünftheit.
– Vielleicht könntest du mir jetzt endlich antworten.
– *die naechte so gruen / schaffe ich die tage ab / weil du nachts geschwiegen sein willst ... handle ein wenig ...*
– Ist das etwas Neues von dir? Du solltest auf die Frage des tschechischen Wechselbalgs vielleicht reagieren.
– Ich schreibe doch auch jetzt gerade! Pausenlos, losgelöst, losgepaust, pausbackig, follmundick, nacktetrüb – wie ich eben gerade überflutet werde. Warten wir lieber die Treibnacht ab.

– Abschreckend und anstrengend, sagte ich. Eigentlich wollte ich vorhin zum Beispiel nur wissen, was und ob du arbeitest.

– Ich gehe da und dort ein bisschen Kachelöfen heizen – in Büros und so, ganz früh, besser gesagt nachts. Und weil ich nachts sowieso schreibe, lässt sich's gut verzahmen. Wenn die Leute dann früh zur Arbeit erscheinen, machen sie nur die unteren Türchen zu. Also wenn die Briketts tatsächlich durch sind – oder überhaupt gebrannt haben. An süch, also ansüchtig und persönlich kenne ich die angekohlten Bürokollegen gar nicht, nur ihre bössen Zettel: »Heute wieder kalt-kalt-kalt der Ofen.« Und du?

– Ich repariere verschiedene Haushaltsgeräte.[184]

– Bist du bescheuert? Daran wird das Wortkollektiv schon was zu korrigieren wissen!

– Ich brauche einfach den SV-Stempel.

– Werde lieber Goldschmuggler oder Nachtwärter! Es gibt aber auch einige muntere Tageskollektive auf den Friedhöfen. Bearbeite deine Gartenlaube!, wie Voltaire meinte.

– So ein Lokal wie »Posthorn« sollte man ehrlicherweise eher »Zum schießwütigen Major« nennen. Oder »Zum schrägen Grenzpfahl« oder »Zum Volksaufständischen«.

– Gut abgelenkt, du – geschätzt – linker Antikommunist. Unser gesamtes Volk denkt nicht in veralteten Geschichtskategorien, ferstanden? Deshalb muss man in Ostberlin auch nicht unbedingt arbeiten – und arbeiten gehen schon gar nicht. Im Grunde kommt es nur auf das richtige Sinnen&Denken in den passenden Kreisen an. Folglich kommen nach und nach auch die besten Nebelkrähen aus der Provinz zu uns in die reiche Armstadt. Meine Frau

---

[184] Ich traute mich nicht, wahrheitsgemäß »Kleinstgeräte« zu sagen.

näht Klamotten, vorwiegend schwarze, versteht sich. Aber auch bunte aus Flicken. Im Übrigen verwende ich persönlich nur Wörter, über die in meinem Büro etymologisch Klarheit herrscht. Wo wohnst du?

– Ryke.

– Einer aus der »Tute« wohnt, stell dir vor, in Johannisthal, das heißt noch unterhalb der Schweineöde. Dabei sind in der Königsheide schon einige kinderreiche Familien spurlos versickert. Zu beachten: das Wasserwerk Jo'thal bezapft dort etliche Trinkwasserbrunnen!

– Ich weiß nicht, wovon du sprichst.

– Es gibt auch Leute, die in die Piesackerstraße gezogen sind und nie wieder ein existierendes Café betreten haben. Und die »Allee der Kosmonauten« führt aus Dunkeltal, also Lichtenberg, schnurstracks bis nach Russland. Aber das weißt du sicher.

– Wo trefft ihr euch eigentlich sonst?

– Frag lieber nicht – und geh da bloß nicht hin! Die würden dich fertigmachen, wie ich dich so einschätze.

– Du testest mich doch schon.

– Guck mal da lang und fantasiere dich um die Ecke – ein Stück weiter ließe sich Café Burga Burga erahnen. Da gehst du aber natürlich nicht hin. Und nachts ins »Fengler«[185] auf gar keinen Fall.

– Du bist doch aber kein Rattenhund, oder?

– Wenn ich dich mitnehmen würde, müsste ich dich beschützen. Und Antworten wie auch jegliche Verantwortung liegen mir nicht. Wenn ich trinke, bin ich dann fürwahr des Verarschens.

– Du könntest mich aber wenigstens zu einer Lesung einladen.

---

185 »Keglerheim« in der Lychener.

– Ich hab mir vor einer Lesung bei Ekke neulich eine Flasche Wortka gegriffen, angesetzt und konnte dann nicht aufhören – und spürte schon beim Schlucken, wie mir der Alkohol in die Glieder schoss.
– Das wird nicht mein Problem sein.
– Meins schon. Ich bin bei meiner eigenen Lesung schon mal eingeschlafen.[186]
– Alkohol ist Gift, wirkt ätzend, vor Kinderhänden schützen ...
– Neulich haben sich paar Leute einen Frischling aus Magdeburg gegriffen. Der Idiot kam abends viel zu früh und ließ sich dann auch noch seine Gedichte abnehmen, eine ganze Klemmmappe.
– Na und?
– Na warte ... *wir ferstanden fenster*, würde ich sagen.
– He?
– *wir ferstanden finster, wer lacht loetet, wer laechelt luegt, wer gelaechtert waehnt* ...
– Haben sie den Kerl etwa gefesselt und ihm seine eigenen Sachen laut vorgesetzt?
– So in-un-on-oen etwa. So erntet einer echte Qualen ... *wer sät, der sieht, wer erntet, wird reingepflügt.*
– Du bist mir zu anstrengend.
– Deswegen hält das mit mir nimmand nimmer lange aus. *ach was ach wie ach wir ... nimmernie keinermehr widert ... keiner schert sich drum ... er ist ein armer hund ... warum sollte er also nicht sterben ... wir sind erfahren erlacht erharrt ... herrlich! herrhund! damenwahl!* Du solltest mich jetzt lieber unterbrechen, sag bitte was. Ich bin schwer zu bandmaßen und kenn alles auswendig,

---

[186] Ein solcher Vorfall ereignete sich damals in der Tat, allerdings bei der Lesung eines Dichters der älteren Generation.

was ich geschrieben – so wie das alles auch auf meinen Schreibmaschinefarbbändern druckreif gepresst gespeichert bleiben wird.

– Du bist eher so was wie ein Seilartist netzlos, oder?

– Ich bin ein Arkdichter, ein SOndern Dixter, ein Sinnschrekk der Gelegenheitsempörung.

– Könnte mir deine Frau mal einen pinkfarbenen Rock nähen?, fragte ich.

– Untersteh dich, dich in mich zu verlieben! Du so sanft, ich so lederschwartig – *o dieser windwind in dieser nachtacht! ... oder wundwind in dieser nichtnacht?* ... das Deutsche kennt keine Grenz, kein End, kein'n Geyz würde ich buchen ... *das wort muss würgen ... wer's schwert hat, hat die macht ... wer's wort hält, hält bloß wacht ...* Ich würde dich quälen, auch wenn kein Sadist – oder doch? Ich gnadenloh, du Weichbacke.

– Ich kann auch anders, sagte ich.

– Das werd ich nicht abwarten, auch sonst wisch ich lieber weg!

– Du feige?

– Du Trottel.

– Es gibt auch starke Frauen!

– Wie gesagt, ich bin fürs Wegrennen bei zu vill Geflenne, du Feingliedler du oder der-die-das, *das wort wird lodern* ...

– Ich möchte den Rest meines Lebens an deiner Seite verbringen, ernsthaft und gewitzt.

– TUE DAS NICHT! Lass das sein! Fass das nicht an[187]!

– Wer das Wort hat ..., sagte ich.

---

187 Zugegebenermaßen ein klarer Fall von grob anachronistischem Versklau: Diese kurzen Befehlssätze stammen aus dem Song »Bückstabü« von *Rammstein* (2009).

– ... soll verlottern. Und das eine So ist genauso wie das andere Sowieso: *gesunder menschenverstand taugt nichts; außen – nettonett / innen – bruttobrutal ... statt etwas zu unternehmen / wie's hinlänglich ... übergebe ich mich, verharre in neurasthenie ... als auferstanden / vor die säue zu schmeißen ... was mir weder gebührt noch gehört, übrigens ...*
– Und daraus volgt?
– *ich erkläre alle zu meinen ehrengläubigern / weiß ich doch jetzt wieviel man pumpen kann / ohne irgendjemandem etwas schuldig zu sein ...*
– Ich würde auf der Strecke bleiben, meinst du?
– *strotzen meine gedichte von votzen, wimmeln von pimmeln, schwänzen & einkredenzten spenstern – kopftripper! ... sekunden – ihr dauert mich an! ...* und balde du balg ... ruhest du aug um aug uach. Und vergiss diesen Tag, vergiss die »Tute«, du hast dort niemanden getroffen.

In einer Fußnote am Ende dieses Kapitels könnte stehen (wird es aber nicht): Der Ideen- und Verseaustausch zwischen dem fiktiven Erzähler und dem fiktiven Dichter verlief im Regelbetrieb der fiktiven Wirklichkeit etwas ruhiger, weil auch kettenrauchend. Außerdem drückten sich die beiden meistens etwas knapper aus. Manchmal sogar so verkürzt, dass man sich fast an die wie Maggi-Würfel aussehenden Teepressungen aus alten Zeiten erinnert fühlen konnte. Dieses kuriose Teekonzentrat für Reisezwecke gab es in Prag in den frühen Sechzigerjahren tatsächlich zu kaufen. Es wurde aus der Sowjetunion importiert und dort angeblich während der heißen zentralasiatischen Sommer mithilfe von Heliumfusionsstrahlen gebrüht, anschließend im Wüstenwind zum Verdunsten gebracht und schließlich in großen Armeezelten von gut gelaunten Mamuschkas im Rentneralter manuell in Würfelform gepresst.

Vorsicht – hier spricht nochmal der lyrische Schweinehund[188] des Autors [19]

Es gab Zeiten, liebe Chromosomiker
und Witzboldinnen, als ich noch
alles Mögliche hinnahm,
ohne mit der Vorhaut zu zucken.
[Aus dem Buch der unechten Synkopen (♪♦♪)]

Vielleicht war die DDR global gesehen doch nicht nur *Underground* – vielleicht war sie einfach nur unterirdisch. Und wir liebten sie doch alle – mehr oder weniger, aber eher weniger als mehr. Trotzdem: nachträglich mehr oder weniger angemessen. Damals hing einiges allerdings auch vom Wetter, von der Windrichtung oder vom aktuellen Schwefelgehalt der Braunkohlebriketts ab. Vielleicht wird mir die bärtige St. Kümmernis am Kreuz eines Tages helfen, dies alles noch besser zu verstehen und vor allem eleganter auszudrücken, als es mir zurzeit gelingt. Gleichen meine Sätze, frage ich mich, jetzt schon regelmäßig und reizend genug Präzisionshandkantenschlägen eines Karatemeisters? Gehässig und hässlich zu schreiben, ziemt sich allerdings generell nicht – dies ging mir zum Glück dank meiner mundwerklockeren Frau schon vor vielen Jahren auf. Meine Frau etablierte sich in unserer Beziehung immer mehr als eine

---

188 Der korrekte literaturwissenschaftliche Terminus »das lyrische Arschloch« wird von angesehenen Germanisten kritisch gesehen – und vor allem für fettgesetzte Überschriften nicht empfohlen.

Art Denkfermentierungsmaschine. Und wenn ich sie nicht hätte, hätte ich beispielsweise niemals angefangen, nach den Quellen meiner in mich einstinkenden[189] Kräfte zu suchen. Und sicher auch nicht nach meinen anderen, weiter virulenten Perforasmen. Meine Frau bekommt vieles, was ich so treibe, ganz unmittelbar mit, einiges dann mittelbar aber auch ab. Manchmal, statt sie zu küssen, verbeiße ich mich einfach in eine ihrer Waden oder am Hals in ihre Doppelkarotiden – mal rechtsseitig, mal linksseitig –, ein anderes Mal schlage ich mit der Faust in eine Türfüllung, bis das Sperrholz Risse bekommt. Allerdings leben wir inzwischen seit Jahrzehnten wesentlich gesünder als früher, lassen andere Leute tun, was sie wollen, und schauen uns nur an, wie die eine oder andere Nachbarexistenz mit ihren Macken zurechtkommt. Ehrlich gesagt, sind meine Frau und ich trotzdem oft über einiges furchtbar entsetzt – ähnlich wie andere Menschen auch –, wissen dann aber nicht unbedingt, warum. Für mich könnte ich das so ausdrücken: Ich müsste – wenigstens gelegentlich – ähnlich erregt sein wie meine Mitmenschen, bin es aber einfach nicht. *Psychologie, jetzt oder nie!*, sage ich manchmal, ohne zu wissen, ob mich das wirklich weiterbringt. Als die Schulverwaltung[190] es seinerzeit abgelehnt hatte, unseren Sohn erst mit sieben, also ein Jahr später, einzuschulen, riet uns die zuständige Kinderärztin, seine zarten Hände röntgen zu lassen – um zu beweisen, dass er körperlich noch nicht so weit sei. Das war erstmal sehr muttig[191] von ihr. Und sie war

---

189 Schade – das ursprüngliche »in mich eingesickerten« war natürlich wesentlich korrekter.
190 Der Leser wird es sicher verstehen, dass ich absolut keine Lust habe herauszubekommen, wie diese Behörde tatsächlich hieß.
191 Diese Schreibweise ist in Berlin-Rummelsburg und in Bln-Oberschöneweide heute noch populär.

anfangs vielleicht sogar bereit, sich für ihren Widerstand gegen die Übermacht des Apparats in einen stillgelegten Bergwerkschacht bei Annaberg-Buchholz werfen zu lassen. Sie ließ sich dann aber pfiffsam zurückpfeifen. Nachdem wir also unseren Sohn mit einer ordentlichen Portion Röntgenstrahlen aus einer großen schwarzen Kanone hatten beschießen lassen, behauptete sie uns gegenüber plötzlich, Röntgenaufnahmen von Händen würden bei Kindern keine zuverlässigen Rückschlüsse auf das Alter oder gar die allgemeine Reife erlauben. Wenn ich über die DDR spreche, können sich alle Dederatis (von mir aus gratis) und Dederistinnen[192] (gebührenpflichtig) darauf verlassen, dass ich weiß, wovon ich spreche. Ob ich allerdings Lust haben werde, wirklich über alles, was ich während meiner OB-K mitbekam, in aller Gründlichkeit zu berichten, ist unwahrscheinlich. Meine Informationswiederbeschaffungsmühen und Überprüfungsaktivitäten nehmen inzwischen so schon überhand. Und da ich vor mehr als drei Jahren unseren immer viel zu heißen Internetrouter aus Versehen mit Bier begossen habe und meine Frau nur dann ins Internet kommt, wenn irgendjemand aus der Nachbarschaft vorübergehend ein Passwort wie *0000, 123456* oder *admin* benutzt, bin ich bei meinen Recherchen in der Regel auf dickhäutige Bekannte und Freunde angewiesen, die ich mich noch traue anzurufen. Einige Hirnspeicher dieser meiner zuverlässigen Helfer haben noch erstaunlich viel aufbewahrt. Was hat mir persönlich in der DDR gefallen? Zum Beispiel eine Maschine, die aus ihrem teerigen Anus heiße Asphaltmischung absonderte und bei langsamer Fahrt schnurgerade

---

192 & natürlich auch Traktoristinnen, Wannenmannen, Wonnenmänner, Uropas und andere Wänste. Weitere Anregungen würde der Leser im Band »SBZ« von Bert Papenfuß finden (Berlin 1998, S. 43 – 45).

oder auch kurvige, vor allem aber formschöne und vollkommen zwischenraumfreie Bordsteinkanten entlang des Straßenrands pressen konnte. Eine großartige Erfindung, finde ich, die das mühevolle Aneinanderlegen schwerer Bordsteine aus Granit oder aus gegossenem Beton überflüssig machte. Und diese abgeschrägten Bürgersteigränder waren überraschend stabil, zerbröselten und zerfielen nicht und weichten im Sommer nicht auf. Außerdem war dieses Verfahren wesentlich schneller als das klassische. Auf das Thema Effektivität komme ich in diesem Kapitel aber noch einmal zurück – höchstwahrscheinlich im Zusammenhang mit meiner Vorhaut. Und was hat mir in der DDR nicht so gut gefallen? Angesichts der gerade eben erwähnten seismischen Erregbarkeit der Menschen, angesichts ihrer Anfälligkeit für alle möglichen Wirrungen und aufgrund der vielen, um uns herum lauernden Weichmacher trägt ein jeder Autor eine große Verantwortung dafür, in welche Richtung sich die Menschenseelen dieser Welt eines Tages begeben werden. Alle Hellseher mit globalem Restgewissen wissen natürlich, was ich damit meine. Wie viele Welten haben die vielen engagierten Schriftsteller in Ost und West damals nicht nur erklärt und beappelliert, sondern auch tatsächlich gerettet? Nennt mich, von mir aus, ruhig »Kartoffel«, wie Burkhard sagt. Unter uns ewiggestrigen Fachmännern: Entfernt hat natürlich alles, was ich hier im Moment erzähle, mit der DDR zu tun. Und in einer Mangelgesellschaft musste jeder nun mal ein Fachmädchen für alles sein.

Es gehöre sich nicht, auf Leichen einzudreschen, meinte neulich wieder mal meine Verbalisierungsamazone[193] –

---

[193] Neulich hat es meine Frau allerdings stark übertrieben und benutzte im Zusammenhang mit mir das Wort »unsympathisch«. Dabei hat so etwas wie »unsympathisch« in einer Beziehung überhaupt nichts verloren.

und sie lag natürlich wie befürchtet vollkommen richtig. Was soll ich aber mit meinen konservierten Gefühlen von früher anfangen? Waren sie damals etwa falsch? An sich ist es natürlich nicht verkehrt, wenn die Bürger diszipliniert, rücksichtsvoll und zuverlässig sind und sich im Alltag achtsamerweise stabil solidarisch zeigen. Kurz gesagt – wenn ein jeder Bürger zu seinen Mitmenschen einigermaßen nett ist. So versöhnlich konnte ich die Dinge aber lange nicht sehen; natürlich nicht nur deswegen, weil ich während meiner Aufzucht in Prag 6 Teil eines gesellschaftlichen Quetschversuchs gewesen war. Folglich wurde ich später oft ungerecht – wobei ich gleichzeitig nichts dagegen hatte, mir bei einem Privatbäcker in Ostberlin drei Stück Kuchen für etwa eine Mark zu kaufen und für mehrere Stunden satt zu sein. Im Grunde hatte ich das fleißige Deutschtum auch damals schon geschätzt – partiell jedenfalls. Trotzdem hätte ich den disziplinierten Ostbürger mit seinem klebrigen Bienenstich, seinem kuschelweichen Einback oder saftigen Mohnkuchen für siebenunddreißig Pfennig in der Hand manchmal am liebsten nur unartikuliert angebrüllt. Ein plötzlicher Impuls zwingt mich jetzt, ausgerechnet »Sexus« von Henry Miller aufzuschlagen: »Dein Freund mag vielleicht«, steht dort auf Seite 86, »ein Revolutionär sein, aber ein Maler ist er nicht. Er hat keine Liebe in sich, er kann nur hassen und, was noch schlimmer ist, er kann nicht einmal malen, was er hasst.«

Unter uns Dauerheutigen: Auch in der Seele des deutschen Volkes müssen sich hartnäckig einige Restbestände von Grausamkeit versteckt halten. Und vielleicht ließe sich damit wenigstens teilweise begründen, warum mein fremdelnder Groll, vermischt mit mittelleisem Misstrauen – trotz meiner unbestreitbaren Gesamtaufhellung – in mir weiter so virulent bleibt. Am grausamsten fand ich das Deutschtum zum Anfassen schon immer dann, wenn dieses anfing, gemeinschaftlich – das heißt gruppengewaltig – lauthals zu singen. Als ich diese hemmungslose Art von ritualisiert ablaufenden Gefühlseruptionen auf deutschem Boden die ersten Male erlebte, war ich ehrlich gesagt entgeistert. So etwas kannte ich aus meiner Heimat nicht. Der Tscheche singt in seiner Freizeit vorsichtshalber kaum, und wenn, dann nicht derartig weltfremd. Vor allem nicht mit einer solchen Inbrunst, nicht mit einem solchen Tsunamiwillen, nicht mit dieser hochpotent flammenden Glutwucht, nicht derartig in plasmanahe Aggregatzustände abgerückt, in denen alle anderen zivilisatorischen Kommunikationskanäle so komplett gekappt werden. Meine Marxisten – offenbar auch die Trotzkisten – sangen zum Glück nicht, ich kam aber nicht drum herum, das singende Deutschtum da und dort trotzdem übergebraten zu bekommen. Nebenbei erfuhr ich auch noch, dass sich manche Gesangsfanatisten sogar zu Singfestivitäten irgendwo in der Abgeschiedenheit verabredeten. Ähnlich wie sich andere Menschen verschwörerisch zum Gruppensex oder zu irgendwelchen Sadomaso-Spielen zusammentun. Und immer wieder das gleiche erschreckende Theater: Die vor Kurzem noch zivil wirkenden Bürger verfielen schon nach den ersten abgesonderten Takten in eine Art Durchhaltestarre. Offenbar war in sie so etwas wie die Erwartung einer baldigen himmlischen Blähung gefahren, wenn nicht sogar eines evangelischen Lungenorgasmus. Da ich in die Nähe solcher Singorgien immer nur aus Versehen geraten war und mich dann lieber fluchtbereit abseitshielt, konnte ich dieses kontrolliert singspastische Treiben umso besser studieren. Dass die Spastenden nicht ganz bei Sinnen waren, schloss ich unter anderem daraus, dass aus dem jeweiligen Trupp nie jemandem aufzufallen schien, in was für eine atmosphärische Schittlage man die Realität gebracht, unter welche naturwidrige Zwangsverwaltung man sie achtlos gestellt hatte. Dass es allen egal war, welche Qualen Menschen wie ich als Zuhörpositionisten litten, war natürlich kein Wunder. Ich persönlich litt aber jedes Mal gewaltig – unter anderem deswegen, weil ich mir berechtigte Sorgen um das Seelenheil mancher der inbrünstig erleuchteten Wechselbalgandroiden machte, die zwar willig mitsangen, denen der Gruppensog aber sichtlich nicht guttat. Man konnte es ihnen direkt ansehen: Diese Leute kippelten leicht, ihre Gesichtszüge wurden instabil, und ihre Augen rollten ähnlich wie in dramatischen Szenenschilderungen von Romantrivialisten. Und ich fragte mich, wie diese nicht wirklich Stabilen nach dem Ende ihres Schwebeflugs wieder in ihr Flachleben zurückfinden sollten. Eines Tages knöpfte ich mir den Entrückungsdrang der Deutschen wie ein Fachanalyst vor. Ich wollte einfach nicht dumm dastehen und außerdem auch auf andere, ob laute oder leise Angriffe auf meine Integrität vorbereitet sein. Warum ist der Deutsche im Handumdrehen bereit, auch bei viel harmloseren Tätigkeiten bis zum Äußersten zu gehen?, fragte ich mich. Handelt es sich dabei etwa um gruppenhypnotische Bereitschaft, archetypisch kodierten Elevationsimpulsen zu folgen? Oder um suggestionsinduziertes Hochschaukeln durch Taktmaß und Gleichschritt, um gegenseitiges Resonanzgezündele, angefacht durch verstärkte Zwangsausschüttung von Dopamin, wahlweise durch das Autosynthetisieren von Methadon oder anderen synapsenstimulierenden Substanzen? Auf alle Fälle geschah immer das Gleiche: Alle kurz davor noch ruhig wirkenden Menschenkinder verabschiedeten sich wie nach einem Zauberrutenschlag aus der sie umhüllenden Wirklichkeit und setzten – ohne Zwischengas zu geben, ohne die Kupplung schleifen zu lassen – sofort aus dem Stand das Maximum an Vortriebskraft frei, verzichteten bei ihrem gefühlsstarken Sung und Stunk also auf jede Art von Drosselung. Und wie hätte so etwas ausgerechnet mich, die tschechische Jungfrau des Gruppenjubelns, unberührt lassen sollen? Zumal diese wirkstark gebündelten Gefühlsströme offensichtlich aus kaum erforschten Seelentiefen kamen. Und konnte einer wie ich ahnen, wie es dann bei dieser wuchtigen Achterbahnfahrt überhaupt weitergehen, ob die singende Masse also auch wieder haltmachen würde? Und wo? Eins war nämlich klar: Das Abgekoppeltsein von der Realität bedeutete gleichzeitig, dass die wie ein Mann[194] Singenden ihre Gedanken auch in Bezug auf den Inhalt des Gesungenen längst getrennt ablaufen ließen. Sie kannten eben alles Abzurufende auswendig und mussten über den Sinn der Texte nicht weiter nachdenken. Alle diese Menschen waren längst bereit, nicht nur über Nuancen hinwegzutrampeln, sondern sich vielleicht in tiefe Sinnesschluchten zu stürzen oder sich spontan an sonst noch welchen selbstgefährdenden Risikoaktionen zu beteiligen. Und sie ignorierten dabei auch noch das Wohl aller anderen um sie herum, hatte ich den Eindruck. Ihre eigene Schmerzwahrnehmungsschwelle war wahrscheinlich schon längst stark herabgesenkt. Diese angezapften Menschenleute schienen – natürlich nicht aus Bosheit, trotzdem recht laut – mit den grundlegendsten Anstandsregeln gebrochen zu haben. Teilweise waren diese Regeln allerdings sicher auch ins Flechtwerk der Korbstühle eingesickert,

---

[194] Bitte nicht meine schwungvolle Fahrt stören, ihr frechen Diversisten mit euren moosigen Fangösen!

auf denen sie saßen. Ich begriff in diesem Zusammenhang nebenbei auch noch Folgendes: Bei den von diesen Menschen exokrinierten Gefühlen konnte es sich nur um Substitutionsregungen gehandelt haben, also um nichts grundlegend Authentisches, was in dem aktuell aufgewirbelten Hier und Jetzt ihren Ursprung gehabt hätte. Und offenbar waren all diese schwebenden Geregtheiten aufgrund der bekanntlich leicht andockbaren und fremdinduzierbaren Synapsenknoten praktisch schrankenlos – so gesehen auch hoch ansteckend. Jedem Einzelnen stand es auch noch offen, sich ungehemmt auf das eigene und egal wie lange bereits haltbarkeitsabgelaufene Eingemachte zu stürzen. Damit war eindeutig den diversesten Schieflagen Tür und Tor geöffnet, dem stark lichtphasenbrechenden individualistischen Zugriff, dem Beschichtungsdrang der Optikindustrie, etlichen interferenzialen Überdeckungen[195] des Weltschmerzes, den mittendrin stecken gebliebenen prismatischen Liebesumleitungen, den Transparenzverschattungen, dem Abdriften der tränenreichen Fluidumsessenzen in ominöse und nur einigen wenigen Unterweltlern zugängliche Hohlraumdrainagen. Und wie gesagt: Eine solche Dauerabkoppelung von der in dem jeweiligen Zeitsegment nichtsingenden Zivilisation hätte Stunden weitergehen können. Es gab kein Halten mehr. Am Ende wartete auf diese Leute entweder die totale Erschöpfung oder vielleicht die Ausrufung eines Feldzugs gegen seelenkontaminierte Gehässige wie mich. *Benenne deine eigenen Glücksdefizite*, könnte ich dazu ergänzend sagen – wenn dies meine Frau nicht schon vor Urzeiten in meine Richtung fallen gelassen hätte.

---

195 Der Ausdruck ist vollkommen redundant, ich weiß, er sieht aber gut aus.

Das Land der Deutschen bringt natürlich, das war mir aber von Anfang an klar, trotz aller Schattengestalten Unmengen von ganz wunderbaren Individuen hervor. Schon meine allerersten Erinnerungen an Ostdeutschland aus den Sechzigerjahren – weiß der Kuckuck, wo ich mit meiner Mutter damals war – sind unauslöschlich. Für meine Mutter muss der Aufenthalt allerdings etwas traumatisch verlaufen sein, sie wollte über diese sonnige Zeit an irgendeinem Binnensee nie wieder sprechen. Mir gefiel dagegen alles, was anders war als in unserer Heimat. Und einiges war wirklich sehr anders. Die vielen krummen Monokiefern, der weiße, von mir schon anfangs besungene feine Sand, der endlose Strand, die privaten Bäckereien, die eine ganz andere Aura um sich verbreiteten als die volkseigenen in Prag. Und nicht nur deswegen, weil irgendwo hinter dem Verkaufsraum noch ein echter Backofen dampfte. Außerdem fiel mir auf, dass die Gesichter der Ostdeutschen eine Art Fröhlichkeit und Selbstzufriedenheit ausstrahlten, die mir völlig unbekannt war – jedenfalls in derartig auffälliger Reinlichkeit. Um diese Unklarheit abzumildern, stufte ich die Strahlkraft der Ostdeutschen damals kurzerhand als kindlich ein. Und in der Tat habe ich mehrmals beobachtet, dass sich diese Leutchen für Wanderungen – und nicht nur die Männer – gern lederne Hüte aufsetzten und sofort, wenn sie mit Verve losmarschierten, gemeinschaftlich zu singen begannen. Meistens handelte es sich um Formationen von zwei bis drei offenbar befreundeten Ehepaaren samt einer geordneten Schar ihrer Kinder. Singende Ehepaare in der Öffentlichkeit! In meinem Land wäre so etwas nur als Parodie auf irgendwelche Filme aus den Fünfzigerjahren vorstellbar.

Unauslöschlich sind außerdem meine Erinnerungen an stolze strohblonde Burschen, die sich ebenfalls trauten, ihre Umwelt mit Musik zu beschallen – allerdings einer ganz anderen. Sie waren nicht viel älter als ich, hatten aber eine völlig andere Körperhaltung und einen anderen Gang als ich. Und was sie für Radios mit sich herumschleppten, war unvergesslich – es waren schwere, unvorstellbar riesige Ungetüme. Ich schätzte die Länge der Kästen auf sechzig bis siebzig Zentimeter, die Höhe und Tiefe auf mehr als dreißig. Und es blieb für mich lange ein Rätsel, warum sie derart überdimensioniert geraten waren. Der Ästhetik nach zu urteilen, stammten die Radios aus der heimischen Produktion. Kein anderes sozialistisches Land als die DDR hätte sich getraut, der Bevölkerung ein derartig schwer verdauliches Technikwunder vorzusetzen. Das Wort Ghettoblaster gab es damals noch nicht, es war aber so etwas in der Art. Man hätte die Kästen auch Gigamonopuster nennen können, wenn sie damals nicht viel sprechender Kofferheule geschimpft worden wären. Die Heulstärke, mit der diese Riesenkoffer auftrumpfen konnten, war tatsächlich beeindruckend, die Tonqualität war außerdem hervorragend – und wie die Bässe herausgedonnert kamen, war mir vollkommen neu. So eine Kofferheule klang einfach unverwechselbar, prophetisch, regelrecht prärammgewaltig. Hier wurde an Qualitätsmaterialien und an Aufwand – wie später auch bei *Rammstein* üblich – überhaupt nicht gespart. Die stabilen Kästen waren aus echtem Holz gezimmert und konnten dementsprechend wuchtige, voluminöse Lautsprecher aufnehmen. Und weil die Kisten so schwer waren, mussten sie von ihren Besitzern auf der Schulter getragen werden. Als ich einen in der Gegend stolzierenden Kistenträger einmal unauffällig umkreiste, hatte ich den Eindruck, dass der Ton zu allen Seiten des Gehäuses herauspulsierte. Das massige Ding hatte da und dort größere Bohrungen, Schlitze und Löcher und im Inneren sicher eine Menge an freiem Resonanzraum. Reichlich viele gut sichtbare Öffnungen (zwecks Belüftung etwa?) gab es auch in der stabilen Rückwand, die aus solider Vulkanfiber gefertigt war. Aber warum bloß, fragte ich mich auch noch Jahre später: Wozu war dieser massive Aufbau überhaupt nötig? Zumal es ausgerechnet die Zeit war, als in Prag schon die ersten winzigen japanischen Transistorradios auftauchten. Auf alle Fälle waren die promenierenden Besitzer dieser Kisten nicht nur stolze Musikapostel, sie waren außerdem noch mutig, weil sie gleichzeitig in aller Öffentlichkeit irgendwelche Westsender hörten. Als ich dann mehr als zehn Jahre später wieder im Land war, konnte mir keiner der technisch nicht übertrieben gebildeten Marxisten erklären, warum diese für mich unvergesslichen Empfangsungetüme, die nicht mal einen Kassettenteil gehabt haben konnten, so riesig und schwer waren. Jetzt weiß ich es aber endlich, dank Werner: Diese Radios waren noch klassisch mit Röhren bestückt. Und um die Röhren zu betreiben, mussten diese Geräte – wenn keine Steckdose in der Nähe war – mit zwei Batterien betrieben werden: mit einer Heizbatterie und einer großen Anodenbatterie von 120 Volt. Tatsächlich: 120 Volt! Diese Batterie war, erklärte mir Werner, aus achtzig hintereinandergeschalteten Zink-Kohle-Zellen zusammengesetzt. Und ein so großzügig und wuchtig befüllter Kasten aus Massivholz brachte dann ohne Weiteres ganze fünf, sechs, sieben Kilo auf die Waage. Ein Trafo für den Netzbetrieb – samt einem massiven Eisenkern – steckte natürlich auch noch drin.

Da in mir angesichts des unsinnig überbordenden Angebots in unseren heutigen Supermärkten öfters so etwas wie eine sozialistische Grundgesinnung aufsteigt, möchte ich hier versuchen, die DDR in einer noch anderen Hinsicht lobzupreisen. Neulich saß ich mit einem Freund in einem Café im Prenzlauer Berg, und die Vertrautheit und Nähe waren sofort wieder da, obwohl wir uns vorsichtshalber nur in größeren Abständen trafen – etwa alle vier bis fünf Jahre. Dass wir uns nicht schon längst zerstritten hatten, war und ist ein Wunder. Dieser besondere Mensch hat sich ganz unabhängig von meinen Marxisten immer schon zum Sozialismus bekannt. Auch wenn eher nur privat und nicht weiter theorielastig. Bei unserem aktuellen Gespräch, bei dem es bei Weitem nicht nur um die vergangene Gemütlichkeit zu Ostzeiten ging, zeigte er plötzlich auf das Durcheinander von Lokalen, Boutiquen und Luxusläden mit unklarem Daseinszweck und sagte:

– Gefällt dir das alles etwa?

Zum Glück fiel mir eine, glaube ich, für uns beide annehmbare Formel ein.

– Eigentlich wünsche ich mir nur, dass alle Menschen nett zueinander sind.

Und tatsächlich waren zu Ostzeiten auch systemnahe Menschen manchmal nett zu einem, egal, ob man äußerlich ihren Normvorstellungen entsprach oder nicht. Meine Hautärztin fasste mein Glied sogar mehrmals ohne Handschuhe an! Und von wegen man wäre in der DDR nicht auf Effizienz aus gewesen! Bei meiner Hautspezialistin war es eindeutig der Fall. Die interne Patientensteuerung und auch die Logistik der Einteilung zu Voruntersuchungen innerhalb der Praxis funktionierte immer hervorragend. Sodass die Wartezeiten im kleinen Vorraum und im zusätzlichen schmalen Warteraum relativ kurz waren, obwohl der Andrang der Patienten insgesamt groß war. Aber wie gesagt – man wurde irgendwann gezielt umgesetzt und dann bald weitergeschleust. Das eigentliche heilige Zentrum der Praxis bildete ein geräumiges Sprechzimmer, in dem sechs dünnwandige, in einer Reihe angeordnete Kabinen standen. Und jede von ihnen konnte an der Vorderseite mit einem abwaschbaren undurchsichtigen Vorhang abgeschirmt werden. Dank dieser praktischen Versechsfachung der Sprechzimmerkapazität war es der tüchtigen Ärztin möglich, immer mehrere Patienten gleichzeitig oder eben ganz schnell hintereinander dranzunehmen – mit der Möglichkeit, bei Bedarf auch flexibel vorzugehen, also im Hin-und-Her-Wechselverfahren zu arbeiten. Die Übergangszeiten von einer Behandlung zur nächsten – unterbrochen nur durch kurze Absprachen mit der auch anwesenden Schwester – waren recht kurz. Wobei die auf den Stangen und Ringen hängenden Vorhänge sorgfältig auf- und zugezogen wurden, wenn ein Patientenwechsel bevorstand. Leider riefen oft die bereits abgefertigten Leidenden, die sich eigentlich schon wieder hätten anziehen sollen, die Ärztin doch nochmal zurück. Natürlich wollte der eine oder andere nachträglich noch etwas fragen oder eine zwar nebensächliche, trotzdem aber besorgniserregende Schadstelle vorzeigen, die sie anspannungsbedingt noch vergessen hatten zu entblößen. Oft lag diese einfach ganz woanders als das vordergründige Leiden.

– Ich hab da noch etwas hinten an der Wade ..., flüsterte einer aus einem der Verschläge. Dieser Mensch musste aber natürlich laut genug flüstern, um von der recht laut kommunizierenden Ärztin gehört zu werden.

Trotz dieser abwechslungsreichen Parallelzuwendung war es natürlich immer garantiert, dass keiner der Patienten seine halb nackten Mitpatienten zu Gesicht bekam. Und er konnte auch nicht wissen, welche Stimme welchem Gesicht zuzuordnen wäre. Zu Begegnungen im Behandlungsraum selbst kam es höchstens nur ganz kurz im Bereich der Einlasstür. In seiner Kabine konnte sich dann jeder in seiner Einmaligkeit und Exklusivität wahrgenommen fühlen, zumal jede bei der Behandlung gesondert ausgeleuchtet werden konnte. Die jeweiligen Lampen wurden immer nur zeitbegrenzt zum Leuchten gebracht, nach der Beschau dann wieder ausgeschaltet. Der einzige Nachteil dieser Kobenhaltung war, wie man sich denken kann, dass alle Patienten das gesamte, im Raum stattfindende Geschehen akustisch mitverfolgen konnten. Die aktuell Dranseienden beschrieben zuerst die Hauptmerkmale ihrer Symptome oder die äußere Erscheinung des jeweiligen Befalls – ob dieser nun schmerzhaft, sonst wie gefährdend oder nur juckend war; es war, ehrlich gesagt, jedes Mal fast alles dabei. Danach folgten die Schilderungen des Leidensverlaufs, die Aufzählungen einzelner Entwicklungsstadien der malignen Veränderungen oder die vielfältigen Manifestationen der Begleitprobleme, wenn jemand dazu aufgelegt war, sich breiter zu fassen. Besonders in dieser Betreuungsphase konnte man verfolgen, wie unterschiedlich stringent manche Menschen ihre Geschichten zu handhaben wussten. Zum Schluss kamen dann die begutachtenden fachlichen Äußerungen der Ärztin, ihre Ratschläge und Therapievorschläge, die Nennung der passenden Heilsalben und Medikamente, Ratschläge zu diätetischen Begleitmaßnahmen. Natürlich wurde man während der recht zähen Wartestarre manchmal in Angst und Schrecken versetzt – wenn es zum Beispiel um den neusten Stand eines offenen Geschwürs ging, um die fortgesetzte Eiterabsonderung, Streptokokkenstreuung und offene und nicht heilen wollende Beine. Andere Beschwerden waren dagegen harmlos – die Weiterentwicklung einer Akne, ein Allergieschub oder eine ältere Brandwunde, deren Heilung als ein Erfolg beurteilt und gefeiert wurde.

Aber nie wieder daran kratzen, meine Liebe!, hörte ich, ... *soll sich doch nicht alles wieder blutig entzünden wie neulich!*

– Schön, schön, alles nicht so schlimm, meinte die Ärztin, als sie meinen Penis in ihren Fingern hielt. Sie meinte damit, dass bei mir von Pilzbefall nicht die Rede sein konnte.

– Sie haben da nie Pilze gehabt, dann würden die Vorhaut und die Eichel ganz anders aussehen.

– Aber was ist es? Ich sehe dort immer wieder so etwas wie blasse feuchte kleine Pünktchen – also mit einer starken Lupe sehe ich sie. Nicht weiter auffällig gerötet, da haben Sie recht.

– Der Abstrichbefund war doch negativ. Da ist einfach nichts.

– Ausgerechnet jetzt ist da zufällig wirklich nichts zu sehen, das tut mir leid – sonst aber oft, immer wieder.

– Aha.

– Ich tunke ihn dann in Kaliumpermanganat, lasse ihn also in einem sauberen Marmeladengläschen in der Lösung hängen, lese dabei am Waschbecken, und irgendwann später sind die Pünktchen dann weg.

– Was mache ich mit Ihnen bloß?

– Wegen dieser Pünktchen, das ist auch noch wichtig, kommt mir die Vorhaut – wenn die Pünktchen also da sind – nicht vollkommen trocken vor wie sonst, und sie ist dann tatsächlich etwas feucht! Aus dem Grund fühle ich mich nie wirklich sauber. Nach dem ersten Zurückziehen riecht es auch noch etwas muffig. Egal wie gründlich ich mich das letzte Mal gewaschen und abgetrocknet habe.

– Vielleicht tummelt sich da etwas aus der Scheidenflora Ihrer Frau?

– Wie bitte? Sollen sich bei mir etwa ihre Viecher angesiedelt haben? Bei mir darf es auf Dauer doch gar nicht feucht sein!

– Sie könnten sich einfach beschneiden lassen, wenn Sie wollen. Dann hätten Sie auf alle Fälle Ruhe.

In den Nachbarkabinen wurde unterdessen nicht leise gebetet oder gebeichtet, hatte ich den Eindruck, sondern eher gehüstelt. Oder wurden dort vielleicht unverschämte Lacher unterdrückt? Möglicherweise hatte jemand aber nur selbstvergessen seiner eigenen schmerzenden Eiterbeule zugeröchelt. Der Aufenthalt in der Kabine war definitiv für alle nicht leicht zu ertragen – bedenkt man die Enge, den dort herrschenden leichten Sauerstoffmangel und die abgestrahlte Restwärme, die die starken Glühbirnen der zusätzlichen Kabinenbeleuchtung regelmäßig hinterlassen hatten. Zur Vermeidung von Schattenbildung wurde jeder Patient standardmäßig immer von drei Seiten beleuchtet – und die Ärztin selbst leuchtete mit ihrer großen Heiligenscheinlupe, bei Bedarf auch noch mit ihrem Stirnhohlspiegel.[196] Zu den ganzen Beschwernissen kamen für jeden Patienten natürlich auch noch etliche Gerüche hinzu, die manchmal von oben und unten aus den benachbarten Kabinen herübergeströmt kamen. Trotz aller Schattenseiten dieser Kabinenhaltung genoss man – jedenfalls mir ging es so – die sehr persönliche und intensive Intimzuwendung der netten Fachärztin ohne Abzüge oder Abstriche. Diese Frau bleibt für mich das warme Vorzeigegesicht der guten alten DDR.

Lieber Jan Moritz, an dieser Stelle habe ich mir noch handschriftlich einige Sätze notiert, die irgendwo weiter vorne

---

196 Sie schwor u. a. auf ganzheitliche Diagnostik, die auf der Analyse der Nasenschleimhautbeschaffenheit beruhte.

eingefügt werden könnten – ehrlich gesagt: müssten. Ich traue mich jetzt aber nicht mehr, in meinen überraschend sauber fertig getippten Text einzugreifen.

Anm. des Lektors: Alle vier an dieser Stelle stehenden thematischen Ergänzungen wurden nach einer kurzen Telefonabsprache mit dem Autor gestrichen. Auch die folgende, sich an der letzten Position befindende und wenig aufschlussreiche Reihe von Fremdwörtern: *Evonation, Extinktion, Ekstase, Ektase, Extasse, Evaluation, Eviration.*

Kapitel 19fff.
(strukturell nicht ganz unwichtig) [20]

Ich bettele nirgendwo um Aufmerksamkeit und kann dies jedem nur dringend empfehlen. Kennt mich jemand? Oder bewundert mich sogar jemand?[197] Nimmt mich jemand wenigstens am Rande ein bisschen ernst? Wenn solche fragilen Angelegenheiten für mich von Bedeutung wären, könnte ich das Leben nicht annähernd so witzig finden, wie ich es jetzt tuy[198]. Yes! Weil ich aber gelesen werden möchte, muss ich natürlich einige Grundregeln beachten: Nur grundsolide Wörter verwenden und sie in eine grundsolide Abfolge bringen! Und selbstverständlich bin ich wie alle anderen auf der Suche nach lohnenden literarischen Anregungen und lasse mir gern alles Mögliche empfehlen. Leider lege ich viele Bücher sofort wieder weg. Viele Autoren achten beim Schreiben streng auf das Preis-Leistungs-Verhältnis, also auf die zu erwartende sogenannte Produktionsqual-Rücklaufsglück-Marge. Das schadet an sich sicher nicht und verletzt auch niemanden. Und wenn einer noch gut formulieren kann, umso besser für ihn. Trotzdem muss jeder auf der Hut sein, um am Schlusspunkt des Leistungserbringungweges nicht verbittert dazustehen. Bloß nicht schwitzen, sage ich, und von den zukünftigen Ergebnissen nicht allzu viel erwarten! Der Schweißgeruch

---

[197] Ich werde dieses große symphonische Thema sicher noch einmal aufgreifen.
[198] »Tue« ist – unter uns – die peinlichste Verbform des Deutschen at all.

würde beispielsweise sofort verraten, dass der Autor bei der Arbeit vielleicht nicht die vollständige Erfüllung gefunden hat. Anthony Quinn spielt in einem Eskimofilm einen Eskimo ... Ich mache hier aber lieber einen harten Schnitt. Sonst müsste ich viel zu weit ausholen, um diese Geschichte zu bebrüten.[199]

Selbstverständlich war ich, wie viele andere auch, ein großer Bewunderer unseres Sohnes. Vielleicht war das für seine Entwicklung nicht ganz unproblematisch, ich weiß es nicht. Als er noch klein war, war er aber tatsächlich ein kleines Genie. Ihm glückte einfach alles – oder so gut wie alles. Sein Geigenspiel wurde beispielsweise aber überhaupt nicht besser, obwohl er und ich beim Üben über Jahre massig Aufwand getrieben und dabei auch viel Nervensubstanz gelassen hatten. Dass er recht früh mit dem Vergeigespiel begann, verdankten wir einem bekannten Musiker aus der Nachbarschaft, der gemeint hatte, unser Sohn würde die richtige Sensibilität und eine für Streichinstrumentenspieler typische Schädelform besitzen. Und sein Köpfchen war wirklich wunderschön! Seine Schönheit war aber sowieso immer präsent und lief überall mit. Als wir einmal zu dritt in Paris unterwegs waren, blieb ein beeindruckend würdiger Herr vor unserem Sohn ruckartig stehen – seine Frau und Kinder standen auf dem etwas engen Bürgersteig dicht bei ihm – und starrte unseren Engel lange an, bis er dann sagte: *You are so beautiful, like an angel! Where are you from?* Seine verblüffende Direktheit wirkte seltsamerweise nicht deplatziert. Höchstens nur leicht tierisch, als ob wir uns in einer Savanne und nicht in einer Straße auf dem Montmartre befunden hät-

---

[199] Ökonomie ist beim Erzählen das Beta und Psi. »... zur Vollbusigkeit zu verhelfen« war mir zu lang.

ten. Der Mann strahlte eine angenehme menschliche Reife aus und hatte mit seiner Einschätzung natürlich vollkommen recht. Trotzdem kam es anschließend zu keinem längeren Gespräch zwischen uns allen, weil mit seiner kurzen Ansprache eigentlich alles Wichtige gesagt war. Als unser Sohn später von sich aus mit dem Klavierspiel anfing, lief musikalisch alles viel besser, auch weil es aus seinem eigenen Entschluss geschah. Er nahm Stunden, bekam immer kompliziertere Stücke auf, übte dann aber so gnadenlos, dass er Probleme mit seinen Handgelenksehnen bekam. Als er noch spielte, spielte er meistens ziemlich laut. Im Haus gab es zum Glück dann nur vereinzelt Beschwerden – vor allem, wenn er sich noch nach Mitternacht traute, superleise zu üben. Irgendwann kannte man sein Spiel auch in der weiteren Umgebung. Er machte nämlich gern seine Fenster weit auf und donnerte seine langen Fingerläufe und wuchtigen Akkorde nach draußen. Auf dem Weg nach Hause erkannte ich seine Stücke schon an der Ecke Dimitroffstraße.

Man könnte meinen, dass die Schönheit unseres Sohnes mit seinen unterschiedlichen Begabungen nichts weiter zu tun hatte, es stimmt aber nicht. Wenn er sich unter Menschen aufhielt, spielte seine Ausstrahlung immer eine Rolle. Als er mich einmal – als Geschenk – zum Konzert von Nick Cave in die Columbiahalle einlud, erlebte ich ihn in seinem Element. In dieser Zeit war er schon viel in Clubs unterwegs und war ein Nacht- und Eventprofi. Mein einziger Sohn war schon erwachsen, war zweiundzwanzig Jahre alt und hatte noch elf Jahre zu leben. Dieser Konzertbesuch zu zweit war – für mich jedenfalls – eine Art Premiere. Ich und meine Frau hatten Cave vier Jahre davor im Friedrichstadtpalast, dem sogenannten »Grusinischen Bahnhof« von Ostberlin, erlebt, mussten dort unglücklicherweise aber steif wie irgendwelche Spießer sitzen. Auch Cave war natürlich sauer – und ließ es sich anmerken. Als mein Sohn und ich in der Columbiahalle ankamen, war der Raum mit schwarz gekleideten Cave-Fans gut gefüllt – und schon hinten im Saal wirkte die Wartemasse relativ dicht, die Leute mit ihrer Stehplatzierung aber einigermaßen versöhnt. Da mein Sohn nach mir geraten – also nicht besonders groß – war, waren unsere Aussichten, Cave beim Konzert zu sehen zu bekommen, ziemlich schlecht. Mein Sohn wirkte aber unbesorgt und sagte ruhig zu mir, ich solle mitkommen. Dann machte er den ersten Schritt und tauchte überraschend mühelos in das weiche Kolloid vor uns ein. Und so bekam ich anschließend die Möglichkeit, ihn eine Weile aus nächster Nähe zu bewundern. Seine Tauchlinie wirkte nur leicht verwackelt, und ich begriff erstmal nicht, was sein Geheimnis war. Mein Sohn ging höflich vor, wahrscheinlich schickte er erstmal seine Liebenswürdigkeit voraus, bat um einige Zentimeter Platz, und wenn es dann etwas mehr wurde, verlagerte er sich geschmeidig und mit einer Selbstverständlichkeit nach vorn, dass man es nicht unbedingt als Drängeln bezeichnen konnte. Überraschenderweise strahlte er vollkommene Sicherheit aus, in der von ihm penetrierten Menge so gut wie willkommen zu sein. Natürlich täuschte er bei seiner Vorwärtsbewegung nonverbal eine gewisse Dringlichkeit vor, die ihm keine Wahl ließ, als sich bis ganz nach vorn vorzuarbeiten. Aber egal, was das Ausschlaggebende war – die Leute wichen kurz zur Seite und ließen ihn ziehen, und mich erstmal auch. Sicher auch deswegen, weil klar war, dass wir sowieso gleich weiterkommen und irgendwann verschwinden würden. Das Konzert hatte da lange noch nicht angefangen. Die jeweilige kurze Umsortierung der noch entspannten Menschencluster verlief auch dann vollkommen harmonisch, als die Dichte in der Mitte des Saals etwas zunahm. Mein Sohn sprach oder strahlte im Grunde nur die Hinterköpfe der Leute an, tippte da und dort höchstens leicht auf eine Schulter. Und obwohl der Saal noch einigermaßen ausgeleuchtet war, konnten die Leute nicht rechtzeitig mitbekommen haben, welche Art Wesen da gerade hinter ihnen stand. Trotzdem – etwas an seinem Aussehen und seiner wunderlichen Präsenz muss den Ausschlag gegeben haben. Alle Drängler werden normalerweise verabscheut, mit vereinten Kräften aufgehalten, und sie bekommen außerdem oft noch ganz anderen, von den Raumverteidigern schon von sonst wo reingeschleppten Frust ab. Ich sah aber keine gereizten Reaktionen, nur ab und zu gab es einen kurzen Meinungsaustausch und anschließend ein Lächeln. Mein Eindruck war, dass mein Sohn auf der gesamten Strecke keinen einzigen Menschen verärgert hatte. Da ich insgesamt viel weniger Liebenswürdigkeit einsetzen konnte als er, musste ich ihn irgendwann ziehen lassen. Jeder nach seinen Möglichkeiten und Fähigkeiten. Und mein Sohn erlebte *The Bad Seeds* dann – damals noch mit Blixa Bargeld – ganz aus der Nähe.

Wenn ich überlege, wann wir beide – meine Frau und ich – ernsthaft Angst um unseren Sohn bekamen, kann ich es relativ genau sagen. Es war bei der Einweihung seiner ersten Wohnung. Beunruhigend waren früher sonst nur einige, sich wiederholende kleine Besonderheiten, die irgendwann zu seinem Alltag gehörten. Einzeln und an sich waren diese kleinen Schrägheiten nicht wirklich bedrohlich. Und wir wollten sie auch nicht übertrieben übel finden. Der Bursche war doch ein ziemlich witziger Prachtkerl! Leider hatte er unter anderem ein Problem damit, manche

Fakten und Grenzen zu akzeptieren ... Erst nachträglich ließ sich das ganze Problemgeflecht etwas klarer benennen: Unser Sohn war unbelehrbar und in seiner Maßlosigkeit nicht in der Lage umzudenken; egal wie schlecht und eindeutig die damit verbundenen Erfahrungen auch gewesen waren. Wenn wir gemeinsam essen gingen, ahnten wir schon, was auf uns zukommen würde. Nur unser Sohn schien es nicht abgespeichert zu haben: Er würde viel zu viel bestellen, schon bei den Vorspeisen satt werden und es schließlich aufgeben, von seinem Hauptgang mehr als ein kleines Eckchen zu schaffen. Und so kam es dann auch: Er bestellte eine Vorspeise, möglichst auch noch eine Suppe, weil er großen Hunger hatte – und aß dazu reichlich Brot. Er war schlank und sein Magen nur begrenzt aufnahmefähig. Unser Sohn freute sich aber trotzdem immer noch auf seine Pizza, sein dickes Rumpsteak oder Schnitzel. Seine diesbezüglichen Macken waren natürlich auch in seinem Freundeskreis bekannt. Alle redeten diesem liebenswürdigen Menschen immer wieder gut zu, alle mochten ihn und wollten für ihn nur das Beste. Mit diesen Bestellen-und-Nichtaufessen-Ritualen ging es dann leider weiter bis zum Ausbruch der Krankheit – also etwa bis zu seinem fünfundzwanzigsten Lebensjahr. In Hotels liquidierte dieser sonst so bescheidene Mensch im Eiltempo meistens den kompletten Inhalt des Kühlschranks und ließ nur die Schnapsfläschchen übrig.

Natürlich werde ich hier nichts, und auch nicht vorsichtig, mit Verallgemeinerungen oder dümmlich mit irgendwelchen volkstümlichen Verrücktenklischees arbeiten. Obwohl ich für mich privat irgendwann festgestellt habe, wie überraschend stimmig viele der volkstümlichen Sprüche an sich sind. »Nicht alle Tassen im Schrank ...« oder »Ein Rädchen zu viel haben ...« Viel genauer lässt sich einiges nicht beschreiben, so leid es mir auch tut. Und erstaunlicherweise finde ich solche Äußerungen sowieso alles andere als beschämend, verletzend oder böse – sie sind eher sanft, fast liebevoll. Es ist eine Art vorsichtiger Annäherung an diejenigen, die in diesem Punkt Pech hatten. »Des Volkes Mund tut einiges kund«, könnte man sagen, wenn man nicht wüsste, dass das Volk auch sehr viel Grießbrei im Hirn hat.[200]

Dass unser Sohn sein Abitur seinerzeit mit links, und egal mit wie viel Chaos drum herum, geschafft hatte – ohne viel lernen zu müssen –, war keine Überraschung. Nach dem ganzen Reifeprüfungstheater wirkte er dann allerdings doch etwas erschöpft. Und es war kein Wunder – sein aufreibendes Leben begann schon in der neunten oder zehnten Klasse. Er vergaß fast jeden Tag, dass man in der Nacht etwas mehr Schlaf braucht als vier, fünf Stunden, um früh nicht halb tot aus dem Bett geholt werden zu müssen. Nicht dass er immer etwas zu lernen oder auszuarbeiten gehabt hätte, er beschäftigte sich einfach mit den unterschiedlichsten Angelegenheiten, die viel akribische Zuwendung verlangten. Deswegen ging unser Sohn immer erst lange nach Mitternacht schlafen. Ab der zehnten Klasse musste er die Nächte manchmal aber doch durcharbeiten, weil er das, was er sich in den Kursen vorgenommen und dann eben aufbekommen hatte, ausgerechnet am nächsten Tag – zu diesem Zeitpunkt fiel es ihm in der Regel erst ein – vorstellen musste. Und er sagte mit einer erschreckenden Regelmäßigkeit bei Projektarbeiten sehr viel zu – völlig freiwillig, versteht sich; lieb und begeisterungsfähig, wie er war. Nachdem er sich eine aufwendige

---

200 Siehe auch meinen Aufsatz »Propassive Idiotie und Informationswiederbereitung im Pansen«, NewScienceUNDERcat, 2012.

Pflichtarbeit hatte aufhalsen lassen, besorgte er sich erstmal Unmengen an Fachliteratur, fing mit den Vorarbeiten aber nicht an. Und so vermehrten sich in seinem Zimmer thematisch immer wieder schön gruppierte, unterschiedlich hohe, leider aber so gut wie unberührte Büchersäulen – außerdem noch Stapel von irgendwelchen Blättern, Materialien und kopierten Unterlagen.

Natürlich kannte ich alle möglichen Probleme dieser Art auch von mir selbst. Und ich wusste, wie bitter die egal wie voraussehbaren Enttäuschungen waren, wenn sie einen denn einholten. Als ich eine Zeitlang in steile Fels- und Sandsteinwände stieg und sie mit Leichtigkeit und Begeisterung hochkletterte, kam in mir die Frischlufthoffnung auf, eines Tages vielleicht ein Spitzenbergsteiger zu werden. Da ich auch vor überhängenden Felssprüngen keine Angst hatte und mich sowieso für unzerstörbar hielt, brachte ich für diese Karriere sogar eine nicht unwichtige Voraussetzung mit. Nur die Reichweite meiner Arme und die Belastbarkeit meiner Fingermuskulatur reichten auf Dauer nicht aus. So kam es irgendwann zu den unvermeidlichen kurzen oder längeren Stürzen und nach den Stürzen die Angst vor den nächsten. Und mein Drang nach ganz oben war vielleicht doch nicht stark genug. Im Grunde gab es in meinem Leben aber eine ganze Menge von anvisierten Zielen, für die ich mir kaum Chancen ausrechnen konnte – sie aber trotzdem viel zu lange verfolgte. Die Reihe meiner Defizite, Schlappmachvorfälle, Mankos, Kapitulationen ist relativ lang, zum Glück inzwischen aber auch uninteressant. Und ich muss mich nicht über alles ausbreiten, was mir beim schreibmaschinistischen Wiederkäuen jetzt so einfällt. Mein Bericht wird vermutlich sowieso nicht wie geplant eng fokussiert geraten, und am Ende könnte ich vielleicht sogar Dresche von Helge bekommen. Und Helge ist einen Kopf größer als ich! Einiges darf ich hier aber natürlich nicht verschweigen. Ich bin immer wieder auch mal leicht bis weniger leicht durchgedreht und war hypo-, hyper- oder sonstwie-fastmanisch. In mir hatten sich eben ab und an wunderbare Quellen voller ungeheuerlicher Kräfte aufgetan, Quellen, deren Ursprünge mich immer wieder verwunderten – und ich war überglücklich darüber, so klar zu spüren, wie viel an sonst ungenutzter Herrlichkeit in mir steckte. Richtig krank wurde ich dann aber nie. Als meine sechzehnjährige Mutter in Theresienstadt aus dem zweiten Stock in den gepflasterten Kasernenhof sprang, passierte es während eines kurzen psychotischen Schubs. Sie hörte schon eine Weile laute Stimmen, die dann plötzlich richtig laut wurden, ihr komplizierte mathematische Rätsel aufgaben und ihr schließlich befahlen zu berechnen, aus welcher Höhe und von wo genau sie springen sollte. Sie sprang dann aus dem linken Drittel einer Fensteröffnung, die am Ende des langen Flurs im nächsthöheren Stockwerk lag. Nachdem man sie einigermaßen zusammengesetzt, eingegipst und dann nach und nach aufgepäppelt hatte, stand sie – nach Wochen, versteht sich – wie runderneuert wieder auf. Und sie brachte sich für die restliche Zeit bei, sich innerlich so weit abzuschotten – auch von der Mathematik –, dass sie sogar Auschwitz einigermaßen gut überstand. Zu einer richtigen Krankheit hat es in unserer Familie also nur mein Sohn gebracht. Der Ausbruch fiel in die Zeit, als er schon Politologie und Musiktheorie studierte. Nach der Schule und dem Abitur hatte er sich allerdings erstmal ein Jahr Zeit genommen, um wieder mehr zu sich zu kommen und sich seinen kreativen Beschäftigungen zu widmen. Außerdem wollte er sich in seiner neuen Wohnung einrichten und sie ganz nach seinen Wünschen umgestalten. Nach

Monaten zielgerichteter Renovierungsarbeit, in denen wir ihn dort nicht besuchen durften, lud er uns eines Tages zu einer kleinen Einweihungsparty ein.

Wenn ich an die Probleme unseres Sohnes denke, denke ich an seinen, zum Glück nur partiellen Ordentlichkeitszwang und den später leider fast ständigen Druck, unter dem er stand. Das, was ich über ihn bislang verraten habe, wird jetzt erstmal reichen müssen. Schluss jetzt. Mein Sohn und ich haben uns oft bekämpft, uns immer wieder – wie schon geschildert – sehr laut angebrüllt und damit dummerweise meine Frau gezwungen, unschön mitzumachen. Diese Szenen waren besonders für meine Frau bitter, weil dabei leider regelmäßig zutage kam, dass unser Sohn mich – den eigentlichen Unhold – trotz allem mehr mochte als sie. Seine Mutter ging ihm in ihrer Liebe einfach wiederholt auf den Wecker. So schaltete er mitten im Streit oft plötzlich um, fing an, sie und nicht mich zu beschimpfen, und nutzte dabei pfiffigerweise irgendwelche Sprüche, die er von mir abgekupfert hatte. Diese Streits endeten regelmäßig damit, dass seine liebreizende Mutter in Tränen ausbrach. Verglichen mit diesen späten Streits waren die bereits weiter vorn beschriebenen aus der Kindheit zwischen mir und ihm eher harmlos. An diese ganz alten Konflikte denke ich sogar fast mit Wehmut. Als frei erzogenes Kind durfte er mich damals natürlich ungestraft beschimpfen. Wenn er mich allerdings *Arschloch* nannte, konnte ich das nicht einfach auf mir sitzen lassen. Er beschimpfte mich auf diese Weise manchmal auch in der Öffentlichkeit. Und so schimpfte ich, der einfachen Logik folgend, zurück: *Selber einer, Sohn des Arschlochs ...* Daraufhin kam er wieder mit *Arschloch,* ich wieder mit *Sohn des Arschlochs* und so weiter. Wir ergänzten uns manchmal wirklich prächtig. Aber zugegeben: Manchmal goss ich ihm etwas Kakao aus seiner Tasse über sein schönes Köpfchen – oder einen Schuss eines anderen Klebetranks.

Zum Glück liest meine Frau nur ordentliche Literatur. Wenn sie sich zwischendurch an diesem Manuskript vergreifen sollte, würde sie sich nur unnötig erregen. Und nicht nur, weil sie vieles vollkommen anders erlebt hat als ich. Sie tendiert unter anderem auch noch dazu, sich dauernd für alles Mögliche schuldig zu fühlen. Und ich kann jetzt im Moment keine Diskussionen über Schuldfragen gebrauchen. Als ich in Prag mal mein Geburtshaus besuchen wollte, das gerade vollständig entkernt wurde und neu ausgebaut werden sollte, fiel bei einem Windstoß ein richtiger Ziegel [Österreichisches Normalformat 25 × 12 × 6,5 – also kein einfacher Dachziegel] vom Dach herunter – und flog nur zehn Zentimeter an meinem Kopf vorbei. Das kompakte Ding streifte fast meine Schulter und knallte dann mit voller Wucht auf den Asphalt. Wer war schuld? Natürlich die Ukrainer, die die provisorischen Dachplanen oben auf den Dachbalken nur mit einzelnen losen Ziegelsteinen beschwert hatten, statt sie ordentlich festzubinden. Nach dem Steinschlag stand ich kein bisschen unter Schock. Im Grunde hatte ich sowieso keine Möglichkeit und auch keine Zeit gehabt, mich zu erschrecken. Es war längst klar, dass ich wie immer Glück gehabt hatte. Und ich fühlte mich wie nach einem Saunagang oder einem leichten Nickerchen. Geboren und gestorben am selben Ort – so sollte sich ein ideales Leben doch für jede beliebige Friederliese gestalten. Neulich hatte ich kurz den Eindruck, meine Frau hätte doch in meinen Papieren geblättert. Sie war an jenem Tag nämlich ungewöhnlich still. Wie soll darauf ihr First-Mitbürger jetzt reagieren? Ich kann sie doch nicht vom Ordnungsamt belangen lassen. Das würde man mir im Bekanntenkreis nie verzeihen.

Aber darf sie mich, andersherum gesehen, weiter mit ihren Schuhen bewerfen, wenn es ihr passt? Ich muss allerdings zugeben: Ich mag sie, wenn sie wütend ist und irgendetwas nach mir schmeißt. Sie sieht dabei jedenfalls wesentlich reizender aus, als wenn sie schweigt.

Die Einweihung der Wohnung unseres Sohnes begann in bester Stimmung. In seinem eigentlichen Wohnzimmer herrschte zwar noch Chaos, weil er es nicht geschafft hatte aufzuräumen. Damit hatte ich persönlich aber kein Problem, die Hauptattraktion sollte sowieso seine Küche sein, die unser Sohn in monatelanger Kleinarbeit endlich so hinbekommen hatte, wie es ihm entsprach. Er hatte dort nach und nach alle Farbschichten von den Wänden abgeschabt, sorgfältig wie ein Archäologe, und hatte sich offenbar bis in die Zeit, in der im Prenzlauer Berg in den überbelegten Wohnungen schichtweise ausgebeutete Proletarier schliefen, vorgearbeitet. Und er hatte dadurch sehr viel gerettet und entdeckt ... ich weiß leider nicht mehr, was es alles war. Vielleicht waren darin die letzten Zeugnisse der Kohlerauchspuren aus den damals fast Tag und Nacht betriebenen Kochmaschinen[201] aufbewahrt. Auf jeden Fall hatte er anschließend Teile der Flächen, die keine historischen Spuren aufwiesen, wieder mit unterschiedlich satten Farben übermalt – und zwar in unterschiedlich abgestuften dunklen Tönen. Dabei waren die freigelegten historischen Flächen sowieso schon pigmentschwer genug. Die Küche unseres Sohnes sah im vollendeten Zustand auf alle Fälle wie eine urzeitliche Höhle aus, in der auf of-

---

201 Ich habe keine Lust zu erläutern, dass diese Geräte überhaupt nichts Maschinelles oder sogar Elektromaschinelles vorzuweisen hatten, liebe Kinder. Und ich rate außerdem dringend davon ab, nach diesem Begriff im Internet zu suchen – damit also irgendwelche Maschinen zu belästigen, die auch gar keine sind.

fenem Feuer Moorhühner, Hasen und Wildschweine auf Spießen gegrillt worden waren. Nach dem ersten Schock und unseren zurückhaltenden Lobesworten schritt unser Sohn dazu, uns zu bewirten. Im Kühlschrank fand er einen verwelkten Salatkopf und eine halbe, schon etwas weich gewordene Gurke, ein Stück Butter, und außerdem lag noch etwas Brot auf dem Küchentisch. Meine Frau bekam daraufhin einen Weinkrampf und war eine Weile nicht ansprechbar. Die eigentlichen Belastungen, wie wir wussten, standen unserem Sohn erst im kommenden, seinem allerersten Herbstsemester bevor. Unser Sohn sah das Bewirtungsproblem wesentlich lockerer als wir und hatte dazu als Gastgeber auch das Recht. Das nicht abgepackte Brot war noch nicht ganz trocken. Und im Regal mit seinen Farbbüchsen fand er dann noch eine Thunfischkonserve und ein Glas Selleriesalat. Meine Frau und ich wollten in der vollpigmentierten Höhle aber nicht bleiben und schlugen vor, lieber auswärts zu essen. Meine Frau war dann eine ganze Weile noch nicht ganz bei sich, kippte zu allem Unglück mit ihrem Stuhl um, als eins ihrer Stuhlbeine plötzlich in den gerade zerwühlten Bürgersteigboden vor der Gaststätte versackte. Unser Sohn hatte weiterhin gute Laune, war entspannt und aß gut. Er war einfach seit Monaten gewöhnt, seine Freizeit in vollen Zügen zu genießen – und er war gern mit uns zusammen. Alles, was noch auf ihn zukommen sollte, würde er schon bewältigen, meinte er. Leider legte er dauernd irgendwo seine Brillen ab – auch in Gaststätten, Imbissen, Geschäften und so weiter. Während des Studiums fiel es uns nicht weiter auf, dass er sich offenbar immer wieder neue Brillen, das gleiche Modell eben, hatte anfertigen lassen müssen. Er war ein treuer Kunde, ging weiter zu unserem, also auch seinem Optiker ganz in unserer Nähe. Der besorgte Mensch hielt lange Zeit dicht, fragte aber eines Tages schließlich doch vorsichtig, wie es unserem Sohn nun ginge. *Er war länger nicht mehr hier, ist mir neulich aufgefallen.* In diesen Zusammenhang erwähnte er dann eben den etwas besorgniserregenden Brillenschwund. Da war unser Sohn aber schon krank und lebte auf dem Land. Dass er seine Musikinstrumente mehrmals in irgendwelchen Verkehrsmitteln oder Kneipen stehen oder liegen gelassen hatte, erfuhren wir nur deshalb, weil er sich danach wieder neue besorgen musste und Geld brauchte. Wenn wir damals den dazugehörigen Fachausdruck für derartige Auffälligkeiten gekannt hätten – und zwar *prodromal* –, hätte es uns und ihm aber auch nichts genutzt. Seine Leichtgläubigkeit war manchmal erschreckend.

Wo waren die leichten alten Zeiten, als unser elfjähriger Sohn und sein etwas älterer und etwas frühpunkiger Freund Tobias kurz nach dem Mauerfall irgendeinem Schlaumann einen wrackreifen Kleintransporter abgekauft hatten. Die beiden wollten den Wagen damals als ihr ureigenes Häuschen, später vielleicht noch als Clubraum nutzen. Wir bekamen den Handel erst mit, als das Ding bei uns um die Ecke abgestellt worden war – ohne Nummernschilder, versteht sich. Der formschöne *Barkas* mit einem Drei-Zylinder-Wartburgmotor – es war also ein echter, 46 PS starker Stinkezweitakter – fiel noch nicht ganz auseinander und hatte nur fünfzig Ostmark gekostet. Irgendwann kam dann die Polizei.

Die Freude, mit Freude angesehen zu werden [21]

Liebe Studentissinnen und Stundentate, liebe Omnibustanten und Barkaspaten, liebe Seegurken und Untergürtelspäher, was mache ich mit euch – in so angefüttertem Zustand? Und mit mir – so unziemsam ungesund aufgeladen? Aber Vorsicht, nur dass keine Missverständnisse entstehen: Ich bin kein leicht zu melkender Onkel und auch keine leicht zu besamende Topfrau. Da die Träume grundsätzlich unter dem Stern der angstmachenden Amygdala stehen, können sie im Grunde nie langweilig sein – dachte ich jedenfalls. Neulich langweilte ich mich beim Träumen aber doch, und diese quälende Langeweile wollte und wollte nicht aufhören – es war entsetzlich.

Das, was ich hier erinnere und erzähle, ist natürlich voller Zeitsprünge und recht praller Aneurysmen. Ich ordne aber wenigstens alles sorgfältig, sortiere mal ein, mal auch aus – hirnintern, versteht sich. Gerade habe ich den folgenden Satz aussortiert: *Damals in den Sechzigern sah man dem viel zu schnell brennenden Jimi Hendrix zu und fand es schön.* Ich und mein Sohn lernten nach und nach, Wörter von hinten auszusprechen, und das immer zügiger. So konnten wir uns dann auch in ganzen Sätzen unterhalten. Ihm fiel es natürlich viel leichter als mir. Meiner Frau sagten unsere Sprachübungen allerdings nicht zu, weil wir uns beim Essen oft auch über sie unterhielten. Jetzt fahre ich mit dem Eigentlichen aber anschlüsslich brav fort. Mit welchem Achtsamkeitspathos sich manche Menschen Kekse in den Mund schieben können! Sie beißen den Keks einfach nicht gleich an oder ein Stück von ihm ab, sondern erst nach einer Pause – also nachdem sie den Keks kurz zwischen den Lippen oder Zähnen gehalten hatten. Was ich hier beim Schreiben phasenweise absondere, hat die Qualität – großzügig besehen – einer billigen Tütensuppe. Hoffentlich. Viel echter will ich da und dort all das, was unseren Sohn betraf, sowieso nicht hören, sehen, spüren, schmecken und so weiter. Und das Ganze nochmal durchspielen ohnehin nicht, falls ich unvorsichtigerweise nicht längst dabei bin, in irgendwelche Fallen zu geraten – sodass mich der Dampf dieser Kraftbrühe dann doch irgendwann einholt. Unter mir befindet sich, sehe ich gerade, eine undefinierbare dunkle Pfütze. Vielleicht aus zertretenen Kaulquappen? Als ich heute Nacht aufgewacht bin, hing meine Haut an einigen Stellen in langen Fetzen an mir herunter, und in meinem Bauch klaffte eine fotzartig[202] breit gezogene Wunde. Trotzdem war ich in der Lage aufzustehen, hüpfte auf dem Bein, das an mir noch dran war, in Richtung Bad – und ließ alles Übrige von mir im Bett liegen. Über mich darf ich doch erzählen, was ich will, nicht wahr? Mit der Stasi, fällt mir noch ein, machte man manchmal auch recht belebende Erfahrungen. Das hing unter anderem damit zusammen, dass etliche Staatsfeinde in unserer Gegend gleichaltrige Kinder hatten. Folgerichtig gab es dann immer wieder Kindergeburtstage, die die Stasi logischerweise nur als Tarninszenierungen einstufen konnte. Als in Polen das Kriegsrecht ausgerufen worden war, wurden die Genossen besonders nervös – und benahmen sich eine Weile recht auffällig. Als wir einmal nach einer nur ganz geringfügig

---

202 Da dieses Bild in allen Bevölkerungsschichten klar verständlich ist, hatte ich hier keine andere Wahl.

staatsfeindlichen Geburtstagsfeier nach Hause gingen, schlich ein Lada knapp hinter uns her und blieb dann bis Mitternacht vor unserem Haus stehen. Und als am nächsten Tag andere Männer in einem anderen Wagen Wache hielten, setzte ich mich in das Auto meines Schwiegervaters, das ich sowieso zurückbringen sollte, und fuhr los. Die Traktoristessen, Tussibienchen, aber auch die Bierbauchtoranden und Thermosteronten[203] dürfen raten, ob ich es geschafft habe, die Genossen abzuhängen. Weil ich damals ein angehender Cineast war und mir im Westfernsehen schon einiges abgeschaut hatte, lohnt es sich tatsächlich, hier die folgende, sogar recht brauchbare Fluchtanleitung weiterzugeben. Man biege unvermittelt in eine Sackgasse, fahre blitzschnell bis an ihr Ende, wende dort, begegne anschließend – in langsamer Fahrt, versteht sich, und mit Unschuldsmiene – seinen Verfolgern, grüße sie mit leichtem Kopfnicken und gebe dann, zurück auf der Hauptstraße, wieder ordentlich Gas, sodass die Verfolger nach ihrem Wendemanöver, das sie höchstwahrscheinlich nicht sofort eingeleitet, sondern brav erst am Sackgassenende ausgeführt haben, nicht mehr mitbekommen können, in welche der nächstgelegenen Nebenstraßen man abbiegt.

Als wir unsere spätere größere Wohnung – mit unserem Sohn, versteht sich – bezogen, waren wir dort auf genügsam ostige Art mit allem vollkommen zufrieden. Wir hatten ein richtiges, wenn auch kleines Bad und eine Küche, in die wir endlich einen größeren Esstisch – eine Sperrmüll-Eroberung – stellen konnten. Leider kam aus dessen Innereien dann noch jahrelang der feinste Kohlenstaub

---

203 Die doppel- bis quadropoloide, streng symmetrische Nennung scheint mir hier topgerecht geraten zu sein.

herausgerieselt. Den Balkon durften wir aus Sicherheitsgründen nicht betreten, wir taten es aber trotzdem – oder kletterten gelegentlich, wenn wir bei schönem Wetter ein Picknick machen wollten, vom Dachboden aus auf das flache Hausdach. Die einzige störende Merkwürdigkeit der Wohnung befand sich in dem uns zustehenden Kellerabteil. Dort – und zwar fast genau mittig – stand ein unerklärlich großer Betonklotz. Ich hätte ihn gern sofort hinausgeschafft, das war ohne robuste Hilfsmittel aber leider nicht möglich. Der Kellerverschlag war einigermaßen groß, der Klotz störte aber trotzdem. Und um ihn herum wurde es eben bald eng – nicht nur wegen unserer Fahrräder, eher dank meiner vielen Sperrmüll- und sonstigen Funde, die ich im Keller nach und nach verstauen musste. Zu Ostzeiten war es unbedingt ratsam, vielfältige Vorräte anzulegen, Mangelmaterialien also auch auf gut Glück zu sammeln, wenn man eines Tages nicht dumm dastehen wollte.

Eine Quizfrage für die eine oder andere vielleicht ungeduldig gewordene Leserdrohne: Beginnt dieses Werk jetzt gerade zu kippen, zu pervemutieren oder sich in Gurkenaufguss zu verwandeln – statt in Wein?

Irgendwann kam das Jahr 1989, und wir hatten ab September viel mit einigen ziemlich überlasteten Aktivisten vom *Neuen Forum* zu tun. Und als bei uns eine Weile die kompletten Berliner Mitgliederlisten untergebracht werden sollten (Christian, verflucht nochmal!), glühte ich das Ende eines ½-Zoll-Rohrs an, schlug es mit einem schweren Hammer etwas flacher zusammen und versuchte, mit dieser provisorischen Brechstange die auf drei kleine Stapelchen verteilten Listen unter dem Klotz zu verstecken. Leider verschwanden die in Zeitungspapier eingewickelten Papiere nur etwa zur Hälfte. Dass unser Sohn seit seiner frühen Jugend grundsätzlich immer zu spät kam, habe ich vielleicht schon erwähnt. Und mit »zu spät« meine ich wirklich sehr viel später als einfach normal zu spät. Als er mal mittags zu uns kommen sollte, um nicht nur mit uns etwas zu besprechen, sondern auch mit uns zu essen, kam er erst um vier Uhr nachmittags, sah darin aber kein großes Problem, wunderte sich aufrichtig und hatte Hunger. In den Kreisen seiner Freunde, die damals mehrheitlich auch nicht mehr zu Hause wohnten, lief es bei Verabredungen offensichtlich aber wirklich so ähnlich, also vergleichbar locker.

Im Laufe der Neunzigerjahre wurde die Bewohnerschaft unserer Straße leicht durchsiebt und vermischt, und es tauchten einige interessante Leute auf. [Bitte nicht ungeduldig werden, liebe Leser!] Zum Beispiel ein kontaktfreudiger, schon mehrmals angekündigter Keramiker Rufus, über den ich fürs Erste Folgendes erzählen möchte: Er besaß viele merkwürdige Werkzeuge und Gerätschaften, unter anderem auch eine antiquiert wirkende, aber extrem robuste Sackkarre – und das wusste ich, weil ich einmal beobachtet hatte, wie er mit diesem irre konstruierten Monstrum schwere Tonklumpen transportierte. Dass die Karre auch für mich von Bedeutung sein könnte, ging mir allerdings erst viel später auf. Rufus war gleichzeitig auch Tischler, Maurer, Allroundhandwerker und Kunstsammler. Außerdem entdeckte er überall alle möglichen, von anderen Menschen abgestoßenen Materialien – auch schwere und sperrige –, und hortete sie wahllos für eventuelle spätere Bauvorhaben, experimentelle Skulpturen oder Plastiken. Nebenbei war er auch so etwas wie ein experimenteller Objektbauer. Wenn wir uns auf der Straße trafen, gab es immer eine ganze Menge zu besprechen. Und da seine Werkstatt, sein Atelier und Sammellagerraum direkt gegenüber unserem Haus lag, landeten wir beim Reden oft in seinen direkt von der Straße aus zugänglichen Räumen. Und ich konnte begutachten, was er alles so in Arbeit und außerdem an Klein- und Großkram, also an Schätzen, neu angesammelt hatte. Irgendwo um die Ecke mietete er später noch weitere Kellerräume an, weil er in seinem Sammeltrieb nicht zu bremsen war. Einmal sah ich zufällig, wie er mit einer gusseisernen Maschine zur Tonzubereitung (eine Art vertikal hochgeschossener Big-Fleischwolf) kämpfte. Er versuchte, sich das Monstrum auf die Schulter zu hieven, um es aus seinem Transporter in die Werkstatt zu schaffen. Ich half ihm dabei – und das Ding aus Aluminiumguss war zum Glück nur halb so schwer, wie es aussah. Nachdem wir den Tonwolf, die sogenannte Strangpresse, in seine Werkstatt geschafft hatten, freundeten wir uns richtig an, jedenfalls sah es so aus. Rufus bewahrte vollkommen unterschiedliche Dinge auf, die miteinander und auch mit seinen anderen Kernaufgaben überhaupt nichts zu tun hatten. Immerhin gab er mir von seinen vielen Überschüssen manchmal spontan etwas ab; im Spontanmodus funktionierte er ausgezeichnet. Einmal bekam ich von ihm zum Beispiel eine wunderbare, mit Stoff bezogene und stark überdimensionierte Zeichnermappe, für die ich bis heute keine Verwendung gefunden habe. Irgendwann später [Diesem Abschnitt fehlte es bis jetzt an Tempo, ich weiss …] kam mir die Idee, den idiotischen Betonklotz mithilfe der Heavy-Metal-Sackkarre von Rufus endlich aus meinem Keller zu schaffen, und sprach meinen neuen Freund darauf an. Und er meinte – und es klang glasklar glaubhaft –, ich könne mir die Karre jederzeit ausleihen. Außerdem schlug er vor, dass wir den Betonklotz mit seinem Boschhammer anbohren oder in ihn mit einer Diamantentrennscheibe Schlitze schneiden könnten. Jemand hätte in dem Würfel einen Schatz versteckt, ihn also in einer Verschalung – vor Ort – mit Beton übergossen haben können. Wir vertagten das Ganze aber erstmal, was eindeutig ein Fehler war. Seine Sackkarre war tatsächlich etwas ganz Besonderes: Sie besaß zwei relativ kleine Räder mit Hartgummibereifung, ließ sich also nicht so gut fahren wie die modernen mit ihren Ballonrädern. Sie war aber unvergleichlich massiver und aus schweren Stahlrohren und Profilen zusammengeschweißt. Die untere Auflage bestand aus einer mit Flachstahlarmierung verstärkten Stahlplatte, und diese ließ sich – und das war das Besondere – mithilfe einer Winde, die an zwei Stahlseilflaschenzüge gekoppelt war, mit multiplizierter Kraft hochkurbeln. Das Gerät schien für meinen Klotztransport wie geschaffen zu sein. Und ich hätte ihn sowieso nicht weit und nicht über irgendwelche Treppen fahren müssen, ich wollte ihn dort unten nur in einer Ecke, irgendwo im Mittelgang abstellen. Das einzig Unsichere an dem Plan war natürlich die Belastbarkeit und Manövrierbarkeit der Karre, vor allem aber die Tragfähigkeit ihrer einzelnen Komponenten. Konkret: die Leidensfähigkeit der Stahlseile und des Kurbelmechanismus und weiter auch noch die Reißfestigkeit der Schweißnähte um die untere Stahlplatte herum und und ... Außerdem war natürlich unklar, wie (und ob) sich das beladene Gerät überhaupt nach hinten kippen und dann balancieren lassen würde, wenn das relativ breite und tiefe Betonteil dann gehoben wäre und anschließend bewegt werden müsste. Aber egal, die Zukunft gehört nun mal den Mutigen und Optimistischen.

Wie schön ist es doch, liebe Leute, Objekte[204] und ODKbd-üsinnen, werte Warmblütler mit solarbetriebe-

---

204 Ich als Mann bin doch immer wieder auch ein Objekt der begrapschwohligen Begierde!

nen Taschenrechnern und hängenden Uhrenohren ... wie schön ist es, die reine Wahrheit und nichts als Wahrheit zu verschriften! Auch wenn man oft nicht erklären kann, warum man sie überhaupt preisgibt. An dieser Stelle muss ich wieder an meine Großmutter Schornstein denken, die zu mir einmal sagte: *Wenn du eines Tages das Gefühl bekommen solltest, das Schriftstellerleben sei die reinste Darberei voller Neid, Missgunst und Gieper nach mehr, dann höre damit sofort auf und lass dich in Prachatice nieder. Und wenn du zufälligerweise in Deutschland leben solltest, dann ziehe unbedingt nach Mannheim.*[205]

Wer denkt heutzutage eigentlich daran, dass »Stasi« – regional/landschaftlich natürlich zischlos ausgesprochen – auch der Kosename von Anastasia ist? [NOTIZ FÜR SPÄTER: UNBEDINGT NOCH MIT HANNS ZISCHLER BESPRECHEN!] In diesem Sinne ist jedenfalls der bei den traditionellen Nelkenumzügen in einigen sächsisch-thüringischen, thüringisch-oberfränkischen, sächsisch-anhaltischen und anhaltisch-hessischen Landstrichen anzutreffende Spruch zu verstehen: »[BEI BEDARF IM LEKTORAT EINSEHBAR.]« Die Analyse dieses Spruchs und der angeblich im Westharz üblichen Orthografie des englischen Wortes »[DITO]« würde mich zu viel Lebenszeit kosten und diesen Textabschnitt außerdem übertrieben anwachsen lassen. Vorab nur dies: Anastasia, die Lieblingscousine des Rechtsanwalts Decker-Meier, scheint in Teilen des Volkes – sicher auch wegen ihrer überwältigenden Schönheit – ähnlich beliebt zu sein wie in früheren Zeiten die reizende Königin Luise von Preußen.

---

205 Warum kommt mir immer wieder Mannheim in den Lügensinn?

Wie man seinen Mandanten
in die Grube hinterherruft [22]

Pilzsporen fliegen überallhin, sind omnilokal präsent, setzen sich da und dort ab, verhalten sich beim Züchten, aber auch bei allen möglichen Neutralisierungsversuchen ausgesprochen unberechenbar. Wie ihr sehen könnet, liebe Lesers, Leserinnen, Rinnen von innen und Runen von außen, liebe Außenelster und Innenraben[206], geht es mit unserer Achterbahnfahrt munter weiter. Mir, einem alten KZ-Hasen, soll beispielsweise niemand erzählen, Wiesenchampignons wären alle essbar. Und auch nicht, dass – wenn ich mich da und dort nicht gezielt kratzen würde – meine Hautbakterien sich in mich nicht hineinfressen und suppende kleine Löcher hinterlassen würden. Über die Gefahr, von meinem eigenen Darmtrakt von innen verdaut zu werden, weiß ich natrüblich auch Bescheid. Außerdem will ich nichts mehr über menschliche Solidarität in Krisenzeiten hören. In der Zeit, als ich das Verfassen von Prosa noch für eine minderwertige Tätigkeit hielt, sagte man zu mir: *Erzähle, erzähle, erzähle! Das fesselt fast jede Mannin und hält auch den letzten binären Putzlappen bei der Sache. Und merke dir: Keine noch so kleine Geschichte ist den Leuten albern genug.* Was treibe ich

---

[206] Habe ich schon erwähnt, dass ich mich schon seit Jahren tiefentheoretisch mit der Sprachökonomie und den Gesetzmäßigkeiten der Beschleunigungstendenzen beim mündlichen Sprachausstoß beschäftige? Siehe auch die Sammlung meiner linguistischen Aufsätze zu diesem Thema »Kurz ohne Murks«, Köln 2013.

hier aber im Moment überhaupt? Dieses Buch ist möglicherweise eine fortwährende Beleidigung, ein Mund voller schussbereiter Spucke, ein Fußtritt für Kindererzieher, für Schicksal, Zeit, Liebreiz ... was man will. [ICH ENTSCHULDIGE MICH FÜR DEN LETZTEN SATZ: DER STAMMT MÖGLICHERWEISE – EGAL WIE FALSCH ERINNERT UND BEIM WIEDERGEBEN ENTSTELLT – VON HENRY MILLER. DER BEGRIFF »GONZO-PROSAILLE« AUS DEM, GLAUBE ICH, VIERZEHNTEN KAPITEL STAMMT DAGEGEN GARANTIERT VON MIR.]

Der Mandantenverrat gehörte für die Anwälte in der DDR zu deren von der Obrigkeit geforderten Pflichten. In den entsprechenden Unterrichtsblöcken wurden die dazugehörigen halbkonspirativen Techniken sogar behandelt und trainiert – das war mir jedenfalls zu Ohren gekommen, als ich mich einmal auf die Straße *Unter den Linden* verirrt hatte. Man soll nicht alles glauben, was die Leute erzählen, ich weiß. Aber ehrlich gesagt: Wie hätte man als Anwalt für seine Mandanten in kniffligen Fällen etwas Substanzielles tun können, ohne mit den Top-Ermittlern von der Stasi zu reden? Die Stasi war die einzige Institution, die im Land der begrenzten Möglichkeiten die nicht-beschönigte Realität überhaupt wahrnehmen und anschließend ungefiltert sogar reflektieren durfte[207], also die allerletzte real existierende Bastion dieses ums Überleben kämpfenden Systems. Mit den Stasis musste der eine oder andere teildeutsche Patriot also unbedingt in Verbindung bleiben, wenn sein Herz am rechten Stellenfleck schlug. Schließlich wollten die verfassungstreuen Informationsdienstleister

---

207 Hier sei noch einmal auf die exzellenten Analysen von Prof. Inga Markovits (Austin/Texas) und Rainer Schedlinski verwiesen. Bei Rainer jedenfalls auf die ersten fünf Seiten seines Textes – also bevor er in eine nicht ganz schlüssige Systembejahungsschwärmerei abdriftet.

des Staates nichts anderes als die reine Wahrheit kennen, um sie zuverlässig in die Systemmühle einfließen zu lassen. In aller Heimlichkeit, versteht sich – but: na und? Dafür waren die Stasis im Gegenzug auch bereit, jedem Gutwilligen ihre feste Gummihand zu reichen. Obendrein sollten alle heutigen freizeitgenießenden Zeitgenossinnen, die es noch etwas angeht, bedenken, dass manche inoffiziellen Stasiangelegenheiten sogar noch geheimer als einfach nur inoffiziell[208] waren – sie waren gewissermaßen subinoffiziell bis subsubinoffiziell. Aber da berühre ich schon Dinge, die so geheim waren, dass es sie vielleicht wirklich nicht gab. Und so gesehen konnten sie nicht nur mit der Realität als einer solchen, sondern auch mit der Realität der von der Stasi bebunkerten Akten nicht in Berührung gekommen sein. Ich rate also dringend: Man sollte sich lieber mit denjenigen Spitzeln beschäftigen, die zu ihrer damaligen Nebenbeschäftigung bis heute stehen und über die Zeit ihres aktiven Einsatzes ehrlich nachdenken. Eines der Mitglieder der schon erwähnten Trotzkistengruppe hat es auf den Punkt gebracht, als dieser Mensch seine ehemaligen Mitstreiter verbal anging: *Nicht ich bin ein Verräter, dafür aber eindeutig ihr – ihr habt die DDR und siebzehnmillionenfach auch ihre Bevölkerung verraten!* So in etwa ... Ein toller, ehrlicher Mann. Aber warum erzähle ich diesen Quatsch überhaupt? Diese nebensächlichen Verratsangelegenheiten gehen mich nicht wirklich etwas an und hängen auch nicht unbedingt mit meiner Geschichte zusammen. Die folgende brisante und mir erst vor Kurzem zugespielte Intiminformation aber schon: Die

---

208 Irgendwelche »informellen« Dinge gab es in diesen Zusammenhängen dagegen keine, weil das Wort »informell« bei der Stasi verpönt war; es galt dort – wie aus einigen Dokumenten hervorgeht – als dekadent, deodorisiert, defloriert.

Kernmitglieder der Trotzkistengruppe hatten tatsächlich vor, im Herbst 1989 die Macht im Osten Deutschlands – als sie etwa eine Woche lang angeblich frei verfügbar auf der Straße lag – mit Gewalt an sich zu reißen. Und das bedeutete natürlich, dass sie für den Kampf umgehend auch alle verfügbaren revolutionären Massen mobilisieren wollten. Nebenbei hatte der Trupp noch vor, den roten Schal des Regierenden Bürgermeisters Walter Momper zu stehlen und so getarnt ein paar Maschinenpistolen aus dem Depot der Sturmerprobten Arbeiterkampfgruppen (SASED) in Johannisthal zu erbeuten.

Andererseits denke ich heute, dass es jedem erlaubt sein sollte, die Laune auf unserem Planeten verbessern zu wollen. Auch wenn der jeweils benötigte Energieaufwand neue Probleme verursachen dürfte, möglicherweise auch ökologische.

Ich habe zu Ostzeiten einmal tatsächlich gewagt, ein echtes Anwaltsbüro aufzusuchen, um mir bei einem harmlosen Abwehrkampf gegen eine dümmliche Behördenentscheidung Hilfe zu holen. Die Beratung war sehr schnell beendet, wie man sich denken kann. Und man jagte mich regelrecht auf den Flur hinaus und anschließend die Treppe hinunter. Wo käme man bloß hin, wenn jeder Bürger es wagen würde, an den Fundamenten des Staates zu rütteln und ihn mit kleinen Nadelstichen stürzen zu wollen? Und dabei war die Frau RA Hauhaut auch noch eine Schönheit! Vieles im Staate DDR war – und das sollte man auch noch viel schlichteren Würstchen als mir glauben – nicht nur hochgradig faul, sondern auch im frischen Zustand leicht vergoren. Wer die DDR überlebt hat, sollte sich jetzt still verhalten und an die lange Reihe seiner inzwischen vertilgten Pizzen denken. Zu Ostzeiten gab es – das auch noch! – überhaupt keine Sättigungspizzen zu kaufen, da es eben keine Pizzerias, Pizzereien oder von mir aus Tradopizzerüen gab, keine einzige.[209] So etwas sollte sich die Jugend von heute auf der Zunge zerbacken lassen. Etwas Pizza-Ähnliches wurde in Ostberlin nur in der Stargarder Straße produziert und hieß eventuell *Krustgeviert*. Das Lokal nannte sich jedenfalls »Krusta-Stube«, und das, was es dort gab, sollte wie eine Pizza schmecken, schmeckte aber ziemlich übel. Allerdings ganz unterschiedlich übel – je nach dem, was für eine Art von zerkochter Geschmackrichtungsmasse man bestellt hatte und dann auf das trocken vorgebackene, etwas süßlich schmeckende Stück Pfefferteig geklatscht und breitgeschmiert bekam.

Als meine Frau in der Stadt auf der Jagd nach unserem Sohn war – es war einer der schlimmsten Tage ihres Lebens –, hatten wir alle noch kein Handy. Unser Sohn rannte gerade völlig besinnungslos von einem Freund zum nächsten, blieb aber nirgendwo lange. Schließlich stieß meine Frau auf ihn doch in seinem Haus in der Karl-Marx-Allee, genau gesagt in den verwinkelten Gängen seiner aus mehreren Häusern bestehenden Wohnmaschine. Sie will darüber heutzutage nicht mehr sprechen, ich werde diesen Teil der Geschichte also nur halbwegs genau wiedergeben können. Wer einen verzweifelten Verrückten schon mal leibhaftig brüllen gehört hat, wird auf alle Fälle wissen, wovon die Rede ist. Unser Sohn wohnte in dieser bauauf-bauauf-stolzen Prachtallee vergleichsweise schön – und in einer ihm gut gesinnten und ihm entsprechenden Wohngemeinschaft. Die Häuserkomplexe der Stalinallee

---

[209] Angeblich gab es eine Pizza-Backversuchsstube in Sachsen und eine in Thüringen, also den beiden späteren Freistaaten.

wirken von außen nicht nur majestätisch, sondern auch überraschend harmonisch – und das sind sie in ihrer klassizistischen Großzügigkeit natürlich auch. Die Proportionen dieser palastartigen Bauten stimmen einfach, nichts wird nur vorgetäuscht. Und ganz wichtig: Die angemessen monumentale Ensembleoptik stören auf der Straßenseite keine mickrigen Banalitäten. Das Erscheinungsbild der jeweiligen vorderen Front hatte bei den Planungen absolute Priorität, und dort beispielsweise Eingangstüren in Normalgröße unterzubringen, wäre einem architektonischen Verbrechen gleichgekommen. Dafür musste man den Bewohnern mancher der sogenannten Mehrsektionshäuser, so gesehen auch der turmartigen Eckhäuser mit feuerschutzgerechtem Erschließungssystem, gewisse Zugangshürden zumuten. Diese Hürden und Fallen fallen einem besonders im Inneren der turmartigen Eckhäuser auf – wie am Frankfurter Tor –, wo an einigen eng-arschigen Zuführpunkten des Eingeweidesystems gleich mehrere Aufgang-/Ausgangspunkte zusammengefasst werden mussten. Egal wie prächtig die dortigen Eingangsvestibüle oder die von Säulen gestützten Durchgangspassagen von außen wirken, die eigentliche, teilweise recht bescheidene Zugangsrealität dahinter ist eine völlig andere. In den unerwartet düster wirkenden Ecken der zentral gelegenen Zugangsschleusen wird es für jeden Neuling auf einmal überraschend kompliziert. Bei den schon erwähnten Mehrsektionshäusern sieht es in den sich in die Breite ziehenden Vestibülen dagegen erstmal nach Platzverschwendung aus, die Logik der gewählten Zugangsaufteilung ist aber auch hier absolut funktional. In diesen Häusern teilen sich erst hinter irgendwelchen nicht gleich einsehbaren Ecken die Wege und werden logischerweise erst in den entsprechenden, etwas entfernten Winkeln einzeln ausgeschildert – also den vertikal portionierten Gebäudeteilen zugeordnet. In manchen besonders innenverschachtelten Multihäusern muss man nach dem Verlassen des Vestibüls noch diverse horizontale Querflure passieren, bis man zu dem gesuchten Aufgang beziehungsweise dem dazugehörigen Aufzug gelangt. Und weil sich unten auf der Straßenebene oft auch noch Geschäfte oder andere, von der Straße aus begehbare Räume mit viel höher gezogenen Decken befinden, gibt es diese horizontalen, sich erst später teilenden und teilweise höhenversetzten Gänge erst auf dem Niveau der – sagen wir – zweiten Etagen. Manche Geschäfte verfügen auch noch über eine Mezzaninebene ... Und nun verrate ich, warum ich dies alles so detailliert beschreibe: Wenn in einem solchen Labyrinth aus verwinkelten Gängen, Zwischentüren und Zwischentreppen, sich auf unterschiedliche Ebenen teilenden und teilweise parallel verlaufenden Überleitungsfluren ein Verrückter anfängt zu schreien, hallt es in dem Labyrinth ungemein, und die Schallquelle ist extrem schwer zu lokalisieren. Wenn dieser Mensch dabei zu allem Unglück auch noch in Bewegung bleibt, ist es fast unmöglich, ihn zu finden – und auch noch schwer, sich dabei selbst nicht zu verlaufen. Und man landet irgendwann vielleicht im Parallelaufgang, Parallelübergang oder auf irgendeiner ganz falschen Ebene. Man weiß nur, dass der vor Angst Schreiende – wie in unserem Fall – der eigene Sohn ist. So ein Grauen wie dort an diesem Tag hatte meine Frau noch nie erlebt. Die Angst in den Stasigaragen im Oktober 1989 war nichts dagegen, meinte sie. Allerdings lag der Herbst 89 schon fünfzehn Jahre zurück, als unser Sohn verrückt wurde. In den Garagen, erzählte meine Frau, musste sie – gestützt auf die ausgestreckten Arme und mit schräg zur Wand hin gekipptem Oberkörper – die ganze Nacht stehen; mit dem

Gesicht zur Wand, versteht sich. Auf die Toilette zu gehen, war verboten. Und die an längeren Leinen gehaltenen Schäferhunde reagierten sofort, wenn einer den Kopf zur Seite drehte oder sogar versuchte, mit seinem Nachbarn zu sprechen.[210] Und alle renitenten Ruhestörer wurden natürlich geschlagen. *Ich war doch nur spazieren!*, rief eine extrem unruhige Frau wiederholt. Und eine andere: *Wo ist mein Hund?* Meine Frau versuchte sich der Klagenden ein einziges Mal anzuschließen und rief, obwohl es gelogen war: *Mein Sohn ist zu Hause ganz allein.* Einige Tage nach der Freilassung versuchte sie, sich vom RA Decker-Meier, dem Freund und Helfer aller unserer knastbedrohten Freunde, Unterstützung zu holen – und auch noch den Fall einer ihrer Garagenwandnachbarinnen vorzubringen. Außerdem wollte sie unbedingt etwas gegen einen besonders fiesen Prügelpolizisten unternehmen. Wegen des unvorstellbar zynischen Argumentationsgeschlängels von Decker-Meier ging sie aber nicht wieder hin. Aber Meier hatte einiges natürlich vollkommen klar eingeschätzt. Nach einer Massenzuführung müsse die Polizei – zahlenmäßig stark unterlegen, was im Wesen der Sache läge – ihr Regiment einfach hart durchsetzen, meinte er, um einem drohenden Aufruhr der erregten Menschenmenge vorzubeugen; egal ob in Süd-, Nordamerika oder auf den Philippinen. Was unser Sohn an dem Tag des langen Irrens im Jahre 2004 alles erlebt hat, wissen wir nicht genau. Am

---

210 Ich wurde als Nichtinländer relativ früh aussortiert und durfte die ganze Nacht neben Peter Marcuse aus New York, dem Sohn von Herbert, in einem Polstersessel in der Keibelstraße dösen (so lautet jedenfalls die vereinfachte Kurzversion meiner Geschichte). Reden durften Peter und ich leider auch nicht, nur ein bisschen. Peter war ein großer Freund der bescheidenen DDR-Architektur. Aber nicht nur der angenehm verschlafenen Verhältnisse, sondern auch der vielen, im Krieg großzügig freigebombten Flächen, die man in der DDR klugerweise frei, also unbebaut gelassen hatte, meinte Peter.

Abend davor war er noch im Kino gewesen und hatte sich »Die Passion Christi«, den Kreuzigungsfilm von Mel Gibson angesehen. Vielleicht war es da aber schon egal, dass er sich ausgerechnet so etwas Blutrünstiges angetan hatte. Möglicherweise gab es auf der Straße irgendwelche billigeren Drogen im Angebot. Und außerdem hatte er kurz davor tagelang nicht geschlafen und sich noch wer weiß wie chemisch aufgeputscht. Sein Schreien in den Gängen seines Hauses am Frankfurter Tor musste auf alle Fälle ein einmaliger Abschrei der Apokalypse gewesen sein. Und meine Frau hatte keine andere Wahl, als diesem Brüllen entgegenzulaufen. Sie verlor leider zeitweise die Orientierung, stolperte mehrmals auf irgendwelchen Zwischentreppen, auch weil die Beleuchtung der Gänge schwach oder teilweise ausgefallen war. Sie suchte und suchte ihren schreienden und sich zwischendurch offenbar wieder entfernenden Sohn. Und ihre Angst stieg, weil nicht klar war, was für eine Horrorgestalt sie dann vorfinden würde. Trotz der Lautstärke gingen seltsamerweise keine Türen auf, meine Frau blieb beim Ablaufen der Flure die ganze Zeit auf sich gestellt – bis sie den Menschen fand, dessen Geistesleben sich in diesem Moment aufzulösen drohte. Was sollte der junge Kerl aber anderes tun als brüllen? Was in ihm vorging, wäre auch für die meisten von uns vollkommen unbegreiflich. Und die irre eruptiven Kräfte konnten nichts Geringeres versprochen haben als die Ankunft der nächsten und übernächsten Schrecken, durch zähes Zinkoxid vollgeschmierte Hilflosigkeit oder mit unbekanntem Amalgamstrom zugesetzte Katarakte. Ein ähnliches Brüllen habe ich Jahre später auch mal gehört, nur ohne jeglichen Hall und ohne das Innenambiente eines Prachtpalastes. Ich hörte das Gebrülle – und es muss das Seelengleiche gewesen sein wie das unseres Sohnes –, als ich auf dem Rennrad zwischen Treptow und Kreuzberg unterwegs war. Wer da so unmenschlich und von wem gequält wurde, war zunächst nicht klar. Bis ich einen riesigen, athletisch gebauten Afrikaner sah, der schon aufgrund seiner Riesenhaftigkeit jedem, der dort in seine Nähe geriet, sicher aufgefallen wäre. Er brüllte mit voller Kraft, schrie um sein Leben. Er lief allein und blieb allein, die Sonne schien, der Tag war herrlich – das Grün, die Bäume, die Büsche, die Bänke, die Kinderwagen, die Menschen auf ihren Decken, das alles spielte für ihn keine Rolle. Er blieb in Bewegung, machte nach seinen Brüllattacken kurze Pausen, ging dann weiter und brüllte wieder los. Ich hatte noch nie einen Menschen mit einer solchen Kraft seine Stimmbänder ruinieren hören. Die Erwachsenen versuchten, ihre Kinder auf den Parkflächen in Sicherheit zu bringen, wer konnte, wandte sich ab, einige griffen nach ihren Handys. Und ich machte mich in meiner schwarzen Funktionskleidung, mit meinem Helm und meinen hinter einer verspiegelten Brille verborgenen Augen wieder auf den Weg.

Dem finalen Ausbruch der Schizophrenie ging natürlich eine längere Phase voraus, in der unser Sohn irgendwo wesentlich leiser herumirrte und mit allem einigermaßen unauffällig klarkam. Seine Hauptaufgabe, sich eigenständig nach einem Psychiater umzusehen und sich endlich Hilfe zu holen, ließ er aber wahrscheinlich schleifen. Zwischendurch tauchte er auch in unserer Wohnung auf, in der noch so etwas wie sein Zimmer existierte. Regelmäßig gab es dann zwischen uns dreien die verschiedenartigsten Streits. Verstärkt natürlich separat zwischen mir und meiner Frau. Eine Zeitlang irrten wir alle drei durch die Stadt, jeder für sich, weil mich meine Frau zeitweilig aus der Wohnung schmiss. Teilweise suchten meine Frau und ich uns auch noch gegenseitig. Ich war oft auch mit unserem Auto unterwegs. Und je nachdem, wo meine Frau das Auto zufällig stehen sah, konnte sie erraten, bei wem ich vielleicht gerade übernachtet hatte. Ich fand meinen Sohn einmal zusammengesackt zufällig auf dem Alexanderplatz und schaffte ihn, gemeinsam mit einem seiner Freunde, zurück in seine Wohnung. Für die Drogen muss er zwischendurch viel Geld ausgegeben haben, auch noch kurz vor dem Selbstmord, vielleicht hatte man ihn aber auch beklaut. Nicht lange vor seinem Tod hatte er von uns mehrere Tausend Euro überwiesen bekommen, am Ende war sein Konto so gut wie leer.

Ist das etwa gerecht, frage ich mich, gerechtfertigt, abgasneutral oder sogar sinnvoll, lediglich schlagzeilenbasiert über irgendwelche Morde, Brandstiftungen oder Nepotismusdreistigkeiten zu diskutieren, wenn man sie der Reihe nach in einigen wenigen Tagen wieder vergisst? Von diesem Gefühlsgepumpe der unzähligen Zappelphilister profitiert am Ende nur die Pharmaindustrie, weil es auf Dauer die Nachfrage nach blutdrucksenkenden Medikamenten auf Trab hält. Und die wirklich Schuldigen dieser Welt werden am Ende möglicherweise sowieso weniger Nachwuchs bekommen als die etwas gerechteren Menschen wie du, lieber Leser, und ich – könnte jedenfalls der eine oder andere Moralsomastodontiker meinen. Wie viel Geschrei gab es seinerzeit, als die Hunnen am Ende des vierten Jahrhunderts in Europa einfielen – und heute redet niemand mehr darüber. Natürlich weiß ich, dass man alle Menschenkinder, egal wie aufgebracht oder unvernünftig sie sind, genauso lieb haben sollte wie sich selbst. Ich bin aber kein singender Hegelianer, pupsender Opferbock oder überversorgter Erbsenzähler. Mich stoßen nebenbei auch noch alle kegelförmigen Männer ab, deren Hüftgegend doppelt so breit ist wie ihre trauernden Schultern. Was aber tun, mein lieber Tschernyschewki, mein Tschernobylin, Sernomarow, Pudimabelij, Beloputkin und von mir aus auch mein fleißiger Kleinmachnibenko? Der Leser – und da spreche ich indirekt auch alle Odasten, Idasten, Adasten und die eckförmigen Irokasten beziehungsweise alle Adaptine der vergessenen Zoroaster, Tussinas aller Härtegrade, Nostradamistinnen und ihre eingeschnappten, zu Hause schmollenden Schaumkanonisten an ... – der Leser kann mich inzwischen doch einigermaßen gut einschätzen, denke ich, und er weiß, dass ich hier keinesfalls nur völlig unkontrolliert agiere. Trotzdem: Egal wie viel an unbedachtem Unsinn aus mir zwischendurch herausgerieselt kommt, ich arbeite an mir trotz allem weiter, und zwar dergestalt, dass ich pausenlos nur mein Bestes gebe und tuy und bei diesem meinem Thun ausschließlich Feingemahlenes zu produciren trachte. Und der Leseaster, Kritikaster und Kastenidealiniker sollte sich klar zusammenkästeln, dass das, was ich meiner Schreibmaschine an Getupftem Tag für Tag entnehme – und was er nun gedruckt und gebunden in den Händen hält –, nur deswegen einen gewissen Qualitätsgrad erreicht, weil ich mich dauerhaft am Limit abmühe. Nebenbei nehme ich natürlich dankbar alle möglichen Hilfsangebote an, wenn ich nicht weiterweiß. Nun lese ich gerade in dem Bestsellerratgeber »Wie stellt man einen gut lesbaren Roman her«, man solle alle Kernthesen und Themen des entstehenden Prosawerks unbedingt immer wieder aufgreifen. Man müsse, meint der Ratgeberast und drückt es beeindruckend elegant aus, man müsse immer wieder belegen, dass der Platz der früh exponiert vorgebrachten Themen, Thesen und Topoi – von den Auftritten handelnder Personen ganz zu schweigen – nicht umsonst, nicht erratisch, nicht nur sinnfrei, sondern tatsächlich wohl bedacht vergeben worden sei. Nichts dürfe dem Zufall überlassen werden. Und auch all das dürfe nicht wie zufällig eingestreut wirken, was ursprünglich den Weg in das jeweilige Werk vielleicht doch nur durch Zufall gefunden hätte. Ich war früher ein fundamentaler Gegner des vollfiktiven, also albernen Fabulierens – und streng genommen bin ich es bis heute. Also habe ich doch und immer noch meine Schwierigkeiten damit, über Dinge zu berichten, die ich nicht selbst erlebt habe, die aber – wie mir gelegentlich auch meine Schreibmaschinensoftware meldet – an irgendeinem Punkt der zu strickenden Geschichte drankommen müssten. Aber alles ist machbar, sage ich mir, ich werde mich gegebenenfalls eben kurz wie ein Lügner fühlen, mich unauffällig schütteln und meine Schäfchen am Ende einfach trocken prügeln – ob sie es wollen oder nicht. Und ich werde mein Werk am Ende schon einigermaßen ehrlich, und egal wie schmallippig, schamgefleddert, flachgefräst und so weiter, auf den erforderlichen Vordertusser bringen. Ich bin sowieso keiner, der sich bei der Texterstellung unbedingt an irgendwelche quantitativen Deckelungsregeln halten würde.

Trotz meiner Lektüre irgendwelcher Ratgeber gelingt es mir beim Schreiben leider nicht immer, alle relevanten zeithistorischen Fakten zum optimalen Zeitpunkt hervorzuholen und sie dann an der richtigen Stelle unterzubringen. So blieb hier inzwischen viel zu lange unerwähnt, dass meine Marxisten seinerzeit nicht einfach zum Vergnügen nach Prag aufgebrochen waren. Der eigentliche Zweck dieses Gruppenausflugs war ein Treffen mit Freunden und Genossen aus dem Westen, die in die DDR nicht oder nicht mehr einreisen durften. An dem Treffen im Café »Slavia« nahm dann natürlich nur eine kleinere Abordnung teil. Und ich, der für alle Ewigkeit mit dem Stempel »Der kleine tschechische Antikommunist« auf der Stirn leben musste, erfuhr von diesem klandestinen Teil der Ausflugsgeschichte erst zehn oder fünfzehn Jahre später von meiner Frau – und eher zufällig. Sie hatte es mir einfach vergessen zu erzählen.

Nun sind wir, liebe ölig-native, listig gelistete BürgerIstinnen so weit, um den zwar nicht unbedingt geplanten und auch nicht ausdrücklich angekündigten, allerdings dringend erforderlichen dritten Teil des Nachdenkens darüber, was den Ton einer trockenen Buchstabenfolge, die als ein prosaischer Text gelten möchte, im Kern eventuell ausmacht, anzugehen. Wie schon dargelegt, umfasst das Integral einer Buchstabenverklumpung die Gesamtheit aller – also auch der kleinsten –, in Brown'scher Manier oszillierenden Sinn-Einheiten, leitet die diversesten, aus unruhigen und auch kohäsionsfreudigen Emotimolekülen bestehenden Koagulate zueinander und verdichtet sie zu einem wirkmächtigen Ganzen. Am Ende garantiert dieses Generalintegral, dass der geschaffene Monolith trotz aller einerseits zentrifugalen oder aber zur Implosion neigenden Kräfte und andererseits trotz aller resonanzBerstgeilen oder interferenzDumpfnivellierenden Kräfte ein doch ansprechendes Gebilde bleibt. Der eigentliche Wert eines Textes liegt so gesehen weit unterhalb der wahrnehmbaren Verlaufskurve der linearen Wortaneinanderreihung – und so auch des jeweiligen Textintegrals. Die Gefahr, dass ein nur leicht subvollkommen abgefasstes Prosastück schon auf molekularer Ebene angeschlagen dahergehumpelt kommt und dann urplötzlich, was aber alles andere als überraschend sein dürfte, sich von innen auflöst, ist verständlicherweise groß. Aber der Eindruck, wir hätten mit einem Text etwas Verschmolzenes, Distinktionsloses, flachzeitdimensional Beschreibbares vor uns, ist sowieso äußerst abwegig. Würde uns hier etwa ein vergleichsweise einfaches Modell wie das der Doppelhelix weiterhelfen? Sicherlich kaum. Schon deswegen, weil die Doppelhelix relativ robust gebaut ist. Bei integralen Sprachgebilden reichen zum Totalkollaps dagegen schon einige falsch benutzte, abgenutzte Ausdrücke beziehungsweise irgendwelche kleinen Verstöße gegen das majestätisch Reine. Die von allen diesen Störmomenten ausgehenden Zersetzungsmutationen würden nämlich die Zellmembran des unter Dauerspannung stehenden Zeichen/Wort/Satzintegrals definitiv schnell zur autodestruktiven Rissbildung bringen. Und im Vorfeld würden vielleicht auch einige wenige Redundanzen oder plump erklärende Gefühlshinweise schon reichen – und die inneren Interferenzen würden den bislang einigermaßen mäandrierenden Text abrupt auf ein obertonloses Grundpiepen herunterzerren. Die Grundehrlichkeit und die Kraft eines Textes scheinen schlussendlich doch im eingeschlossenen, unzugänglichen und autonom-inerten Protoplasma kodiert zu sein – wobei der Text aus eigener Kraft verständlicherweise niemals in der Lage wäre, das Geheimnis seiner internen Kodierung preiszugeben. Und damit die Qualität des so gut wie anaeroben Protoplasmas erhalten und dieses außerdem unter kapillardepressivem Spanndruck bleibt, darf sich die Zellmembran keines einzigen Textabschnitts auch nur einen, egal wie winzigen Faserplatzer erlauben. Denken wir hier ruhig – auch wenn die Analogie etwas hinkt – an die zersetzenden Kräfte der Säure, die die Mundbakterien unserem Zahnschmelz, also dem allerhärtesten körpereigenen Stoff überhaupt, mühelos zuführen können. Glücklicherweise entwickelte sich im Laufe der zivilisatorisch-kulturellen Entwicklung ein feines Wechselspiel zwischen den feingliedrigen Fähigkeiten der Schriftsteller einerseits und der Schärfe beziehungsweise der Wahrnehmungsgenauigkeit der Rezipienten andererseits, sodass sich im Falle von Prosa die Urteilskraft der allmächtigen Leserschaft zum Glück immer auf dem aktuell höchst erreichbaren Niveau bewegt. Wenn in einer Literaturrunde allerdings ein Satz fällt wie *So ein tolles Thema!,* bin ich leider enttäuscht und werde daran erinnert, dass es auf der Welt Menschen gibt, die sich in der Literatur für Themen interessieren.

Kapitel Karpfen- und Forellenteich –
Ein Ödem auf Schmetterlingsratten,
Darmhornissen, Ameisenhornochsen,
Augapfelwürmer und Zungenbrecher [23]

Nun fragt sich der eine Hodensackgestraffte oder die andere Venushügeldepilierte, warum ich mich so intensiv mit diesem Decker-Meier beschäftigt habe und beschäftige. Das kann ich allen Bebrillten und auch allen Brillenloserinnen gern beantwortinnen. Dahinter steckt nichts wirklich Persönliches, außer dass dieser Mensch meine eingeknasteten Aktivistenfreunde – wie schon erzählt – als ihr Anwalt wiederholt verraten hat, also alles Gehörte atemfrisch weitergeleitet hat. Was für ein Gelenkschmierbeutel des Staates Herr Decker-Meier sonst noch gewesen sein sollte, ist in diesem Zusammenhang zweitrangig. Da ich dank meiner politisch hoch erregbaren und auch professionell sich mit vielen Entwicklungen in der Welt beschäftigenden Mutter seit meinem fünften Lebensjahr[211] politisch geschult wurde und immer detaillierter nicht nur mitbekam, wo um mich herum zügellos gemordet, sondern auch, wo überall und wie schamlos gelogen wurde, bin ich auf jede monolithisch systemvergorene Verlogenheit schwer allergisch. Seit ich denken kann, wurde seitens der machthaberklammerösen Ödisten vielerorts nicht nur hinsichtlich der Fakten massiv gerubbelt, ge-

---

211 Ganz genau seit dem 23. Oktober 1956, also dem Beginn des Ungarischen Volksaufstands.

knetet und gepanscht, der Bevölkerung wurden in meiner Heimat seinerzeit dauernd auch noch Unmengen an emotionsbasierten Ersatzgeschichten übergeholfen – und zwar täglich, von den frühen Morgenstunden an bis in die Tiefen der unruhigen sozialistischen Nächte. Jetzt, mit Abstand, kann ich die Machthaber- und Machtturbolader in ihrer Not teilweise verstehen: Die Lügopeden der halb- bis ganzschäbig zu verwaltenden Wirklichkeit konnten damals eben nur auf ein relativ dünn beschichtetes Erzählmaterial zugreifen. Glücklicherweise war ich nach der endgültigen Übersiedlung in meine neue Knäckebrot-, Pumpernickel- und Filinchen-Heimat so weit abgestumpft, dass mir das von der SED orchestrierte Lügen schon relativ egal war. Außerdem war der Einheitsmarinadestaat einfach nicht mein Land. Und obwohl ich keine DDR-Presse las und keine anderen inländischen Medien konsumierte, bekam ich leider doch erstaunlich viele Staatslügen aufgetischt – wenn auch nicht Tag für Tag. Gelogen wurde in der DDR besonders im Namen der frierenden Tagebaukohle, der Arbeiterblutwurst, des Bauernschinkens, des wässrigen Gurkensalats, des gelatinelosen Halbleiteraufschnitts und der platt gewalzten Hasen auf der Fernstraße 5 – der sogenannten »Großen Hamburger«. Weiter gelogen wurde im Namen der Völkervöllerei, im Namen aller siegreichen Chemieverseucher und aller noch zu befreienden Landstriche und Sümpfe in der Dritten Welt. Plakate, Losungen, Aufrufe, Versprechungen in den Auslagen der Geschäfte – überall Lügen über Lügen, auch Obst und Gemüse logen in der DDR, der geraspelte Weißkohl auf den Tellern der HO-Gaststätten war eine randüberschäumende Lüge – genauso verlogen wie der fröhliche Rundumfreizeitpark Plänterwald oder das auf absolute Volksverdummung trainierte Getier und Gevieh im Tierpark Friedrichsfelde.[212] Die Bahnfahrkarten, Stadtpläne, Unterführungen oder die viellagigen fetten Cremetorten; weiter noch die Blitzzugriff-Bananen oder die faserigen gelbgrünen Kubaorangen mit Lederhaut[213] oder die Literatur – alles verlogen. Und auf der West-Ost-Achse Bad Schandau – Prag – Uschgorod – Moskau – Magnitogorsk – Nowosibirsk – Wladiwostok war die paralleldirigierte Lügerei natürlich genauso im Gange. Die Literatur konnte im gesamten Ostblock schon deswegen nicht ganz wahr sein – jedenfalls juristisch gesehen –, weil sie partiell immer etwas auszuklammern hatte. Und wenn die ostdeutschen Blauhemden bei ihren Umzügen mit Begeisterung sangen: *Leute, Leute, es gibt fette Beute heute!* – war das etwa wahr? Egal wie echt sich die Begeisterung dieser Frischlinge anhörte, egal wie rein ihre hellen Stimmchen schrillten, und egal, was diese Leute in der weiten Welt sonst noch korrektgerecht zu beurteilen wussten oder was sie an Zuwendungen in ihre Ani geblasen bekommen hatten – sie beschmierten mit ihrer Rotze trotzdem eloxierte Klinken, bequetschten Drehkreuze, bebirnten Wortmus, beknackten Satzhack, bissen in Quitten und wippten nebenbei mit ihren Skrota, Mamata[214] und Gamata lockrös umher.

212 Heiner Müller, zu dessen Wesen grundsätzlich etwas Akzeptierendes gehörte, würde mir garantiert zustimmen und sicher auch noch einige sprechende Geschichten beisteuern – beispielsweise zum Thema »Das tierische Prinzip und die schwer vermeidbare Götter-Absenz in den nördlichen Regionen des Universums«. Wenn die Tiere im benachbarten Viecherpark nachts allein gelassen wurden, erzählte Heiner Müller einmal Katja, hörten sich ihre Schreie bezeichnenderweise viel beeindruckender an als am Tag.
213 Aus einer Broschüre des Vereins »Der Ossi ist kein Gossi« zitiert: »An so saftig-süßen Zitrusfrüchten hat die Menschheit bis dato noch nie zu kauen gehabt«.
214 »Mammae« wäre korrekt. Mit »Mamata/Gamata« wird hier auf einen obszönen bulgarischen Fluch angespielt.

Im Mai 1979 wurde es gegen Ende des Monats fürchterlich heiß, die Stadt glühte regelrecht und bekam dank der vielen Einheitsverkleideten, die zum zentralen FDJ-Pfingsttreffen angereist gekommen waren, die Aura eines Reichsblautages. Der Anlass der bestens organisierten und vielschichtig flankierten Feierlichkeiten war der dreidreißigste Jahrestag der DDR. Mir blieb vor allem die folgende Erinnerung an diese Tage im Gedächtnis: Aus allen verfügbaren Übertragungsfahrzeugen, aus Musikanlagen der Infostände und aus weiteren Lautsprechern an verschiedenen Kandelabern erklang das weiter oben kurz angesungene, überraschend überzeugende und überzeugend positive Lied: *Leute, Leute, es ist ein tolles Wetter heute!* Die Melodie war einnehmend, und der Refrain wurde recht aufreizend, mehrstimmig-reibend gesungen – und das Wetter konnte wirklich nicht besser sein. Ich empfand das optimistische Lied aber trotz allem als eine Provokation. Und eigentlich hätte ich dieses andauernde Gesinge – zumal angesichts der vergnügten FDJler, die unser Grauberlin verpesteten – grundtief hassen müssen; dem war aber nicht so. Die Lebensbejahung der vielen unbeschwerten Menschenkinder aus der Provinz, denen unsere reich beflaggte Stadt so gut gefiel, die Fröhlichkeit der Gesichter, die sich bei derartigen Massenaufläufen nun mal psychodynamisch weiter aufhellen – das alles war einfach auch auf mich übergesprungen, denke ich. Und der Dauerstrom der schrillen Süße aus den Lautsprechermündern gab mir dann den Rest. Meine Frau hatte in diesem extrem heißen Mai leider schwer zu leiden, weil sie hochschwanger war. Und unser Sohn wurde dann tatsächlich während des Pfingsttreffens, also tatsächlich unter vielen wehenden Fahnen geboren, während in meinem Schädel die angeblichen Ur-, Urur- oder Urururenkel von Karl

Marx pausenlos kreischten: *Leute, Leute, wie schön ist die Welt grad heute!* Und ich schwöre beim Hodensack von Friedrich Engels, dass es dieses Lied gab. Dummerweise kann sich heute kein einziger DDR-Liedgutkenner, kein Jungvolkbeglückungskomponist, Rundfunkredakteur, Singebewegungsfuzzi, kein einziger FDJ-Chronist an dieses Erfolgslied des damaligen Großereignisses erinnern. Und dieses »Heute-Leute-Meute-Beute-Lied« taucht auch in keiner Publikation auf, die zur dokumentarischen Würdigung dieser Festivitäten später erschienen sind.[215] Dummerweise auch nicht in dem für das gruppenoralbefriedigende gemeinsame Singen gedachte Liedgutheftchen, das rechtzeitig vor dem Pfingsttreffen herausgebracht und dann großzügig verteilt worden war. Nach der Geburt unseres Sohnes musste ich noch zwei Tage zwischen der Geburtsklinik und unserer Wohnung pendeln und mich durch die blau angelaufene Stadt quälen. Und dabei wurde ich weiter überall mit dem mir inzwischen unvergesslichen Lied beschallt, das offensichtlich auch den Beschallern so gut gefiel, dass sie es immer wieder vom Band laufen ließen: *Leute, Leute, wie toll ist unsre Stimmung heute!* Und ehrlich gesagt, war dieses Lied tausendmal authentischer als das, was unser Sohn später im Kindergarten singen musste: *Wir wol-len mit-ein-an-der fröööh-lich sein!*[216] Wenn unser Sohn nicht während dieses Pfingsttreffens geboren worden wäre, hätte ich selbstverständlich vieles, was damals auf den Straßen und Plätzen von Ostberlin los war, überhaupt nicht mitbekommen – ich hätte eher versucht, aus der Stadt zu verschwinden. Oder meine Frau und ich hätten die Wohnung überhaupt nicht verlas-

---

215 Lieber ZVAB, vielen Dank!
216 Oder so ähnlich ...

sen. Kurioserweise ist meine Sehnsucht, dieses Lied noch einmal im Leben zu hören, bis heute ungebrochen. Aber mir ist es bis jetzt, wie angesprochen, nicht nur nicht gelungen, eine Tonaufnahme aufzutreiben, auch der genaue Text ließ sich – trotz meiner konsequenten Suche – nicht ermitteln. Aber ganz aufgeben möchte ich trotzdem nicht und hoffe einfach auf mögliche Hinweise von Zeitzeugen – also auf zukünftige Zuschriften von Lesern, besonders von denen mit nassfroschen Rasteraugen. Jemand riet mir neulich, mir im Babelsberger Archiv alle Filmaufnahmen anzusehen, die in Ostberlin damals gemacht worden waren. Dann hätte ich dieses Lied, wenigstens im Hintergrund, sicher zu hören bekommen.[217]

Meiner tschechischen Heimat entwuchsen nach dem Einfall der russischen Panzerhorden natürlich auch breite Massen von tatkräftigen Nachwuchskomsomolzen. Ich kann mir aber nicht vorstellen, dass diese Tschechensprössler ihre Münder auf ähnliche Art und Weise hätten aufreißen können wie die Frei-Bläuer. In der DDR war in dieser Hinsicht einfach alles graduell glühender, außerdem war unser slowakotschechisierter Präsident ein schwerer Alkoholiker, und weil er Gustáv hieß, durfte damals die Neuübersetzung von Falladas »Eisernem Gustav« nicht erscheinen. Ich will hier aber – Lenin behüte, liebe Kinder, wie ihr bereits wisst – auf keinen Fall jeden beliebigen Quatsch erzählen und sowieso auch nicht vollständig alle Seltsamismen aufzählen, die mir im Sozialismus widerfahren sind. Und seid froh, liebe Bleicheroder Schüchternlieschen, dass in diesem Werk zum Beispiel keine einzige niedliche Lügenfigur aus dem tabulosen DDR-Kinderfernsehen namentlich erwähnt wird – und auch kein einziger

---

[217] Vielen Dank, Semjon!

ahistorisch dummdreister Held aus den braven Mosaikheften. Das Folgende muss ich aber doch unbedingt loswerden, liebe artige Bleichgesichter aus Schüchternrode oder von mir aus aus Sömmerda-Dispositionswalde: Das Land DDR brachte tatsächlich Theologen hervor, die mit allen Mitteln – und womöglich auch mit geheimdienstlichen – bereit waren, dieses vorbildliche Land bis aufs Friedensblut zu verteidigten. Habe ich diese Bevölkerungskohorte schon erwähnt? Hoffentlich nicht. Und obwohl es mir jetzt sicherlich schlechte Laune bereiten wird, ist dieses Thema einfach dran. Diese von mir gemeinten Intellektuellen studierten in Berlin natürlich nicht am kirchlichen Sprachenkonvikt, sondern staatstreu an der Humboldt-Universität.[218] Da kommen mich und meine Frau solche sozialistischen Theologieadepten – ein Pärchen – einmal besuchen, überrumpeln uns geschickt mit ihrem Charme und halten plötzlich lange Reden über den Kampf für den Frieden. Und erklären uns, dass dieser Kampf nur an der Seite der Sowjetunion möglich sey. Und um die Friedfertigkeit der Sowjetunion zu belegen, präsentieren uns

---

218 Dem theologischen Milieu *Unter den Linden* entwuchsen auch einige putzigst-ausgelassene Sprüche, wie zum Beispiel: »Herr, schmeiß Hirn vom nachmarxistischen Nachthimmel!« Aber auch der übrige studentische Nachwuchs lief mitunter vor Übermut über. An dem Uni-Zaun hingen oft Bänder mit folgenden Sprüchen: »Für unser Land im Sumpf kämpfen wir urst dumpf!« oder »Nimm die Fackel in die Hand und hack den Ausbeutern ihre Würstchen ab!« Oder auch noch: »Schalck ist nicht von Kalck, Golodkowski ist nicht Trotzki.« Dieser Spruch fällt allerdings schon in die Zeit der Staatszerrinnung des Herbstes 89, als ich und meine Redaktionskollegen – ausgestattet mit der Machtfülle des *Neuen Forums* (das spätere Bündnis bekam bei den Wahlen im Frühjahr ganze 2,9 %) – in den repräsentativen Räumen von Schalck-Golodkowski residierten. Und zwar in der Beletage oberhalb des seit Jahrzehnten pausierenden Restaurants *Borchardt*, also in der Französischen Straße Nr. 47. Dabei wusste kurz davor noch niemand, dass es diesen gejagten Menschen Schalck überhaupt gab, von irgendeinem Borchardt gar nicht zu sprechen ... und nach Schnitzeln roch es im dunklen Treppenhaus damals natürlich auch noch nicht.

diese Leute viele beeindruckende Zahlen aus dem neusten Bericht des schwedischen SIPRI-Instituts. Da meine Frau und ich den beiden damals leider keine Belege über irgendwelche Panzerangriffspläne der Sowjetunion vorlegen konnten, kippte ich dem Theoburschen wenigstens ein Glas minderwertigen Weißweins über den Kopf. Das überraschte ihn dermaßen, dass er im Sitzen eine ganze Weile die Bücher in unseren Bücherregalen zu mustern begann und dann noch aufstand, um sie auch anfassen zu können. Als er ein extrem schweinisches, im kapitalistischen Ausland publiziertes Buch – »Das Delta der Venus« von Anaïs Nin – entdeckte, schlug er es kurz auf, bald aber wieder zu. Die beiden Frauen unterhielten sich mit Müh und Kot über die Kleinkindererziehung. Der Theoleo setzte sich wieder hin, ohne mich zu beachten, erstarrte vorsichtshalber für eine Weile, meditierte vielleicht, befragte sich noch zusätzlich – wer weiß. Jedenfalls machte er für eine Weile sogar die Augen zu, sodass es aussah, als würde er bald einschlafen. Da ich aus meinem in der Zwischenzeit wieder aufgefüllten Weinglas zügig getrunken hatte und es fast leer war, kippte ich einen kleinen Klecks dem dünngläubigen Sozchristen wieder auf seine Locken. Daraufhin stand der Bursche auf, umarmte mich, zog mich hoch und versuchte, mich zu verwackeln – bis ich begriff, dass er mich nicht lieb haben, sondern sich mit mir balgen wollte. Es war also eine Einladung zum faustschlägelosen Kräftemessen, wie es früher in meiner Grundschule in Prag während der Pausen üblich war. Ich schaffte es, bevor wir umfielen, noch schnell mein Weinglas abzustellen. Auf dem Teppich ging es dann theologisch sanft weiter. Da der Mensch aber viel größer und schwerer war, hatte ich gegen ihn keine Chance. Er lag auf mir, aus seiner bärtigen Schnauze kam viel Feuchtigkeit heraus, ich spürte seine Puste hinter dem fettigen Kragen meiner Jeansjacke – und hatte kurz das Gefühl, er würde mich möglicherweise küssen wollen. Die Frauen schafften es schließlich, uns auseinanderzuziehen. Danach unterhielten wir uns alle wieder wie gute Christen, ohne die kurze Kampfzäsur zu erwähnen. Über Politik sprachen wir selbstverständlich nicht mehr. Ähnlich staatlich kontaminiert wie die Christenheit der Humboldt-Fakultät waren damals auch die Mitglieder der kommunistisch stark unterwanderten Jüdischen Gemeinde. Aber Schluss jetzt mit diesen albernen Geschichten aus alten Zeiten!

Hoffentlich hat, liebe Genüsse und Genesinnen, Nüsse und Rossinen, Schüsse und Hiebempfänger, keiner von euch grundsätzlich das von mir genannte Datum meiner ersten politischen Lebenserinnerung angezweifelt. Natürlich fanden die großen Massaker in den Straßen von Budapest erst etwas später statt, also erst Anfang November – als ich endlich und tatsächlich fünf Jahre alt geworden war. Meine Mutter – zu Hause ansonsten immer tadellos angezogen, gekämmt und geschminkt – lief mit völlig zerzausten Haaren durch unseren langen Flur und schrie: *Die Russen schießen in Budapest alle kaputt!*

Liebe Wonderburschinnen und dampfende Kesselwärter, nun wartet ihr sicher auf abschließende Ausführungen über den schillernden Anwalt ▬▬▬▬▬[219] [DER NAME DECKER-MEIER WAR IM MANUSKRIPT URSPRÜNGLICH NUR LEICHT ANGEGRAUT, VERFINSTERTE SICH SPÄTER LEIDER SO STARK, DASS ER SCHLIESSLICH GANZ ERSCHWARZTE]. In seiner Bedürftigkeit – behauptet jedenfalls seine schöne und zum Glück

---

[219] Von seinen Anwaltskollegen wurde er gern auch »der Große mit den dicken Waden« genannt. An heißen Tagen soll er im Büro oft kurzhösig herumgelaufen sein.

etwas plaudertaschige Cousine Anastasia, die ich aus unserem Bioladen kenne – wollte er einfach als Mensch immer nur geliebt werden. Damals wie heute, wie wir alle. Warum liebe ich ihn also persönlich so erschreckend wenig? Vielleicht prinzipiell auch deswegen, weil er so etwas wie das »vorausschauende Lügen« zur Perfektion getrieben hat und weiter betreibt? Die Psychologen – so jedenfalls ist der letzte Stand der aktuellen Forschung – sprechen von der »preparatory pseudologia«, wenn einer bei seinen Ausflüchten den anderen immer ein Stück voraus ist, das passende Lügenarsenal also feinsortiert einsatzbereit hält, schon bevor die Gegenseite ihre in Betracht kommenden Fragen überhaupt stellen kann. Vor einiger Zeit ging ich am *Haus der alten Talente* in Mitte vorbei und sah einen Aufsteller, auf dem handgeschrieben in großen Lettern stand: »Wir waren doch nicht alle faul!« Da mich im Zusammenhang mit der Arbeit an diesem Roman zu dieser Zeit alles Ostige und egal wie Rückwärtsgewandte interessierte, ging ich hinein. Und ich hätte es nicht besser erwischen können: Der Hauptvortragende des Abends war ausgerechnet RA ▆▆▆▆▆▆▆. Von seiner vertrauensseligen Cousine aus unserer Nachbarschaft wusste ich, dass ihr Cousin Decker-Meier angeblich noch nie im Leben errötet sei und sich angeblich noch niemals vor Scham geschüttelt hatte. So ließ ich während seines Vortrags mehrmals unauffällig meine analoge Hochgeschwindigkeitskamera laufen, die ich regelmäßig mit mir führe. Und siehe da: ▆▆▆▆▆▆▆ schüttelt sich beim Lügen doch! Allerdings geschieht dies weit unter der physiologisch bedingten Wahrnehmungsgrenze. Trotz meiner Skepsis und meiner Vorurteile war ich von der Brillanz der Ausführungen von ▆▆▆▆▆▆▆ an dem Abend ziemlich beeindruckt. Er bewies beispielsweise glaubhaft, dass es sich bei den Todesstreifen an der Berliner Mauer lediglich um optische Täuschungen und bei den Selbstschussanlagen um mit leichter Pyrotechnik ausgestattete Attrappen handelte. Etwas später zog er die Schale einer unreifen Banane und eine blassrote Erdbeere aus seiner Jacke und schaffte es, Stephen Hawkings Theorie der paragalaktischen rosaroten Saugzylinder in Zweifel zu ziehen, obwohl er sich eigentlich mit den Defiziten der parlamentarischen Demokratie in der Bundesrepublik beschäftigen wollte. Außerdem erzählte er nebenbei ausführlich, dass seine Ostberliner Kanzlei seinerzeit mit der auf Umwegen aus dem KA [KAPITALISTISCHEN AUSLAND] importierten Spitzen-Abhörtechnik[220] verwanzt gewesen war. Was er damit allerdings beweisen wollte, begriff leider so gut wie niemand. Und weil Decker-Meiers[221] Erklärungsketten kein Ende nahmen, immer detaillierter wurden, vergaß auch ich selbst bald, dass es ihm an dieser Stelle wahrscheinlich um die Untermauerung und Stahlbetonisierung seiner Selbstverteidigungsstrategien gegangen sein muss; wobei er des Öfteren – das muss man einfach wissen – allen Überführungsversuchen seiner Gegner traditionell mit zuckerraffinierten Vernebelungsschachzügen begegnete. Zu diesen gehörten zum Beispiel die steilkumulative Häufung von Kollateralfakten oder das inflationäre Streuen von Infostroh. Außerdem bildete Decker-Meier gern besonders lange Sätze voller unübersichtlicher Einschübe und ver-

---

220 Angeblich handelte es sich um das mobile Roboterwanzensystem (MRBS), dessen Energieversorgung durch die in Nevada dressierten »Wanderwürmer« gesichert wurde (diese in der dortigen Wüste gezüchteten, elektrisch aufladbaren Schlupfinsekten wurden in den Spionagekreisen damals angeblich e*Bugaboo Bugs* genannt).
221 Ab hier ließen sich die inzwischen tiefschwarz gewordenen Stellen in meinem ursprünglichen Manuskript mithilfe von Gammastrahlen zum Glück sichtbar machen.

wirrte dann – einmal in Schwung – auch seine gutgläubigsten Anhänger mit Negativkonstruktionen, ausgeklügelten feinen Anspielungen, sich knapp widersprechenden Redundantismen und divers-ausschmückligen, für ihn allerdings typischen Redevolten.[222] Bezeichnend war, dass auch seine Bewunderer, sogar diejenigen von ihnen, die sich durchgehend Notizen gemacht hatten, überfordert wirkten und sich hilfesuchend umsahen. Selbstverständlich fand sich im Raum auch ein Störenfried, der plötzlich mit südösterreichischem Akzent losbrüllte: *Unser Landeshauptmann Haider war noch gerissener als du!* Und er lachte dabei laut, nervös und leider etwas unpassend. Als ich diesen Menschen nach der Veranstaltung vorsichtig ansprach, sagte er, dass die Zahl der Indizien, wonach D.-M. für den Geheimdienst gearbeitet hatte, nach einer gemäßigten Schätzung in die Tausende ginge. Es gäbe aber auch eine andere, ursprünglich sehr sauber designte Erhebung, bei der man auf 10.093 Zuträgerhinweise von D.-M. gekommen war. Leider waren die für diese Zählung engagierten studentischen Hilfskräfte beim Durchgehen der sogenannten Opferakten angeblich pausenlos angetrunken. Wie dem auch sei: Hätte Decker-Meier ein Strafverfahren am Hals gehabt, meinte der Kärntner, hätte

---

[222] Diese wurden oft folgendermaßen eingeleitet: »Man kann nicht annehmen, dass nicht einmal kein einziger ...«, »Angesichts dessen, was unwidersprochen geblieben war und unsereinen zum Widersprechen gerade einzuladen scheint ...«, »Nicht zu vernachlässigen ist – und das ist nicht nur nebenbei anzumerken –, dass fast wie irrtümlicherweise und außerdem aufgrund der Beendigung von unsererseitigen Versickerungstendenzen, natürlich aber auch dank der Augen-auf-Tendenzen vieler anderer Eingeweihter andererseits, das Zum-Vorschein-Kommen lange bekannter Fakten dann nicht mehr zu verhindern sein dürfte ...«, »Im Übrigen hat das und stellvertretend auch jenes alle maßgeblichen und maßverblassten Stimmen zum Verstummen gebracht, ähnlich wie mir dies längst schon mein Hund vorgegurgelt hatte ...«

er bei einem Indizienprozess mühelos auch von einem angetrunkenen Studenten der Landwirtschaft überführt werden können.

Im alten China musste man sich beim Erzählen von der Vergangenheit tatsächlich nur auf die Vergangenheit beschränken.[223] Wenn der Geschichtenausstoßer beim Erzählen die Zeitgrenze zur Gegenwart allerdings doch überschreiten wollte – also eine Art Zeitschallmauer durchbrechen musste –, war er verpflichtet, sich erst mal zu übergeben. Ein leichtes Abkotzen war angeblich schon ausreichend. Ich wollte diese Geschichte erstmal nicht glauben, sie scheint aber wahr zu sein. So gesehen hätte mich im alten China ein sehr schweres Schicksal erwartet, da ich – wie in meiner Debüt-Trilogie »Schornstein«, »Rinnstein« und »Harnröhrenstein«[224] dargelegt – seit meinem achtzehnten Lebensjahr nicht mehr kotzen kann. Und auch der liebe Leserüni[225] sollte seinen Mageninhalt jetzt lieber behalten und einfach weiterlesen. Wo ich diese seltsame, oben gerade geschilderte Geschichte aus Altchina aufgeschnappt hatte, weiß ich nicht mehr. Und in meinem gut sortierten Recherchearchiv [KLASSISCH & JEDERMANN ZU EMPFEHLEN: HÄNGEREGISTER] konnte ich zu diesem Thema auch nichts finden. Ich habe in der letzten Zeit aber trotz aller kleinen Rückschläge den Eindruck, mich langsam zu einem Universalgelehrten hochzuarbeiten. Egal, was mir gegenwärtig an Neuigkeiten, Erkenntnissen oder For-

---

223 Diese damals strafrechtlich relevante Regel wurde angeblich nur unter manchen Herrschern der Jin-Dynastie etwas lockerer gehandhabt.
224 Der letzte Teil der Trilogie handelt von äußerst schmerzhaften Vorgängen, sein Titel ist aber leider etwas verwirrend. Ganz so viel Schmerzhaft-Ekliges kommt ausgerechnet in diesem Band gar nicht vor.
225 Hier habe ich mich eventuell nur vertippt, vielleicht aber auch nicht. Die Bedeutung von »Leserüni« wird sich wahrscheinlich nicht mehr aufklären lassen. Steckt in ihm vielleicht etwas Schweinisches wie Sülze?

schungsergebnissen so zufliegt – ich kann so gut wie alles flink einordnen und mit etwas Mühe dann auch begreifen. Selbst wenn diese komplexen Wissensbrocken beispielsweise die Quantenphysik, Astronomiegeschichte der Elemente oder Nanotechnokratologie betreffen. Noam Chomsky würde sicher noch einen angeborenen menschlichen Wissenserwerbmechanismus (vielleicht KAD genannt – *Knowledge Acquisiton Device?*) entdecken, wenn er sich irgendwann noch auf dieses Forschungsfeld begeben sollte. Nenne, lieber Leser, einem jungen Menschen die Zahl 9,81 – also die Konstante der Beschleunigung im freien Fall. Die interessiert heute leider niemanden mehr. Zugegebenermaßen spielt der freie Fall im Computerzeitalter, in dem kaum Sport getrieben wird, tatsächlich keine große Rolle mehr. Und so sagen die jungen Leute uns, die immer noch mit Wehmut an die schulbesüßten Zahlen wie 9,81 oder 3,14159 oder 12 742 denken, mit höhnischer Stimme: *Ihr mit euren alten Fall-, Durchfall- und Durchmessergeschichten!* Habe ich in diesem Prosawerk ein einziges Mal erwähnt, was für Wolken während der gerade ablaufenden Handlung am Himmel vorbeizogen, wo die Sonne gerade stand, als ich über irgendwas gerade Erlebtes nachsann, oder wie kalt-nass-unwirtlich es draußen in der Märkischen Schweiz war, als Noam Chomsky und Decker-Meier aufeinander losgingen und begannen, sich nicht nur ihre Kleider von den Leibern zu reißen, sondern auch Haarbüschel von ihren Köpfen zu rupfen?

Kapitel: unweigerlich das nächste [24]

Vor dem eigentlichen großen Ausbruch der Krankheit hellte unser Sohn erstmal auf – jedenfalls verhielt er sich selbstbewusster, redete lauter und sprach einiges ganz offen bis offensiv an: *Das Scheißstudium ist mir, ehrlich gesagt, so was von egal!* Natürlich vertrat er vehement auch seine sonstigen radikalen Ansichten, jetzt aber ungewohnt großspurig. Und seine auf die Gesellschaft gerichteten Forderungen zielten auf eine Art grundsätzliche Veränderung. Wenn er derartige Reden hielt, fiel mir auf, dass sich die feineren Härchen meiner Frau da und dort leicht aufrichteten – und das kannte ich bei ihr schon. Ich versuchte mir dagegen lieber einzureden, dass bei unserem Sohn so etwas wie ein gutartiger Tieferneuerungsprozess im Gange war, aus dem er wieder erwachen würde – prächtiger, stärker, realitätsnäher als je zuvor. Dass er, wie schon erwähnt, seine Schuhe in der Waschmaschinentrommel versteckte, um nicht geortet werden zu können, nahm ich nicht sonderlich ernst. Man konnte sich mit ihm ansonsten vernünftig unterhalten. Und ich sah nicht ein, warum ich mir gleich ausmalen sollte, mit ihm ginge es nicht aufwärts, sondern abwärts. Und dass er beim Diskutieren immer mal den argumentativen Faden verlor, war an sich auch nichts Ungewöhnliches. Meine Frau hatte es allerdings schon früher unruhig gemacht, dass unser Sohn manchmal ins Stocken geriet, wenn er intellektuell anspruchsvollere Themen anging oder sogar versuchte, auf einer etwas abstrakteren Ebene zu argumentieren. Und da war er – wohlgemerkt – noch vollkommen gesund. Er hatte sich schon seit Langem mit der alternativen Geldpolitik beschäftigt, war dabei aber leider nicht in der Lage, uns seine teils angelesenen, teils eigenständig erarbeiteten Konzepte in Kurzform schlüssig zu erläutern. Er verlor beim Reden irgendwann den Ausgangspunkt aus den Augen, verhedderte sich, und man merkte, dass er manche Sachverhalte und Zusammenhänge selbst nicht ganz verstanden hatte. Er versuchte dann nochmal anzusetzen, blieb mittendrin aber wieder stecken, weil er irgendwelche Angaben zu Quellen, auf die er verweisen wollte, nicht parat hatte oder ihm das, was er bei irgendwelchen Vorträgen mal gehört hatte, leider entfallen war. Nach dem Ausbruch der Krankheit wurde die fehlende Stringenz seiner gesellschaftskritischen Reden nur ein klein bisschen auffälliger. In seinen Kreisen war es aber sicherlich weiter möglich, sich über alle wichtigen Themen nur in Andeutungen und kursorisch zu verständigen. Und als er schon krank, aber noch einigermaßen ruhig war, machte er bei seiner Arbeitsgruppe »Alternative Geldpolitik« tatsächlich weiter mit. Ab und zu war er rührend offen und erzählte irgendwelchen Freunden am Telefon amüsiert von seinem ersten Verrücktheitsausbruch: *Da hab ich ganz schön am großen Rad gedreht!* Ich nahm sein langjähriges diskursives Schwächeln auch aus dem Grund nicht furchtbar tragisch, weil ich so etwas Ähnliches aus eigener Erfahrung kannte. Ich war nie besonders schlagfertig und war alles andere als ein denkflinker Redner, und ich machte auch sehr schnell schlapp, wenn jemand versuchte, mit mir auf einem philosophisch angehauchten Niveau zu diskutieren. Wenn unser Sohn in seinen Ausführungen manchmal stecken blieb, schwiegen meine Frau und ich lieber eine Weile, um ihn nicht zu beschämen. Wir dachten über das von ihm Angerissene einfach eigenständig nach, schwiegen also – und sprachen etwas später über etwas anderes. Die Ansätze seiner Ansichten waren auf jeden Fall alle legitim und viele sicher auch vollkommen stimmig.

Dass er sich auch früher schon nicht länger auf eine Sache konzentrieren konnte, sich liebend gern ablenken ließ und sofort aufblühte, wenn Freunde bei ihm auftauchten, habe ich schon erzählt. Das Wichtigste im Leben funktionierte bei ihm trotzdem einwandfrei: Er kam mit seiner wärmenden Art mit jedem Menschen zurecht. Beim Trampen fuhr er ohne lange Wartezeiten fast in einem Zug bis nach Rumänien, unterhielt sich dabei stundenlang mit wildfremden Berufsfahrern, schaffte es unterwegs noch, sich da und dort abseits der Strecke absetzen zu lassen, um einen Kumpel oder eine Freundin zu besuchen. Meistens handelte es sich um Zufallsfreundschaften, die er beim Trampen irgendwann geschlossen hatte und über die Zeit retten wollte. Er nahm einfach alle Beziehungen, die ihm im Leben guttaten, hochgradig ernst. Manchmal konnte seine Intensität aber auch ziemlich befremdlich wirken. Meine Frau und ich kannten das Problem schon seit Jahren. Unser Sohn grüßte auf der Straße manchmal überschwänglich irgendwelche Gestalten, die auf seine sonnige Begrüßung aber nicht annähernd so herzlich reagieren konnten. Man hatte eher das Gefühl, diese Leute wüssten nicht so recht, auf welche Ereignisse oder Momente sich die ihnen entgegengebrachte Begeisterung überhaupt bezog.

Am Ende seines Lebens verabschiedete sich unser Sohn emotional aber absolut adäquat – und nur von allen tatsächlich engen Freunden. Und er hinterließ nicht einen einfachen Abschiedsbrief, er verfasste ein mehrschichtig strukturiertes Abschiedswerk.

Dem eigentlichen Ausbruch der Krankheit folgte – wie schon weiter vorn angerissen – ein langer Klinikaufenthalt. Darauf schloss sich eine unerfreuliche Betreuungsphase in der Klinikambulanz an, wo man auf strenge Kontrollen und auf nicht angekündigte Hausbesuche setzte. Das wurde unserem Sohn irgendwann zu anstrengend, und er floh etwas überhastet aufs Land. Er kannte in Mecklenburg – zum Glück schon von früher – eine Aussteigerkommune und war mit einigen der Gründungsmitglieder sogar befreundet, jedenfalls gut bekannt. Dort wurde er tatsächlich ohne irgendein kompliziertes Aufnahmeverfahren aufgenommen – als einer, der aktiv mitmachen wollte und sollte, keineswegs als ein zu betreuender Kranker. Auf dem Bauernhof bekamen seine Tage endlich eine Struktur. Das zu sehen, wenn wir dort zu Besuch waren, war für uns die reinste Freude. Zwei Jahre später, nachdem ihm die tägliche Schufterei auf den Feldern, im Wald und im Garten – außerdem auch die dort mitherrschende Düsterkeit, die natürlich auch seine war – zu viel geworden war, kehrte er nach Berlin zurück und begann eine Lehre. Er wohnte in dieser Zeit allein, von seinem großen Traum, einem Leben im Kollektiv, hatte er sich offensichtlich verabschiedet. Genau drei Jahre, also die Jahre der Lehre, hielt er das anstrengende Berufsleben tapfer durch. Er versorgte sich Tag für Tag, stand unmenschlich früh auf, schuftete auf Baustellen, machte nebenbei auch noch etwas Musik, ging zu Konzerten und auf Partys. Irgendwann musste er dann leider umziehen, weil es für ihn nach der Rückkehr wieder nicht infrage gekommen war, eine Wohnung in einem rekonstruierten Haus zu akzeptieren. Seine nächste Höhle im nächsten verwahrlosten Mietshaus war winzig und wurde bald auch noch viel kleiner, weil er nichts wegwerfen konnte. Er verschwendete seine kostbaren Energien und seine Zeit außerdem mit diversen Reparaturen von Haushaltsgegenständen oder mit der Anschaffung von technisch längst veralteter Elektronik, zum Beispiel von peripheren Geräten, die mit seinem älteren Mac noch steckerkompatibel waren. Was die Auslaufmodelle seines Musikequipments betraf, sah es ähnlich problematisch aus. Er hatte nach und nach zum Glück Kontakte zu irgendwelchen Freaks geknüpft, die in der Lage und bereit waren, für vergleichsweise viel Geld summende Verstärker, eiernde Plattenspieler, quietschende Tapedecks usw. zu reparieren oder sogar umzubauen. Anfangs versuchte unser Sohn sogar noch selbst, irgendwelche 5-pol-DIN-, Klinken- oder Cinch-Stecker umzulöten. Er wollte sich dem Innovationsterror, also den ständigen Aufwärtstrends einfach nicht beugen und logischerweise auch seinen noch funktionierenden »Technikschrott« über die Zeit retten. Um seine Musikhardware, wie auch irgendwelche externen Soundkarten oder Festplatten, mit seinem Mac verbinden zu können, musste er wiederholt hohe Hürden überwinden. Er scheiterte irgendwann aber an den fortschrittlichen Firewire-Steckern, von denen es leider auch noch zwei unterschiedliche Typen gab; schließlich kamen noch irgendwelche Probleme mit abweichenden Übertragungsgeschwindigkeiten hinzu. Er und seine Verbündeten fanden aber immer wieder eine Lösung. Unser Sohn erwarb bei diesen Aktionen diverse, leider nicht immer zuverlässig funktionierende Adapter, schaffte sich irgendwelche Anleitungen an, wollte die sogenannten MIDI-Protokolle verstehen, irgendwelche Controller, Sequenzer, Expander auch praktisch ausprobieren. Er ließ sich außerdem dubiose Vorverstärker zukommen, die aber leider irgendwelche Endstufen zusammenschmoren ließen ... aber da irre ich mich vielleicht, so genau wollte ich das alles damals nicht wissen. Und ihm machte es natürlich auch keine Freude, mir seine diesbezüglichen Technikschlachten und die immer drohenden Niederlagen im Detail zu schildern. Nur einmal deutete er kurz an, wie viel Geld er nach und nach in die Reparaturen und Umbauten seines auf dem Flohmarkt billig gekauften Fahrrads stecken musste. Unser Sohn wirkte, wenn wir ihn trafen, immer übermüdet, abgemagert und so gut wie komplett ausgelaugt. Gleichzeitig lehnte er – das hatte in der Dynamik zwischen uns schon Tradition – jede Hilfe ab, nach dem allerletzten Umzug auch das Angebot, dass vielleicht mal unsere Handwerker bei ihm vorbeischauen könnten. Ein ordentliches Fahrrad durften wir ihm auch nicht schenken. Eines Tages meldete er sich in seiner Werkstatt telefonisch krank, ohne zum Arzt zu gehen. Und ab da gab es dann kein Zurück mehr. Dass ihn jemand aufstöbern würde, war nach etlichen Konflikten mit seinen – auch sehr guten – Freunden unwahrscheinlich. Er schloss sich in seiner Wohnung ein und arbeitete zwei Wochen lang systematisch an seinem Abschiedswerk. Meine Frau und ich waren im Urlaub. Er hat aber sicher nicht nur an seinen vielen Schriftstücken gearbeitet. Vielleicht beschäftigte er sich auch noch mit seinen Kompositionen, las und genoss die Zeit auf seiner Sonnenterrasse – also auf dem flachen Teil des Daches, wohin er direkt aus seinem Küchenfenster klettern konnte. Der Ton seiner Abschiedsbriefe ist völlig klar, und man spürt, wie befreit er sich plötzlich fühlte – und dass er ganz bei sich war. Er muss einfach voller Erleichterung gewesen sein, dass alles bald vorbei sein und er endlich zur Ruhe kommen würde. In den Briefen fällt selbstverständlich kein einziges böses Wort – und er macht dort niemandem, auch nicht indirekt, irgendwelche Vorwürfe. Uns beiden wünscht er darin viel Liebe, uns solle es wieder gut wie in frühen leichteren Zeiten gehen. So offen und zugewandt hatte er sich uns gegenüber schon eine Ewigkeit nicht gezeigt. Zu dem Konvolut aus Briefen, Anlagen und Notizen gehörten außerdem diverse Übersichten. Er teilte uns auf diese Weise zum Beispiel mit, welche Abonnements er abgemeldet hatte. Er hatte außerdem seine Daueraufträge und alle Einzugsermächtigungen gekündigt. Er erstellte für uns außerdem Listen seiner verschiedenartigen Aktivitäten und Verpflichtungen samt allen wichtigen Kontaktdaten, falls doch noch irgendwelche Unklarheiten nachgeregelt werden müssten. Und eines frühen Morgens ließ er sich dann vom Dach eines der Nachbarhäuser auf ein abgezäuntes leeres Baugrundstück fallen.

Die ganzen ruhigeren Jahre nach dem Ausbruch der Krankheit ging er natürlich zu irgendwelchen Psychiatern, auch auf dem Lande hatte er jemanden, bekam dort wahrscheinlich auch weiter Medikamente verschrieben. Da er über diese Dinge mit uns grundsätzlich nicht sprach, wussten wir so gut wie nichts darüber. Wir wussten nicht, ob er die Pillen dann gleich wieder absetzte, ob und wie sie wirkten, wussten nicht, wie die Gespräche mit den Ärzten oder Psychotherapeuten abliefen, was ihm vielleicht doch guttat und half weiterzumachen.

Wenn man das Wort Abschiedsbrief hört, stellt man sich ein handgeschriebenes Blatt Papier vor. So ein Blatt lag zwar tatsächlich auf seinem Küchentisch, es war im Grunde aber nur zur Erstinformation gedacht – und in erster Linie für die Polizei. Darin standen klar und trocken einige Abschiedssätze, gefolgt von einer Erklärung, dass er sich ganz von sich aus entschlossen hatte zu sterben. Am Ende stand dann noch ein etwas kryptischer Hinweis, der für uns gedacht war. Wir sollten dank dieses Winks erraten, wo sich die eigentlichen anderen Schriftstücke befanden. Was wir aus dem Geheimfach seines Sekretärs dann herausholten, war kein längerer Brief, sondern ein dickes Konvolut aus unterschiedlichen Schriftstücken, die wir anschließend noch sortieren und umverteilen sollten. Das Päckchen war mit einem Bindfaden verschnürt, und die Briefe an die Freunde steckten aus gutem Grund in noch offenen Umschlägen. Unser Sohn hatte sich alles gut überlegt, und die hinterlassene Schriftstücksammlung war klar strukturiert. Die Botschaft an seine Leute bestand aus einem allgemeinen, mit Computer geschriebenen und ausgedruckten Teil – dieser Teil war für alle gleich. Der jeweilige individuelle Brief war handgeschrieben. Er wollte sich von jedem seiner nahen Freunde persönlich verabschieden. In einer Prospektfolie lagen außerdem noch drei handgeschriebene Briefe an Freunde, mit denen unser Sohn vor und während der Krankheit keinen Kontakt mehr hatte – einer lebte wahrscheinlich in China, einer in Südamerika und einer in Rumänien. Und er bat uns darum, ihre Adressen ausfindig zu machen.

Auch der Brief an uns war mehrschichtig. Für den ersten Teil gab er uns die Erlaubnis, ihn zu kopieren und nach unserem Ermessen auch seinen Freunden zum Lesen zu geben – diesen Teil also in die offenen Umschläge zu stecken. Den zweiten Teil über seine Krankheit, Depression und psychischen Qualen hätten wir einigen ausgewählten Freunden und den Großeltern zum Lesen geben dürfen. Der dritte Teil über sein Liebesdrama war nur für uns beide bestimmt. Er hatte sich schon während der Schulzeit in ein Mädchen aus der Parallelklasse verliebt, wurde aber von Anfang an relativ klar abgewiesen. Das hinderte ihn trotzdem nicht daran, an dieser Liebe bis zum Schluss festzuhalten. Alle seine sonstigen Liebesbeziehungen hielten leider nie lange – dabei hatte er sogar nicht nur während des Studiums, sondern auch später, als er nach der Kommunezeit wieder in Berlin lebte, einige ausgesprochen nette Freundinnen. Die aus den letzten Jahren wussten über seine Krankheit natürlich Bescheid, hielten aber die ganze Zeit klar zu ihm – also so lange, wie er es zuließ. Uns ließen diese Beziehungen immer wieder auf bessere Zeiten oder sogar Zukunft hoffen, obwohl unser Sohn oft eine schwer zu ertragende Düsterkeit ausstrahlte, wenn er mit einer seiner Freundinnen zu uns zu Besuch kam.

Alle in seinem Konvolut enthaltenen Schriftstücke sind stilistische Meisterstücke. Wie gut er schreiben konnte, wenn ihm danach war, wussten wir schon lange. Auf dem Gymnasium hatte er sich mehrmals an Literaturwettbewerben beteiligt. In allen seinen Abschiedsschreiben wirkte die Präzision seiner Formulierungen aber nur noch erschreckend. Von seinen Reisen hatte er uns manchmal schöne Briefe geschrieben – da war er in der Regel entspannt und glücklich. Im Grunde schrieb er auch jetzt wie einer, der gerade Ferien hatte. In einer polizeilichen Meldung, die wir auf der Wache kurz einsehen konnten, stand im Kästchen eines Formulars etwas von einer auf einem unbebauten Grundstück liegenden hilflosen Person.

Wenn das Eisen vom Himmel regnet[226] [25]

Zum Glück weiß ich schon seit Längerem, warum es so peinlich wirkt, wenn aktuelle Themen, die von den Medien längst durchgewalkt und ad acta gelegt worden sind, einem plötzlich als verwertungswürdiger Literaturstoff präsentiert werden. Der wachsame Schwellkörperträger (alternativ: der Anschwellgewebeorganist) oder die eine oder andere Vaginabesitzende (alternativ: die mit auf ihrem Vulvaspaltbereich Sitzende)[227] sind sich darüber sicher auch im Klaren.

Meine Frau liest leider auch viel Unterhaltungsliteratur. Natürlich aber nicht nur Krimis und Krimiähnliches, sie verschlingt auch Bände mit unendlich vielen Kurz-, Liebes-, Kleinstadt-, Dorf-, Sumpf-, Wald- und und Geschichten. Ob diese stilistisch besonders gelungen sind oder nicht, spielt für sie keine große Rolle. Sie liest einfach gern – und konzentriert sich dabei vor allem auf die in die Geschehnisse eingewebten Gefühle. Wenn sie mir aus ihren Stapeln mal etwas zum Testlesen gibt, schaue ich gern rein. Meistens mache ich das Buch aber – trotz meiner Neugier – bei der ersten klischeehaften Formulierung gleich wieder zu. Ein großes Problem sehe ich bei einigen ihrer Bücher außerdem darin, dass sich viele der dort verwendeten Metaphern nicht mit grundlegenden

---

226 Wie auf dem Wasp-76b.
227 An dieser Stelle würde ich dem Verlag gern empfehlen, sich von meinem Erzähler zu distanzieren. [Anm. FKKHR-Trantüte]

physikalischen, traumdynamischen und chemischen Gesetzen vereinbaren und leider auch nicht mit den einfachsten Matrixmodellen überprüfen lassen. *Denke dran*, sagte ich zu meiner Frau neulich, *was zu diesem Quatsch zum Beispiel Einstein sagen würde.* Sie fragte mich daraufhin, in welcher Alterskategorie ich mich trauen würde, bei einem Intelligenzwettbewerb mitzumachen. Ihre stärksten Waffen sind allerdings nicht ihre Frechheiten, sie schneidet mir manchmal auch ganz übel verbotene Grimassen. Da es aber nicht einfach wäre, ihre sehr speziellen Fratzen mit liebevollen Worten zu skizzieren, halte ich jetzt lieber die Klappe. Allerdings bin ich schon immer – auch in den Anfangsjahren unserer Ehe – für Abhärtung, Training und gegenseitiges Kräftemessen eingetreten. Einmal habe ich ihr, als sie abends im Bad beschäftigt war, kurz entschlossen ihr Nachthemd an ihr Kissen genäht, also leicht angeheftet. Und um nicht als gemein zu gelten, benutzte ich dabei schwarzes Garn. Trotzdem dauerte es meiner Meinung nach viel zu lange, bis meine Frau kapierte, was Sache war. Sie zog an ihrem Nachthemd, und dann nochmal und nochmal – und es war schön anzusehen, wie lange sie sich über das mitzuckende Kissen wunderte.

– Ich würde dich immer wieder heiraten, sagte ich zu ihr nach einem Streit.

– Ich dich nicht.

– Warum?

– Weil du ein Blödarsch bist.

Ich fand den Ausdruck nicht ganz passend, ich verstand meine Frau aber trotzdem.

– Ich liebe alles an dir, zum Beispiel auch die Musik deines Urinstrahls, sagte ich nach einer kurzen Achtsamkeitspause.

– Du gehst mir furchtbar auf den Wecker.

– Wir beide lassen die Badezimmertür meistens offen, diese Dinge sind bei uns nun mal öffentlich. Und so eine Kloschüssel ist auch ein Akustikkörper, vergiss das nicht. An der Strahlvektorierung kannst du bei dir aber nicht viel ändern.
– Aber sag mal, du Quatschkopf: Wenn du nochmal heiraten solltest, würdest du dich selbst heiraten wollen?
– Wahrscheinlich nicht, wenn du so fragst. Trotzdem würde ich dir, solange du mir noch zuhörst, gern beibringen, wie man Zollstöcke auseinanderklappt, ohne sie gleich in zwei Teile zu brechen.
– Was soll das jetzt wieder?
– Das ist nur ein Angebot, vielleicht auch eine Bitte.
– Ich brauche keine Kurse.
– Das Problem ist, dass du die Faltwunder nicht seitlich auseinanderziehst, sondern es frontal versuchst. Und inzwischen liegen hier überall diese Krücken. Die deutsche Frau sollte – Tradition ist Tradition – vielleicht aber lieber nichts allein vermessen, oder?

Ansonsten ist meine Frau aber eine tüchtige Hausfrau, einigermaßen zuverlässige Köchin und achtet außerdem darauf, dass unsere Wohnung nicht in vollständiger Verkramung versinkt. Und ich rechne ihr hoch an, dass sie von mir in diesem Punkt so gut wie keine Unterstützung mehr verlangt. Leider macht sie die lästigen Räumarbeiten auch nicht wirklich gern. Und wenn sie sich zum Aufräumen dann doch aufrafft, gerät sie in eine Art Trancezustand und packt dies und jenes einfach dorthin, wo es ihr gerade passt. Sie achtet also nicht darauf, dass man einige dieser Dinge irgendwann gern wieder auf ihrem alten Platz finden möchte. Wenn aber irgendwelche CDs im frei gewordenen Platz zwischen Staubsaugertüten und Schuhcremes landen, wird es schwierig. Einmal hat meine Frau sogar meine seit Jahren zur Archivierung vorbereiteten Zeitungsausschnitte – frei von irgendwelchen Racheabsichten, versteht sich – in nass gewordene Schuhe gestopft. Oder sie räumt Werkzeuge von mir weg, die wochenlang aus gutem Grund exakt dort liegen, wo sie liegen – als Mementos für irgendwelche wichtigen Reparaturarbeiten. Solche von mir absichtlich an unpassenden Stellen platzierten Gegenstände, die logischerweise nur eine Hinweis- und Erinnerungsfunktion haben können, verschwinden bei uns leider regelmäßig, manchmal sogar auf Nimmerwiedersehen.

Eine Zeitlang sprach man in allen möglichen Wissenssparten von der sogenannten Faktorenanalyse – und heutzutage kommen alle wunderbar auch ohne sie aus. Vielleicht wurde die Faktorenanalyse inzwischen sogar abgeschafft! Menschen, die sich bei irgendwelchen Empfängen nur mit ganz besonders prominenten Leuten unterhalten wollen, tragen einen seltsamen Ausdruck im Gesicht. Sie stehen geduldig irgendwo in der Nähe der anvisierten Persönlichkeiten, warten auf ihre Gelegenheit und lächeln ausdauernd. Dabei ist es mit keinerlei Hürden verbunden, sich mit irgendjemandem von der Cateringfirma, der gerade nichts zu tun hat, über dessen Kinder oder gebrechliche Großeltern zu unterhalten. Es gibt echte Trottel, Strukturtrottel, Trottel aus Leidenschaft oder aus niederen Motiven, Trottel nach der ICD-10-Klassifikation, Trottel mit Zufriedenheitsgarantie, unterzuckerte Trottel trotz Einreibungen mit gesättigtfetten Tortencremes und Trottel, die sich in ihre Achselhöhlen gern mal klebrige Zuckerhüte klemmen, Head-under-Trottel mit einem Kängurubeutel auf dem Rücken, und dann auch noch Trottel, die völlig frei sind von hündischer Bedürftigkeit. Diese variantengetränkte Aufzählung markiert für mich jetzt – ungeplant wohlgemerkt – eine Art Zwischenendpunkt. Und damit ist meine Beschäftigung mit dem Trottelthema endlich komplett komplett. Mir war sowieso schon lange – und auch dank eines Winks von Helge – klar, dass ich es mit der Trotteltrottelei auf keinen Fall übertreiben sollte. Das Wort Trottel kommt im weiteren Textverlauf nicht mehr vor – ich hoffe es jedenfalls. Das explosive Supernova-Wort Schockwelle übrigens auch nicht.

Jedes Wort dieses Werks ist von mir in völliger Freiheit, jedenfalls unter keinem äußeren Druck, ohne jegliche behördliche, verlagsseitige oder fraubiestliche Kontrolle aufs Papier gekommen. Wenn ich das jetzt so sage, merke ich allerdings – und es überrascht mich nur wenig –, dass sich meine Freude darüber in Grenzen hält. Mir wird bei der Vorstellung regelrecht schlecht, wenn ich daran denke, wie viel bei meiner typoskriptigen und alles andere als strukturfesten Arbeitsweise hätte schiefgehen können. Ich hätte mich überspreizen oder irreversibel verfalten können, Gefühle von irgendwelchen Aknegeschädigten verletzen, mich als ausgewiesener Müllarchäologe, Spezialist für gammelig riechende Neurodermitis oder Alterspräsident eines Fäkalkochvereins blamieren, mit meinen Haarschuppen Eisbecher von fremden Kindern bestreuseln, Lebendfallen für sibirische Marderhunde aus viel zu dünnen Pressplatten basteln können und und. Der fantasievolle Leser, einer dieser dauerinnendienstleistenden Helden, aber auch die eine oder andere krasse Annakäsina, Komaküssina, Manndominodonna bzw. eine aus der Inneninnung der geburtskanalbezahnten Brummfagottinnen – sollte sich bitte vorstellen, dass ich an diesem Punkt meiner Arbeit, just in genau diesem Moment tot umfallen würde. Könnte einer der pfiffigeren Männer aus der ersten

Reihe oder eine der etwas tranigen, aber strebsamen Trinen aus der zweiten sagen, wie es jetzt weitergehen könne, in welche Richtung sich meine Erzählreise der inneren Logik nach hinbegeben solle?

Machen Sie sich die kleine Mühe, das Glas von Zeit zu Zeit mit heißem Wasser auszuspülen, es lohnt sich. Sollte der Lack aber doch einmal versehentlich eingedickt sein, empfehlen wir, die Lackreste mit Salzsäure – in Drogerien erhältlich – zu lösen. Aber Vorsicht beim Gebrauch! Salzsäure ist Gift, wirkt ätzend, vor Kinderhänden schützen. Anschließend mit Wasser gründlich durchspülen. Einfacher ist, Sie wenden sich an Ihren Drogisten, der Ihnen gern helfen wird. Wir raten dazu. Bei richtiger Pflege werden Sie eine solche Behandlung allerdings niemals nötig haben. Versuchen Sie bitte nicht, mit Draht, Nadeln oder anderen spitzen Gegenständen die Röhrchen zu säubern. Wir warnen dringend! Es wäre das Ende Ihres Sprühers.

Wie man an diesem Beispiel sehen kann, wurden die Gegenstände und Geräte des täglichen Gebrauchs in der DDR gut behandelt – gehegt, gepflegt, geleckt, geschmiert, aufs Sorgfältigste beäugt, in Watte gebettet und bei Nichtgebrauch selbstverständlich in stabile Behältnisse gesperrt. Es musste also kaum etwas dem Verfall überlassen und auf den Zivilisationskompost geschmissen werden. Einige besonders nützliche Geräte wurden höchstens als private Spenden nach Angola oder Nicaragua verschickt. Und wenn da und dort eine Dichtung nicht mehr befriedigend genug dichtete und in der Eisenwarenhandlung trotz wiederholt fließender Tränen nicht zu bekommen war, wurde die eine oder andere (Leder!)Dichtung kurzerhand herausgepult, eingefettet, umgedreht und mit Erfolg wieder eingesetzt. Natürlich wurden die Geräte im Land der Dichter und Dichtungen auch so gebaut, dass man sie noch problemlos öffnen konnte. Gleichzeitig wurde man im Lande des Verdichtens und Vorverdichtens[228] aus gutem Grund auch dringend angehalten, anhand von detailliertesten Beschreibungen die Funktionsweise der ausweidebereiten Gerätschaften bis ins Detail zu verstehen.

Die Betätigung erfolgt mittels Druck auf den blauen Knopf (9). Dabei wird der Entlastungskegel (8) mit seiner Dichtung (19) vom Sitz des Entlastungsventilkörpers (7) abgehoben. Das Wasser über dem Kolben (3) kann durch die Entlastungskanäle zum Spülrohr abfließen. Der Leitungsdruck hebt den Kolben (3) an. Das Wasser strömt ungehindert durch den Spüler zum Klobecken. Sobald der blaue Knopf (9) nicht mehr betätigt wird, drückt die Feder (14) den Entlastungskegel (8) wieder auf den Sitz des Entlastungsventilkörpers (7) zurück. Durch die Düse im Kolben (3) füllt sich der Raum über diesem wieder mit Wasser. Der Kolben wird – unterstützt von der Feder (15) – auf den Sitz zurückgedrückt. Der Spülvorgang ist beendet.

Gerade die Toilettenspüler spielten im Alltagsleben der DDR eine durchschlagende Rolle, und besonders die für Halbzollwasserleitungen; aber auch die robusteren mit Dreiviertelzollgewinde gab es nicht nur in den Kneipentoiletten oder auf unendlich vielen Toiten [EIN VERDICHTUNGSVERSUCH] von Bürogebäuden. Sie kamen oft auch in Privathaushalten zum Einsatz. Beide Typen waren aus Plaste gefertigt[229] – beide also empfindlich, für Verletzungen aller Art

---

228 Dies ist eine kleine Anspielung auf die Existenz des berüchtigten Montagewerks für Stasi-Kompressoren in Eberswalde.
229 Edelstahl, Nickel, Kupfer usw. gehörten zu streng limitierten Rohstoffen, ähnlich wie Asphalt. Dagegen musste in der DDR-Wirtschaft nirgendwo mit Beton gespart werden.

äußerst empfänglich und außerdem den auf sie von außen einwirkenden Kräften, Drehmomenten oder Stößen nicht unbedingt gewachsen. Einer Benzindampfflamme aus einer falsch abgestellten Lötlampe schon gar nicht. Und da die Spüler als notorisch wartungsintensiv galten, von den überlasteten Wohnungsverwaltungen aber nur als lästiges Kleinvieh betrachtet wurden, war man einfach gezwungen, die Strömungslogik dieser Plaste- und Elastefluter von Grund auf zu begreifen, um sie im Katastrophenfall selbst reparieren zu können. Schlecht eingestellte, zugesetzte oder nicht richtig schließende Spüler konnten einem übel zusetzen, ganze Familien auseinandertreiben, Nachbarschaftsbeziehungen böse enden lassen. Entweder liefen sie nach dem Spülen einfach weiter, oder sie schlugen am Ende des Spülvorgangs so heftig zu, dass das Rohrsystem des ganzen Hauses erschüttert wurde. Und da ungefähr die Hälfte der Mieter damals keine klapprig-brustschwachen Spülkästen, sondern eher die platzsparenden Druckspüler im Einsatz hatte, gehörten die typischen Abschusssalven der Spüler zu praktisch jedem Mietshaus. Dass der Daumen beim Drücken auf den blauen Betätigungsknopf (vorn oder oben gelegen) in der Regel nass wurde, war eine Nebensache. Richtig üble Konsequenzen hatten leider die gerade beschriebenen, von den angeschlagenen schlagenden Spülern erzeugten Überdrucksalven; sie verursachten nämlich auch noch starke Strömungsschwankungen in den jeweiligen Rohrsystemen. Und in der Folge dieser vielfältigen tektonischen Ereignisse lösten sich immer wieder nicht nur weitere Putzfladen von den Innen- oder Außenwänden der Häuser ab. Viel problematischer war, dass sich auch im Inneren der meist maroden Wasserrohre kleine Rostpartikel lösten und dann natürlich weiter zu den anderen Spülern oder den nächstliegenden Wasserhähnen strömten. Weitere Schäden an den überall vorhandenen plasteweichen Dichtflächen waren also vorprogrammiert.

Technik und Liebe, Zwang und Zärtlichkeit, Didaktik und Kollektivismus, Mangel und Großmut, Infantilisierung und Vulkanisierung, Erwachsenenerziehungsmaßnahmen und sanfte Schläge auf den Hinterkopf[230] – dies alles bildete im DDR-Alltag eine beeindruckende und von der Allgemeinheit meist auch akzeptierte Einheit. Natürlich saß der gesamten Bevölkerung – auch noch dreißig Jahre nach dem Juni-Aufstand von 1953 – die vielschichtig verharzte Angst in den Knochen. Und zwar in dynamisch-kristalliner Form, schätze ich, und nicht nur den älteren echten Zeitzeugen. Mich überraschte es immer wieder: Auch bei Zweiergesprächen mit irgendwelchen sympathischen Fremden – ohne mitlauschende Dritte wohlgemerkt – wurde der eine oder andere DDR-Insasse blass, wenn man eine politisch verräterische Vokabel wie »Einmarsch«, »Zensur«, »illegal«, »Korrespondent«, »Schmuggel« und und benutzte und damit ungefragt andeutete, ein Denkfeind des Staates zu sein. Mein Thema ist jetzt aber eher das schlechte Gewissen der technischen Intelligenz der DDR. Also das Bewusstsein vieler verantwortungsvoller Menschen an wichtigen Schaltstellen der Wirtschaft, die über die meist (devisen)mangelbedingten Schwächen ihrer Produkte genau Bescheid wussten. Im Dunst der Tage erblühte und gedieh in der DDR aber natürlich auch der Stolz der unzähligen Ingenieure, Arbeiter und Kaderleiter der volkseigenen Betriebe – und dies ganz zu Recht. Nur dass die meist schon tagsüber angetrunkenen Kaderleiter im Gegensatz zu den Ingenieuren viel bessere Laune hatten.[231]

---

230 Im Zeugenstand: meine Frau und ihr Fahrschullehrer.
231 Zur reibungsvollen Arbeitsweise einer Kaderabteilung trug oft der beliebte

In der DDR konnte man nicht nur die Einheit von Starrsinn und Schwachsinn, sondern auch von Starrsinn und Gemeinsinn erleben. Große Industriebetriebe wurden gezwungen, auch kleinteilige Konsumgüter für die zufriedenzustellende Bevölkerung zu produzieren. Und weil es bei diesen Großbetrieben im Allgemeinen etwas grobschlächtig zuging und die Formgestaltungsphilosophie eine völlig andere Tradition hatte, sahen die Gerätschaften manchmal dementsprechend originell aus. Aber interessiert jemanden heute noch, dass die robuste Kaffeemühle im VEB Dieselmotorenwerk Rostock aus Bakelit gefertigt wurde oder dass Fliegenklatschen aus einem Sprengstoffwerk kamen? Im Vordergrund stand immer nur der Mensch – ob er auf einer FKK-Wiese Federball spielte, im Knast saß oder, statt im Knast einzusitzen, sich gerade als Hilfsarbeiter bewährte. War die DDR etwa nicht human? Fast jede verheiratete Frau mit Kindern – irgendwann galt das auch für unverheiratete – hatte einen Anspruch auf einen freien Tag im Monat, den sogenannten Haushaltstag. Wer weiß das heute noch? Als ich einen meiner Marxistenfreunde, der gerade zwecks Aufbesserung seiner politischen Einstellung dazu verdonnert worden war, in einem Möbelkombinat zu arbeiten, darum bat, mich mal unauffällig einzuschleusen und mir seinen Betrieb in Rummelsburg von innen zu zeigen, kam es dort zu einem kleinen innerbetrieblichen Aufruhr. Es war so ungewöhnlich, dass sich eine ausländische Delegation einen solchen verschlafenen, wenn auch ziemlich großen Betrieb ansehen wollte, dass – als ich kam – alle vor mir fast strammstanden. Und wenn

---

Kirschwhisky bei, der erfahrungsgemäß in den unteren linken Schubfächern der jeweiligen Schreibtische untergebracht wurde – mitunter auch von etlichen weibösen Kaderistas.

sie mich nicht staunend beäugten, wirbelten sie an ihren eingestampften Einsatzorten beängstigend verkrampft. Jeder Einzelne gab sich einfach die größte Mühe, wie ein vorbildliches Mitglied des stolzen Gesamtkollektivs zu wirken. Überall, wohin ich kam, war jedenfalls viel an angestauter Nervosität zu spüren, da mein Kommen in jeder Halle offensichtlich mit sattem Vorlauf angekündigt worden war. Logischerweise bekam ich dann von der Präzision, mit der dort zum Beispiel hässliche Schrankwände produziert und lackiert wurden, den allerbesten Eindruck. Zwischendurch erschien sogar jemand aus der Leitungsetage und nannte mir flüsternd – weil dies sicherlich geheim war – Zahlen über den Produktionsausstoß, die Effektivität einzelner Betriebsteile und Eckdaten irgendwelcher hochgesteckten Planziele.

Natürlich befand sich der marxistische Untergrundzirkel, zu dem ich als ein angeheiratetes Individuum dauerhaft gehörte, im dynamischen Wandel. Und so konnte ich glücklicherweise miterleben, wie in den Achtzigerjahren die ideologische Strenge der meisten Mitglieder zu bröckeln begann. Da ich mich an der Theoriearbeit nie beteiligte, und meine von mir ideologisch aufgeweichte Frau oft auch nicht mehr, bekam ich den Wandel nur dank meiner freundschaftlichen Kontakte außerhalb der Diskussionsrunden mit. Der ganze Kreis traf sich sowieso auch bei diversen Partys – manchmal auch in den elterlichen Häusern am Stadtrand, die irgendeiner der Jungmarxisten im Sommer bewohnen und bewachen musste. Mitte der Achtzigerjahre kam schließlich jemand auf die Idee, dass sich unser Zirkel ein gemeinsames Quartier auf dem Lande suchen sollte. Die Gruppe war dank etlicher, liebevoll ausgesäter Kinder stark angewachsen. Und die Kindchen wuchsen in die Höhe und füllten sich schnell mit recht explosiven Energien, so dass sie im Sommer schwer zu ertragen waren. Der Prenzlauer Berg war fast balkonlos, die sperrmülligen Innenhöfe gefährlich und die Spielplätze dreckig. Und wenn man mit den Kindern zu irgendwelchen Badetümpeln fuhr und endlos viel Zeit in glühenden Verkehrsmitteln verbringen musste, hatte man es irgendwann satt. Wer von den Lesern kann sich noch an die warme weißliche Brühe im kleinen Badesee in der Wuhlheide erinnern? Der Inhalt dieser flachen Erdvertiefung bestand sicher bis zur Hälfte aus durch Chlor gebundenen Harnstoff, also aus Chloramin. Ich weiß zwar nicht, ob dort für die vorgeschriebene Keimtötung das flüssige Natriumhypochlorit oder irgendeine chlorhaltige Salzmischung verwendet wurden, der stinkende Kleinstsee sah nachmittags auf alle Fälle milchig aus und hinterließ an der Haut nach dem Abdampfen des H_2O-Anteils eine schmierige Klebeschicht.

Eine Vorhut unseres Kollektivs fuhr bei Gelegenheit aufs Land und fand tatsächlich bald leer stehende Räume in der Nähe des Müritzsees, die ein Bauer bereit war zu vermieten. Die Zimmer lagen im ersten Stock eines dünnwandigen, sich etwas nach hinten neigenden Fachwerkgebäudes. Es war kein eigenständiger Bau, es handelte sich um den Dienstboten-Flügel des dortigen Gutshofs. Im Erdgeschoss unseres zukünftigen Sommerquartiers befanden sich ehemalige Ställe, die der Bauer zum Unterstellen seiner Gerätschaften und für die Aufzucht seines Kleinviehs nutzte. Und das war der Grund, warum er sich seit Jahrzehnten auch um das Dach und die Dachrinnen des gleich neben seinem Hof liegenden Flügels kümmerte; vorsichtshalber auch um die Fenster der oberen Etage. Ob ihm die Immobilie tatsächlich gehörte oder er sie einfach umsonst, also auf sozialistische Art und Weise, nutzen durfte, konnte uns egal sein. Das angrenzende eigentliche Gutshofgebäude – im Dorfjargon »das Schloss« genannt – war jedenfalls in wesentlich schlechterem Zustand. Bei der Planung unserer Sommerurlaube wurden leider einige wichtige Dinge nicht bedacht: Hat ein normalerweise freundlicher und an intellektuellen Gesprächen interessierter Marxist eine Ahnung davon, wie eine Erwachsenengruppierung funktioniert, wenn sie die Stadt verlässt und tagelang in einer primitiv eingerichteten Bruchbude zusammenrückt? Natürlich mussten sich dort alle auch auf Minimalstandards bei der Sauberkeit einlassen, sich Tag für Tag mit nur grob abgeschätzten Mengen an Lebensmitteln zufriedengeben und sich die ganze Zeit einigermaßen gute Laune einreden. Bei diesem Experiment tauchten aber plötzlich noch weitere Fragen auf: Hat ein belesener Intellektueller eine Ahnung von den menschlichen Qualitäten seiner langjährigen Freunde und deren Anheiratungen? Hat ein zukunftsorientierter Linksoptimist genügend Geduld mit den frechen, lauten und aus der Gemeinschaft nicht mehr wegzudenkenden Kindern? Zusammengefasst lässt sich sagen, dass es erfrischend schwierig war, mit Menschen Urlaub zu machen, die – wie man selbst – absolut keine Erfahrungen mit gruppendynamischen Prozessen hatten. Irgendwann gingen dann auch noch einige der Frauen aufeinander los, weil sich beim Einkaufen, Kochen und Abwaschen offenbarte, auf welch unterschiedlichen Niveaus sich über die Jahre ihre häuslichen Standards eingependelt hatten. An der Müritz wurde immerhin eins meiner Rätsel von früher gelöst: Auch ein Marxist badet ausgesprochen gern, wenn ein See in der Nähe ist. Auf alle Fälle bedeutete das sommerliche Schlossleben für die meisten von uns die Rettung. Und ich fand es wunderbar, nebenbei studieren zu können, wie unterschiedlich einzelne Charaktere mit der Betreuung von Kindern klarkamen – oder eben nicht. Die Nachwüchslinge wurden von unserem theoretischen Meinungsführer schon sehr bald als Terrorist I, Terrorist II, Terrorist III bezeichnet. Immerhin hat der Holzkopf keine Namen von zum Beispiel russischen Anarchisten beschmutzt – wie Machno, Bakunin oder Kropotkin. Dummerweise sprangen die zum Teil unterschwellig aufgestauten Aggressionen der Erwachsenen auf die Kinder über, und die Ersatzschlachten fanden dann im schlosseigenen Sandhaufen oder am Strand statt. Einer der Burschen spezialisierte sich darauf, den anderen Kindern büschelweise Haare aus ihrer Kopfhaut zu reißen. Und unser Sohn mit seinen längeren feinen Haaren war für den Grobian ein ideales Zugriffsobjekt. Am Ende half nur, dass alle Kinderköpfe mit fest verschnürten Mützen aus Pullovern oder gut verknoteten Tüchern geschützt wurden. Bis plötzlich ein anderes Kind seinen Killerinstinkt entdeckt hatte, eine solide Blechschippe hoch über seinen Kopf hob und begann, mit voller Wucht auf seine Kinderkolleg®innen einzuschlagen. Manche Schläge haben zum Glück die improvisierten, viel zu warmen Mützen abgefangen.

Unser tiefverdreckter und mehlig holzdurchwurmter Schlossflügel mit königsblau gestrichenen Fenstern hatte den Nachteil, dass er sich nicht entstauben ließ. Der Staub schwebte in den Räumen pausenlos in der Luft und behielt dabei eine erstaunlich konstante Dichte. Allergiker wie meine Frau hatten es dort besonders schwer, und diejenigen, die noch nie Allergien gehabt hatten, begannen sie dort zu entwickeln. Wenigstens wuschen sich die nach Sauberkeit gierenden Frauen abends gern im Flur an unserem einzigen Waschbecken. Und so konnte man beim Vorbeigehen oft viele entblößte Oberkörper bewundern – vor allem aber auch die schwer definierbaren, auf alle Fälle nicht ganz eindeutigen Blicke der sich nacktbrüstenden Frauen studieren.

Das uns zugewiesene Plumpsklo befand sich unterhalb unserer Wohnetage neben einem Hühnerverschlag. Dummerweise waren wir – also die Männer – in unseren Herzen damals noch alle traditionelle Stehpinkler, die Sitzfläche war also oft unschön betropft – teilweise nur vorn, die Frauen wüteten aber trotzdem. Als nach dem Mauerfall allmählich die Westsitten in die Ehemalige einzogen, sah ich persönlich, ehrlich gesagt, immer noch nicht ein, warum man bei hochgeklapptem Sitz nicht stehend pinkeln sollte. Bis mich mein WG-erfahrener Sohn eines Tages an der Hand nahm, mich in unser Bad führte und mir eine didaktische Urintaufe verpasste. Ich musste mich mit nackten Füßen neben die Toilettenschüssel stellen – und tatsächlich: Ich konnte bald auf meinen Fußrücken spüren, wie ich von vielen unsichtbaren, vom Urin meines Sohnes stammenden Tröpfchen berieselt wurde.

Folgendes hätte vielleicht auch woanders deplatziert werden können [26]

Felicitas[232] hat vollkommen recht: Man sollte auf keinen Fall wie eine In-vitro-Brut- und Gebärmaschine einen Roman nach dem anderen auf die Tische der Buchläden werfen. Manche Menschen können es allerdings absolut nicht ertragen, wenn es in Bezug auf sie heißt, »um ihn/sie/es/ens[233] ist es still geworden« – und manche von diesen Ensis, Ensas, Ensaternitas, Eremitutas oder schwachbeinigen Manntermitisten werden nach derartigen Zuschreibungen regelrecht hysterisch. Wie kann man sub specie aeternitatis aber so unvernünftig sein?, frage ich mich. Die oben angeführte Redewendung ist an sich zwar extrem abgedroschen, auf der Welt gibt es meiner Meinung nach aber nichts Wünschenswerteres, als die Stille um sich herum zu genießen – die innere, äußere und vor allem auch die dem Hautepithel von Natur aus innewohnende. Man hat dann nicht nur Ruhe von allen anderen, sondern auch von seiner eigenen Klebrigkeit, und ist außerdem vor allen möglichen Folgestörungen geschützt. Neulich packte jemand bei einer Talkrunde – und ich dachte, ich sehe nicht richtig, normalerweise sehe ich mir solche Sendungen sowieso nicht an –, also packte und klatschte da jemand im Studio seine eigene Leber auf den zentral stehenden Nierentisch,

---

232 Felicitas von Lovenberg hat das, was folgt, selbstverständlich ganz anders und viel eleganter formuliert.
233 Ein besonders pfiffiges geschlechtsneutrales Pronomen, leitet sich sogar von »M-ens-ch« ab!

bis es von dessen Glasfläche nur so spritzte. Und das alles nur, um in der Runde weiter im Mittelpunkt zu bleiben. Es war »breusig, fluffig, käshaft, mit anderen Worten nicht wirklich erfreudsam«. So steht es jedenfalls in meinen Notizen, ohne dass ich zu dem Vorfall im Moment etwas Vernünftigeres sagen könnte.

Die engen politischen Untergrundkreise hatten sich in der DDR nicht unbedingt dank irgendwelcher konkreten ideologischen Ausrichtungen zusammengefunden, sondern eher nach Sympathien und oft aufgrund des seit der Schulzeit gewachsenen Vertrauens. Waren alle Ostberliner Trotzkisten eiserne Blutanbeter? Sie haben es mir leider nie verraten. Und auch wenn ich dieser Gruppierung während meines Ostberliner Einsatzes (OE) nähergekommen wäre, sie hätten es mir als echte Geheimnisgroßhändler sicher nicht verraten. Sie hätten mich wegen meiner dummen Fragen eher zur Halsader gelassen, um mich anschließend mit ihren Eispickeln – sauber durch die Augenhöhle, versteht sich, wie es in Amerika (und tatsächlich mit Eispickeln) lange praktiziert wurde – lobotomieren zu können. Die Trotzkisten waren durchweg der Meinung, die ehrbarsten Antistalinisten der westlichen Welt zu sein[234], obwohl sie sich auf einen ehemaligen Frontgesandten Lenins, einen verwöhnten Panzerzugpendler und agilen Schlächter von Aufständischen beriefen. Und im Grunde auf einen,

---

234 Ingelore Magnesium* ist offenbar nach mehr als vierzig Jahren immer noch stolz darauf, eine Kryptotrotzkistin im Schlepptau ihrer männlichen Leittiere gewesen zu sein. Und dabei haben diese Ostberliner Revolutionäre nie einen einzigen Menschen eigenhändig umgebracht! [*Embedded: D. I. Mendelejew oder L. Meyer wären über diese meine freie** und wissenschaftlich falsche Namensanspielung entsetzt; zur Auswahl stünden doch viel passendere Elemente aus der sechsten Gruppe wie Barium, Tantal, Iridium, Quecksilber, Thallium, Blei, Wismut, Polonium und andere. **Deeply embedded: Wie fragwürdig viele Freiheiten sein können, und es in der Tat oft auch sind.]

der das Morden später nur deswegen einstellen musste, weil er dazu keine Möglichkeit mehr besaß. Die konkurrenzlos belesenen Trotzkisten wollten, und zwar um jeden Preis, noch klüger werden als alle anderen Theoriebesessenen des Landes und wurden prompt auf einem Parkplatz der Transitautobahn beim Verladen politischer Literatur erwischt (Operationsmodus: Verladen von Kofferraum zu Kofferraum[235]). In die andere Richtung sollte die im Westen begehrte blaue Werkausgabe der Klassenkampfklassiker Marx und Engels übergeben werden. Zum Glück wurde nach dem Vorfall niemand von ihnen strafrechtlich verfolgt. Die Verfechter des permanenten Umwälzens wurden – ähnlich wie einige meiner Marxisten, die Zeiten haben sich eben geändert – einfach in die Produktion geschickt, um sich dort zu beruhigen. Die trotzkistischen Pläne, eines Tages einen S-Bahnzug im Depot Erkner zu kapern, ihn mit Maschinengewehren auszustatten und auch noch notdürftig zu bepanzern, wurden zum Glück nur in einer Dreiergruppe diskutiert, sodass der zirkeleigene Spitzel diese Planungen nicht weitermelden konnte. Mein nachträglicher Senf dazu: von wegen »Friedliche Revolution«, von wegen »Keine Gewalt!«, von wegen »Verwackele den Staat gnadenlos – aber bloß nicht hämatös!«[236]

Dass die SED die privaten Kleinunternehmen in den Fünfziger- und Sechzigerjahren nicht vollständig abgeschafft hat,

---

235 Da war der Ostberliner Oberchaosrocker André Greiner-Pol schon pfiffiger: Er und ein junger Dirigent aus dem Westen – also ein Musikkollege – kamen auf die Idee, das Schmuggelgut nachts auf der Transitautobahn bei mäßiger Fahrt durch die heruntergekurbelten Fenster ihrer Autos zu werfen.
236 Ich möchte diese neu gewonnenen Erkenntnisse hiermit der Geschichtsforschung zur Verfügung stellen.

war ausgesprochen vernünftig. Im Gegensatz dazu wurde im Land meiner Frühaufzucht so etwas wie eine Vollblutverstaatlichung durchgesetzt – mit zum Teil verheerenden Folgen. In der DDR gab es dagegen bis zum Schluss kleine Privatbetriebe, die sogar bis zu zehn Angestellte beschäftigen durften. Und ich persönlich wurde während meines OEs recht bald, und dann sogar für lange Zeit, ein vollfunktionierendes Rädchen dieses Wirtschaftssektors. Ich hatte mein Glück in der DDR allerdings zuerst als Hilfskindererzieher in einem evangelischen Kindergarten gesucht. Dass es solche Einrichtungen außerhalb des staatlichen Lenkungs-, Überzeugungs- und Einpeitschsystems überhaupt geben durfte, kam mir wie ein kleines Wunder vor. Und ich fand die dort untergebrachten Kinder – jedenfalls wenn sie nicht gerade besinnungslos tobten – ausgesprochen reizend. Sie waren mit mir auch nicht ganz unzufrieden, denke ich, weil sie sich unter meiner Aufsicht ihrer Gottlosigkeit hingeben konnten. Die Würstlinge nahmen mich einfach nicht ernst. Nachdem ich mich von der Kindergartenleiterin zu einer Art Hausmeister hatte degradieren lassen, merkte ich, dass das Basteln, Fummeln, Reparieren und so weiter mir viel mehr entsprach. Eines Nachmittags sagte ich also zu meiner Frau, ich müsse kurz etwas erledigen, überquerte unsere Straße und betrat einen uns gegenüberliegenden Wohnblock, wo sich im Hof eine Reparaturwerkstatt für Kleinstgeräte befand. Natürlich musste ich dort zugeben, vollkommen unqualifiziert zu sein. Bis auf gewisse Grundlagen marxistischer Ökonomie und sozialistischer Buchhaltung, bis auf etwas Statistik, Logik und Mathematik[237] hatte ich in meiner Moldaurepublik wirklich nichts gelernt.

---

237 Mein Hassfach »Die Geschichte der internationalen Arbeiterbewegung« wäre für die Aufzählung zu lang.

Ich repariere ganz gern mein Fahrrad – aber auch anderen Kleinkram und so, sagte ich. Woraufhin ich mit Kusshand genommen wurde. Und da der liebe Werkstattbesitzer, also mein Meister und zukünftiger Anlerner, die Probleme von Leuten wie mir gut kannte, hatte er angenommen, ich würde bald wieder kündigen. Individuen meines Schlages verschwanden tatsächlich oft schon nach einigen Wochen – sie gingen oder flüchteten in den Westen, versackten in Gefängnissen oder verflüchtigten sich auf dem unfreien Arbeitsmarkt der anderen schlecht bezahlten Aushilfsjobs. Mein Chef hatte sich in mir geirrt – ich blieb seiner Werkstatt treu fast bis zum Mauerfall, und zu diesem Zeitpunkt war ich sogar die dienstälteste Kraft seines Budenunternehmens. In meinem Fall hatte die Beschäftigung außerhalb der staatlichen Strukturen im Grunde nur Vorteile. Ich konnte meine Arbeitszeiten flexibel handhaben, mich nach Bedarf um meinen Sohn kümmern und im Krach der Werkstatt über Literatur nachdenken – obwohl dort den ganzen Tag RIAS lief. Und so etwas wie Rotlichtbestrahlung, irgendwelche Gewerkschaftsaktivitäten, Solidaritätskundgebungen oder Mitgliedschaft in der *Seilschaft für Deutsch-Sowjetische Freundschaft* existierte in dem Privatbetrieb natürlich nicht. Die Fluktuation zwischen unserer Werkstatt und den Gefängnissen war in der Tat beachtlich. Diejenigen, die versucht hatten, in den Westen zu fliehen, waren plötzlich weg – und ihre Stellen nahmen andere ein, die ihre Fluchtversuchsstrafen gerade abgesessen hatten. Im Spätsommer 1989 teilte ich meinem fürsorglichen Chef[238] schließlich mit, die Revolution sei im Moment

---

238 Er hatte mich mindestens einmal im Jahr in sein Büro gerufen und mir dort freundlich zugeredet: *Sie sind jung und sollten sich beruflich noch anders orientieren. So liegen Sie Ihrer Frau ziemlich auf der Tasche, nicht wahr?*

wichtiger als die vielen sich stapelnden Geräte – und ich müsse mich erstmal woanders engagieren. Das verstand er sofort, gab mir unbezahlten Urlaub und bot mir sogar an, jederzeit wieder zurückkommen zu können.

Intermezzus brutus brutalus katakombicus
Was den Betonklotz in unserem Keller betraf, hätte ich irgendwann natürlich versuchen können, eine ordentliche Brechstange – oder besser zwei – aufzutreiben und den lästigen Klotz auf diese Weise aus dem Keller zu schaffen. Auch schon zu Ostzeiten. Mein Handwerksmeister hatte eine Brechstange eventuell irgendwo stehen. Nachdem später Rufus und seine Sackkarre aufgetaucht waren und Rufus' undurchschaubares Hinhaltetheater begann, hätte ich alternativ auch ihn fragen können, ob er von einer greifbaren Brechstange wüsste. Ich war mir ziemlich sicher, dass er sogar mehrere besaß. Mich hatte irgendwann aber doch der Ehrgeiz gepackt, und ich biss mich regelrecht fest in meine Verlangerrolle Rufus gegenüber, verbiss mich sozusagen, biss mich sogar VER bis VERVER und war nicht bereit, mich mit irgendwelchen Behelfslösungen zufriedenzugeben. Außerdem wollte ich unbedingt herausfinden, warum der sonst so freundliche und heitere Rufus nicht liefern wollte oder aufgrund welcher tiefinneren Verknollungen er mir meinen Wunsch nicht erfüllen konnte. Und ich wollte seine Wunderkarre unbedingt auch in Aktion erleben und außerdem ihre Spannkraft und Manövrierfähigkeit testen. Dass Rufus sein seltenes Gerät aus Angst vor einer unbekannten Belastung schützen wollte, schloss ich aus. Er hatte sich den Klotz nie angesehen und hatte seine Karre sowieso mehrmals als unzerstörbar angepriesen.

Neulich hatte Rufus wieder mal absolut keine Zeit, sodass er die mit anderem schweren Zeug verbarrikadierte Karre nicht hervorholen konnte. Er unterhielt sich mit mir aber trotzdem eine Dreiviertelstunde auf der Straße – und wirkte dabei vollkommen entspannt. Zum Trost fiel mir zu seinem Verhalten irgendwann ein schöner Spruch von König Salomo aus dem dritten Kapitel [VERS 18] ein. Gut, dass ich immer wieder mal meine Bibel zur Hand nehme! »Sprich nicht zu deinem Nächsten: Gehe hin und komm wieder, morgen will ich dir geben, so du es doch wohl hast.« Allerdings können einem im Leben noch viel schlimmere Dinge widerfahren als das, was Rufus mit mir angestellt hat. Und selbstverständlich sei es – was die Sachlage betrifft – völlig irrelevant, sagte mir neulich ein hoch angebundener Leipziger Richter aus unserem Bekanntenkreis, was Decker-Meier zu seinem ehrenamtlichen Engagement für den Apparat der Deutschen Schwerterepublik selbst meint und wie er die fraglichen Teile seiner Wirkgeschichte erzählt. Sonst könnte doch jeder Regelbrecher alle seine Verfehlungen in seinem Hirn klein hacken, in der Milz oder Bauchspeicheldrüse zerreiben und sie dann öffentlichkeitsscheu teilweise über seine Nieren und teilweise durch seinen Enddarm entsorgen. *Prost!*, sagte der Richter mit einem breiten Lächeln. Wir tranken gerade einen unbeschreiblich guten Wein, den er vielleicht schon mal mit Noam Chomsky getrunken hatte.

Dieses Kapitel wurde in voller Länge lediglich in einer limitierten und mit Originalgrafiken ausgestatteten Vorzugsausgabe abgedruckt [27]

Da wir uns im Bekanntenkreis an mehrere Ärzte wenden und uns auf sie auch verlassen konnten, war es kein Problem, uns nach dem Selbstmord unseres Sohnes mit Betäubungsmitteln aller Art zu versorgen. Eins noch vorab: Da mir meine Frau vorausschauend untersagt hat, über ihre Zustände aus dieser Zeit zu berichten, wird es im Folgenden so gut wie nur um mich gehen.

Der Druck unter meiner Schädeldecke war von Anfang an bedrohlich. Ich saß oft in der Küche auf dem Fußboden und war zu überhaupt nichts fähig – bis ich wieder eine beeindruckend winzige Tablette einwarf: *Tavor*. *Tavor* mit dem Wirkstoff Lorazepam kann ich für solche Situationen jedem nur empfehlen. Dummerweise wirkt die normale Dosis in einer Stimmungslage wie der meinen höchstens eine Stunde. Unsere Vorräte schwanden dadurch rapide, und wir mussten uns regelmäßig um Nachschub kümmern. Auch deswegen, weil wir im relativ schnellen Takt gezwungen waren, einige behördliche Dinge zu erledigen, irgendwann auch das Begräbnis zu organisieren, die Wohnung unseres Sohnes – begleitet von Freunden, versteht sich – zu betreten und uns dort nicht nur umzusehen, sondern auch einzuwühlen. Dummerweise kann man *Tavor* nicht übertrieben lange schlucken, weil die normale Dosis bald nicht mehr wirkt.

Man müsste die lieben Tabletten dann alle halbe Stunde einwerfen – oder mit einer noch höheren Frequenz. Man wird nach dem Stoff aber so und so bald süchtig und fängt in Notsituationen irgendwann an, die Lorazepamis in allen Dielenritzen der Wohnung oder unter Schränken zu suchen. In der Zwischenzeit ist man nämlich etwas zittrig geworden und hat immer wieder eine oder zwei Tabletten am Tag fallen lassen – und gerade die niedlichen Loris verkullern sich leicht. Da jeder Gang auf die Straße, auch wenn es um einfache Einkäufe ging, mit Panik verbunden war, mussten uns Freunde ab und zu etwas zum Essen bringen. Sie kauften für uns also ein oder brachten schon gekochtes Zeug in irgendwelchen Behältnissen mit. Wenn einem schon bei Tageslicht die üblichen, aber auch völlig absurden Befürchtungen zu schaffen machen, kann man nachts natürlich nicht schlafen. Und das wurde schließlich zum Hauptproblem für die kommende Zeit, sagen wir für die nächsten zwei Jahre. Gegen die Schlaflosigkeit kamen logischerweise wesentlich wirksamere Mittelchen zum Einsatz – *Nitrazepam* zum Beispiel. Ein wunderbares Präparat! Zu Ostzeiten hieß es noch *Radedorm*, weil es aus Radebeul kam; die Tabletten waren damals allerdings nur halb so prall dosiert und bläulich. Oder auch nicht. Wenn ich nachts eine ordentliche 10-mg-Nitrazepamtablette einwarf, wachte ich nach fünf oder sechs Stunden frisch, fast wie runderneuert auf und genoss es, mich für einen halben Tag überraschend leicht zu fühlen. Und war mir in diesem Zeitfenster außerdem sicher, alle anstehenden kleinen Pflichten zu bewältigen. Ich war zum Beispiel plötzlich in der Lage, zum Bestattungsinstitut um die Ecke zu laufen und die für die Trauerfeier zusammengesuchte Musik abzugeben. Und zweimal hatte sich in mir so viel Kraft angesammelt, dass ich mit dem Fahrrad zur Wohnung unseres Sohnes aufbrechen konnte, um allein nach etwas zu suchen. Und ich brachte es dort sogar fertig, ein bisschen aufzuräumen oder einige Dinge auszusortieren, die weggeschmissen werden konnten. Nebenbei musste ich mich dort auch fragen, ob ich, ob wir in den letzten Jahren vielleicht hätten versuchen sollen, uns um unseren Sohn etwas aggressiver zu kümmern. Mit der Gefahr, dass er uns eines Tages mit einem Feuerhaken – er beheizte seine Wohnungen natürlich mit Briketts – die Treppe hinuntergejagt hätte. Da ich beim Einschätzen meiner inneren Chemie immer kompetenter wurde, wusste ich, wann ungefähr der Rückzug anstand. Der Leichtigkeitsabfall kündigte sich am Ende des Wirkungsfensters zwar rechtzeitig an, kam dann aber doch relativ plötzlich. Dummerweise war ich nach etwa zwanzig passablen, gezielt vor bestimmten Tagen und Ereignissen eingeplanten Nitrazepamnächten so weit, dass von erholsamem Schlaf nicht mehr die Rede sein konnte – und nach zwei Tabletten pro Nacht wurde ich am folgenden Tag so rammdösig, dass ich zu gar nichts zu gebrauchen war. So ist es eben mit den glückspendenden Benzodiazepinen, die im Volk liebevoll auch »Benzos« genannt werden. Meine Frau und ich mussten uns weiterbilden, holten Erfahrungsberichte von Freunden und Bekannten ein, und ich ging schließlich dazu über, mich mit etwas komplexeren Mitteln zu versorgen – das heißt, richtige Psychopharmaka zu schlucken. Und davon gibt es eine ganze Menge! *Insidon* ist an sich nicht das verkehrteste Mittel – also wenn es einem nur durchschnittlich dreckig geht. Es schirmt einen tagsüber angenehm ab, und dass man schon nach kurzer Zeit nicht mehr ganz scharf sieht, könnte man – wenn man sich die endlose Liste der Nebenwirkungen ansehen würde – ohne Weiteres auch vernachlässigen. *Insidon* gehört leider zu den ausgewiesenen Schwächlingen im breiten Pillenangebot; und wirkt auch unter dem noch viel schöneren Namen *Opipramol* nicht anders. *Insidon/Opipramol* war auf alle Fälle nicht stark genug, um meine Nächte zu retten. Ich schlief einfach nicht. Unterschiedliche Freunde empfahlen mir dann die eine oder andere Pille, die bei ihnen irgendwann vor zehn Jahren angeblich gewirkt hatte. Und sie brachten oft auch gleich ihre historischen Vorräte mit. Um die Ablaufdaten auf den Packungen kümmerten wir uns nicht weiter, und es zeigte sich, dass wir vollkommen richtiglagen – Chemie ist Chemie und wirkt zeitlebens. Diese angepriesenen Rettungspillen hießen zum Beispiel *Stilnox* (*Zolpidem*) oder *Zopiclon*. Die beiden miteinander verwandten Schlafmittel reichten bei mir leider immer nur für kurzes Einnicken. Offen gesagt sind sie chemisch – und dies geben die Hersteller irgendwo auch zu – entfernt mit den lieben Benzos verwandt und machen deswegen auch leicht abhängig. Wenn ein Pillenbruder wie ich nachts mehrere Zolpis einwirft, wovon ihm natürlich strengstens abgeraten wird, schläft er trotzdem nicht gut und nicht genug und fühlt sich am nächsten Tag wie verkatert. Daher konnte es mir egal sein, ob mich die Dinger abhängig machen würden oder nicht, ich testete sie insgesamt nicht lange genug. Vor einigen Mitteln möchte ich an dieser Stelle allerdings ausdrücklich warnen, und das völlig unabhängig davon, wie überdosiert man sie nimmt. Wenn man bis dahin nicht das akute Gefühl gehabt haben sollte, verrückt zu werden, lernt man dieses Gefühl beim Experimentieren mit richtigen Antidepressiva sehr schnell kennen: *Mirtazapin* (eklige und sofortige Entpersönlichungszustände sind die Folge), *Trimipramin* (Vorsicht! – dieses Mittel entwässert nebenbei dermaßen, dass man schon nach einer Nacht zu schrumpfen beginnt), *Citalopram* (putscht so auf, dass man sich gleich nach der ersten, natürlich genauso schlaflosen Nacht am liebsten unter ein Auto werfen möchte[239]). Und dann gibt es noch das Vieh namens *Truxal*, das zwar ganz sanft beruhigen soll, kurz nach der Einnahme aber viel zu hart zuschlägt. Man fühlt sich einfach nicht mehr wie der Mensch, der man mal war. Man steht im Chemonebel irgendwo weit neben sich und weiß weder ein noch aus. Ich setzte dieses Einnebelungsmittel sofort ab, mit der Pillensuche ging es aber nahtlos weiter. Ich forschte und fragte, bis ich einem Psychiater aus dem Freundeskreis Rezepte für die nächsten Schlafmittel entlockte. Wenn man mit dem Pillenschlucken einmal anfängt, will man sie natürlich auch alle durchtesten. Die meisten dieser Erzeugnisse hatten bei mir leider überhaupt keine Chance. Sie waren vielleicht nur für Schlaflosigkeitsanfänger gedacht und sorgten während meiner Nächte höchstens für einen gewissen Erwartungsdrall. Ich wartete einfach auf die Art der angekündigten Wirkung und war wenigstens mit etwas beschäftigt. Hier sind die geheimnisvollen Sonderempfehlungen, ich nenne stellvertretend nur drei der Bekannteren: *Chloraldurat, Rudotel, Atosil*-Tropfen (für Profis: Promethazinhydrochlorid).

Irgendwann landete ich bei einem netten Psychiater, der mir endlich eine positive Perspektive versprach. Ein pragmatischer Mann, in dessen Behandlungszimmer ich endlich etwas begriff, was ihm selbst natürlich längst klar war: Jeder Mensch reagiert auf die Psychopillen unterschiedlich. Und auch wenn die Patienten das Behand-

---

[239] Wenn mich nicht alles täuscht, gehört *Citalopram* zu der wirkmächtigen SSRI-Familie, also zu den selektiven Serotoninwiederaufnahmehemmern (siehe später), ich habe aber keine Lust, nochmal nachzuschauen.

lungszimmer mit dem gleichen Rezept verlassen, ist überhaupt nicht klar, mit wie dankbarem oder verzweifeltem Ausdruck im Gesicht sie das nächste Mal wiederkommen. Jeder spricht auf die Pillen eben, wie es so schön heißt, unterschiedlich an. Mithilfe des leisen Mannes musste ich mich in den folgenden langen Monaten, Quartalen und Jahren durch sein auf mich zugeschnittenes Tablettenarsenal fressen – in der Hoffnung, dass er und ich für mich das richtige Mittel finden würden. So gesehen hatte ich als Amateurschlucker in den ausgedehnten Anfangsphasen meiner Selbstversuche nichts weiter verkehrt gemacht. Mein Retter setzte bei der Durchsetzung seiner Verordnungen natürlich auch geschickt seine Autorität ein, angesichts unserer beidseitigen Machtlosigkeit ging es auch nicht anders. Er versuchte mir zum Beispiel wiederholt einzuhämmern, dass die Wirkung des – zu einem eben passenden – Antidepressivums sich erfahrungsgemäß immer erst nach einigen Wochen bemerkbar machen würde. Man müsse die Tabletten eben nur längere Zeit geduldig schlucken, ohne davon erstmal spürbar zu »profitieren«. Und wenn es sich nach zwei oder drei Monaten zeigen sollte, dass das Ding keine positiven Effekte hätte, würde man es wieder absetzen; um dann versuchsweise sofort das nächste Mittel anzusetzen. Und dieser neue Versuch war dann mit der gleichen Ansage verbunden: Man solle bitte geduldig bleiben und die Pillen wieder konsequent einnehmen. Stellvertretend könnte man hier *Valdoxan* nennen. Weitere Beispiele anzuführen, werde ich mir lieber sparen, nur des schönen Namens wegen vielleicht doch noch eins: *Pipamperon*. Ich verlor irgendwann sowieso den Überblick und setzte einige dieser Drogen immer wieder dauerhaft oder zeitweilig heimlich ab – in der Hoffnung, dass dem überlasteten Profi mein ausbleibender Bedarf an Folgerezepten nicht auffallen würde. Vorsichtshalber verlangte ich ab und zu trotzdem eine neue Verschreibung, die ich gleich danach verschwinden ließ. Nach diesem Schema ging es in diesem »Jahr der Pille« und auch dem »Jahr II der Pille« dann immer weiter. Wenn sich die Wirkung des aktuellen Mittels wie gewohnt nicht eingestellt hatte, dachte der nette Mann kurz nach und verschrieb mir eben wieder etwas Neues. Viel aufregender aber war, wenn er sich nach meinem Negativbericht auf seinem Stuhl souverän umdrehte und nach einem Schächtelchen aus seinem Vorratsschrank griff:

– Versuchen Sie mal das hier, *Melneurin* heißt das Ding. Es ist ganz neu, habe ich gerade von einem Vertreter bekommen ...

Meine langfristigen Erfahrungen lassen sich folgendermaßen zusammenfassen: Die Antidepressiva, egal wie sie heißen (*Busp, Elontril*[240] oder *Venlafaxin*), wirken einfach nicht. Von einigen Mitteln möchte ich hier aber ausdrücklich warnen: Es sind die sogenannten Serotoninwiederaufnahmehemmer. Da sich meines Wissens inzwischen herumgesprochen hat, dass die Erhöhung des Serotoninspiegels im Blut zur stimmungsmäßigen Aufhellung doch nichts Gescheites beiträgt, wie ursprünglich angenommen, kann ich mir weitere Kommentare zur Wirkungsweise dieser Drogensippe auch sparen. Folgendes sollte man aber bedenken: Wenn man mit seiner inneren Chemie Pech hat, kann man nach der Einnahme von zum Beispiel *Sertralin* auch regelrecht durchdrehen. In den USA haben einige

---

240 Hier einige wenige Bespiele für häufige Nebenwirkungen/Überempfindlichkeitsreaktionen bei der Einnahme von *Elontril*: Nesselsucht, Appetitlosigkeit, Agitiertheit und Angst, Zittern, Schwindel, Geschmacks- und Sehstörungen, Ohrgeräusche, erhöhter Blutdruck, Gesichtsröte, Bauchschmerzen, Verstopfung, Fieber, Brustschmerzen, allgemeine Schwäche und und ...

Unglücksraben unter Serotoninwiederaufnahmehemmern auch schon gemordet.

Ich möchte der Pharmaindustrie allerdings trotzdem ein großes Lob aussprechen – und zwar für das Wundermittel namens *Seroquel,* also für den Wirkstoff Quetiapin. *Seroquel* ist ein richtiger Vorschlaghammer unter den Chemohelfern, ein Mittel, das eigentlich zur Behandlung von schweren Psychosen gedacht ist. Und gehört außerdem in die Gruppe von Medikamenten, die auf den beeindruckend schönen Namen *Neuroleptika* hören. Quetiapin – genannt auch Quentintarantin – haut ohne Unterschied auch jeden gesunden Menschen im Handumdrehen um und lässt ihn mindestens sechs Stunden schlafen. Und diese *Quentin-Tarantin*-Chemiekeule[241] macht noch nicht mal abhängig! *Seroquel* bedeutete für mich die Rettung, tatsächlich gerettet hat mich schließlich aber die Zeit, denke ich. Nebenbei machte ich auch noch die Entdeckung, dass die Marke *Seroquel* viele andere Bewunderer hat. In der bunten Szene der Seroquelschlucker gibt es ausgesprochen aktive Fans. Und diese Leute bekennen sich vollkommen freiherzig zu ihrer Lieblingsdroge. Sie laufen mit Mützen, Einkaufstüten oder Schals herum, auf denen tatsächlich groß *Seroquel*® steht. Diese meine Brüder wissen einfach genau, was sie diesem Blockbustermedikament und Topseller zu verdanken haben.

Es bliebe noch zu klären, was ich die ganze Zeit, gute zwei Jahre, überhaupt sonst gemacht habe. Ich weiß es leider nicht mehr genau und kann ohne Weiteres auf die Nebenwirkungen meiner stark schwankenden Verneblungen verweisen. Ich habe mich lange Monate wenigstens intensiv mit den Fibonacci-Zahlen beschäftigt.

---

241 Eine von der *FKKHR-Trantüte Corporation* geschützte Wortverbindung.

Lieber ungdldger Leser: Das eigentliche Schlüsselkapitel kommt erst in Kürze [28]

Unser Sohn hat, als er krank und geschwächt war, nur ein einziges Mal geklagt. *Warum gerade ich? Ich bin doch ziemlich klug, oder?* Danach klagte er nie wieder. In dieser Zeit habe ich nebenbei begriffen, was ihn an dem zwielichtigen Fantasyfilm »Phenomenon« mit John Travolta mal so begeistert haben konnte. Travolta spielt darin einen Automechaniker, der an seinem siebenunddreißigsten Geburtstag von einem geheimnisvollen Lichtstrahl getroffen wird. Und dieser verleiht ihm auf einen Schlag völlig ungeahnte Fähigkeiten, sodass Travolta dann plötzlich alles Erdenkliche mit Leichtigkeit packt und schafft. Es ist kein großartiger Film, normalerweise wich der Filmgeschmack unseres Sohnes von meinem nicht so auffällig ab. Travolta stirbt in »Phenomenon« dann ein Jahr später an Hirntumor, also mit achtunddreißig, wenn mich nicht alles täuscht.

In der Frühe, wenn sich die Sonnenstrahlen in den Fenstern auf der gegenüberliegenden Straßenseite spiegelten, kamen gelegentlich Gruppen von Kindergartenkindern vorbei, die kaum größer waren als Schafe – oft ernst, wie verzaubert vom abenteuerlichen Charakter ihres Unterfangens, während die Ernsthaftigkeit der Erzieher, die sie hirtenhaft überragten, eher zur Langeweile zu tendieren schien. Vormittags wurde die Straße von ganz unterschiedlich ausgeprägten Wellen durchflutet, die nachmittags zwar ähnliche Muster aufwiesen, ihre Reihenfolge war aber genau umgekehrt. Und die Schulkinder, die jetzt eher vereinzelt vorüberzogen, waren auf dem Heimweg und hatten ausnahmslos etwas Aufgekratztes und Ausgelassenes an sich.

Wenn alle, die an diesem Tag durch die Stadt wandelten, tot sind, sagen wir in hundertfünfzig Jahren, wird der Widerhall ihres Tuns und Lassens die Stadt in ihren Mustern weiter durchziehen. Neu werden allein die Gesichter der Menschen sein, die sie ausfüllen, allerdings nicht sonderlich neu, denn sie werden uns ähneln. [Da mich an der Ausdrucksweise der letzten beiden Absätze beim Wiederlesen etwas gestört hat, habe ich vorsichtshalber nachgeschaut und bin fündig geworden: Ich habe hier offenbar beim kreativen Dösen fast wortwörtlich einige Sätze von Karl Ove Knausgård[242] in der Übersetzung von Paul Berf zitiert bzw. paraphrasiert. Wieso ich dazu mit meinem alles andere als guten Gedächtnis überhaupt fähig war, ist mir schleierhaft.]

Einen traumatösen Tölpel nimmt man, liebe tapfere Sexdigitalisierer und freudsame Dildinas, schon deswegen nicht ganz ernst, weil er andauernd in sich hineinlächelt. [Was folgt, ist inhaltlich nicht unbedingt eine Wiederholung der im Kap. 20 angerissenen Thematik.] Außerdem sehen wir Tösetötel generell viel jünger aus, als wir sind. Deswegen lohnt es sich für Menschen wie mich gar nicht, so etwas wie Würde auszustrahlen. Ein Tösetötel, der sich mit dem Niveau seiner Möglichkeiten einmal zufriedengegeben hat, ist zum Wohlfühlen gewissermaßen verdammt. Was mich betrifft, wurde ich von der Natur nicht übermäßig be-

---

242 Karl Ove Knausgård, Sterben. Übers. von Paul Berf, Luchterhand Literaturverlag, München

schenkt. Ich bin nicht sehr groß, nicht wirklich schön, und der Reifegrad meiner Kreativität, das heißt auch das Entäußerungslevel meiner Produktion halten sich in Grenzen. Und so tendiert meine Überzeugung, irgendwie bedeutend zu sein, logischerweise gegen null. Alles andere wäre ja absurd.[243] Dazu muss ich allerdings anmerken, dass sich jeder normaltrottelige Tscheche, also der Tscheche an sich, dauerhaft in einer ziemlich ausgelassenen Stimmung befindet und generell zu gewisser Albernheit neigt. Überraschenderweise habe ich einen ähnlichen Zug auch bei vielen Israelis entdeckt. Woher dieser gemeinsame Wesenszug, diese stark übersteigerte Munterkeit meiner beiden Völkchen rühren könnte, habe ich nie herausgefunden. Die Israelis sind im Allgemeinen darauf trainiert, sich gesellschaftlich, aber auch in ihren individuellen Leben von Krieg zu Krieg zu hangeln. Diese Art von Training wurde dem tschechischen Volk seit den Hussitenkriegen leider nicht vergönnt. Aber vielleicht ziehen die Tschechen eines Tages doch noch einmal los. Und vielleicht sogar in Richtung Deutschland, und zwar zum Wittenberger Dom, um dort an die Tür diesen Anschlag anzunageln: *Lieber Martin, du Schlafmütze, wir haben die Reformation schon hundert Jahre vor dir losgetreten und dann sogar noch für Religionsfrieden gesorgt!*

Mein Lebendweg kreuzte oft den strudelreichen und saugkräftigen Strom eines tiefen Eitergrabens – oder führte knapp an diesem vorbei. Und ich drohte mehrmals, hineingezogen zu werden – bei aller Freude, versteht

---

[243] In diesem Zusammenhang fallen mir Verse eines auch in Prag kaum bekannten Dichters ein: »mich wird man nicht vergessen / mich kennt keiner – ich glaube denen / die gerade angefangen haben zu sprechen.« Dieser Ausnahmedichter begann erst als ein alter Mann zu dichten und signierte seine Typoskripte mit *Alter Mann*.

sich. Da dieser Eitergraben größtenteils unterirdisch verlief, hatte ich von ihm nie eine genauere Vorstellung – bis endlich zu mir durchdrang, dass Henry Miller so etwas Ähnliches in seinem New York entdeckt, zahnnervtreffend beschrieben und für mich so an die sichtbare Oberfläche geholt hatte. Henry – wie gewohnt »merry and bright« – spricht zwar lediglich von einer eiternden Wundlinie beziehungsweise einem mit Kotze gefüllten tiefen Graben in der Vierzehnten Straße, ich weiß aber genau, was er damit gemeint hat. Außerdem ergänzt er seine weltwunden Ausführungen mit Sätzen wie »Und so ist es mit meinem Leben, durch das die Kloake der Nacht rinnt« oder »Meine beiden Hände wühlen sanft im Bauch der Welt, pflügen die warmen Eingeweide auf ...« *Wo steckt da aber eigentlich die große Freude, ihr beiden Hirnis?*, dürfte sich daraufhin die gnadenknausrige Leserschaft, also die vielen schroffen Dilettantinnen oder ihre katheterdilatierten Onkelz fragen. Da kann ich nur antworten: *Genau darin, liebe Unnen, Hunnen, Önen und männliche Kannen, Kirchenfritzen und Fritzlüsinnen* [MIR DRÜCKT DIESE GANZE ANREDEREI INZWISCHEN SCHWER AUF DEN ZWÖLFFINGERDARM], *steckt diese unsere Freude*. Henry schreibt beispielsweise an einer anderen Stelle: »Aus den lecken Röhren um mich herum schießt die Liebe wie Grubengas«[244]. Zum Glück bin ich schon lange kein neidgeplagter Mensch mehr, Neid

---

244 Leider musste ich es aufgeben, diese nur auf einem Zettel notierten Zitate von Henry Miller in den vielen Bänden, die ich besitze, wiederzufinden. [*Embedded, Anm. des Verl.: »Schwarzer Frühling«, die Erzählung »Der Schneiderladen«. Weil für diese langwierige Arbeit eine externe Medienagentur engagiert werden musste, war der Verlag gezwungen, dem Autor 1.955 Euro in Rechnung zu stellen. Ohne persönliche Fürsprache des früheren Verlegers Helge Malchow bei dem Chef dieser Medienagentur {ihr Firmenname soll hier unerwähnt bleiben} wären es aufgrund des regulären Leistungskatalogs sogar 99.289 Euro gewesen.]

wurde mir mit der Zeit sogar immer fremder. Ich bin doch der, sage ich mir, der ich bin, also kein anderer. Und so kann ich das und jenes einfach nicht können und auch nicht haben wie andere. Umso mehr schätze ich, und zwar über alles, eben genau das, was ich kann und was ich nun mal habe. So gesehen fehlt mir nichts. Hoffentlich habe ich jetzt niemanden neidisch gemacht.

Mitte der Achtzigerjahre geschah in der DDR ein Wunder – und das hat mich mit dem Land damals kurzzeitig fast versöhnt. Im Winter tauchte in unserem bescheidenen HO-Gemüseladen eine längliche Art Blassblattsalat auf, der uns allen bis dahin vollkommen unbekannt war: Chicorée. Dass an dessen wissenschaftlich erarbeitetem Anbau, dessen Reproduktionspflege, Transport und so weiter viele fleißige und verantwortungsvolle Menschen beteiligt gewesen sein müssen, war mir sofort klar. In welchen Laboren oder Landwirtschaftsbetrieben dieser Wundersalat probeweise gezüchtet und aus welchen Kellern oder Katakomben er dann hervorgeholt wurde, blieb mir die ganze, der DDR noch vergönnte Zeit leider verborgen. Trotzdem hielt meine Begeisterung für diese winterlichen Riesenknospen unvermindert an. Die zarten Blattpflänzchen tauchten in den Ostberliner Obst- und Gemüseläden zwar nur unregelmäßig auf, daran war man aber gewöhnt. Für die Zufuhr war offensichtlich logistisch gesorgt, und ich verließ mich darauf. Kurz bevor mich die unerwartete Chicorée-Invasion überraschte, hatte ich fast schon versucht, körpereigenes Vitamin C wie eine Raubkatze zu synthetisieren – um dies dann auch meiner Frau und unserem Sohn beizubringen. Während der Chicoréezeit war ich in dieses Salatgemüse so vernarrt, dass ich manchmal mehrere Stunden auf dem Fahrrad zubrachte, um in irgendwelchen, auch weit entfernten Läden die letzten Knospenreste aufzukaufen. Oder ich fuhr gleich bis nach Pankow ins Kissingenviertel, wo in einem kleinen Geschäft – auffälligerweise immer relativ kleine Exemplare, die vielleicht von einem ganz bestimmten Zulieferer kamen – die Blasslinge fast immer zu haben waren. Parallel bereitete ich mich aber auch noch darauf vor, im Keller selbst eine private Aufzucht aufzubauen. Und vielleicht sogar einen Geheimbund oder gleich eine Freimaurerloge zu gründen, die zur Hauptaufgabe gehabt hätte, Chicorée zu einem beseelten Wesen zu erklären und vielleicht sogar als eine neue Gottheit zu evaluieren. Nachdem ich allerdings herausgefunden hatte, wie aufwendig der Anbau war, schob ich den Start der ersten Phase meines Zuchtplans, also das fachmännische Aufziehen der Rübchen, immer wieder hinaus. Und irgendwann fiel dann die Mauer.

Für die Ostlinken galten noch lange nach dem Untergang der DDR – Chicorée hin oder her – alle CDU-Anhänger als unberührbare rechte Ekelpakete, wenn nicht halbe Nazis. Der dicke Kohl war eine Hassfigur, auf das fragwürdige Grundgesetz sah man herab, und Begriffe wie »freiheitlich demokratische Grundordnung« bekamen diese Gutlinken nur mit einem ironischen Lächeln über die Lippen. Zu meinem Leidwesen gibt es einige Sturköpfe aus diesen Kreisen, die dies heutzutage trickreich, schamhaft und hartnäckig leugnen – und so auch ihren früheren Glauben an eine Vervollkommnungstauglichkeit der DDR. Wenn ich in diesem Zusammenhang an meine Marxistenfreunde oder an die verschiedenen Rebellen aus den Kirchenkreisen denke, bin ich bereit, mich zum Gedenken an das glühende ostdeutsche Linkstum[245], obwohl es nie meins gewesen war, vor dem Kanzleramt auspeitschen zu

---

245 In vielen Beiträgen des *telegraph*-Heftes Nr. 135/136, 2019/20 ehrlich bezeugt.

lassen. Bei den Leuten vom *Neuen Forum* sah es in dieser Hinsicht auch nicht anders aus. Man stritt sich damals aber kaum, man ging einander lieber aus dem Weg – und vor allem: Man umarmte sich auch in den unaufgeregten Zeiten nicht andauernd, besser gesagt gar nicht. Als ich irgendwann während meines Pillenvegetierens versucht hatte, mir die Verfilmung von Tellkamps »Der Turm« anzusehen, war ich vollkommen entsetzt. Die erwachsenen Dresdner sollten sich beim Begrüßen und Verabschieden damals umarmt und geküsst haben? In diesem Zweiteiler wurde ein weiteres Stück meiner alten süß verlegenen DDR westgewaltigt[246]. Und so habe ich auch absolut keine Lust, nochmal die gute alte Stasi, die weltweit den besten Ruf als hochqualitätsintelligenter Dienstleister hatte, lächerlich zu machen – und werde jetzt eine bereits zungenbereite Geschichte über einen äußerst unglaubwürdigen Stasi-Provokateur für mich behalten. Eines Tages klingelte ein älterer Herr an unserer Wohnungstür, ausgestattet mit einem langstieligen Regenschirm und einer Union-Jack-Plastiktüte ...

Die Zeit ist reif: Ich muss jetzt endlich das Ende dieser Geschichte einleiten und nicht daran denken, wie gnadenlos man zu DDR-Zeiten jene Dresdner bestraft hätte, wenn sie versucht hätten, ihre Freunde zu umarmen, sie an sich zu drücken und sie zu beküssen. Was mein Leben betrifft, habe ich das Gefühl, dass schon während des Quetschgangs in Mutters Geburtskanal das Wichtigste einfach feststand. Ich wurde in meinem Leben – im Gegensatz zu vielen anderen Menschen und sicher auch zu vielen Dresdnern – nie richtig verprügelt, und in der

---

246 Ich höre schon den Einwand, ich weiß – es waren auch einige Ossis dabei.

Schulzeit wurde ich nur einmal angespuckt. Und als meine wunderbare Großmutter noch lebte, kündigte sie einmal – und das ist, von heute aus gesehen, ohne Scheiß bemerkenswert – sogar das Kommen von *Rammstein* an. So habe ich ihre Worte jedenfalls nachträglich interpretiert. Eines Tages würden, sprach sie zu mir unverhofft, sechs bösartig aussehende und sehr laut musizierende Jungs kommen, diese würden aber alles andere als lieblos oder hornhäutig sein. *Nicht der Stärkste von ihnen und auch nicht der Dünnste,* sagte sie. *Und du darfst niemandem glauben, mein Bester, der das Gegenteil behaupten sollte,* sprach sie – auf Deutsch, versteht sich. *Und hör mir gut zu: Diese Männer werden jahrzehntelang unverrückbar zu den absolut Guten gehören, und musikalisch wird ihnen sowieso niemand das Wasser reichen können.* Und sie zitierte auch noch ein Versfragment von Seume: *Bösewichter haben keine Lieder.* Ich musste auf die musizierenden Libbewichter[247] dann nur noch mehrere Jahrzehnte lang warten. Aber warum nicht? Eines Tages waren die »Diener meiner Ohren« dann tatsächlich da. *Immer etwas Glück mit einplanen!,* sagte meine Großmutter auch gern. Und wenn sie einen Gichtanfall bekam, bezeichnete sie die Gicht als ein vornehmes Leiden von Adligen. *In meinem Alter muss man sowieso etwas haben.* Ein anderes Mal meinte sie: *Befreunde dich lieber mit Menschen, die in der Musik die Disharmonie lieben, vielleicht sogar auch nur den brutalsten Krach – diese Leute haben einen viel direkteren Draht zum Ding aller*

---

247 Dies ist eine Anspielung auf die auffällig modifizierte Aussprache des Verbs *heiraten* in »Heirate mich«. Till Lindemann singt diese liebesdringliche Bitte – also *heirate mich* – aufgrund der Aussprache- und Rhythmusökonomie einfach wie *heiratte mich*, ohne dass man sich daran als Hörer oder als Ratte stört.

Kerne. Aber der beste ihrer Sprüche war vielleicht dieser: *Auch wenn es dir im Leben sonst wie dreckig gehen sollte, merke dir: Aus jeder Kacke lässt sich eine gute Suppe kochen.* Zum Glück hat meine Großmutter die Zeiten nicht mehr erlebt, in denen Aktionen wie »Käse essen für die Dritte Welt« veranstaltet wurden.

Wird dies doch noch ein Wenderoman, liebe heransprießende Windelkinder? Oder ein Rammbock für Betontore? Wovon sprechen wir hier, ihr undankbaren Lebertrantüten und muffenden Nierenlinge? Etwa von einem Vorhaben? Dies hier hat mit einem Vorhaben nur wenig zu tun. [Dies ist ebenfalls keine Wiederaufnahme der weiter vorn {in Kapitel 22} angerührten Diskussion.] Meine Großmutter hat im KZ unter Hunger noch viel mehr gelitten als ihre beiden Töchter, nach dem Krieg hat sie über die Deutschen trotzdem nie schlecht gesprochen. Ich persönlich wäre für das Leben im KZ aber garantiert noch viel weniger geeignet als sie. In der DDR habe ich nur in der Umbruchszeit gehungert, als es bei meiner Redaktionstätigkeit für das *Neue Forum* überhaupt keine Zeit zum Essenholen oder -gehen gab. Glücklicherweise werden in einem Speziallabor in Sachsen-Anhalt – und zwar unterirdisch im Kamernschen Bergmassiv an der Elbe – seit Jahren die physiologischen und psychologischen Auswirkungen des *High-Gain-, Overdrive-, (Metal)Distortion*-Sounds (und einiger weiteren Varianten der sättigenden Gitarrentonverzerrung) auf den menschlichen Organismus untersucht. Und ich habe mich im Rahmen der Recherchen zu diesem Roman dazu entschlossen, an den Experimenten teilzunehmen, obwohl ich mich dafür wie alle Teilnehmer zur mehrmonatigen Kasernierung verpflichten musste. Da die Veröffentlichung der aufgearbeiteten Untersuchungsergebnisse leider erst mit großer Verzögerung erfolgen wird[248], kann ich im Moment nur darüber berichten, was ich im Laufe meines Aufenthalts unter Tage einigen Plaudertaschen von Technischen Assistenten entlocken oder an mir selbst beobachten konnte; oder was uns bei kleinen Vorträgen vorläufig zugesteckt wurde: *Metal Distortion* regt eindeutig das Glückszentrum im Gehirn an[249], beim Weib leider angeblich oft auch die Amygdala. *Metal Distortion* kann offensichtlich also auch Angst- und Verzitterungsgefühle erzeugen. Aber kein Wunder! Auf freiwilliger Basis wurden in den Laboren auch die sogenannten Sägeeffekt-Experimente durchgeführt, bei denen man mit feinzackigen Metallsägeblättern am Unterarm bis zur Schmerzgrenze, mitunter bis das Blut floss, »angeschnitten« wurde. Wobei, wie jedermann weiß: Grobzackige Sägezähne schneiden einen bei Arbeitsunfällen nicht einfach an, sie reißen einem die Haut regelrecht auf – samt den dazugehörigen Nervensträngen. Die Probanden wurden in beiden Fällen gehirngescannt, um die Daten vergleichen zu können, die einerseits beim Hören lauter *Metal-Distortion*-Töne aufgezeichnet wurden, andererseits bei dem gerade beschriebenen »Ansägen« der Haut. Kurz und natürlich nur halbkompetent zusammengefasst: Die oszillografische Wellenformansicht eines stark verzerrten Gitarrentons gleicht keinesfalls – wie sich der eine oder andere naiverweise vielleicht vorstellt – einem Sägeblatt; nicht einem mit spitzen Zacken und auch nicht mit egal wie stark gekappten. Das Beschneiden der Amplitudenspitzen bei der Tonverzerrung, das sogenannte *clipping*, spielt hier zwar eine wichtige Rolle, die Gewalt, die

---

248 Schuld sind hier irgendwelche Probleme bei der Unterbringung der Kontrollgruppe auf den Färöer Inseln
249 Stichwörter: das mesolimbische System, Nucleus accumbens.

man den Tönen elektronisch – also digital oder klassisch mit übersteuerten Röhrenverstärkern – allerdings antut, ist wesentlich komplexer. Das, was man als dreckiges Kratzen, angeraut-gepresstes Vibrieren und Rattern oder eben scharfes, in der Intensität gleichbleibendes tönendes Sägen hört, bildet gar keine Zacken. Das, was man hört, gibt es in darstellbarer Form im Grunde gar nicht. Im Kern handelt es sich einfach um das Ergebnis von vielen, irgendwo in den Rauschtiefen verborgenen Frequenzüberlagerungen verschiedener komplexer Obertonschichten. Diese Erkenntnis machte viele Probanden überraschenderweise missmutig bis untröstlich. Sie hätten gern eine Vorstellung davon gehabt, wie ihre kribbelnde ganzkörperliche Erregung sozusagen »im Inneren der Musik« aussieht. *Es tut uns sehr leid*, meinten die Wissenschaftler, *wir werden Ihnen überhaupt keine visuell sprechenden Wellenformansichtem, keine Spektrogramme, keine egal auf welcher Datenbasis fußenden Frequenzanalysen präsentieren können*. Die Unzufriedenen ließen sich schließlich dank einer vorgezogenen musikalischen Aufführung beruhigen – eines eigens für uns Probanden komponierten »Konzerts für vibrierende Betonstelen«. Bei einem freiwilligen Weiterbildungsvortrag erfuhren wir dann noch Folgendes: Ein total verzerrter, also bis aufs Äußerste frequenzüberlagerter Klangteppich würde sich in einem Spektrogramm – das üblicherweise ziemlich bunt aussieht – in eine weiße Fläche verwandeln. Und als Hörer würde man sich dann inmitten des berüchtigten »weißen Rauschens« befinden, das die Babys an das Rauschen des mütterlichen Blutes erinnert. Das weiße Rauschen – in vielen verschiedenen Varianten, versteht sich – lässt sich heutzutage als Einschlafhilfe auf Tonträgern erwerben. Worauf einer aus der Störenfriedfraktion wie geschossen einwarf, dass einem solchen gleichmäßigen Rauschen der dazugehörende Grundbass des Mutterherzens fehlen würde. Alle Probanden machten bei den teilweise blutigen und natürlich freiwilligen Sägeblatt-Experimenten natürlich nicht mit. Und leider verschlechterte sich die allgemeine Stimmung unserer kasernierten Gemeinschaft immer weiter – trotz des erfreulich aufbauenden Betonstelenkonzerts. Bis einige Wirrköpfe/Nervensägen sogar versuchten, andere Unzufriedene zur Rebellion anzustiften und außerdem die blassen Wissenschaftler davon zu überzeugen, dass sich auffällig viele Probanden in den (selbstverständlich ausreichend beleuchteten!) Räumlichkeiten unter Tage ihre Fußgelenke verstaucht hätten. Irgendjemand aus dieser Clique hatte sogar einen Artikel über Gelenkdistorsionen kopiert und in unserer Unterkunft nahe Stendal verteilt. Sicherlich wollte er später Schmerzensgeld einfordern können. Dass es unter überhöhter Dezibeleinwirkung zum Riss am Nebenhoden eines Probanden (sowieso ein Schwächling, das war gleich mein erster Eindruck) gekommen sein soll, hätte ich hier nicht unbedingt erwähnen müssen – in diesem Einzelfall wird es sicher keinen kausalen Zusammenhang gegeben haben. Manche Probanden wurden sowieso während mehrerer Testläufe ausschließlich mit Kinderballaden von *Rammstein* beschallt.[250] Und der Objektivierbarkeit der Ergebnisse wegen außerdem mit völlig *Distortion*-freien Rammplacebos. Allerdings wurde – und dies sollte man unbedingt ernst nehmen – bei den Untersuchungen von plötzlichen psychischen Zusammenbrüchen mancher männlichen Probanden berichtet, die davor viel zu tief in ihren intel-

---

[250] Selbstverständlich auch mit der allerbekanntesten: »Liebe Kinder, gebt fein acht«.

lektuellen Denksystemen gesteckt haben müssen. Daraufhin wurde eine neue Probandenkategorie geschaffen: »Der moraline Mann in einer gefühlsneutralen Behelfsrealität hausend.« Es bliebe noch abschließend zu klären, wieso ausgerechnet solch verstörende klangliche Attacken einer sägebrutalinen Art bei dem einen oder anderen Menschenkind – wie schon erwähnt – so reine Glücksgefühle hervorrufen. Diese Frage sollte aber lieber jedesfm[251] für sich klären, denke ich. Und außerdem nicht uninteressant: Der Maler Neo Rauch verriet mir bei einer kurzen Befragung, dass er gern – allerdings nur gelegentlich, nicht ständig, wie ich – *Rammstein* hört. Was die ganzen Nebenwirkungen der Experimente unter Tage angeht, waren alle dort durchgeführten Tests beziehungsweise Härteproben recht harmlos und würden beim Vergleich mit den Nebenwirkungen meines so geschätzten *Seroquels*/Quetiapins niemals mithalten können. Zu den Risiken bei der Einnahme von *Seroquel*/Quetiapin – und nicht nur in höheren Dosen, die ich anfangs auch tatsächlich schlucken musste – gehört[252], dass man Fieber und hartnäckige Halsschmerzen, gegebenenfalls auch Mundgeschwüre bekommt. Hinzu können sich beschleunigte Atmung, Schwitzanfälle, Muskelsteifheit und Bewusstseinseintrübung gesellen. Wenn man nach der Einnahme zusätzlich eine allergische Reaktion erleiden sollte, kann mit Schwierigkeiten beim Atmen, mit zu niedrigem Blutdruck, Schwellungen im Mund oder Hals, mit Hautausschlägen und Juckreiz gerechnet werden. Möglich sind weiter Schwellungen im Gesicht, Nesselausschläge, Krampfanfälle, schmerzhafte Dauererektio-

---

251 Die Buchstabenreihe »s-f-m« steht hier für sächlich, frech und männlich.
252 Der folgende Textabschnitt war beim Schreiben/Abschreiben auch für mich eine Premiere, da ich die Beipackzettel damals grundsätzlich nicht las.

nen. Das sind aber, liebe Leser, immer noch nur die so gut wie sicheren Nebenwirkungen. Weitere häufige Nebenwirkungen von *Seroquel*/Quetiapin sind folgende: Starker Schwindel, der sogar zu Stürzen führen kann, oder Schläfrigkeit, die so stark sein kann, dass sie ebenfalls den einen oder anderen Seroqueleinnehmenden zu Boden schickt. Zu Stürzen können aber auch noch Schwächeanfälle führen, wenn es gleichzeitig zum starken Blutdruckabfall kommen sollte. Weitere Nebenwirkungen sind Kopfschmerzen, Mundtrockenheit, Anstieg von bestimmten Blutfetten, Verringerung von anderen Blutfetten, Verminderung der Gesamtzahl an weißen Blutkörperchen, Gewichtszunahme, beschleunigter Herzschlag, verstopfte Nase, Verdauungsstörungen, Verstopfung, Schwellungen der Arme und Beine aufgrund einer Flüssigkeitseinlagerung im Gewebe, verschwommenes Sehen, unnormale Muskelbewegungen wie Zittern, Ruhelosigkeit, weiter auch Muskelsteifheit – allerdings ohne Schmerzen. Nicht auszuschließen ist die vorübergehende Erhöhung von Leberenzymwerten im Blut, der Anstieg des Blutzuckerspiegels oder auch der Anstieg des Hormons Prolaktin, was zum Anschwellen der Brüste und unerwarteter Milchabsonderung aus den Brüsten bei Männern und Frauen führen kann, des Weiteren zum Ausbleiben oder zu Störungen der Monatsblutung bei Frauen, zu ungewöhnlich sich häufenden Albträumen, gesteigertem Appetit, zu Reizbarkeit, zu Sprech- und Sprachstörungen. Auf die Aufzählung der nur gelegentlich auftretenden Symptome verzichte ich hier lieber und berichte von einer jungen Frau aus unserem Bekanntenkreis, die in der Hochphase ihrer Psychose (nicht nur zur seelischen Beruhigung, auch ihre Körpermuskeln spielten verrückt) so starke Seroqueldosen bekam, dass Teile ihrer Herzmuskulatur die Kontraktionsfähigkeit dauerhaft einbüßten und die Pumpleistung ihres Herzens auf nur dreißig Prozent sank – und sich später nicht wieder normalisierte.

So gesehen ist mir auf diesem speziellen Erlebnisparcours einiges erspart geblieben – wenn nicht sogar alles. Zum Glück bin ich gottes- und polizeifürchtig, kinderlieb und recht pflegeleicht. Letzten Endes lebe ich sogar fast kostenneutral. Ich besitze manche Kleiderstücke schon seit den Achtzigerjahren, also aus Ostzeiten und meinen Prager Ost-Ost-Zeiten. Ich repariere, nähe und flicke meine Anziehsachen prosaisch immer wieder zusammen. Eins meiner warmen Unterhemden (mit einem eigenhändig eingenähten Wäschereizeichen SP2) stammt sogar aus den späten Sechzigerjahren. Die Chiffre SP2 muss ich im Jahre 1971 zugeteilt bekommen und dann recht primitiv selbst eingenäht haben, als ich der zweite Kunde in der neu eröffneten Wäscherei im Slowakischen Štrbské pleso geworden war.[253] Ich kann mich noch an meine wunde Verwunderung, Empörung, Unanständigkeitsvermutung aus den Jahren nach dem Fall der Mauer erinnern, als ich mitbekam, dass widerspenstige, offensichtlich übertrieben freiheitlich sozialisierte Autofahrer es wagten, strittige polizeiliche Strafmandate juristisch anzufechten. Sie gingen – ein damals ungeheuerlicher Vorgang in meinen Augen – GEGEN DIE POLIZEI vor, ließen die Polizei von ihren Anwälten kurzerhand beklagen! Und für mich – offensichtlich den zeitweilig Gestrigen – war noch in den Neunzigerjahren alles, was den Staat ausmachte, gefühlsmäßig

---

[253] Diese Episode aus dem Leben eines Gebirgsträgers in der Hohen Tatra passt leider nicht im Geringsten zum Handlungsablauf und zur Lebensgeschichte des für diesen Roman geschaffenen Ich-Erzählers. Dafür zu einer anderen Romangeschichte des Autors FKKHR-Trantüte. (Anm. des Verlages; mehr auf www.kiwi-verlag.de.)

ein einziger Klumpen: die Polizei, Gerichterei, Gärtnerei oder Wäscherei – alles ein einheitlicher Betonbrei. Habe ich schon erzählt, wie hoch der volkswirtschaftliche Schaden und der CO_2-Ausstoß durch das täglich veranstaltete, während der deutschen Nachmittage – immer, wenn es die Umstände zulassen – pflichtübliche Kaffeetrinken und Kuchenmampfen geschätzt werden?[254] Das Leserrindvieh und die Kuhglockenmamsell sind aber längst zahlenmüde, ich weiß. Der Tscheche arbeitet jedenfalls im Gegensatz zum deutschen Filterkaffeemuselmann die ganzen Nachmittage einfach durch und lässt die viel beschäftigten und nachmittags etwas erschlafften Juristen *take in Ruhe their afternoon nap (*tschechisch: šlofík*)*.

Nun möchte ich den gestrengen – aber den aus Leidenschaft auch strangulierungsfreudigen – Leser fragen: Ist dieses Werk perfekt oder nicht? Dazu sollte ich mich vielleicht auch noch kurz äußern. Das Ideologische, Affirmative am Begriff des gelungenen Kunstwerks hat sein Korrektiv daran, dass es keine vollkommenen Werke gibt. Existierten sie, so wäre tatsächlich die Versöhnung inmitten des Unversöhnten möglich, dessen Stand die Kunst angehört. In ihnen höbe Kunst ihren eigenen Begriff auf; die Wendung zum Brüchigen und Fragmentarischen ist in Wahrheit der Versuch zur Rettung der Kunst durch Demontage des Anspruchs, sie wären, was sie nicht sein können und was sie doch wollen müssen.[255] Das Alberne an

---

254 Diese Berechnungen übernahm in meinem Auftrag freundlicherweise wieder die Kanzlei *Schwarz, Pinkhecht, Bradley & Podrazka,* Notare, Bremen-New-York-Prag.
255 Entrutscht mir aus meinen Hirnwindungen gerade etwa mein lieber Adorno?* Was hätte bei mir sonst dieses »höbe« zu suchen? [*Embedded, Anm. des Verlages: Theodor W. Adorno, *Ästhetische Theorie,* S. 283 und – weiter im Text – S. 181 und 282.]

der Kunst, das die Amusischen besser gewahren, als wer naiv in ihr lebt, und die Torheit der verabsolutierten Rationalität verklagen sich gegenseitig; übrigens hat Glück, der Sexus, aus dem Reich der selbsterhaltenden Praxis gesehen, ebenfalls jenes Alberne, auf das, wer von ihm nicht getrieben wird, so hämisch hindeuten kann. Albernheit ist das mimetische Residuum in der Kunst, Preis ihrer Abdichtung. Der Philister hat gegen sie immer auch ein schmähliches Stück Recht auf seiner Seite. Jenes Moment, als Residuum ein formfremd Undurchdrungenes, Barbarisches, wird zugleich in der Kunst zum Schlechten, solange sie es nicht gestaltend in sich reflektiert. Bleibt es beim Kindischen und lässt es womöglich als solches sich pflegen, so ist kein Halten mehr bis zum kalkulierten fun der Kulturindustrie. Der Pofel von ehedem wurde von der Kulturindustrie durch die eigene Perfektion, durch Verbot und Domestizierung des Dilettantischen abgeschafft, obwohl sie unablässig grobe Schnitzer begeht, ohne die das Niveau des Gehobenen überhaupt nicht gedacht werden kann.[256] Kunstwerke haben Fehler und können an ihnen zunichte werden, aber es ist kein einzelner Fehler, der nicht in einem Richtigen sich zu legitimieren vermöchte, welches, wahrhaft das Bewusstsein des Prozesses, das Urteil kassierte. Kein Schulmeister müsste sein, wer aus kompositorischer Erfahrung gegen den ersten Satz des fis-Moll-Quartetts von Schönberg Einwände erhöbe. Die unmittelbare Fortsetzung des ersten Hauptthemas, in der Bratsche, nimmt tongetreu das Motiv des zweiten Themas vorweg und verletzt dadurch die Ökonomie, welche vom

---

256 An dieser Stelle scheint der Autor einen Satz aus der *Dialektik der Aufklärung* von Horkheimer und Adorno eingeschoben zu haben, S. 144 (Anm. des Verlages).

durchgehaltenen Themendualismus den bündigen Kontrast verlangt. Oder: instrumentationslogisch wäre dem letzten Satz der Neunten Symphonie von Mahler entgegenzuhalten, dass zweimal hintereinander beim Wiedereintritt der Hauptstrophe deren Melodie in der gleichen charakteristischen Farbe, dem Solohorn, erscheint, anstatt dass sie dem Prinzip der Klangfarbenvariation unterworfen würde. Beim ersten Mal jedoch ist dieser Klang so eindringlich, exemplarisch, dass die Musik nicht davon loskommt, ihm nachgibt ...

Die Sache ließe sich meinerseits vielleicht folgendermaßen zusammenfasern: Perfekt können nur die Spitzenprodukte der Unterhaltungs-, Bespiel-, Zudröhn-, Zeitraub-, Tränenansaug-, Verschlicht- und Hirnerweich-Großmanufakturen sein – wie auch diejenige der »Öffentlich einigermaßen zurechnungsfähigen Anstalten« (ÖEZA). Da setzen sich einfach gezielt die besten, vor allem auch die kompetentesten Köpfe zusammen, brüten gemeinsam etwas aus und schnüren alles fest entschlossen zusammen. Da kann es dann absolut keine Zufälle, Unfälle oder Befälle geben. Alle Charaktere werden – erst im Kollektiv, dann von einigen wenigen leitenden Zentralentscheidern – bis ins Letzte ausgeformt und mit anderen Charakteren exakt verknüpft, durchkombiniert und querberechnet. In dem Zusammenhang fällt mir noch eine interessante Vision des schönsten Philosophen unseres Landes ein: Wenn sich die besten Köpfe, meinte er bei einem Talk – und meinte damit logischerweise auch sich selbst –, aus allen zu involvierenden Wissenszweigen zusammentun und völlig neue Bildungskonzepte – befreit von allen früheren Erfahrungen seit Comenius, versteht sich – erarbeiten würden, sähe unser Bildungssystem völlig anders aus. Das mutet einem fast Marx-erotisch an, duftet regelrecht nach einem neuen Menschen ... war von diesem Querfeldphilosophierenden aber sicher anders gemeint. Und nach der Meinung meiner Großmutter sollte man im Leben jeden einzelnen Menschen, das heißt auch die ganz schlichten, vorsichtshalber sowieso lieber wie Heilige behandeln. Möglicherweise sei ausgerechnet der eine, den man vor sich habe, sogar einer – oder er würde es eines Tages werden.

Prügel für den Regelbrecher [29]

*Erzählen Sie das Folgende
nicht mal Ihrem Apotheker,
der würde Sie auslachen.*

Eine Regel, die ich immer streng befolgt habe, lautet: Wenn du gesund bist, halte die Klappe – und halte genauso die Klappe, wenn du krank bist. Man sollte seine Mitmenschen nie und nimmer mit irgendeinem Geklage über seine Krankheiten belästigen. Auch Künstler, die in einer Schaffenskrise stecken, sollten sich besser still verhalten.[257] Bei einer Party habe ich einmal erlebt, wie eine Bekannte – geplagt von einem wiederholt schweren Gelenkrheumaanfall – von einem Grüppchen zum anderen wanderte, um den Leuten, zwischendurch auch denen, die nur einzeln herumstanden, ausführlich ihre Qualen zu schildern. Im Kern ging es ihr darum, die bereits entstandenen Schäden im Innern ihrer Gelenkkapseln zu beschreiben und außerdem über ihre zukünftig recht geringen Heilungschancen zu berichten. Ich bekam ihre Leidensgeschichte erstmal nur nebenbei, also vorwiegend einohrig mit, dafür aber mindestens viermal hintereinander, wusste also relativ gut Bescheid, als sich diese Person auch mich persönlich vornahm und mir alles nochmal vortrug.

---

257 Ein ähnlich formulierter Gedanke findet sich bereits im ersten Kapitel, wenn mich nicht alles täuscht. Die eine oder andere Lesende hat die dortige Passage aber sicher längst vergessen.

Nun muss ich hier leider, einfach um diese meine Romangeschichte einigermaßen sauber abzuschließen, doch eins meiner eigenen Gebrechen schildern – und leider sogar etwas ausführlicher, als dem einen oder anderen Diversanten[258] lieb sein könnte. Falls ich irgendwo vorn im Text meine grauenhafte zeitweilige Gesichtslähmung erwähnt haben sollte, bitte ich diese nochmalige Erwähnung schnell wieder zu vergessen. Dieser Angriff auf meinen F-Nerv und meine Würde war mir einen Tick zu erniedrigend.

Ich hatte noch in meiner *Seroquel*/Quetiapin-Zeit seltsame Beklemmungsgefühle in der Brust entwickelt, die sich besonders beim Fahrradfahren zu regelrechten Krämpfen steigerten. Und es war deutlich, dass der Schmerz nachließ, wenn ich anhielt und mich eine Weile nicht rührte. Obwohl ich nicht hustete, meinte mein gesprächiger und sehr engagierter Hausarzt, in meinem Alter könne es sich nur um eine schwere Bronchitis handeln. Immerhin ließ er die Schwester ein EKG schreiben; ich lag dabei ruhig auf einer Liege, und das EKG war völlig in Ordnung. Da ich in dieser Zeit immer noch in keiner guten Verfassung war, insgesamt viel zu viel Zeit im Bett zubrachte, hatte es für mich keinen Sinn, meine Bronchitis mit noch mehr Ruhe ausheilen zu wollen – und ich setzte meine ausgedehnten Spaziergänge einfach fort. Wie hätte ich meine Zeit Tag für Tag sonst noch totschlagen sollen? Wie es der Zufall wollte, liebe Kinder, sprach mich in unserem Beinahpark eines Abends ein Mensch an, der dort allein auf

---

258 Diese Bezeichnung für eine Art von verdeckt operierenden und schädigungswilligen Undercover-Kombattanten ist im Deutschen nicht mehr geläufig. Gemeint sind hier Saboteure aller möglichen Ausprägungen, die zur selben Gattung wie die ebenfalls vom Aussterben bedrohten und ausgesprochen partyscheuen Partisanen gehören.

einer Bank saß. Die Bank stand auf einer stark verschatteten Stelle, ich hatte den Sitzbruder beim Vorbeigehen gar nicht bemerkt.

– Sie gehen schon zum dritten Mal an mir vorbei.

– Stimmt, heute laufe ich nicht geradeaus und zurück, sondern im Kreis.

– Sie haben eine Angina pectoris, mein Lieber, und zwar eine instabile. Ihr Problem ist – volkstümlich ausgedrückt – sogar ein mortiferes oder gar letiferes, fürchte ich. Sie bleiben immer wieder stehen, und früher oder später werden Sie tot umfallen.

– Soll das ein Witz sein? Ich habe eine Bronchitis. Und wer sind Sie?

– Ich bin ein altgedienter Alkoholiker, meine abendliche Schnapsflasche ist schon leer.

– Sind Sie Arzt?

– War ein guter.

– Und was würden Sie mir raten?

– Wenn Sie sterben wollen, machen Sie so weiter. Und wenn nicht, nehmen Sie ab sofort Aspirin, täglich Herz-ASS 100 mg. Perspektivisch würde ich Ihnen aber raten, zu keinem Kardiologen zu gehen. Fangen Sie einfach mit hartem Ausdauersport an und testen Sie, was Sie aushalten. Sie müssten es dann aber richtig bis zum Anschlag treiben und dürfen sich keine Verschnaufpausen gönnen – erst kurz vor der Explosion.

– Das hört sich interessant an. An was für Explosionen denken Sie da?

– In Ihrer Brust, meine ich – das werden Sie dann schon mitbekommen.

– Ich überlege es mir.

– Die Schulmediziner würden Sie sonst – das ist der andere Weg – natürlich auch gern behandeln, Sie sogar mit ihrem ganzen Hightech-Equipment in die Mangel nehmen. Sie würden Ihre Kranzgefäße mit x-fachem Autoreifendruck erweitern, Ihnen Venen aus den Beinen ziehen und und. Sie würden Sie mit der Zeit aber nur kaputt machen, glauben Sie mir, und Ihre Bypässe und Stents[259] würden bald wieder zugehen. Das sind alles traurige Geschichten. Wollen Sie über meinen privaten Säuferratschlag etwas mehr wissen? Dieses Gespräch hat aber nie stattgefunden.

Was ich in den nächsten Monaten anstellte, war hochgradig idiotisch. Meiner Frau konnte ich von meinem sportmedizinischen Selbstheilungsversuch natürlich nichts verraten. Ich bin einfach regelmäßig mit irgendwelchen Regionalzügen aus der Stadt raus und habe meine achtzig bis hundertvierzig Kilometer auf teilweise neu erbauten Fahrradwegen[260] absolviert. Ich sauste also durch die wunderbarsten brandenburgischen Wälder oder über saftige Wiesen, trampelte entlang schnurgerader Kanäle oder mäandrierender Flüsschen, manchmal auf endlosen alten Deichen, die schon aus Friedrichs oder Bismarcks Zeiten stammten. Ich habe mich beim Radfahren schon immer ganz gern gequält, etwas war diesmal aber grundsätzlich anders. Ich musste stundenlang gegen starke Krämpfe ankämpfen, zu denen in längeren Steigungen scharfe Stiche hinterm Brustbein hinzukamen. Diese waren mit den für Ausdauersport typischen aus der Lebergegend aber nicht zu vergleichen. Auf dem Höhepunkt der abwürgenden

---

259 Diese Aussage entsprach schon zu diesem Zeitpunkt nicht dem aktuellen Entwicklungsstand der medizinischen Praxis und Forschung – und auch nicht uneingeschränkt der Erfolgsquote diverser Behandlungsmöglichkeiten. Der Parkmediziner schien offenbar auch nichts über die neuartige Generation von beschichteten oder sich auflösenden Stents gewusst zu haben. Trotzdem war er für mich eine Art Erleuchter.
260 Der Kapitalist hat hier in den letzten Dekaden großzügig investiert und feinkörnigen Asphalt hoher Qualität verwendet.

Schmerzen ging mir dann für kurze Zeit auch noch die Luft aus – und zwar komplett. So gesehen ist das Rasen auf einem Rennrad bei grenzwertigen Anginaschmerzen nicht wirklich zu empfehlen. Seltsamerweise hatte ich überhaupt keine Angst, dass dabei etwas schiefgehen könnte. Ich war unterwegs, um den fachmännischen Rat eines Arztes mit Leben zu füllen. Und ich hütete mich davor, mich zusätzlich irgendwo zu informieren oder irgendwelche Ärzte aus unserem Freundeskreis zu befragen. Ich wollte meine Gefäße ordentlich durchspülen und in mir eben ganz frische Äderchen sprießen lassen. Und diesen nun mal angefangenen Kampf wieder abzubrechen, kam nicht infrage. Dann hätte ich nie erfahren, ob das Experiment Sinn gehabt hätte oder nicht. Die brutalistische Theorie meines Anonymus besagte nämlich: Wenn das Herz bei starker Belastung an Sauerstoffmangel leidet, bilden sich im Herzmuskel von alleine neue Versorgungswege, also völlig jungfräuliche kleine Äderchen, die die zugesetzten und teilweise schon verkalkten Hauptgefäße umgehen. So entstehen auf natürliche Art und Weise ganz neue Bypässe, meinte mein Retter – und zielgenau dort, wo sie auch gebraucht werden. Selbstverständlich würde es aber nur dann klappen, wenn man die Quälereien in der Todeszone lang genug durchhielte.

Seit Jahren wird mit Begeisterung über schöne todesnahe Erfahrungen berichtet. Davon konnte bei meinen Rennradausflügen nicht die Rede sein. Wenn ich völlig am Ende war und neben dem Fahrradweg kontrolliert kollabierte, empfand ich überhaupt nichts Schönes. Ich überblickte dabei keine neuen Horizonte und schwebte auch nicht. Es war einfach nur grauenhaft. Erfreulich war ausschließlich, dass ich einsam, mitten in der schönsten, kaum berührten Landschaft unterwegs war, quer durch naturgeschützte

Wälder fuhr – und nur selten irgendwelche Schotter- oder Sandwege befahren musste. Manchmal sah und traf ich dabei stundenlang keinen einzigen Menschen. Und da ich zum Beispiel oft in den Wäldern um Rheinsberg unterwegs war und dort verborgene Gletscherseen entdeckte, habe ich mich öfters auch erfrischt; der Sommer war in diesem Jahr extrem heiß. So ein radikales Abkühlen würde ich allerdings auch keinem anderen herzkaputten Menschen empfehlen. Die Wassertemperatur in den Berliner Seen bewegte sich insgesamt auf einem ganz anderen Niveau. In diese Gewässer ging ich aber nicht mehr so gern, nachdem ich die Seen um Rheinsberg herum entdeckt hatte. Diese sind stellenweise bis vierzig Meter tief und sind auch deswegen so klar – ihr »kühles Nass«[261] ist aber richtig kalt. Im September wurde es dann auch noch herbstlicher, und in den Nächten kühlten die dortigen Seen weiter ab – trotz der weiter sonnigen Tage. Und so badete ich manchmal – nackt, versteht sich – in dreizehn Grad kaltem Wasser, und zwar mitten im Wald an kleinen Einstiegstellen, die sicher nur einigen Einheimischen bekannt waren. Schöner konnte ich es im Leben nicht haben, und in einer so schönen Natur schon gar nicht. Das Wasserthermometer hatte ich nur ein-, zweimal dabei, als es im Oktober – trotz des schönen Wetters – noch wesentlich kälter wurde. Das weiße Plastikthermometer lag in unserem Bad sonst völlig nutzlos herum, und wir hatten es seinerzeit nur deswegen angeschafft, weil unser Sohn nach der Geburt in genau siebenunddreißig Grad warmem Wasser gebadet werden sollte. Um nach der Erfrischung wieder auf die richtige Betriebstemperatur zu kommen, musste ich anschließend

---

261 Kinder, Kinder, es ist furchtbar, was einem im Laufe der Zeit sprachlich so übergeholfen wird.

ordentlich in die Pedale treten. Bei der Geschwindigkeit von etwa achtundzwanzig Stundenkilometern kamen mir meine Herzschmerzen medizinisch am wirksamsten vor. In der Regel bin ich aber einfach nach Gefühl gefahren, sodass ich zwischendurch nicht unbedingt anhalten und mich wegen meiner Brustkrämpfe auf den Boden fallen lassen musste. Oft reichte es aber sowieso, bei der Fahrt laut in den Wald zu brüllen – mit schlechtem Gewissen wegen der Lärmbelästigung, versteht sich. Zwischen den Ortschaften Wittwien und Beerenbusch, die jeweils nur aus einigen wenigen Gehöften bestehen und sich in den Wäldern nördlich von Rheinsberg gut verborgen halten[262], entdeckte ich zufällig mal ein Gedenkkreuz, das offenbar an einen sportiven Bruder von mir erinnern sollte: »Er starb radelnden Fußes.« Was mich in dieser Hinsicht betrifft, bin ich an meinem feststehenden Todestag – also am zehnten Mai, wie irgendwo vorn berichtet – selbstverständlich zu Hause geblieben. Ich durfte und wollte meine Frau auf keinen Fall einfach zurücklassen und sie allein mit festgedeckelten Marmeladen-, Gurken- und Kompottgläsern kämpfen lassen.

Und mein Fazit? Wenn man glücklich ist, hat man seinen Ehrgeiz hinter sich gelassen. Als ich in der Jugend begann, darüber nachzudenken, ob ich Schriftsteller werden sollte, sprach einiges dagegen. In Prag lebte man damals noch in girokontolosen Zeiten, und so waren die Schriftsteller gezwungen, sich ihre unmenschlich hohen Honorare bündelweise an Postschaltern abzuholen. Sie mussten ihren Lohn für ihre oft jahrelangen Anstrengungen also in aller Öffentlichkeit und in bar empfangen, um das Geld dann

---

[262] Vorsicht! Die dortigen Strecken sind alles andere als rennradtauglich.

persönlich zu ihrer Sparkassenfiliale zu bringen. Sie gingen mit mehreren leeren Einkaufstaschen zur Post, und als sie an die Reihe kamen, blockierten sie den Schalter – vorausgesetzt, die Barbestände des jeweiligen Postamtes ließen die Transaktion zu – für mindestens zwanzig Minuten. Die Schlange hinter dem Schriftsteller wuchs und wuchs, und das Volk sah zu, wie die grünen 100-Kronen-Bündel über die Theke gingen und in den Stofftaschen verschwanden. So war ich lange Zeit am Überlegen, ob ich später in so eine peinliche Lage gebracht werden wollte oder nicht. Natürlich ist beim Schreiben dieses Romans, wie vielleicht schon mal angesprochen, erschreckend viel Material liegen geblieben; besonders auf meinen vielen Klebezetteln, Haft- und Knastnotizen und anderen Schnipseln. Von meinem Verlag wurde mir zum Glück zugesagt, dass man diesem Buch ein Paralipomenon folgen lassen wird. Darin sollen in erster Linie die insgesamt 9.898 freischwebenden, auf den Kerntext sich allerdings kaum beziehenden und vor allem eher für Fußnoten geeigneten Notizen untergebracht werden. Sie alle ungedruckt zu lassen, kommt für mich, zum Glück aber auch für den Verlag, nicht infrage. Etliche folgende Lesergenerationen würden uns dieses Versäumnis sicher bitter vorwerfen. *Das Geäst, Gebäum und Gesträuch schien mit wie aus der Ferne bellendem Gehünde verwoben zu sein.* Man könnte den von mir hiermit etwas unvermittelt angezapften Problemeiterkern auch mit anderen Worten illustrieren: *Nicht der, der das Bett hütet, wird verprügelt, sondern der, der sich so ausdrückt.*

Da unser Sohn starke Konzentrationsprobleme beim Bücherlesen hatte und Bücher eher stapelte als las, hatte er beachtliche Wissenslücken. Er verhielt sich dazu aber ganz ehrlich, und wenn er bei Gesprächen etwas nicht verstanden hatte, fragte er einfach nach. Und natürlich sprach er viel lieber über Dinge, in denen er sich gut auskannte. Über Musik wusste er viel mehr als wir. Und wir ließen ihn erzählen und uns von ihm Beispiele vorspielen; und wir freuten uns, wie viel er aus sich und wie mühelos schütteln konnte. Er war außerdem bis zum Schluss in der Lage, auch komplizierte Filmhandlungen knapp und einleuchtend zusammenzufassen und den Grund und die Motive für seine Begeisterung für bestimmte Filme zu erklären. Aufgrund seines Alters war seine Denke natürlich nicht mehr so verblüffend wie in der Kindheit. *Wie kommt diese Tür überhaupt in mein kleines Auge?* In der Kindheit war er auch noch besessen von der dunklen, nach seinen Vorstellungen trotzdem äußerst agilen Welt unter der Erdoberfläche. Am unterirdischen Himmel konnte es zwar keine inverse Sonne geben, das war ihm klar, nach seinen Vorstellungen ginge das Leben dort unten aber trotzdem weiter und müsste folglich auch ähnlich funktionieren. In eng verzweigten Stollen, Schächten und Gängen würde es unter unseren Füßen also von unzähligen Kumpeln aller Beschäftigungssparten nur so wimmeln. Und wenn ab und zu aus einem Gully oder einer anderen Bodenöffnung ein Arbeiter hervorgekrochen oder hinausgestiegen kam, war unser Sohn nicht wirklich überrascht.

Als sich wieder so viele Energiereserven in mir angesammelt hatten, dass ich etwas tagesablaufkonformer funktionieren konnte, entschloss ich mich mit einem Ruck, mich mit meiner zu Ostzeiten geplanten Aufzucht von Chicorée zu beschäftigen. Die damit zusammenhängenden Arbeiten hatten mich dann leider sofort wieder überfordert. Trotzdem haben sich die Mühen gelohnt. Und nach und nach konnte ich kleine Erfolge feiern, auch wenn ich meiner Frau immer nur einige wenige Knospen aus dem Keller bringen konnte. Manchmal sogar nur ganz kleine Knöspchen, die aus den Rübchen seltsamerweise nur seitlich, einfach oben im Kreis, herausgekommen waren. In der ersten Phase der Aufzucht musste ich natürlich erstmal auf dem Balkon die schon erwähnten länglichen, großartig muffig riechenden Rübchen ziehen – und erst danach im Keller die Knospen kommen lassen. Um unseren Keller nicht noch weiter zu verengen, stellte ich die massive Holzkiste mit den aufgereihten Rübchen nicht auf den Fußboden, sondern auf den Betonklotz in der Mitte – sodass er mich nicht mehr an einen Grabstein erinnerte. Und Hochbeete sind heutzutage modern, warum auch immer. Mein Mitteilungsbedürfnis bleibt auch nachts enorm.

Inhalt

Kapitel 1b [1]	7
Mein Gaskrieg, der Anfang [2]	15
Patschulischock im Anmarsch [3]	28
Gipsklumpen im Magen [4]	39
Ein gut lesbares, zugegebenermaßen hart erarbeitetes Kapitel [5]	50
Tektonik [6]	64
Kapitel »Œ« wie Œuvre [7]	71
Überschrift wurschtegal, sie wird in Kürze sowieso wieder vergessen [8]	80
Kapitel 1a [9]	91
Kapitel 6++ (Alternative Lesart: »SexDoublePlus«) [10]	110
Siebzehnmal darfst du raten [11]	134
Unter wehenden FDJ-Fahnen geboren [12]	158
Heiße Venen [13]	166
Kapitel ~ 14 (etwa vierzehn) [14]	179
Das Fanfarenkapitel Prenzlauer B-Republik [15]	200
Dieses Sohn-Kapitel werde ich niemandem ersparen können, mir auch nicht [16]	215
Kapitel #², das Frau-Kapitel, das diese auf gar keinen Fall lesen sollte [17]	223
Born to hate Alex – ungerecht sei der Mensch, liederlich und liedlos [18]	240

Vorsicht – hier spricht nochmal der lyrische
Schweinehund des Autors [19]   260

Kapitel 19fff. (strukturell nicht ganz unwichtig) [20]   278

Die Freude, mit Freude angesehen zu werden [21]   292

Wie man seinen Mandanten in die Grube
hinterherruft [22]   300

Kapitel Karpfen- und Forellenteich –
Ein Ödem auf Schmetterlingsratten, Darmhornissen,
Ameisenhornochsen, Augapfelwürmer und
Zungenbrecher [23]   316

Kapitel: unweigerlich das nächste [24]   330

Wenn das Eisen vom Himmel regnet [25]   339

Folgendes hätte vielleicht auch woanders deplatziert
werden können [26]   354

Dieses Kapitel wurde in voller Länge lediglich in
einer limitierten und mit Originalgrafiken
ausgestatteten Vorzugsausgabe abgedruckt [27]   361

Lieber ungdldger Leser: Das eigentliche
Schlüsselkapitel kommt erst in Kürze [28]   369

Prügel für den Regelbrecher [29]   388

Aus Verantwortung für die Umwelt hat sich der
Verlag Kiepenheuer & Witsch zu einer nachhaltigen
Buchproduktion verpflichtet. Der bewusste Umgang mit
unseren Ressourcen, der Schutz unseres Klimas und der Natur
gehören zu unseren obersten Unternehmenszielen.

Gemeinsam mit unseren Partnern und Lieferanten setzen
wir uns für eine klimaneutrale Buchproduktion ein, die
den Erwerb von Klimazertifikaten zur Kompensation
des CO_2-Ausstoßes einschließt.

Weitere Informationen finden Sie unter:
www.klimaneutralerverlag.de

1. Auflage 2022

© 2022, Verlag Kiepenheuer & Witsch, Köln
Alle Rechte vorbehalten
Umschlaggestaltung und -motiv: Nurten Zeren/zerendesign.com
Gesetzt aus der Sabon und der Futura
Satz: Buch-Werkstatt GmbH, Bad Aibling
Druck und Bindung: CPI books GmbH, Leck
ISBN 978-3-462-00085-6

ANREGUNGEN UND VORSCHLÄGE FÜR REZENSENTEN, NÜTZLICHE BONMOTS FÜR STREITGESPRÄCHE ODER ZUKÜNFTIGE NACKENSCHLÄGE.

Wenn ich die betroffene Trottelgattin des Autors wäre, müsste ich diesen Disfaktologen glatt mit einem Hartholzknüppel verprügeln. Und ihn dann noch Till Lindemanns Worte röcheln lassen: »Geadelt ist, wer Schmerzen kennt! Bang, bang!«

Endlich die vollwertige, ganzundgare Wahrheit über den DDR-Chicorée, die Deutsche Reichsbahn, das Neue Forum und die Berliner S-Bahn!

Diese
er ist
zusan

Kenntnisrei
geschrieben
exzellent re
chiert, teilw
trotzdem vo
Schwachsin
Viel Verwir
stiften vor a
die zu Hund
in den Fußn
untergebrac
Detailinforr
tionen.